Cornelius Lupus

Der Wolf des Arminius

Cornelius Lupus
Der Wolf des Arminius

Cornelia Müller-Hisje

Verlag topp+möller
Detmold 2009

Bibliografische Information Der Deutschen Bibliothek
Die Deutsche Bibliothek verzeichnet diese Publikation in der Deutschen Nationalbibliografie; detaillierte bibliografische Daten sind im Internet über http://dnb.ddb.de abrufbar.

ISBN: 978-3-936867-33-6

Erste Auflage 2009

Verlag und Gesamtherstellung: topp+möller, Detmold

Inhaltsverzeichnis

Vorwort

Schon seit einigen Jahren schreibe ich Geschichten, die das Leben einzelner Personen vor historischer Kulisse erzählen. Immer dann, wenn ich beruflich besonders stark eingebunden bin, brauche ich einen Ausgleich, den ich im Schreiben und den damit verbundenen historischen Recherchen finde. Mein Mann verdreht schon die Augen, wenn er merkt, dass ich mich wieder an einem geschichtlichen Thema festbeiße. Die ganze Familie wird dann mindestens ein Jahr nur noch mit Daten, Namen und Ereignissen aus der maßgeblichen Zeit traktiert, bis endlich der Entwurf des Romans vorliegt. Doch auch der Freundeskreis bleibt nicht verschont, denn ich lebe in dieser Zeit in einer anderen Welt. Die Freunde nehmen es gelassen hin und freuen sich inzwischen auf neue Lektüre.

„Cornelius Lupus“ ist das erste Buch, das ich unbedingt veröffentlichen wollte. Freunde und Bekannte, denen ich den Entwurf zur kritischen Durchsicht gab, haben mich begeistert in diesem Vorhaben unterstützt. Doch noch war ich unsicher. Ich fragte mich, wie Fremde zu diesem Roman stehen würden. Deshalb wandte ich mich an die Werbefachleute von k-konzept, und bat sie um Rat. Sie waren sofort von der Geschichte überzeugt und haben mich seither intensiv unterstützt. Ein ganz herzliches Dankeschön an dieser Stelle. k-konzept brachte dann auch den Verlag topp+möller ins Spiel, der zu meiner großen Überraschung ohne Wenn und Aber sofort bereit war, sich meines „Kindes“ anzunehmen. Das macht Mut. Danke dafür.

Mein erster und schärfster Kritiker ist stets mein Mann, mit dem ich den Entwurf diskutiere und auf Grund seiner Anregungen weiterentwickle. Er kennt meine Protagonisten mindestens so gut wie ich. Im Fall des „Lupus“ kam völlig unerwartet hinzu, dass ich fachliche Unterstützung von einem historisch interessierten Verbündeten bekam, der mit mir anschließend zusammen die Leitung von Studienreisen anlässlich des Varusjahres gemacht hat. Wir haben uns die Köpfe heißgeredet über römische Logistik und über die Frage spekuliert, wo nach diesen Maßstäben die Schlacht gewesen sein könnte. Wir haben gemeinsam alle maßgeblichen Fachbücher und Aufsätze gelesen und uns darüber ausgetauscht. Mein Dank dafür an Wolfram Gebhardt. Ebenfalls einen herzlichen Dank an Ekkehard Höver, der die erste Lesung des „Lupus“ an den Externsteinen gemacht hat.

Cornelius Flavius alias Cornelius Lupus und sein Wolf sind mir sehr nah gekommen in den vielen Monaten unserer Bekanntschaft. Ich werde sie vermissen.

Cornelia Müller-Hisje

Man kennt mich unter dem Namen Cornelius Lupus. Bei meiner Geburt nannte man mich Cornelius Flavius, aber das ist lange her. Kein Mensch kennt diesen Namen. Keiner meiner einstigen Weggefährten lebt mehr und selbst deren Kinder sind schon zu ihren Ahnen gegangen. Einige Enkel sprechen beim abendlichen Feuer über mich, aber ihnen ist nicht bewusst, dass ich noch lebe. Eigene Nachfahren habe ich nicht und so wird mein Name mit meinem Tod in den Nebeln Germaniens verschwinden. Vielleicht wird irgendwann aber doch noch einmal jemand nach mir fragen, weil er nicht glauben kann, dass mein Leben nur eine Geschichte für dunkle Wintertage ist. Für diesen einen will ich sie aufschreiben.

Im Frühsommer des Jahres 9

Ich erinnere mich an einen klaren, hellen Frühsommertag im Jahre 9. Die Eichen und Buchen der unübersehbaren, schier undurchdringlichen germanischen Wälder leuchteten im frischen Grün der neuen Jahreszeit. Die Gebirgszüge schimmerten wie junger Wein. Die Ferne verlor sich in diffusem Licht. Solche Tage waren selten hier in der nördlichsten Provinz des römischen Reiches. Ich stand auf einer Anhöhe und konnte weit über den Flusslauf schauen, der sich nach Norden schlängelte. Wildes, nur teilweise urbar gemachtes Land. Wälder und Moore, so weit das Auge reichte. Selten eine kleine Ansiedlung, alle paar Meilen ein römisches Kastell, dann nur noch Horizont. Ich schloss die Augen und sog den Duft der sprießenden Wiesen und Felder und des nahen Flusses ein. Außer dem Rauschen des Wassers war kein Laut zu hören. Es war Mittag und im Lager unter mir hielt man Mittagsruhe. Selbst die Pferde auf den Koppeln am Ufer standen unbeweglich mit gesenkten Köpfen. So muss sich der Frieden anfühlen, dachte ich und spürte gleichzeitig das

Schwert an meiner linken Seite und sah den Helm, den ich neben mich gelegt hatte. Ich hatte nach dem Pferdetraining keine Lust gehabt, wieder ins Lager zurück zu kehren und war noch ein Stück ins Land hinein geritten bis zu dem kleinen Gehöft, wo ich bereits öfter Brot, Nüsse und Obst gekauft hatte. Die dort lebende germanische Familie war sehr freundlich und freute sich über jeden Zuverdienst, mit dem sie ihr karges Leben bereichern konnte. Danach hatte ich mein Pferd auf die Koppel gebracht und einem Legionär zur Versorgung übergeben. Immer noch mochte ich nicht zurück ins Lager und suchte mir einen Platz oberhalb des Ufers, um das Mitgebrachte zu verspeisen. Ja, es war heute friedlich am Visurgis, wo ich mich seit dem Frühjahr in einem befestigten Lager mit gemischten Truppen aufhielt. Es gab im Moment keine Probleme mit den Germanen, vielmehr fand ein reger Warenaustausch statt. Die einzige Aufregung in unserem Leben waren Reiterspiele zu den religiösen Festtagen, die immer prächtig gefeiert wurden.

War ich unzufrieden mit meiner Situation? Nein. Nach den blutigen Kämpfen in Pannonien, an denen ich in den vergangenen drei Jahren beteiligt gewesen war, freute ich mich auf etwas Ruhe und die Möglichkeit, meine schwere Schulterverletzung auszukurieren. Die Kämpfe dort im Osten waren furchtbar gewesen. Nur unter größten Anstrengungen war die Niederschlagung der Revolte gelungen. Zwar konnte der Norden bald befriedet werden, aber im Süden dauerte der Aufstand noch an. Mit bis zu fünfzehn Legionen unter dem Oberbefehl des Tiberius kämpfte Rom dort immer noch um seine Vormachtstellung. Zum Schluss waren wir alle am Ende unserer Kräfte. Niemand war mehr unverletzt und es blieb keine Zeit, die Wunden heilen zu lassen. Es war auch eine politisch kritische Zeit, da etwa die Hälfte aller im gesamten Reich verfügbaren Legionen gleichzeitig im Einsatz war. Die Kavallerie und hier insbesondere die Auxiliartruppen wurden ständig bei den Kämpfen eingesetzt, weil sie beweglicher waren als die Infanterie und somit schneller auf die Stoßtruppunternehmen der Aufständischen reagieren konnten. Besonders hervorgetan hatte sich der Führer einiger germanischer Auxiliartruppen. Ein noch recht junger Mann namens Arminius, der seit einigen Jahren als Offizier in der römischen Armee diente. Er hatte das römische Bürgerrecht und führte seine Truppen sehr erfolgreich im Kampf. Die höchsten Ehren wurden ihm nach den Schlachten zugesprochen. Er wurde in den Ritterstand erhoben und erhielt den Rang eines praefectus. Ein wirklich außergewöhnlicher Mann. Soweit ich wusste, war er vor einiger Zeit mit seinen Truppen nach Germanien zurückgekehrt und beriet den legatus der Provinz Publius Quinctilius Varus. Sicherlich würde man noch von ihm hören.

Natürlich war dieser Teil Germaniens zwischen Visurgis und Albis, in den es mich verschlagen hatte, nicht gerade die erste Wahl für jemanden, der noch nervös war aufgrund seiner Kriegserlebnisse. Die Stämme jenseits des Albis waren nicht unterworfen und immer wieder rumorte es dort. Inzwischen hatte ich mich aber daran gewöhnt und misstraute nicht mehr jedem Fremden, der mir über den Weg lief. Ich schreckte nicht mehr bei allen ungewohnten Geräuschen zusammen und griff zur spatha. Auch konnte ich endlich die Nächte wieder einigermaßen durchschlafen. Das Training bekam meiner Verletzung gut und es war abzusehen, dass ich meine alte Schlagkraft bald wiedererlangen würde. In meiner dienstfreien Zeit beschäftigte ich mich von Anfang an viel mit dem Land, in dem ich jetzt lebte. Was sollte ich sonst tun, wenn ich, neben den dienstlichen Verpflichtungen, nicht saufen oder herumhuren wollte? Es war nicht abzusehen, wie lange ich hier bleiben würde. Ich musste meine freie Zeit herum bringen. Viele Germanen gingen ein und aus im Kastell und außerhalb der Befestigungsanlage befand sich eine kleine Siedlung. Einige Soldaten, die schon länger hier waren als ich, hatten ein Verhältnis mit einheimischen Frauen begonnen. Mich stießen sie ab. Sie waren groß und plump. Die Vorstellung, ihnen beizuliegen, ließ mich schaudern. Und dennoch wollte ich die Menschen kennen lernen. Ihre Sitten und Gebräuche, ihre Götterwelt verstehen. Ich versuchte Germanisch zu lernen. Einigen Jünglingen, die mich anfangs sehr misstrauisch beäugten, zeigte ich den richtigen Gebrauch des pilum und der spatha, ließ sie meine Rüstung anprobieren und versuchte so meinen Wortschatz zu erweitern und die Barriere zwischen uns zu beseitigen. Es vergingen viele Wochen und ich war sehr zufrieden mit meinem Leben.

Als wir eines Tages im Sommer wieder mit den Jungen trainierten, traten mehrere Frauen zu uns. Eine von ihnen, sie schien eine edle Dame zu sein, denn ihre Kleidung war feiner gearbeitet als alles, was ich bisher hier gesehen hatte, fuhr zwischen die Germanen, stieß sie von mir fort zur Seite und hielt ihnen anscheinend eine Strafpredigt. Sie senkten schuldbewusst die Köpfe und zogen beschämt von dannen. Dann fuhr sie zu mir herum, blickte mich aus blitzenden grünen Augen zornig an und zischte in gut verständlichem Latein: „Wage es nicht unsere Kinder zu verderben, du räudiger römischer Hund." Dann spuckte sie mir vor die Füße, drehte sich um und verschwand mit ihrem Gefolge.

„Die kann keifen!" Mein Freund Marcus war neben mich getreten und pfiff durch die Zähne. Ihr Verhalten wäre normalerweiser Grund für eine Anzeige beim praefectus castrorum gewesen, doch was wollte ich mich mit Weibergeschwätz aufhalten. Es war nur äußerst ärgerlich, dass sie meine monatelange Arbeit zunichte gemacht hatte. Nun würde ich mit den Jungen wieder neu beginnen müssen. Abends überlegte ich noch, wer sie wohl gewesen sein konnte. Ich meinte, sie auch vorher schon mit einem kleinen Gefolge im Lager gesehen zu haben, aber ich hatte nie genau hingesehen und wusste Nichts über sie. Ihr Gesicht war stets von einem Tuch beschattet. Meist trug sie weite dunkle Gewänder. In ihrer Art wirkte sie nicht anders als die römischen Matronen, nur eben unattraktiver. Doch nach diesem Zwischenfall sah ich sie öfter. Es war ein Fehler von ihr gewesen, mich auf sich aufmerksam zu machen. Ich ging ihr manchmal absichtlich nach. Irgendetwas machte sie mir verdächtig, aber ich konnte nicht sagen, was es war. Ich sah sie mit germanischen Auxiliarsoldaten zusammenstehen, doch ich war sicher, dass sie keine Hetäre war. Die Männer schienen sie mit Hochachtung, ja, mit Ehrfurcht zu behandeln. Mir fiel irgendwann auch auf, dass diese Männer mir gegenüber sehr zurückhaltend waren, wenn sie mit ihnen gesprochen hatte. Sie erledigten ihre Übungen, aber das kameradschaftliche Verhalten danach war nicht mehr da. Sie machten keine Scherze mehr, suchten die Bäder nicht mehr mit mir und meinen alae zusammen auf. Es waren viele Kleinigkeiten, die mir diese Frau verdächtig machten. Aber ich hatte Nichts gegen sie in der Hand, daher ließ ich sie gewähren.

War ich noch immer zu nervös? War es Instinkt? Meine innere Unruhe wurde mit den Monaten, die vergingen, immer größer. Das Verhalten der einheimischen Bevölkerung war plötzlich weniger entgegenkommend. Die Jugend, die sich sonst immer einfand, wenn wir die Pferde trainierten oder im Fluss badeten, hielt sich zurück. Mir schien auch, als wären Männer aus dem Dorf und den Gehöften in der Nähe verschwunden. Frauen, Kinder und Greise beherrschten das Bild. Wenn ich das Lager verließ, hatte ich immer das Gefühl, als blickten Augen auf mich und mir stellten sich die Haare auf. Manchmal meinte ich, wenn ich mich plötzlich umdrehte, Bewegungen am Waldesrand oder auch einmal das Blitzen von Waffen zu sehen. Ich ritt jetzt oft mit meinen Männern Patrouille durch die Wälder. Manchmal fanden sich dort von Pferden zertretene Stellen und es konnten nicht unsere gewesen sein. Das hätte ich gewusst. Geringfügige Reste von Lagern erweckten mein Misstrauen. So steigerte sich meine Unruhe bis zu dem Tag im Herbst, an dem der verhängnisvolle Reiter aus dem Lager des Varus zu uns kam und die römischen Truppenführer in das Haus des praefectus Lucius Nonius Asprenas gerufen wurden, um den Marschbefehl zu hören.

Die Kavallerie und die Auxiliartruppen, sofern sie nicht als vexillatio die Wachposten und Kleinkastelle der Umgebung bestückten, sollten sich den Legionen des Varus anschließen, die auf dem Weg in ihr Winterlagen in Vetera einen Abstecher zu einem germanischen Heiligtum machen wollten. Sinn dieses Umweges sei die Demonstration römischer Stärke wegen der schwelenden Unzufriedenheit innerhalb der germanischen Stämme. Es solle kein militärisches Unternehmen sein, deshalb würde der ganze zivile Tross uns auf unserem Marsch begleiten. Man würde dort, bei dem Heiligtum, die Führungselite der germanischen Stämme dieser Region und die Priesterschaft antreffen und könne sozusagen ein diplomatisches Gipfeltreffen durchführen. Danach würde Varus einen der vom Heiligtum ausgehenden Wege zum Lupia nach Aliso und von dort aus direkt zum Rhenus einschlagen. Die Legionen des L. Asprenas sollten, wie geplant, die südliche Route nach Mogontiacum am Moenus marschieren, wo sie ihr Winterlager beziehen wollten. Wir würden später von Vetera aus dorthin reiten. Überflüssiger Hausrat, das Eigentum der Legionäre und schweres Geschütz sollten über den Visurgis verschifft werden.

Im Herbst des Jahres 9

Insubordination – das römische Reich war sehr empfindlich geworden. Verstöße gegen die herrschende Ordnung wurden schwer geahndet. Dabei hatte ich gar nicht das Gefühl, mich gegen die Herrschenden und ihre Politik aufzulehnen. Vielmehr wollte ich meine Männer vor dem sicheren

Tod bewahren. Zumindest war ich davon überzeugt, dass es für viele von uns den sicheren Tod bedeuten würde, wenn wir dem Marschbefehl, der heute Morgen verlesen wurde, Folge leisten würden. Ich berichtete beim praefectus castrorum von meinen Beobachtungen in den vergangen Monaten.

„Hinter jeder Anhöhe liegen Kundschafter. Jeder Busch ist Deckung für sie. Sie kommen in unser Lager um Waren zu handeln und spionieren uns aus. Jede harmlose Frage ist eine Falle. Ich glaube nicht an diplomatische Gespräche. Bei einem solchen Kultfest sind tausende germanische Krieger anwesend. Alle bewaffnet. Wieso sollten sie, wenn sie über römische Politik verärgert sind, ausgerechnet in einer solchen Situation gesprächsbereit sein?“ Alle schauten mich erstaunt und zum Teil etwas betreten an. Vielleicht wussten die erfahrenen Truppenführer, dass ich nicht ganz Unrecht hatte mit meinen Äußerungen. „Wir kennen ihre Religion nicht; wissen nicht, welche Macht ihre Priesterschaft auf sie ausüben kann. Wenn wir nun mit einem riesigen Tross, nicht gefechtsbereit, auf ein Heer germanischer Krieger stoßen, setzen wir unsere Truppen einer Gefahr aus, die nicht vertretbar ist. Ich würde meine Männer in einem Land, das ich nicht als befriedet oder gar unterworfen bezeichnen möchte, niemals unvorbereitet auf eine solche Ansammlung von Kriegern treffen lassen. Nun sollen gleich drei Legionen losmarschieren. Das ist unverantwortlich.“ Ich versuchte ruhig zu bleiben, doch ich bemerkte, dass ich mich ziemlich in Rage redete. Ich hatte das zwingende Verlangen zu überzeugen. Mir war elend bei der Vorstellung, meine Männer in diese tödliche Falle marschieren zu lassen. Jedoch verwarf der praefectus jedes meiner Argumente, so als wäre ich noch ein Anfänger, der das erste Mal eine Zenturie zu führen hatte. Er verschloss sich jedem Einwand, den ich vorbrachte.

„Der legatus Publius Quinctilius Varus, mein Onkel, weiß was er tut. Er hat jahrzehntelange Erfahrung und außerdem hervorragende Berater, die sich in Germanien gut auskennen.

Ihm könnt und werdet ihr bedenkenlos folgen." Meine Kollegen hatten nichts Besseres zu tun als ihm nach dem Mund zu reden, als wenn sie nicht genau gewusst hätten, dass meine Bedenken begründet waren. Ich lachte verächtlich.

„Ja, ein junger, äußerst erfolgreicher Mann namens Arminius, der ein germanischer Fürstensohn ist und praefectus germanischer Auxiliartruppen. Ich denke nicht, dass ich diese Voraussetzungen unbedingt als günstig bezeichnen würde. Mir schwebt da eher der Begriff „Verrat" vor." Als ich weiter äußerte, ich könne es mit meiner Offiziersehre nicht vereinbaren, meine Männer offenen Auges ins Verderben laufen zu lassen, fiel das bedeutungsschwere Wort „Insubordination". Ich wurde vorläufig von der Besprechung ausgeschlossen mit dem Hinweis, mir die Folgen eines Verfahrens wegen Befehlsverweigerung durch den Kopf gehen zu lassen. Es stünde mir frei, zurück zu kommen, wenn ich wieder klare Gedanken fassen könne. Ich grüßte militärisch und verließ das Haus des praefectus. Innerlich wutschnaubend, aber nach außen ruhig wirkend wie immer, strebte ich dem Lagertor zu. Ich hatte das Gefühl ersticken zu müssen, wenn ich noch länger in diesen Mauern bleiben müsste.

„Sei vorsichtig. Irgendwo da draußen könnten noch Germanen lungern. Zwar kommen sie als Händler, aber letztlich sind es doch alles Spione." Der Wachposten grüßte freundlich, aber besorgt. Er wusste genau wie ich, was uns bevor stand, wenn unsere Wachsamkeit nachlassen würde. Die Germanen warteten doch nur auf einen solchen Moment.

„Keine Angst, ich gehe nur bis zum Fluss, wo die Kavallerie gerade die Pferde tränkt."

„Na, ob ich denen trauen würde, das weiß ich auch noch nicht. Immerhin sind es germanische auxiliar." Wieder sprach der Posten aus, was auch mir manches Mal durch den Kopf ging. Wie sicher konnten wir uns unserer Verbündeten sein, wenn es denn hart auf hart gehen würde?

„Lass es gut sein. Wir können nicht jedem misstrauen, sonst tun wir anderen Unrecht, die es vielleicht gut mit uns meinen.“ Ich sagte, was ich selbst nicht glaubte. Während meines Weges dachte ich nach über die Geschehnisse der vergangenen Stunde und über die Entscheidung, die ich würde treffen müssen.

Die Männer hatten ihre Pferde zum Fluss getrieben, um sie nach den anstrengenden Übungen zu erfrischen. Übten sie im Moment nicht mehr als sonst? fragte ich mich bei ihrem Anblick. Ich ging an den Baumstämmen entlang, von denen viele hier am Ufer lagen, denn der breite Fluss wurde zum Flößen genutzt. Etwas abseits von den Truppen nahm ich meinen Helm ab, rückte mein Schwert zurecht und setzte mich mit Blick auf das Wasser und das flache Ufer auf einen Stamm. Einige Zeit beobachtete ich die Soldaten, die ihre Pferde in das Wasser trieben und sie dort wuschen. Mir war nicht klar, wo ich zu denken anfangen sollte. Immer noch wirbelten meine Argumente und die Gegenrede des praefectus in meinem Kopf. Immer wieder versuchte ich neu zu argumentieren, den Gedanken zu fassen, der Asprenas umstimmen und mich aus meiner misslichen Lage holen würde. Es gelang mir nicht.

„Na, Cornelius, was sitzt du hier und fängst Fliegen.“ Marcus, mein Freund seit vielen Jahren und decurio einer Kohorte, stand neben mir. Ein Athlet mit blondem Haupthaar, gestutztem Bart und blauen Augen. Kein Maler hätte sich ein besseres Model für einen Germanen suchen können. Ich hatte ihn vorhin gar nicht bei seinen Männern gesehen. „Erlaubst du mir, dass ich mich setze und meine Kleidung hier trockne?“ Er wies auf seine tropfende Tunika.

„Du solltest das Pferd ins Wasser treiben und nicht dich selbst“, versuchte ich zu scherzen. „Komm her, du störst mich nicht.“ Ich rückte zur Seite und machte ihm Platz.

„Du machtest gerade aber den Eindruck, als wenn du gern allein sein würdest“, grummelte es unter dem Hemd hervor, das Marcus sich über den Kopf zog.

„Naja, du hast schon Recht. Ich habe ein ziemlich großes Problem und keine Lösung dafür. Was ich auch tun werde, es wird fürchterliche Konsequenzen haben.“ Während ich dieses sagte, standen mir plötzlich die Folgen meiner Entscheidungen vor Augen. Entweder verlor ich meinen Posten bei der Armee, wurde unehrenhaft entlassen, hatte kein Geld und keine Zukunft mehr im römischen Imperium, oder ich führte den Befehl aus, hatte den völlig überflüssigen, aber sicheren Tod vieler Männer auf dem Gewissen und starb hoffentlich dann selbst in Erfüllung meiner Pflicht, wie es immer so schön hieß. Im ersten Fall kam noch erschwerend hinzu, dass meine Männer, unter fremden Befehl gestellt, das Schicksal erleiden würden, das ich ihnen ersparen wollte. Nur, ich würde dann noch leben und wissen, dass ich mitschuldig an ihrem Tod war. Gab es nicht noch einen anderen Weg für mich? Könnte ich sie retten, wenn sie unter meiner Führung bleiben würden? Nein, ich glaubte nicht daran.

„He, Cornelius, was ist los?“ Marcus hatte inzwischen seine nassen Sachen ausgezogen und räkelte sich in der noch milden Herbstsonne. „Man sollte glauben, dir wäre gerade eröffnet worden, dass du zukünftig in Britannien Dienst tun dürftest. Nur das könnte deinen Gesichtsausdruck erklären.“ Er versuchte mich aufzuheitern. Im düsteren Norden Britanniens bei den wilden Pikten Dienst zu tun, war seit jeher ein Scherz zwischen uns gewesen. Ich sah ihn an und fragte mich, was ich ihm anvertrauen konnte. Wir kannten uns bereits fast sechs Jahre. Ich war gerade zur Kavallerie gewechselt, als er, einige Jahre jünger als ich, mit germanischen Truppen zu uns stieß. Seither hatten wir immer wieder viel mit einander zu tun gehabt und uns angefreundet. So unwahrscheinlich es klingt, wir verloren uns nie mehr aus den Augen. Manchen Feldzug hatten wir gemeinsam begleitet und das Schicksal hatte uns nie getrennt. Und obwohl meine Karriere unaufhaltsam voran ging, so stand dieses niemals störend zwischen uns. Die Jahre hatten mich gelehrt, niemandem außer mir selbst zu trauen, mit Ausnahme meines Freundes Marcus. Er hatte mich bisher nie enttäuscht und stets an meiner Seite gestanden. Doch jetzt fragte ich mich, was in der gegenwärtigen Situation für ihn wichtiger sein würde: die römische Disziplin, in die auch unsere Freundschaft eingebunden war, oder das Schicksal seines Volkes, in dessen Land er jetzt kämpfen sollte. Er war kein Kind mehr gewesen, als man ihn in die römische Armee schickte. Wie würde er handeln, wenn er den neuen Marschbefehl erhielt? Konnte ich ihm meine Zweifel und Sorgen anvertrauen?

„Wie lange kennen wir uns schon?“ fragte Marcus unvermittelt in meine Grübeleien hinein.

„Es könnten sechs Jahre sein“, antwortete ich nach einer kurzen Überlegung.

„Und warum siehst du mich jetzt an, als sei ich ein Fremder, den du nicht einschätzen kannst und dem du nicht traust?“ Meine Gedanken mussten mir auf der Stirn gestanden haben und mein Freund kannte mich besser als ich für möglich gehalten hatte. Er wusste, was ich dachte, ich hingegen hatte bei ihm im Moment meine Zweifel.

„Insubordination.“ Ich wandte meinen Blick von ihm ab über den Fluss.

„Du?“ fragte er erstaunt und stieß ein ungläubiges Lachen aus. „Das glaubst du doch wohl selbst nicht! Kein Soldat könnte dem römischen Imperium treuer dienen.“

„Oh doch, es ist mir gerade angedroht worden“, entgegnete ich und blickte ihn wieder an. „Ich habe noch eine kurze Bedenkzeit, aber dann muss ich mich entscheiden.“ Ich zerbrach den Stock, den ich in den Händen gehalten hatte und zerbröselte die Stücke.

„Und was hat das mit mir zu tun? Warum hast du mich so seltsam angesehen?“ Ich konnte ihm nichts vormachen und entschied mich, mit ihm zu sprechen. Es war sowieso nur eine Frage der Zeit, wann auch er seine Befehle erhalten würde, denn er musste seine Truppen ebenfalls marschbereit machen.

„Der praefectus hat gerade den Marschbefehl besprochen, der morgen erteilt werden wird. Wahrscheinlich sind die anderen immer noch beisammen. Ich wurde vorübergehend beurlaubt. Der legatus Varus hat beschlossen, auf seinem Rückweg ins Winterlager noch einige Lorbeeren zu sammeln. Er will sich mit der germanischen Stammeselite und der Priesterschaft treffen. Dieses anlässlich des Kultfestes zur Tagundnachtgleiche am 23. September an der Teutoburg. Außerdem ist das der Geburtstag des Kaisers und das scheint dem legatus ein passender Anlass zu sein, den dort anwesenden Fürsten die römische Politik zu erläutern. Der alte Herr ist sehr ambitioniert. Um römische Stärke zu demonstrieren, nimmt er drei Legionen, sechs Kohorten und drei alae mit. Das wäre ja auch nicht so schlimm, wenn ihn nicht auch noch der ganze Tross aus seinem Sommerlager begleiten würde." Ich stockte mit meinem Bericht und ließ den Befehl des praefectus Lucius Nonius Asprenas noch einmal Revue passieren. Auch jetzt gefiel mir die Sache nicht besser. Das seltsame Gefühl im Magen, das ich seither hatte, meldete sich in diesem Moment wieder.

„Und, was hat das jetzt mit dir zu tun?" fragte Marcus.

„Muss ich dir, der du einerseits Germane bist und andererseits römisches Militär kennst, erklären, warum ich ein ungutes Gefühl habe? Was würdest du sagen, wenn du erführest, dass der Vorschlag, sich mit den Priestern und den Truppenführern zu treffen von einem guten Freund und Berater des Varus, einem Mann namens Arminius, gekommen ist, seines Zeichens Fürstenspross der Cherusker und praefectus germanischer Auxiliartruppen? Dass dieser Mann seine Truppen sehr erfolgreich in Pannonien geführt hat und bei Varus ein und aus geht? Was würdest du denken, wenn du erführest, dass dieser Mann dem legatus geraten hat, ein diplomatisches Gespräch über die unterschwelligen Unruhen im Lande zu führen? Wobei das große Kultfest ein idealer Zeitpunkt wäre, alle Stammesfürsten der Brukterer, der Marser, der Chatten und der Cherusker zu erreichen.“ Während ich mein Gefühl in Worte fasste, blickte ich Marcus unverwandt an. Keine Regung seines Gesichtes, kein Lidzucken entging mir. Ich erkannte, dass er über meine Aussagen beunruhigt war. Vielleicht aus anderen Gründen als ich, das wusste ich nicht. Während ich schwieg, wandte er seinen Blick in die Ferne.

„Beim Hercules! Das sind wirklich interessante Nachrichten!“ Sein Blick kehrte zurück zu mir. „Du hast immer noch nicht gesagt, was du damit zu tun hast.“

„Ich habe davon abgeraten, den kleinen Umweg auf dem Marsch ins Winterlager zu machen. Ich bin fest davon überzeugt, dass es sich um eine Finte handelt und wir, völlig unvorbereitet, den kampfbereiten Germanen gegenüber stehen werden. Und über ein mögliches Schlachtfeld gebe ich mich auch keiner Illusion hin. Es wird eine Falle sein. Man wird alles daran setzen, damit wir unsere Kampfkraft nicht entfalten können. Meiner Meinung nach sollte man die Nachrichten ignorieren und auf direktem Wege ins Winterlager ziehen. Im Frühjahr könnte man dann schauen, ob von den inneren Unruhen noch etwas übrig geblieben ist. Das schlechte Wetter, das jetzt hier einbricht, macht doch jeden Aufruhr zu Nichte. Außerdem, wenn niemand da ist, gegen wen soll man rebellieren? Und wenn es doch eine Rebellion gibt, dann ist während des Winters Zeit genug, um das weitere Vorgehen strategisch zu planen und im Frühjahr gezielt zuzuschlagen. Wenn wir jetzt so unkoordiniert, nur auf eine Einflüsterung hin, durch Germanien ziehen, wird das unser Untergang sein. Dummerweise habe ich das nicht einfach nur gedacht, sondern auch gesagt bei der Lagebesprechung. Ein tribun darf aber keine Vermutungen anstellen oder dumme Gefühle haben, sondern muss sich den Anweisungen seiner Vorgesetzten widerspruchslos beugen. Deshalb hat man mich vor die Wahl gestellt unehrenhaft aus der Armee zu scheiden oder den Marschbefehl entgegen zu nehmen und meine Männer in ihr Verderben zu führen. Letzteres hat man natürlich nicht so ausgedrückt, aber ich bin davon überzeugt, dass es so sein wird. Jetzt bist du dran.“ Ich griff einige Steine und warf sie ins Wasser, während ich auf eine Antwort meines Freundes wartete. Ich musste lange warten, bevor er aus seiner Versunkenheit auftauchte.

„Kennst du Arminius?“ fragte er nach einiger Zeit. Erstaunt hob ich den Kopf.

„Was für eine Frage. Sicherlich ebenso gut wie du. Wir waren zusammen in Pannonien. Also, was denkst du?“ Wieder musste ich lange auf eine Antwort warten und ich fragte mich schon, ob ich nicht doch einen Fehler begangen hatte, indem ich ihm alles erzählte.

„Ich denke, dass er gefährlich ist für Rom.“ Marcus drehte sich zu mir um und blickte mich ernst an. „Aber ich denke auch, dass er eine Chance für Germanien sein kann, wenn er seine Möglichkeiten klug nutzt. Wie lange ist er jetzt schon zurück?“ Zornig sprang ich auf und baute mich vor ihm auf.

„Lieber Freund, es geht mir jetzt nicht um die Chancen Germaniens unter einem Heerführer Arminius, sondern um meine Zukunft. Soll ich den Befehl verweigern mit den bekannten Folgen oder soll ich meine Männer in einen Kampf führen, über dessen Ausgang ich mich keiner Illusion hingebe? Das sind meine Fragen.“ Ich hatte ihn an den Schultern gefasst und gerüttelt. Er schaut mich lange ruhig an.

„Cornelius, du denkst, dass es für dich eine Wahl gibt. Du hast keine! Du bist Soldat und der Tod ist dein Geschäft. Du wirst in jedem Fall deine Männer führen, wenn es zu einem Kampf kommen sollte, denn ohne dich gehen sie möglicherweise auch in den Tod und dann doch besser mit dir. Das verlangt der Eid, den du geschworen hast. So sieht es aus, Cornelius.“ Marcus hatte sich erhoben und seine Hände auf meine

Schultern gelegt, um mich zu beruhigen. Immer noch zornig schaute ich ihn an, dann ließ ich den Kopf ergeben sinken.

„Ja, du hast Recht. Wahrscheinlich bin ich zu feige, in einer hinterhältigen Falle sterben zu wollen, daher glaubte ich, eine Wahl zu haben."

„Unsinn, niemand kann behaupten, dass du feige bist. Ich habe nie erlebt, dass du vor einem Feind zurückgewichen wärest. Du stehst kurz vor der nächsten Beförderung, weil du ein so guter Truppenführer bist. Du verzweifelst nur über der Sturheit und Arroganz der römischen Heerführung. Sie sehen nur, was sie wollen und glauben, sie seien die Herren der Welt. Niemand könne sie besiegen. Nun, wir werden sehen." Wieder blickte er gedankenverloren an mir vorbei. Sah er neue Wege für seine Zukunft? Konnte er sich vorstellen, einem Mann wie Arminius zu folgen?

„Wirst du dich, wenn es zum Kampf kommen sollte, den Aufständischen anschließen, Marcus?" fragte ich ihn zögernd.

„Wir sollten über solche Dinge nicht sprechen, Cornelius." Marcus nahm seine Sachen und zog sich wieder an, dann legte er mir den Arm um die Schulter und begleitete mich Richtung Lager. „Lass uns zurück gehen. Du suchst sofort Asprenas auf und trittst dein Kommando wieder an. Du hast keine Wahl, darum mach das Beste draus."

„Sprich noch nicht mit deinen Männern über das, was ich dir gerade erzählt habe. Ich möchte keine Unruhe in unserem Lager. Wir bekommen noch früh genug Schwierigkeiten." Ich hoffte, dass ich mich auf ihn verlassen konnte.

„Ich werde den Marschbefehl abwarten und dann nur sprechen, wenn ich gefragt werde. Du kannst mir vertrauen." Wir waren stehen geblieben und er reichte mir die Hand, um sein Versprechen zu unterstreichen.

„Gut. Wenn du magst, können wir uns später noch auf einen Becher Wein treffen", lud ich ihn ein. Er dankte und versprach zu kommen.

Ich holte tief Atem und ging zu Asprenas, um ihm meinen Entschluss mitzuteilen. „Ich hatte das bei einem so guten Soldaten wie dir auch nicht anders erwartet. Dieses Land kann einen Menschen manchmal etwas bedrücken, so dass er Gespenster sieht, wo nur Nebel ist. Ich werde dich, wenn wir in unserem Winterlager sind, nach Rom schicken. Etwas Sonne und Kultur werden deine Hirngespinste vertreiben.“ Dann winkte er mich hinaus und las weiter in seinen Unterlagen. Sollte er Recht haben und ich sah wirklich nur Gespenster? Nein, wenn ich es recht überlegte, dann hatte die Reaktion von Marcus auf meine wenigen Worte mich nur in meinem Misstrauen gegen die Nachrichten des Varus bestätigt. Nie hatte ich meinen Freund so besonnen erlebt. Er, der normalerweise erst redete und dann dachte, hatte sich verschwiegen und nachdenklich gezeigt wie nie zuvor. Mir ging plötzlich auf, dass Marcus mit seinen letzten Sätzen das bestätigt hatte, was ich nur vermutete: ‚Sie halten sich für unbesiegbar. Nun, wir werden sehen.‘ Ich ging zu meinem Zimmer, das ich in meiner Stellung als tribun allein bewohnte, zog meine Rüstung aus und legte mich aufs Bett. Kennst du Arminius, hatte Marcus gefragt. Ich musste nochmals nachdenken, woher ich ihn kannte.

Arminius war schätzungsweise etwas jünger als ich, also ungefähr Mitte zwanzig. Wir waren uns begegnet, als ich 4 nach der Zeitenwende zur Kavallerie wechselte. Das war noch vor der Zeit, als ich Marcus kennen lernte. Wenn ich es recht überlegte, so mussten die beiden sich schon vorher getroffen haben. Ich hatte Marcus nie gefragt, von welchem Stamm er kam. Es schien damals nicht wichtig zu sein. Waren er und Arminius möglicherweise schon in Germanien miteinander bekannt gewesen? Hatte Marcus deshalb so genau gewusst was er sagte, wenn er Arminius als gefährlich für Rom bezeichnete? Gehörte er bereits zu den Verschwörern? Hatte Arminius nicht nur die germanischen Stämme sondern auch die Auxiliartruppen gegen Rom gesammelt? ‚Nun, wir werden sehen'. Ich war mir sicherer denn je zuvor, dass wir in eine Falle tappten. Die Fragen und mein Misstrauen gegen meinen Freund machten mich verrückt. Ich stand wieder auf, legte nur den pugio an, griff meinen sagum und ging hinaus. Als ich an der Taverne vorbei kam, erinnerte ich mich, dass ich Marcus zu einem Becher Wein eingeladen hatte. Lärm und schlechte Luft schlugen mir entgegen, als ich die Tür öffnete. Ich drängte mich an den Gästen, die im Gang standen, vorbei, grüßte hier und da und fand mühsam ein ruhigeres Plätzchen in einem Nebenraum. Ein Sklave brachte mir umgehend Wein und ich nahm durstig den ersten Schluck. Dieser germanische Wein vom Rhenus konnte unserem italischen nicht das Wasser reichen, aber er war immer noch besser als das Met, das die Germanen in Mengen trinken konnten. Met berauschte und ließ einen am nächsten Tag mit Kopfschmerzen aufwachen. Ich brauchte jetzt einen klaren Kopf, um mich nicht von meinen Mutmaßungen überrollen zu lassen. Während ich gedankenversunken meinen Wein trank, trat Flavius Decius zu mir. Er war Zenturio in der Position eines hastatus prior, die mit unserer Reiterei hier stationiert war. Er war wesentlich älter als ich und ich kannte ihn seit Beginn meiner Militärlaufbahn.

„Na, hast du dich wieder beruhigt? Bist du beim praefectus gewesen und hast dich zurück gemeldet? Junge, du musst dich nicht so verrückt machen lassen. Ich gebe ja zu, dass einem Germanien ganz schön zu schaffen macht, aber du hast noch keinen Winter hier erlebt. Warte erst einmal ab, wenn es nur noch regnet und dicker Nebel über den Mooren treibt. Du frierst den ganzen Tag und findest vor Feuchtigkeit nicht in den Schlaf. Wenn du dann Gespenster siehst, wird dich jeder verstehen. Doch jetzt, bei diesem herrlichen Spätsommer, solltest du dich des Lebens freuen und deine Männer zum Rhenus reiten lassen, ohne viel über die Germanen nachzudenken. Die haben sich schon ganz gut angepasst. Dieses Getue um germanische Identität und germanische Bräuche ist doch völlig überflüssig. Was bedeutet in diesem Land Freiheit, wenn man sie nicht auskosten kann? Hier gibt es doch Nichts, wofür zu kämpfen sich lohnen würde. Vermutlich hat irgendein kleiner Fürst das Maul zu weit aufgerissen und nun glauben alle an Unruhen bei den germanischen Stämmen." Flavius hatte sich zu mir gesetzt und bestellte Wein nach. Er legte mir vertrauensvoll den Arm um die Schulter und schüttelte mich leicht, wie ein Vater es bei seinem Sohn getan hätte. „Es täte mir sehr leid, wenn du dir deine Karriere mit solchen Gedanken zerstören würdest. Dazu bist du noch zu jung. Wenn ich richtig gehört habe, steht bei dir in diesem Jahr wieder eine Beförderung an. Dann wirst du bald einen festen Posten bekommen, kannst in den Stab des legatus wechseln, später heiraten und eine Familie gründen. Sieh mich an. Für mich ist das alles schon zu spät. Ich bin zu viel herum gezogen, als dass ich Zeit für eine Familie gehabt hätte. Die kleinen Mädchen, die man in jedem Lager und in jeder Stadt findet, sind zwar ganz nett, aber nichts für das Herz und das Alter. Dafür sollte man sich ein Zuhause aufbauen." Flavius hatte offensichtlich schon zu viel getrunken, was er eigentlich nicht durfte, doch in seinem Alter und bei seinen Verdiensten würde die Wache ein Auge zudrücken. Auf jeden Fall redete er wie ein Wasserfall. Nun schenkte er mir auch noch einmal ein. Wollte ich ihn nicht beleidigen, musste ich den Becher austrinken. Er stieß mit mir an. „Nach den heutigen Vorkommnissen wirst du aufpassen müssen, damit du dir Nichts zu Schulden kommen lässt. Man wird nun ein wachsames Auge auf dich haben."

„Was soll mir schon geschehen? Ich werde meine Aufgaben wie immer erfüllen und was bisher gut genug war, wird wohl auch weiterhin genügen." Ich schüttelte ungläubig den Kopf.

„Schüttel nicht den Kopf, mein Junge! Du weißt nicht, wie sie sind, die hohen Herren. Wer ihnen einmal widersprochen hat, wird dieses auch wieder tun, denken sie. Du bist doch außerdem mit diesem Germanen Marcus Antonius befreundet. Ich sah euch heute vom Fluss kommen. Achte gut darauf, was er tut und nicht so sehr auf das, was er sagt. Man könnte dir sonst leicht einen Strick aus der Freundschaft drehen.“ Er war ganz nah herangerückt und flüsterte nur noch. Sein Weinatem schlug mir sauer ins Gesicht.

„Jetzt ist es aber genug! Was hat meine langjährige Freundschaft mit Marcus mit meinem Verhalten heute zu tun? Du hast zu viel Wein getrunken, Flavius.“ Unwillig schüttelte ich seinen Arm ab und rückte von ihm ab.

„Denk an meine Worte, mein Kleiner. Ich kenne sie, die hohen Herren. Doch jetzt will ich schauen, ob ich im Badehaus noch Spaß finde, bevor wir hier die Zelte endgültig abbrechen. Gute Nacht mein Bester. Und denk an meine Worte.“ Schwankend erhob er sich und steuerte auf den Ausgang zu. Ich wollte ihm einen Vorsprung lassen, um dann allein in mein Zimmer zurück zu gehen. Marcus schien nicht mehr zu kommen und wenn ich ehrlich war, war mir das sogar Recht. Es gab zu Vieles, über das ich nachdenken musste.

„Was hattest denn du da für einen Unkenrufer? Ihr tatet ja sehr geheimnisvoll.“ Wie herbei gedacht, stand Marcus hinter mir. Er setzte sich mir gegenüber und winkte den Sklaven mit dem Weinkrug heran. „Komm, einen Becher wirst du mir nicht abschlagen. Was hat unser alter Freund dir geraten? Hüte dich vor diesem Germanen! Er wird dein Verderben werden!“ Marcus sprach ironisch, doch ohne eine Spur von Humor.

„Woher weißt du das? Hast du zugehört?“ fragte ich misstrauisch.

„Der alte Germanenfresser mag uns nicht. Mochte uns nie und mich ganz besonders nicht. Es passt ihm nicht, dass die Auxiliartruppen so erfolgreich sind und er uns keine Befehle zu erteilen hat. Außerdem sind wir beide einmal ganz gewaltig zusammen gerumpelt. Nun will er dich und mich auseinander bringen. Das gibt ihm ein Gefühl von Macht. Ist dir das noch nie aufgefallen?“ Er trank seinen Wein und beobachtete mich.

Ich sah ihn eine Zeit lang ruhig an, dann antwortete ich: „Nein, ich habe mich noch nie um ihn gekümmert und kann mich nicht entsinnen, jemals ein privates Gespräch mit ihm geführt zu haben.“ Eigentlich führte ich wenig private Gespräche. Marcus war da die Ausnahme und auch hier gab es Dinge, an die wir nicht rührten. Beispielsweise waren unsere Herkunft, unsere Familien nie ein Thema für uns gewesen. Unter den gegebenen Umständen konnte ich schlecht damit anfangen, ohne bei ihm Verärgerung hervorzurufen, und dennoch – ich musste mir ein klares Bild machen.

„Ich sehe schon, die Sache von heute Nachmittag hat dich immer noch nicht losgelassen. Was willst du wissen?“ Marcus grinste, wenn auch etwas verzerrt. „Ich werde versuchen, dir die Fragen, die du offensichtlich hast, zu beantworten. Sollen wir hier bleiben oder hast du Angst vor Zuhörern?“

„Jetzt übertreibst du aber! Was habe ich zu befürchten, wenn ich hier mit dir zusammen sitze?“ Langsam sahen wir wohl alle Gespenster.

„Nun, ich dachte, unser lieber Freund vorhin hätte dich ausreichend gewarnt.“ Er hatte also schon länger hinter uns gestanden und dem Gespräch gelauscht.

„Lass den Quatsch. Ich habe dir bereits gesagt, dass ich gar nicht hingehört habe. Was willst du mir also erzählen?“ Ärgerlich trank ich meinen Wein aus und winkte dem Sklaven, obwohl ich eigentlich genug getrunken hatte. Doch jetzt wollte ich wissen, was Marcus mir zu berichten hatte.

„Gut, ich kenne Arminius seit meiner Kindheit. Da unsere beiden Väter Stammesführer sind, kannten wir uns zwangsläufig. Er ist Cherusker, ich gehöre zum Stamm der Brukterer. Wir wurden beide nach dem Friedensschluss unter Tiberius im Jahre 4 mit den Aufgeboten, die unsere Stämme stellen mussten, in die römische Armee aufgenommen. Ich etwas früher als er. Die Cherusker waren der letzte Stamm, der befriedet wurde. Arminius war nicht nur älter und erfahrener als ich, er war von Anfang an auch sehr viel ehrgeiziger. Außerdem hatte er die bessere Protektion. Sein Aufstieg war kometenhaft. Man muss aber auch anerkennen, dass er seine Sache beim pannonischen Aufstand vor drei Jahren wirklich gut gemacht hat. Ohne ihn hätte Rom bei einigen Schlachten keinen Sieg davongetragen. Er ist ein hervorragender Kämpfer und ein ausgezeichneter Stratege. Wir erhielten in unserer Eigenschaft als Fürstensöhne bei der Unterwerfung das römische Bürgerrecht. Später wurde Arminius, nach seinem so erfolgreichen Einsatz in Pannonien, in den Ritterstand erhoben. Er ist am Ende seines Einsatzes nach Germanien zurück gekehrt. Zusammen mit seinen Auxiliartruppen wurde er auf Empfehlung des Tiberius zu Varus nach Vetera versetzt. Dieser beorderte ihn weiter an den Visurgis in das Siedlungsgebiet seiner Familie. Die Cherusker besiedeln das Gebiet jenseits der Quellen von Lupia und Amisia bis zum Albis. Arminius wird die Führung seiner Familie übernehmen, wenn sein Vater stirbt. Natürlich befehligt er weiterhin die Auxiliartruppen und pendelt immer zwischen den verschiedenen Forts und dem Hauptsitz des Varus hin und her. Man hört allenthalben, dass er von Varus sehr geschätzt wird und sein Wort beim Statthalter etwas gilt. Deshalb haben sich bereits viele Stämme an ihn gewandt und um Vermittlung bei Unstimmigkeiten gebeten. Das ist alles, was ich weiß. Genügt dir das?“ Es war nicht viel Neues, was Marcus mir erzählte, aber es tat mir gut, dass er so offen zu mir sprach. Misstrauen ist immer ein schlechter Berater.

„Danke für diese Worte. Sie beantworten tatsächlich einige Fragen, die ich hatte. Lass uns nun zahlen und gehen. Ich mag nicht mehr hier sitzen.“ Eigentlich wusste ich nur, dass es Nichts mehr zu bereden gab. Die alles entscheidende Frage, die in mir bohrte und die ich unbedingt stellen wollte, durfte ich nicht stellen um unserer Freundschaft Willen.

Wir verabschiedeten uns nach einem kurzen gemeinsamen Weg von einander. Als ich im Bett lag und den Tag bedachte, drängte sich mir doch gerade diese Frage wieder auf: War Arminius bestrebt, die Unruhen, die in Germanien gärten, durch Gespräche beizulegen oder war alles nur eine Finte, um die Legionen in die Falle zu locken? Und wenn Letzteres der Fall war: Wie verhielt sich mein Freund Marcus, wenn an ihn die Frage gestellt wurde, ob er Arminius unterstützen würde? Oder, noch weiter gedacht: hatte man ihn bereits gefragt? Diese Fragen gingen mir ununterbrochen durch den Kopf und ich brauchte lange, ehe ich Ruhe fand.

Am nächsten Morgen brachte mich nur die vielgerühmte Disziplin aus dem Bett. Ich hatte mir angewöhnt stets früh aufzustehen und wenn möglich irgendwo zu schwimmen. An einem See aufgewachsen, war ich es gewohnt, einfach ins Wasser zu springen und mir Müdigkeit, Ärger und Kummer wegzuwaschen. Ich fühlte mich danach stets wie neu geboren. So hatte ich es mir auch hier am Fluss wieder angewöhnt. Das empfindlich kalte Wasser machte mich schlagartig wach und vertrieb den Alkohol des Vorabends. Ich eilte zurück zum Lager und kleidete mich für den Dienst an. Heute würde nochmals ein Treffen der Truppenführer stattfinden und die Details des Marschbefehls besprochen werden. Zwar streifte mich der eine oder andere zögerliche Blick als ich die Halle betrat, doch niemand ließ eine Bemerkung über den gestrigen Tag fallen. Der praefectus war mir gegenüber gleichgültig wie immer. Heute waren auch die centurionen und decurionen der Auxiliartruppen bei der Besprechung dabei. Sie erhielten ihre Weisungen, wurden aber über die genaue Marschroute und die Pläne des Varus nicht informiert. Während die Befehle erteilt wurden, behielt ich die Führer der germanischen Truppen genau im Auge. Tauschten sie Blicke untereinander? Wussten sie mehr als ihnen gesagt wurde? Ich konnte keine heimlichen Zeichen unter ihnen erkennen. Nur Marcus schaute kurz zu mir herüber und nickte leicht. Ich schimpfte mich selbst einen Narren wegen meiner Ahnungen und meines Misstrauens und wandte mich meiner Arbeit zu. Bei jedem Aufbruch aus einem Lager zeigte sich die Überlegenheit der römischen Disziplin und militärischen Ordnung. Jeder kannte seine Aufgaben und die Handgriffe, die zu einem reibungslosen Ablauf der Marschvorbereitung gehörten. Innerhalb kürzester Zeit waren wir bereit und verließen das Lager. Kavallerie und Auxiliartruppen, um zu Varus zu stoßen, die Legionen, um über den Taunus nach Mogontiacum ins Winterlager zu marschieren.

Der legatus Publius Quinctilius Varus erschien und an seiner Seite Arminius. Ich erkannte ihn sofort wieder. Er trug immer noch die Uniform der Auxiliartruppen und glich eher einem Römer, denn einem Germanen, mit Ausnahme der inzwischen wieder lang gewachsenen blonden Haare. Wie immer war er selbstbewusst, ganz Befehlshaber und er gab sich ein wenig arrogant und herablassend gegenüber dem legatus. Zumindest schien es mir so, wenn ich ihn beobachtete. Varus bemerkte nichts davon. Er hielt Hof und ritt mit seinen Kommandeuren unbekümmert durch feindliches Land, einen Heerwurm von fast 15.000 Mann und einen riesigen zivilen Tross hinter sich herziehend. Er fühlte sich völlig sicher im Glorienschein der römischen Armee. Am Abend vor dem Abmarsch wurde im engeren Kreis gespeist. Wir befanden uns ganz offensichtlich nicht auf einer kriegerischen Expedition, wie ich doch noch gehofft hatte. Vielmehr herrschte eine recht gelöste Stimmung. Ich trank nur einen Becher verdünnten Weines und verabschiedete mich zeitig, was bei der ausgelassenen Stimmung nicht auffiel. Anschließend besuchte ich noch die Wachposten, um meine Unruhe zu bekämpfen. Dabei traf ich auf Arminius. Mir schien es, als hätte er auf mich gewartet.

„Kontrollierst du neuerdings die Wachen, Cornelius Flavius?“ fragte er ironisch und blieb bei mir stehen.

„Das kann nie schaden, denke ich. Immerhin ist dieses hier noch keine römische Provinz, selbst wenn der legatus das Gegenteil behauptet, Fürst Arminius“, entgegnete ich und blickte ihn dabei herausfordernd an.

Er grinste sarkastisch: „Ja, ich hörte schon, dass du gegen die Änderung der Marschroute warst. Auch hörte ich, dass du mir nicht traust. Gibt es einen besonderen Grund dafür? Ich kann mich nicht entsinnen, dir in der Vergangenheit jemals Veranlassung gegeben zu haben, mir zu misstrauen.“ Ein scharfer Unterton klang in den Worten mit.

„Nun, was würdest du im umgekehrten Fall denken? Wenn ein Germane einen Römer als Berater hätte und dabei seine sämtlichen Grundsätze fahren lassen würde? Wenn ein Mann von Erfahrung sich aufführt wie ein Neuling?“ Ich war ganz bewusst deutlicher geworden, als es meine Situation eigentlich erlaubte. Ein Blitzen in seinen Augen, ein kurzes Hochziehen der Augenbraue und ich wusste, dass ich ins Schwarze getroffen hatte. Doch ich wusste auch, dass ich nichts unternehmen konnte, um die ins Rollen geratene Lawine aufzuhalten. So seltsam es klingt, ich fühlte mich fast erleichtert, dass ich jetzt eine Bestätigung für mein Misstrauen hatte.

„Du bist ein sehr scharfsichtiger Mann. Ich werde dich im Auge behalten müssen“, antwortete Arminius bevor er sich wegdrehte und ging. Ich musste anerkennen, dass er mit jedem Zoll ein Fürst war. Der Führer einer Armee, eines Volkes. Nun blieb nur noch abzuwarten, ob er über mich zu Varus sprechen würde oder ob er sich seiner Sache bereits so sicher war, dass mein Wissen keinen Schaden mehr anrichten konnte. Hinter mir knackte ein Ast und als ich mich blitzschnell herumdrehte, das gezogene Schwert in der Hand, stand Marcus vor mir.

„Na, dein Feind möchte ich nicht sein. Den erschlägst du erst und dann fragst du, was er von dir will. Was ist mit dir los, Cornelius? Du bist so nervös. War das nicht gerade Arminius, mit dem du gesprochen hast?“ Er versuchte im Licht der Lagerfeuer die fortgehende Gestalt zu erkennen.

„Ja, wir trafen uns zufällig und sprachen kurz mit einander. Doch ich will mich nun hinlegen. Der Wein beim legatus war nicht gut.“ Damit wandte ich mich zum Gehen, ohne dass Marcus mich aufhielt. Ich hatte nicht die Absicht mit ihm über das Gespräch von vorhin zu reden. Mir war immer noch nicht klar, auf welcher Seite mein Freund eigentlich stand. Und wenn ich ehrlich war, ich wollte es gar nicht mehr erfahren. Es gab kein Zurück und ich war vermutlich so oder so tot. Würde ich versuchen, mit dem legatus zu reden, würde Arminius mich möglicherweise liquidieren. Schwieg ich, so würden das in wenigen Tagen die Germanen erledigen. Ein Publius Quinctilius Varus hörte außerdem nicht auf die Worte eines tribuns und sei er auch noch so hoch dekoriert. Für den legatus, der mit dem Kaiser verwandt war, war ich, der ich mich hochgedient hatte und nicht aus dem Senatorenstand kam, Plebs. Ich spuckte aus, um den sauren Geschmack aus meinem Mund zu entfernen. In meinem Zelt legte ich meine Waffen griffbereit hin und warf mich auf mein Lager. Ich schwor mir, jeden Tag aufmerksam zu sein, mir keine Minute der Lässigkeit mehr zu gönnen. Wenn ich im Kampf sterben sollte, dann wollte ich ehrlich gekämpft haben und nicht hinterrücks ermordet werden.

Meine Befürchtungen nahmen schon am nächsten Tag mehr und mehr Gestalt an. Der Aufbruch aus dem Lager schien ewig zu dauern. Ungeduldig scharrten die Pferde mit den Hufen während wir auf das Marschsignal warteten. Selbst das Wetter verstärkte meine Befürchtungen. Es wurde stündlich schlechter. Die Sonne schien nicht mehr. Dunkle Wolken zogen auf. Irgendwann im Verlauf des Vormittages setzte zunächst Nieselregen ein, der dann immer stärker wurde und alles durchnässte. Am Abend stieg früh der

Nebel aus den Wiesen und Mooren und in der Nacht wurde es empfindlich kalt. Selbst am Feuer wurde man nicht mehr richtig warm und die Kleidung blieb immer etwas klamm. Viele tranken gegen die Nässe und die Kälte, die einem in die Glieder zog, warmen Wein. Doch ich hielt mich an meinen Schwur und trank keinen Tropfen Alkohol mehr. Auch hielt ich mich soweit möglich von den Treffen der Offiziere fern. Nach dem ersten Marschtag hatten wir bei einem alten Lager, das am Weg lag, übernachtet. Ich kontrollierte die Wachen und hielt meine Männer zu steter Aufmerksamkeit an. Als bei unserer Lagebesprechung zufällig Arminius vorbei kam – auf mich machte es den Eindruck, als kontrollierte er mich – sah ich ihn spöttisch lächeln. Vermutlich belächelte er mein Verhalten, denn er wusste genau, dass wir gegen einen germanischen Hinterhalt nichts würden ausrichten können. Ich war sehr unruhig, immer in Erwartung eines Ungewissen, nicht Fassbaren. Gegen einen bekannten Feind zu kämpfen, dessen Taktik man kennt, ist eine Sache, aber gegen ein Gespenst zu kämpfen, eine ganz andere. Niemand teilte meine Unruhe. Meine Männer grinsten schräg, wenn ich sie zur Wachsamkeit ermahnte. Marcus sah ich fast gar nicht an diesem Tag. Ich war mir inzwischen sicher, dass er zu den Verschwörern gehörte. Doch ich konnte ihm das noch nicht einmal verdenken. Wenn ich mir jetzt Varus und seine Offiziersclique ansah, die in Luxus lebten, als wären wir auf einer Landpartie und an die verworrenen Berichte über die Neuorganisation des Landes dachte, die wir aus der Verwaltung erhalten hatten, verstand ich die Wut der Germanen. Dieser Teil Germaniens war noch keine römische Provinz, selbst wenn mancher es behauptete und doch ging Varus rigoros gegen Unruhen und deren Verursacher vor, als gelte bereits römisches Recht. Sogar, wenn es sich um stammesinterne Streitereien handelte. Dieses machte viel böses Blut in der Bevölkerung. Wir Römer verstanden die germanischen Ehrbegriffe und ihre Handlungen nicht, aber wir unterwarfen sie unseren Vorstellungen von Recht und Ordnung. Stockhiebe und Auspeitschungen waren in den Augen der Germanen entehrende Strafen. Von öffentlichen Hinrichtungen ganz zu schweigen. Varus erließ römische Steuergesetze und erhob Abgaben. Abgaben zahlten bei den Germanen aber nur die Unfreien und Steuern nur der, der das freie Stammesrecht verloren hatte. Jede Handlung des legatus war ein Affront für die germanischen Stämme, selbst wenn sie pro römisch waren. Die Einmischung in interne Angelegenheiten war sicherlich nicht die Aufgabe, die der Kaiser dem legatus gestellt hatte. Uns war stets gesagt worden, dass Stammesstreitigkeiten das Imperium nichts angingen. Umso erstaunlicher war das Verhalten des legatus jetzt. Ausgerechnet zu dieser Jahreszeit, wenn überall die großen Kultfeste stattfanden, in den Bannkreis eines Zentralheiligtums zu marschieren, auch wenn es diplomatisch gerechtfertigt zu sein schien, musste doch wieder eine Ohrfeige für die Germanen sein. Wie ich schon zu Marcus sagte: der alte Herr wollte sich gern noch einige Lorbeeren verdienen. Doch für diesen Tag hatten meine Befürchtungen mich genarrt, denn die Nacht verlief friedlich.

Am nächsten Vormittag bogen wir von der üblichen Marschroute ab. Das Gelände wurde unwegsamer, wenn auch für Wagen und Lasttiere noch passierbar. Die Wälder rückten näher heran. Wenn ich mir unsere Marschordnung ansah, dann wurde mir ganz mulmig zu Mute. Wir marschierten agmen impeditum, das heißt, nicht gefechtsbereit. Jede Legion wurde direkt von ihrem eigenen Tross begleitet, am Ende dann der große Tross mit den Zivilisten. Dahinter noch eine kleine Nachhut der Kavallerie. Auf den Wegen, denen wir nun folgten, hätten wir ohnehin nicht in römischer Manier mit vier bis acht Legionären neben einander marschieren können. Ich wertete das als einen weiteren Beweis für meine Annahme, dass man uns in einen Hinterhalt locken wollte.

Am späten Nachmittag, als wir gerade das Lager anlegten, kam dann die erste Schreckensmeldung. Kleinere Gruppen von Germanen hatten die Nachhut und den Tross angegriffen. Fühlte ich nun Befriedigung? Nein, denn das war noch nicht die Bestätigung meiner Erwartungen. Es konnte auch Zufall sein. Als ich mit meiner Kavallerie, die während des Marsches in der Führungsspitze beim legatus ritt, bei der Nachhut ankam, war eigentlich schon alles vorbei. Wagen brannten, andere waren umgestürzt. Es gab vereinzelte Tote, manchen Verletzten, aber keine einschneidenden Verluste.

Nach einiger Zeit trafen Varus und seine Feldherren ein, um die Lage zu sondieren. Er ließ sofort einen Krisenstab einberufen. Auch Arminius nahm daran teil. Dieser erklärte, dass es sich bei dem Überfall um versprengte Truppen von Germanen gehandelt habe, die wir jedoch nicht weiter beachten sollten. Varus stimmte ihm in dieser Einschätzung der Lage zu: „Natürlich reizt es jeden Germanen, uns in unserer momentanen Situation anzugreifen. Dennoch werde ich nicht von meinem Plan abweichen, die Stammesfürsten und die Priesterschaft zu treffen, um sie über die Lage im Lande aufzuklären und zur Unterstützung unserer Arbeit aufzufordern.“ Der legatus hatte sich anscheinend auf dem Weg zum Angriffsplatz mit einigen Heerführern beraten, denn er gab sofort seine Befehle.

„Es wäre unsinnig, umzudrehen. Der Weg ist durch die umgestürzten und zerstörten Wagen blockiert und wir sollten unter den gegebenen Umständen keine Zeit verschwenden, sondern vorwärts schauen. Wir werden die Toten bestatten und dann den zivilen Tross von den Legionen abtrennen.“ Ein Raunen ging durch die anwesenden Offiziere, auch mir stockte der Atem, doch der legatus fuhr fort: „Fürst Arminius hat mich in diesem Plan bestärkt und mir versichert, dass es dem Ehrenkodex der Germanen widersprechen würde, Frauen und Kinder anzugreifen. Wir werden einige Kohorten zu ihrem Schutz zurücklassen, die sie zum Lupia begleiten werden. Es ist nur eine kurze Strecke von noch nicht einmal drei Tagen, dann sind sie in Sicherheit. Die Legionen nehmen nur mit, was sie dringend zusätzlich an Proviant benötigen. Alles andere, Wagen und was sonst für plündernde Barbaren interessant sein könnte, wird verbrannt.“ Damit verließ er die Besprechung.

Ich traute meinen Ohren nicht. So wollte Varus uns sehenden Auges in das Verderben führen. Während ich noch völlig sprachlos auf meinem Platz stand, traf mein Blick Arminius. Er sah mich mit einem nicht zu erklärenden Blick an. Es war kein Triumpf in seinen Augen, nein, es war mehr eine Provokation, so als würde er mich zum Kampf herausfordern. Ich schaute zurück und nahm die Herausforderung an. Dann verließ ich den Versammlungsplatz.

Nach einer durchwachten Nacht, dämmerte ein grauer, nasser Morgen herauf. Die Lagerfeuer blackten und qualmten mehr als dass sie brannten. Ich schlug meinen sagum um mich und hoffte auf etwas warme Grütze, um die Kälte zu vertreiben. Viel Zeit blieb nicht zum Essen. Ich bekam Order mit zwei Kavallerieeinheiten, einer turma und drei Kohorten, in denen hauptsächlich immunes, also Fachleute wie Pioniere und Zimmerleute zusammengefasst waren, den Legionen voran zu gehen, um den Weg begehbar zu machen, der inzwischen teilweise bodenlos geworden war. Wir brachen noch im morgendlichen Zwielicht auf. Als es heller wurde, sahen wir jenseits eines dünnen Streifens von Birken rechts von uns immer noch Moorflächen. Der heftige Regen hatte die Wege stellenweise unpassierbar gemacht. Immer wieder lagen Bäume im Weg, die wir mit den Pferden wegschleppen mussten. Ich hatte manches Mal den Eindruck, dass sie absichtlich umgeworfen worden waren. Ich konnte mich an keinen so starken Sturm erinnern, der so viele Bäume entwurzelt haben konnte. Wir schnitten die Zweige ab, zerkleinerten sie und warfen sie auf den Boden, um die sumpfigen Wege begehbar zu machen für die Fußtruppen. Die Pferde würden wohl besser durchkommen. Wir schnitten Holzbretter für Stege über die anschwellenden Bäche, doch die Möglichkeiten auf dem engen Raum waren begrenzt. Mühsam legten wir mit den vielen herumliegenden Steinen provisorische Straßenpflasterungen dort an, wo der Grund nur durch unsere Arbeiten bereits morastig geworden war. Kälte und Feuchtigkeit behinderten uns bei der Arbeit. Trotzdem verlangte ich, dass die Männer ihre Rüstungen anbehielten. Ich hatte eine turma als Wache abgestellt, um die Arbeiten zu sichern und sowohl nach den Legionen als auch nach den von mir erwarteten Germanen Ausschau zu halten.

Wir kamen zügig voran und gegen Mittag hatten wir bereits ein schönes Stück Weg freigelegt. Bis zum Abend hoffte ich den Platz, den ich für das Lager erkundet hatte, erreicht zu haben. Zuversicht machte sich bei meinen Männern breit angesichts der Leistung, die sie schon erbracht hatten. Doch je tiefer wir in den Wald eindrangen, desto unwohler wurde mir. Als dann die ersten Pferde zu hören waren, die durch den Wald brachen und das Geräusch vieler, schneller Schritte, empfand ich fast so etwas wie Erleichterung. Gleichzeitig erscholl der Alarmruf. Germanische Angriffsschreie lösten bei den Männern im ersten Moment Erschrecken aus, doch die Disziplin siegte. Jeder Soldat griff seine Waffen, setzte den Helm auf und begab sich, soweit möglich, in Kampfposition. Die Kavalleristen rannten zu ihren Pferden und saßen auf. Eine geordnete Abwehr, wie wir sie gelernt hatten, war nicht möglich. Der Weg war zu eng und wurde durch die gefällten Bäume begrenzt. Rechts der Sumpf, links das relativ steil ansteigende Gelände. Wie ich erwartet hatte, schlugen sich die Auxiliartruppen, die uns begleitet hatten, sofort auf die Seite der Angreifer. Jedoch griffen sie nicht uns an, sondern ritten an uns vorbei den Legionen entgegen. Wir Römer waren entschlossen, unsere Haut so teuer wie möglich zu verkaufen. Meine Männer waren gut trainiert und ließen sich nicht einfach überrumpeln. Lange genug hatten wir geübt. Ich schrie meine Befehle und wir preschten vor. Endlich verstand meine ala, wovor ich sie in den letzten Tagen gewarnt hatte und begriff, dass es um ihr ganz persönliches Leben gehen würde und nicht mehr um die Ehre des Imperiums. Wir versuchten die Fußtruppen zu unterstützen, doch sie standen uns überall im Weg. Es war kein Durchkommen. Wir mussten zurück zu den Legionen. Nur so gab es eine Überlebenschance. Verbissen erkämpften wir uns den Rückzug, um die Truppen zu warnen. Immer wieder stellten sich uns Angreifer in den Weg, die aus den geschützten Waldhängen herausfielen wie reife Äpfel aus einer Kiepe. Um mich herum starben Männer wie die Fliegen. Wer noch von meinen Einheiten lebte, konnte ich nicht feststellen. Als uns Reiterei entgegen kam, glaubte ich wenige Momente an eine Rettung, doch dann blickte ich in das Gesicht von Arminius. Er war uns entgegen geritten, weil er wusste, dass ich wachsam sein würde und möglicherweise die Legionen zu früh warnen konnte. Er schrie einige Befehle und mindestens drei Reiter und mehrere germanische Fußsoldaten stürmten mir entgegen. Ich kämpfte. Die Gruppe meiner Gegner lichtete sich. Ich suchte Arminius, wendete mein Pferd und jagte ihm entgegen. Er, der dieses alles veranlasst hatte, sollte nicht ungeschoren bleiben. Er sah mich kommen und wandte sich mir kampfbereit zu. Bevor ich ihn erreichte, wurde mein Pferd mit einem Speerwurf zu Fall gebracht. Ich fiel glücklich und war schnell wieder auf den Beinen. Meinen Schild hatte ich verloren, aber Schwert und Dolch hielt ich fest in der Hand. Ich war ein erfahrener Fußkämpfer aus meiner Zeit bei der Infanterie. Arminius war von seinem Pferd abgesprungen und stellte sich zum Kampf. Unerbittlich traf Stahl auf Stahl. Meine Wut über den Verrat verlieh mir unglaubliche Kräfte, doch er war ebenfalls ein ausgezeichneter Kämpfer. Als wir beide schon verwundet waren, gelang es mir, ihn in die Enge zu treiben. In diesem Moment stürmten zwei Reiter auf mich zu, die mich mit ihren Lanzen zu Fall brachten. Sofort war ein Mann über mir, dem ich jedoch mit dem Dolch begegnete. Ehe ich ihn von mir werfen konnte, fühlte ich, wie ein Schwert auf mein linkes Schienbein niederfuhr und es brach. Ich versuchte den toten Germanen auf mir wegzurollen und mich in eine bessere Ausgangsposition zu bringen, da wurde auch mein rechtes Bein gebrochen. Das Knirschen der Knochen habe ich noch heute in den Ohren. Nur den Beinschienen hatte ich es zu verdanken, dass sie nicht einfach abgetrennt wurden. Ich weiß nicht wie, aber noch kam ich hoch auf die Knie, nachdem ich den Toten von mir gerollt hatte. Da fuhr mir ein Speer in den Rücken und der Hieb von einer Streitaxt traf meine Schläfe und meine rechte Schulter. Ich sah nur noch Blitze vor den Augen, bevor ich das Bewusstsein verlor und mit dem Gesicht in den Schlamm fiel.

Davon gekommen

Wie lange ich so gelegen habe, weiß ich nicht. Tag und Nacht wechselten, ohne dass ich ein Zeitgefühl gehabt hätte. Erwachte ich aus Fieberträumen, so hörte ich immer wieder Schlachtengetümmel, die Schreie Verletzter, das Wiehern von Pferden. Menschen stolperten über mich, zuletzt lag ein toter Römer auf mir und seine Rüstung wog tonnenschwer auf meiner Verletzung, so dass ich mich nicht bewegen konnte. Die Schmerzen ließen mich immer aufs Neue in Ohnmacht fallen. Als ich wieder einmal erwachte, war das Gewicht von mir genommen worden. Irgendjemand rief etwas, was ich nicht verstand. Im gleichen Moment wurde ich herumgezerrt und spürte, wie mir Teile meiner Uniform vom Leib gerissen wurden. Es war mir unmöglich die Augen zu öffnen oder die gierigen Hände abzuwehren. Meine Lider waren bleischwer. Als mir die Beinschienen von meinen gebrochenen Beinen geschnitten wurden, schrie ich auf vor Schmerzen und fiel wieder in Ohnmacht. Von dem, was danach geschah, weiß ich nichts. Später berichtete mir Marcus, dass er, der auf der Suche nach mir war, genau in diesem Moment eintraf. Er rettete mir das Leben. Der Germane, der meinte eine Leiche zu plündern, hätte mich einfach umgebracht. Marcus hielt ihn davon ab. Er beanspruchte mich als Geisel für sich. Seine Stellung und sein Ansehen waren groß genug, um dieses bei einem einfachen Krieger durchzusetzen. Mit Hilfe eines Sklaven trug er mich zu einer geschützten Stelle und deckte mich mit seinem Mantel zu. Dann schickte er den Sklaven los, um einen Heiler zu suchen. Erst jetzt kam ich wieder zu mir. Schmerzen pulsierten in meinem Körper und ich hätte gern einfach nur geschrien, doch die Beherrschung, in der ich mich jahrelang geübt hatte, ließ lediglich ein Gurgeln aus meiner Kehle dringen. Es gelang mir, die Augen zu öffnen, als Marcus versuchte mich aufzurichten, um mir etwas Wein einzuflößen. Es war nicht möglich. Die Speerwunde im Rücken und die wieder gebrochene rechte Schulter bereiteten mir unerträgliche Schmerzen. Marcus legte mich auf die linke Seite. Er befeuchtete ein Tuch und tropfte mir den Wein in den Mund. Mühsam trank ich durstig die erste Flüssigkeit nach, wie mir schien, unendlich vielen Tagen. „Sei vorsichtig. Beweg dich nicht so viel. Du musst viel Blut verloren haben, aber ich kann nicht sehen, wo du überall verletzt bist." Er legte mich wieder zurück auf den Farn.

„Wie … sieht… es… aus?" Mühsam formte ich die Worte.

„Du wirst es dir denken können. Es ist alles so gekommen, wie du es vorhergesagt hast. Die letzten überlebenden Römer werden verfolgt oder befinden sich schon in Gefangenschaft. Aber es sind nur wenige. Varus und seine Offiziere haben Selbstmord begangen."

„Oh Götter!" Erschüttert schloss ich die Augen. „… drei…. Legionen?" Krächzend kamen die Worte aus meiner Kehle. Mein fieber- und schmerzgeschüttelter Geist wollte dieser Feststellung nicht folgen. „Das … kann … doch … gar …

nicht … sein“, flüsterte ich stockend. „Drei… Legionen ….“ In diesem Moment hörte ich fürchterliche Schreie. Sie gingen mir durch Mark und Bein. Ich versuchte den Kopf in die Richtung zu drehen, aus der sie kamen. „Was … ist…. das?“ stieß ich keuchend hervor.

„Die Priester opfern den Göttern“, antwortete Marcus, der ebenfalls in die Richtung geschaut hatte.

„Barbaren“, flüsterte ich entsetzt und schloss die Augen.

„Ist es weniger barbarisch, wenn es in der Arena vor tausenden von Zuschauern passiert?“ fragte Marcus zornig. „Glaubst du, dass es für die Opfer dort angenehmer ist?“ Er hieb mit der Faust auf den Baumstamm, in dessen Schutz er mich abgelegt hatte. Ich blieb ihm eine Antwort schuldig, weil der Schmerz wieder die Herrschaft übernahm und ich erneut das Bewusstsein verlor. Als ich erwachte, versuchte ich der Übelkeit, die in mir aufstieg, Herr zu werden. Stechende Schmerzen durchzuckten mich bei jeder Bewegung. Ich fror und zitterte. Zwar hatte der Regen aufgehört, aber die Nässe saß in den Kleidern, und mein Kettenhemd zog mich zu Boden. Marcus saß immer noch bei mir. „Warum … hast … du … mich … gerettet? Was … erwartet … mich? Opfer … für … Götter?“ Stockend flüsterte ich meine Fragen.

Marcus beugte sich zu mir herunter, um zu verstehen, was ich sagte. Der Schmerz und die innere Ohnmacht ließen mich wünschen, bereits tot zu sein. „Da sei Mercurius vor! Du bist mein Freund, auch wenn du Römer bist. Ich werde nicht die Jahre der Freundschaft wegwerfen für einen einzigen Sieg, von dem man noch nicht einmal weiß, was er nach sich ziehen wird.“ Marcus legte seine Hand auf meine Schulter und drückte sie. Ich stöhnte auf. Erschrocken ließ er los, stand auf und blickte suchend um sich. „Wo bleibt nur dieser dumme Sklave? Du kannst nicht mehr lange hier so liegen und ich muss zu Arminius.“Arminius – da war er wieder der Name. Er, der uns diese Katastrophe beschert hatte. Er, den alle verkannt und dem ich sofort misstraut hatte. So hatte Marcus von Anfang an zu den Verschwörern gehört. Warum hatte er mich nicht gewarnt, wenn ich doch angeblich sein Freund war? Ich hatte noch so viele Fragen an ihn und konnte sie im Moment nicht aussprechen. Ich schloss die Augen und versuchte die Schmerzen in meinem Körper zu lokalisieren. „Ah, da bist du ja endlich. Wo ist der Heiler?“ Der Sklave schien zurück gekommen zu sein.

„Sie werden nicht kommen. Sie lehnen es ab, einen Römer zu behandeln, bevor sie nicht alle Germanen versorgt haben.“ Ängstlich antwortete der Sklave auf Marcus’ Frage.

„Warum hast du ihnen auch gesagt, dass es ein Römer ist?“ schimpfte Marcus.

„Die Männer wussten es bereits“, erwiderte der Sklave. „Aber diese Heilerin hatte sich bereit erklärt zu kommen, nachdem ich sagte, dass du es befohlen hast, Herr.“

„Wilja! Du bist hier? Willst du uns wirklich helfen?“ Marcus schien die Frau zu kennen.

„Ja, ich werde diesem Römer helfen, weil du für ihn bittest.“ Ich spürte, dass sich jemand neben mir niederkniete und öffnete die Augen. Ich sah blondes Haar und einen erdfarbenen Umhang. Die Heilerin schien ganz in ihre Aufgabe vertieft zu sein. „Wo hast du Schmerzen?“ fragte eine ruhige Stimme in gut verständlichem Latein. Ich konnte ihr nicht antworten, denn meine Zunge schien unendlich dick zu sein und klebte mir am Gaumen. Sie sah das viele Blut, in dem ich lag und tastete unter meinem Rücken. Als sie die abgebrochene Speerspitze berührte, schrie ich vor Schmerz. Sie murmelte vor sich hin. Dann wandte sie sich an Marcus: „Wir müssen ihm das Kettenhemd ausziehen. Ich komme nicht an die Verletzungen ran.“ Sie kniete sich über mich, zog mich an sich heran und legte meine Arme auf ihre Schulter. Ich stöhnte vor Schmerz. Dann wies sie Marcus an, das Hemd hochzuziehen und zu versuchen, den abgebrochenen Stumpf der Speerspitze durch das Loch, das sie geschlagen hatte, zu schieben. Ich klammerte mich vor Schmerz an die Frau und schrie erneut, als Marcus das Kettenhemd endlich von dem Pfeil löste. Ohne Rücksicht auf meine Schulter zogen sie mir das Hemd über den Kopf. Danach betteten sie mich auf den Bauch. Die Frau schnürte das lederne Untergewand auf und zerschnitt die Tunika. Dann tastete sie meinen Körper ab. „Der Bruch an der Schulter ist offen, weil dich dort eine Streitaxt getroffen hat. Deine Rüstung weiß gut zu schützen. Der Arm hätte ab sein können", stellte sie fest. „Die Rippen sind nur geprellt, aber nicht gebrochen, ganz im Gegensatz zu den Unterschenkeln. Glatt gebrochen. Schwerthiebe. Wo sind eigentlich seine Beinschienen?" Die letzten Worte waren wohl an Marcus gerichtet. Ich verstand nicht, was er antwortete. „Diese Speerspitze ist richtig übel", hörte ich. „Hast du Gefühl in deinen Fingerspitzen?" fragte sie. Ich versuchte sie zu bewegen. „Das geht ja noch. Fragt sich nur wie lange. Keine Ahnung, wie wir dir da helfen sollen. Dort hast du auch am meisten Blut verloren." Sie griff die Spitze, bewegte sie, der Schmerz schoss in meinen Kopf. Ich biss mir auf die Unterlippe, bis ich Blut schmeckte und als sie nochmals versuchte, die Spitze zu entfernen, fiel ich mit einem Aufschrei in Ohnmacht. An die Zeit danach erinnere ich mich nicht wirklich. Marcus erzählte mir später, dass ich wild fantasiert hätte. Die Heilerin behandelte die Schulterwunde und schiente die Brüche. Auf die Rückenwunde legte sie Kräuterkompressen, nachdem sie sie weiter aufgeschnitten hatte bei dem Versuch, die Spitze doch noch zu entfernen. Es blieb die Hoffnung, dass die Spitze durch die Kräuter herauskommen würde. Sie flößte mir üble Getränke mit Rauschmitteln ein, was sich sehr schwierig gestaltete, weil ich meist nicht bei Bewusstsein war.

Später spürte ich, dass ich in einem Wagen lag, der rumpelnd durch die Gegend fuhr. Während dieser Zeit befand ich mich in einem wirren Fiebertraum, in dem ich immer wieder versuchte, aus einem Sumpf zu entkommen, wobei Hände an mir zerrten und mich nach unten zogen. Bäume stürzten auf meine Beine, die ich nicht mehr bewegen konnte. Arminius stand bedrohlich über mir und wollte mich erschlagen. Es schien keine Rettung zu geben. Schreiend wachte ich auf, doch nur, um in neue Fieberträume zu fallen. Manchmal, in klareren Momenten, hörte ich den Regen rauschen. Es roch nach Moder und Kälte – ich spürte den Tod neben mir stehen. Wozu das Ganze? Warum ließ man mich nicht einfach sterben? Ich musste wohl laut gesprochen haben, denn ich erhielt eine Antwort, die ich deutlich verstehen konnte.

„Marcus Antonius wollte, dass du lebst. Sonst wärst du schon längst den Göttern geopfert worden." Es war eine weibliche Stimme und ich musste einen Moment nachdenken, wer das wohl sein könnte. Ich versuchte den Kopf zu heben, doch der wurde sofort energisch niedergedrückt. „So nicht! Das geht nicht! Du zerstörst, was wir gerade begonnen haben! Ich werde versuchen, dich auf die linke Seite zu drehen. Hilf nicht dabei. Du wirst sonst starke Schmerzen haben. Du, komm her und hilf mir." Jemand eilte herbei und gemeinsam drehten sie mich auf die linke Seite. Ich hatte, trotz der Schmerzen, das Gefühl, freier Atmen zu können. Der Verbandswechsel trieb mir den Schweiß auf die Stirn, doch ich behielt das Bewusstsein. Als sie sich um meine rechte Schulter kümmerte, konnte ich meine Helferin wieder sehen. Das Tuch hatte sie abgenommen und das blonde Haar zurückgebunden. Die Haut war sehr hell, ja fast durchscheinend. Trotz ihrer Jugend war sie nicht besonders hübsch, eher nichtssagend und ich konnte mich des Gefühls nicht erwehren, dass ich sie kannte. „Sieh an, wir hatten Erfolg. Die Speerspitze wandert langsam heraus. Ich werde das schlechte Fleisch wegschneiden. Dann geht es schneller." Sie rief zwei Sklaven herbei, die mich festhalten mussten. Später, als ich aus dem Meer von Schmerzen auftauchte und wieder klar denken konnte, blickte ich in türkisgrüne Augen, die schon unendlich viel gesehen zu haben schienen, denn sie blickten kühl, wie aus weiter Ferne, ohne eine Spur von Gefühl. „Es scheint dir besser zu gehen. Du hast wieder etwas Farbe im Gesicht."

„Danke, es geht so. Wo ist Marcus?" Es war mir wichtig zu wissen, wo mein Lebensretter war.

„Er wurde mit seinen Reitern abkommandiert. Ich soll dir ausrichten, dass du dir keine Sorgen machen musst. Er würde weiterhin über dich wachen. Was übrigens meine Aufgabe ist. Solange du noch nicht wieder gesund bist, hast du nichts zu befürchten."

Ich sah sie an und versuchte in ihrer Miene zu lesen, was das heißen könnte. Doch mein Blick fand keine Erwiderung. „Du meinst, ich werde jetzt aufgepäppelt, um dann den Göttern geopfert zu werden?"

„Nein, ich denke eher, dass man dich als Sklave verkaufen oder verschenken wird. Die Opferrituale sind längst vorbei und wir schon seit Tagen auf dem Weg tiefer ins Land hinein, wo die Römer dich sicherlich nicht suchen werden." Die Antwort kam prompt und ohne irgendeine Gefühlsregung. Nein, ich wollte nicht weiter fragen und nicht mehr wissen. Ich fühlte mich so hilflos wie lange nicht mehr. Selbst bei meiner schweren Verwundung in Pannonien war ich nicht so unsicher gewesen. Dort wusste ich mich in römischer Pflege, hier war ich der Willkür der Sieger ausgeliefert. Meine Lage schien vollständig aussichtslos zu sein.

Wir hatten inzwischen ein befestigtes Dorf erreicht. Ich war von dem Wagen abgeladen und in eine kleine Hütte gebracht worden. Es war kalt und dunkel wie in einem Grab. Laufen würde ich wohl noch einige Zeit nicht können. Ich lag meist auf der Seite oder auf dem Bauch. Sitzen schmerzte unendlich und erschöpfte mich. Es dauerte ewig, bis Marcus endlich wieder an meinem Lager stand.

„Wie geht es dir, Cornelius? Du siehst nicht gut aus", fragte er, als er noch in Rüstung zu mir kam. Er war gerade erst im Dorf eingetroffen.

„In Anbetracht der Tatsache, dass ich noch lebe, gut, ansonsten sehr unruhig, was meine Zukunft angeht“, antwortete ich ihm. „Hast du gehört, wie es mit mir weitergehen soll?“

„Nein. Irgendwie hatte ich die ganze Zeit die Hoffnung, dass man dich vergessen würde. Doch gestern fragte Arminius mich, wie weit deine Heilung vorangeschritten sei. Als ich ihn fragte, warum er das wissen wolle, schaute er mich nur prüfend an und winkte mich dann ohne ein weiteres Wort hinaus. Ich weiß nicht, was ich in Zukunft für dich tun kann. Ich bin froh, dass du lebst. Aber was sein wird, wenn du wieder gesund bist, das kann ich noch nicht sagen.“ Während er sprach, hatte er seinen Helm abgenommen und sich auf den Boden neben meinem Lager gesetzt. Er lehnte sich an die Wand der Hütte und schloss die Augen. Auf seinen vor Erschöpfung eingefallenen Wangen sah ich frische Narben. Wieder fragte ich mich, ob er von Anfang an von der Verschwörung gewusst und uns mit in die Falle gelockt hatte. Noch konnte ich ihn nicht fragen, aber irgendwann würde ich es wissen müssen. Jetzt stand er in jedem Fall auf Seiten der Germanen. Die Schlacht hatte seine Zukunft im römischen Imperium zerstört. Seine so erfolgreiche Karriere in der größten Armee der Welt war beendet. Welchen Weg würde er jetzt gehen? „Noch ist alles sehr ungewiss. Wir werden abwarten müssen, wie die Römer reagieren.“ Ich zuckte zusammen, denn es schien, als hätte er meine Gedanken gelesen. „Vielleicht hängt davon auch deine Zukunft ab.“ Er hatte die Augen geöffnet und blickte mich prüfend an. Bevor wir weiter reden konnten, betrat die Heilerin die Hütte.

„Ah, Marcus, endlich bist du wieder da. Wir müssen eine Entscheidung treffen wegen der Speerspitze in seinem Rücken, aber ich will es nicht allein tun. Sieh dir die Wunde an und ich sage dir, was wir unternehmen können.“ Sie drehte mich auf dem Bauch, wobei ich mit Mühe ein Stöhnen unterdrückte. Danach sprachen beide nur noch Germanisch miteinander, was meine Möglichkeiten überforderte. Ich hatte in den Monaten, die ich in Germanien gearbeitet hatte, bisher nur die notwendigsten Worte erlernt, um mich zu verständigen. Vielleicht sollte ich weiter lernen, solange ich hier noch lag. Es würde mich ablenken und mir vielleicht eine winzige Chance in der Zukunft bieten.

„Wir haben beschlossen, dass Wilja die Pfeilspitze jetzt herausschneiden wird. Wenn wir sie drinnen lassen, verwächst sie möglicherweise mit dem Knochen und du bist anschließend gelähmt. Allerdings könnte auch die Operation scheitern, aber da müssen wir ihr ganz vertrauen. Willst du das?“ Marcus kniete vor mir.

„Ich habe nur die eine Bitte: Sollte die Operation misslingen und ich gelähmt sein, so versprich mir als Freund, dass du mich töten wirst, denn ich möchte nicht als unbeweglicher Krüppel weiterleben. Schwöre es.“ Ich griff seine Hand und versuchte mich zu erheben. Schweiß brach mir aus sämtlichen Poren und in der Wunde am Rücken schienen Messer zu wüten.

„Ich habe dich nicht gerettet, um dich jetzt zu töten“, erwiderte er abwehrend.

„Was soll denn sonst mit mir geschehen? Wer soll mich pflegen? Ich will nicht einfach nur dahin vegetieren. Du musst mir dieses Versprechen geben, sonst willige ich nicht in die Operation ein.“ Krampfhaft hielt ich seine Hand.

„Gut, ich verspreche es dir.“

„Schwöre es bei deinen Göttern!“ Ich ließ nicht locker.

„Ich schwöre bei allem, was mir heilig ist, dass ich dich töten werde, wenn die Operation misslingt.“

Erschöpft ließ ich mich zurück aufs Lager fallen. „Gut, dann tut, was ihr tun müsst.“

Marcus band meine Hände am Bett fest und legte sich quer über meine Beine, während der Sklave meine Schultern halten musste. Die Heilerin gab mir ein Rauschmittel zu trinken und dann ein Stück Holz, das sie mir zwischen die Zähne klemmte. Lange behielt ich das Bewusstsein, spürte jeden Schnitt, den sie tat, verbiss mich in dem Holz, um nicht zu schreien, hielt mich krampfhaft an den Fesseln fest und spürte Marcus, der wie ein Fels auf mir lag, bis die Götter sich endlich gnädig zeigten und mir die Sinne schwanden. Ich erwachte erst wieder, als ich sauber verbunden auf dem Feldbett lag. Damit ich entspannt auf dem Bauch liegen konnte, hatte die Heilerin in Höhe des Gesichtes ein Loch in den Bezug des Bettes geschnitten. Die Wunde auf meinem Rücken war wie betäubt. Ich versuchte meine Hände zu bewegen und konnte dieses. Die Finger gehorchten mir.

„Siehst du, es ist gelungen. Aber das heißt nicht, dass du dich jetzt einfach wieder bewegen kannst. Noch ist die Wunde frisch und muss erst einmal heilen. Wie beweglich du später sein wirst und ob du jemals wieder mit dem Schwert kämpfen kannst, müssen wir noch abwarten.“ Die Heilerin kniete neben meinem Lager und beobachtete meine Bemühungen.

„Ich glaube, ich muss mich bei dir für deine Hilfe bedanken“, sagte ich leise.

„Danke nicht mir, sondern Marcus. Hätte er mich nicht geholt, wärest du tot.“ Sie stand auf und verließ die Hütte.

Wenig später war Marcus bei mir. „Jetzt ist der erste Schritt getan. Wilja ist sehr zufrieden. Solange du lebst, ist Hoffnung.“ Er setzte sich zu mir, lehnte den Kopf an die Wand und blickte ins Nichts. Seit der Schlacht hatte er sich verändert. Er hatte seine ganze Munterkeit verloren und war um Jahre gealtert.

„Wie lange wirst du hier bleiben können? Wie lange werde ich sicher sein?“ fragte ich.

Marcus zuckte mit den Schultern und sah mich an. „Keine Ahnung. Ich weiß nicht, wie schnell die Römer sich wieder formieren werden und wir erneut in den Kampf ziehen müssen. Vielleicht kannst du zu meinem Stamm gebracht werden. Dort hätte ich öfter Gelegenheit nach dir zu sehen und du würdest nicht immer wieder in Arminius' Blickfeld geraten." Es war seltsam, Marcus von seinem Stamm reden zu hören. Er war immer so sehr Römer für mich gewesen, dass ich seine Herkunft völlig verdrängt hatte. Doch er hatte Recht. Je weniger Arminius an mich dachte, umso besser für mich. Er wusste, dass ich sein Feind war und das hatte noch nicht einmal etwas damit zu tun, dass er Germane und ich Römer war. Für mich war diese Revolte kein germanischer Volkskampf, sondern die Meuterei von Auxiliartruppen gegen Rom. Angeführt von einem jungen, ehrgeizigen und sehr intelligenten Adeligen in der Position eines praefectus, der den Missmut, der in den Reihen der Germanen gegen die römische Herrschaft gärte, für seine persönlichen Ziele einsetzte. Er strebte in erster Linie die Herrschaft in Germanien an und erst in zweiter Linie das Wohl seines Volkes, so man bei diesen verschiedenen Stämmen überhaupt von Volk sprechen konnte. Es heißt doch: man beißt die Hand nicht, die einen füttert – und genau das hatte er getan. Seine Tat konnte für das römische Imperium höchst gefährlich werden. Nach den pannonischen Kriegen war Roms militärische Überlegenheit noch nicht wieder vollständig hergestellt. Würden nun Aufstände in anderen Landesteilen ausbrechen, so konnte dieses in einer Katastrophe enden. Diese Gedanken gingen mir durch den Kopf, während ich hilflos in einer Hütte im tiefsten Germanien lag und nicht wusste, was die Zukunft mir bringen würde.

Die Rückenwunde eiterte zwar zunächst, doch dann verheilte sie gut. „Ich hatte es nicht zu hoffen gewagt", sagte meine Helferin bei ihrer täglichen Untersuchung. „Hätte die Metallspitze nur etwas tiefer gesteckt, so wärst du gelähmt. Doch jetzt ist es an der Zeit, dass du wieder laufen lernst. Du wirst noch Schmerzen haben, aber irgendwann müssen wir anfangen. Deine Beinbrüche sind gut verheilt und die Schienen geben dir anfangs noch Halt." Sie half mir vom Lager auf die Beine und reichte mir zwei lange Krücken, die ich unter die Achseln schieben sollte, um mich daran fortzubewegen. Es schien mir unmöglich, mich mit dem rechten Arm aufzustützen. Die Schulter schmerzte unerträglich. Auch die Beine wollten unter mir nachgeben. Ich war schwach wie noch nie in meinem Leben. Die ersten Tage konnte ich nur gehen, wenn zwei Sklaven mich mehr trugen als stützten. Langsam bewegten wir uns in der Hütte auf und ab. Der Schweiß lief mir am Körper herunter und ich war froh, nach einer Runde wieder sitzen zu können. Man hatte mir auch einen Stuhl und einen Tisch in die Hütte gestellt, so dass ich nicht immer auf das niedrige Lager herunter musste.

„Könnte ich vielleicht ein Lager bekommen, das ebenso hoch ist wie dieser Stuhl? Ich kann nicht alleine aufstehen von so weit unten“, bat ich die Heilerin, als sie nach längerer Zeit wieder einmal nach mir sah.

„Ich werde fragen, ob es möglich ist.“ Mein Wunsch wurde erfüllt, ohne dass sie noch einmal zu mir kam. Ich sah sie nur noch selten und dann war sie weiterhin stets sehr schweigsam. Sie sprach nur, wenn sie musste und dann auch nur über Dinge, die mit ihrer Arbeit zu tun hatten. Meine Versuche, ein persönliches Gespräch mit ihr zu beginnen, wurden sofort abgeblockt. „Ich bin nicht hier, um dich zu unterhalten. Ich bin nur dafür zuständig, dich wieder gesund zu pflegen.“ Inzwischen kam sie noch nicht einmal mehr, um meine Verbände zu wechseln, sondern hatte einen der Sklaven eingewiesen, dieses zu tun.

Nach langem Überlegen war mir jetzt auch klar, woher ich sie kannte. Sie war die Frau aus dem Lager. Also war sie damals als Spionin und Informantin für Arminius unterwegs gewesen. Mein Gefühl hatte mich nicht getrogen und ich glaubte dadurch nun auch zu verstehen, warum sie so abwehrend mir gegenüber war. Sicherlich hatte es Marcus manches gute Wort oder auch Bestechung gekostet, sie zu überreden, mich gesund zu pflegen. Die Heilerin Wilja blieb mir gegenüber reserviert, zumeist sogar sehr abweisend. Nur bei der Behandlung war sie nie grob. Ihre zarten Finger bemühten sich immer, mir keine Schmerzen zu bereiten. Ich genoss diese Momente, denn sie waren die einzige Berührung mit der Außenwelt, die ich hatte.

Einsamkeit

Langsam hatte ich mich so weit wieder erholt, dass ich mich für meine Umwelt zu interessieren begann. Der Sklave, der mich jetzt immer versorgte, berichtete, dass ich in einem Lager der Langobarden, direkt an der Grenze ihres Stammesgebietes zu den Cheruskern war. Damit war ich wirklich sehr weit von den großen römischen Kastellen entfernt, denn das Siedlungsgebiet dieses Stammes begann am Albis. An Flucht war nicht zu denken. Und solange ich noch nicht richtig laufen konnte, blieb mir als Abwechslung nur, gelegentlich meine Pflegerin anzuschauen oder einige Worte mit den Sklaven zu wechseln, die mir das Essen brachten. Doch die meisten sprachen kein Latein und mein Germanisch war einfach noch zu schlecht, sodass ich viel von Stille umgeben war. Wenn ich an meinen Krücken durch die jämmerliche Hütte humpelte, sprach ich manches Mal mit mir selbst, versuchte mich an Gedichte zu erinnern, die ich einst von meinem Lehrer gelernt hatte, nur um meinen Geist rege zu halten. Vergil kam mir in den Sinn und seine Worte über Rom:

Andere werden das Erz mit weicherem Atem beseelen,
Sei's – und lebendiger Züge Gestalt abringen dem Marmor,
Besser zu reden verstehn vor Gericht, mit dem Zirkel
die Bahnen
Zeichnen des kreisenden Runds und das Nahn
der Gestirne verkünden;
Dein sei, Römer, das Amt, als Herrscher die Völker
zu zügeln,

Dies ist die Kunst, die dir ziemt, die Gesetze des Friedens
zu schreiben,
Dem, der gehorcht, zu verzeihn,
Hoffärtige niederzukämpfen!

Während ich die Worte sprach, wurde mir klar, dass ich wegen dieser Selbsteinschätzung des Imperiums hier war. Weil Rom meinte, über alle Welt herrschen zu müssen, lebte ich nun im hintersten Germanien und wusste nicht, was meine Zukunft mir bringen würde. Ich grübelte über den Sinn meines Lebens nach, darüber, was ich bisher getan hatte und wofür ich es getan hatte. Wo war meine innere Überzeugung geblieben? Wo mein Selbstbewusstsein? Ich stimmte Lieder an – nur um vertraute Laute um mich herum zu hören. Ich war verzweifelt und konnte keine Nacht mehr schlafen. Je wacher ich gegenüber meiner Umwelt wurde, umso bewusster nahm ich auch mich selbst wieder wahr. Ich sehnte mich nach einem Bad. Einmal den ganzen Schmutz abwaschen, der noch von der Schlacht an mir zu kleben schien. Die Wunden waren natürlich sauber, ebenso die Verbände. Doch meine Kleidung hatte man mir genommen und nur ein langes Hemd angezogen, dessen weiter Halsausschnitt, der mit einem Band zusammengezogen werden konnte, guten Zugriff auf die Wunden zuließ. Rasieren konnte ich mich nicht und die Haare hingen mir lang ins Gesicht und waren schmierig von Schweiß und Blut. Manchmal glaubte ich Läuse zu haben, so sehr juckte mir die Kopfhaut, doch der Sklave sagte mir, das sei nur der Heilungsprozess meiner Kopfwunde. Mein Entschluss stand fest: ich musste mich waschen. Ich bat Wilja in meine Hütte. Nach mehreren Tagen kam sie widerstrebend, wie mir schien. Ich berichtete ihr mein Problem, das sie schweigend registrierte. Immerhin schickte sie mir dann jeden Tag den Sklaven, der Latein sprach, mit einem großen Krug heißen Wassers und einer seltsamen Sache, die sie Seife nannten. Mit dieser teils schmierigen, teils festen Masse konnte man Dreck sehr gut wegwaschen und fühlte sich anschließend richtig sauber. Auch Kleidungsstücke wurden, indem man sie mit der Seife einschmierte, ordentlich auf Steinen rieb und dann durch Wasser zog, sauber. Der Sklave half mir, mich notdürftig zu reinigen und, nachdem der Kopfverband entfernt worden war, meine Haare zu waschen und zu schneiden. Danach fühlte ich mich etwas besser. Zu meiner großen Freude ließ Wilja mir meine Lederhose, meine Schuhe und einen wollenen Umhang bringen.

„Du siehst noch nicht viel gesünder aus“, meinte meine Pflegerin nach Wochen, in denen ich sie nicht gesehen hatte, zu mir.

„Wie sollte ich das auch. Wenn ich weiterhin nur vor die Wand schaue, werde ich noch verrückt. Das hier scheint strenge Einzelhaft zu sein. Da hätte man mich ja auch gleich umbringen können“, fauchte ich sie an.

„Bisher konntest du noch nicht ausreichend gehen, um dich allein außerhalb der Hütte zu bewegen. Hier hat niemand Zeit dafür, sich um Kranke zu kümmern. Jetzt, da du alleine wieder laufen kannst, wirst du die Hütte verlassen dürfen. Doch hüte dich davor, einen Fluchtversuch zu unternehmen oder auch nur es so aussehen zu lassen. Man würde dich ohne weitere Fragen sofort umbringen.“ Inzwischen hatte sie die Verbände erneuert und mir beim Aufstehen geholfen. Zu meinem großen Erstaunen schob sie sich unter meine rechte Schulter und gab mir die Krücke für die linke. Sie war, obwohl hoch gewachsen, etwas kleiner als ich und passte gut unter meine Schulter. Gemeinsam verließen wir die Hütte. Das Licht blendete mich. Erst jetzt erkannte ich, dass es Winter geworden war. Schwarz, Weiß und Grau beherrschten die Landschaft. Nur wenige Menschen waren draußen, da es empfindlich kalt war. Ich atmete tief durch, musste husten und meine Rückenwunde hätte mich in die Knie gezwungen, hätte die Frau mich nicht festgehalten. Sie führte mich zu einem Holzstoß, wo ich mich setzen konnte. Schon diese wenigen Schritte zeigten, wie schwach ich immer noch war.

„Fluchtversuch – ich wüsste nicht wie. Selbst wenn hier ein Pferd stünde, so könnte ich noch nicht einmal aufsitzen, geschweige denn, das Tier antreiben! Das war ja wohl ein Scherz.“ Krächzend stieß ich diese Worte aus und sah meine Begleiterin an, die mir erstmals im Tageslicht gegenüber stand.

„Ich mache nie Scherze. Ich wollte dich nur warnen. Kann ich dich jetzt allein lassen oder brauchst du noch Hilfe?“

„Ich brauche keine Hilfe, aber ich brauche einen Menschen mit dem ich mal reden kann“, entgegnete ich und versuchte sie an der Hand festzuhalten, als sie sich schon wegdrehen wollte.

Sie entriss mir ihre Hand und funkelte mich an. „Niemand hat das Recht mich zu berühren“, zischte sie und wich zurück.

„Ich wollte dir nicht zu nahe treten“, beschwichtigte ich sie, „aber ich muss einfach mit jemandem sprechen. Auch die dauernde Einsamkeit ist für mich furchtbar. Niemand, mit dem man reden kann. Es gibt nichts zu lesen, kein Bild anzuschauen, nur eine karge, unwohnliche Hütte. Ich bin krank und Kranke werden normalerweise umsorgt, damit sie wieder gesund werden. Gesund nicht nur am Leib, sondern auch an der Seele. Meine Seele verdurstet hier! Weißt du eigentlich, wie viele Fragen mich quälen, wie schrecklich diese Stille auf mir ruht? Wie entsetzlich die Ungewissheit in mir frisst? Ich kann keine Nacht schlafen und wenn ich mal schlafe, dann verfolgen mich wilde Träume, aus denen ich schreiend erwache.“ Ich war ehrlich verzweifelt und flehte um Nähe und ein Wort. Tränen stiegen mir in der Kehle auf, die ich gewaltsam unterdrückte. Meine Stimme war gepresst und rau, als ich weitersprach. Die dauernden Schmerzen hatten mich mürbe gemacht. „Ich lebe ohne Hoffnung. Die

Vergangenheit ist tot, die Gegenwart erdrückend und die Zukunft im Niemandsland. Wie soll ich da weiterleben wollen, gesund werden wollen? Wozu? Warum hat man mich am Leben gelassen? Es ist alles nutzlos." Ich schloss die Augen und sah die Kämpfenden, das Blut. Die Schreie klangen in meinen Ohren. Ich stöhnte auf und verbarg mein Gesicht in den Händen. Tränen liefen mir durch die Finger.

Dann spürte ich eine Hand, die mir über den Nacken strich. „Du musst keine Angst haben. Ich glaube nicht, dass du sterben wirst."

Nun schlug ich ihre Hand weg und fuhr hoch: „Angst, wer spricht davon, dass ich Angst vorm Sterben habe? Sterben wäre eine Erlösung gegen das, was ich hier erlebe. Gib mir einen Dolch und ihr seid alle eure Probleme los!"

Sie sah mich erstaunt an. „Das ist nicht gewollt. Du sollst leben. Bedenke, Marcus ist dir ein wirklich guter Freund und wenn er jetzt nicht hier ist, so bedeutet es nur, dass er an der Seite von Arminius ist und dort für dich ein gutes Wort einlegt." Die Stimme meiner Begleiterin klang gar nicht mehr so hart wie bisher. Eher schien sie mich überzeugen zu wollen.

„Ach ja, ein guter Freund! Ein Freund, der mich ans Messer geliefert hat und dummerweise habe ich überlebt. Danke, darauf kann ich verzichten!" Voller Zorn zog ich mich an dem Holzstoß hoch. Ich griff die Krücke und versuchte allein zurück zu kommen. Schon nach wenigen Schritten musste ich vor Schmerzen schwer atmend stehen bleiben. Doch ich wollte mir keine Blöße geben. Langsam humpelte ich weiter. Nach einiger Zeit fühlte ich mich umfasst. Wilja war wieder unter meine rechte Schulter geschlüpft und hatte meinen Arm um sich gelegt. Ohne ein Wort zu wechseln gingen wir langsam über den Dorfplatz. An meiner Hütte verließ sie mich wortlos. Ich humpelte hinein und setzte mich vorsichtig auf mein Lager. Dort blieb ich sitzen und heulte wie ein kleiner Junge aus Zorn, Ärger, Verzweiflung, Hoffnungslosigkeit.

Doch irgendetwas mussten meine Worte wohl berührt haben. Von nun an kam Wilja alle paar Tage und begleitete mich auf meinen Wegen. Wir sprachen unverbindlich über meine Verletzungen, das Wetter, die Landschaft. Wenn die Sonne wärmend schien, setzten wir uns am Dorfrand auf einen umgefallenen Baum und ich hatte Gelegenheit, meine Gesprächspartnerin anzuschauen. Normalerweise trug sie stets eine dunkle Kapuze oder ein Tuch über dem Kopf, sodass ihr Gesicht beschattet war. An einem besonders warmen Tag, an dem ich sogar schon die ersten Blumen entdeckt hatte, die durch die Schneedecke gestoßen waren, zog sie die Kapuze zurück und hielt ihr Gesicht mit geschlossenen Augen in die Sonne. Erstmals betrachtete ich sie in dem hellen Licht der Sonne. Plötzlich sah sie ganz anders aus als damals in der Hütte. Sie hatte sehr reine, wunderbar zarte weiße Haut und hellblondes, fast silbernes Haar. Ich hätte sie nicht unbedingt eine Schönheit im gewöhnlichen Sinn genannt, aber das Gesicht war ebenmäßig und hatte, trotz ihrer Jugend, bereits eine große Ausstrahlung. Auch schien sie mir nicht mehr unattraktiv zu sein. Die Gesichtszüge waren bereits ausgeprägt und nicht weich wie bei einem jungen Mädchen. Sie drehte den Kopf und blickte mich an. Dann lächelte sie und dieses Lächeln war nicht nur um ihren Mund, sondern wanderte auch in ihre blaugrünen Augen. „Hast du genug gesehen?“ fragte sie spöttisch.

„Ja“, antwortete ich grinsend. „Es ist schön zu sehen, dass du keine alte Vettel bist, wie ich bisher dachte, sondern ausgesprochen ansehnlich. Da tut es nicht mehr ganz so weh, wenn du die Verbände wechselst.“

Sie sah mich eine ganze Zeit ohne Regung an, dann sagte sie: „Auch du bist jünger als ich dachte. Nach dem, was Marcus mir erzählt hat, hätte ich dich für viel älter gehalten. Er sagte mir, dass du tribun bist und schon viele Auszeichnungen erhalten hast für deine Tapferkeit. Eine weitere Beförderung stand dir bevor. Aber er sagte auch, dass du sein Freund bist.“

Ihr Latein war etwas umständlich, aber gut zu verstehen. „Wo hast du Latein gelernt?“ fragte ich.

Sie lächelte erneut: „Und außerdem sagte er mir, dass du nicht eitel bist.“

Ich stutzte über diesen Gedankensprung. „Was meinst du damit?“

„Du sprichst nicht gern über dich.“

„Da sind wir uns dann ja unbedingt ähnlich“, erwiderte ich, doch wieder wich sie mir aus.

„Deine fehlende Eitelkeit hat dir übrigens deine Hände gerettet.“ Ich sah sie fragend an, denn ich verstand nicht, worauf sie hinaus wollte. „Hättest du, wie deine Kameraden, den Schmuck getragen, den man dir für deine Tapferkeit verliehen hat, nämlich die armillae und Fingerringe, so hätte man dir wohl Finger oder Hände abgehackt.“ Sie stand auf, zog ihre Kapuze über den Kopf. „Komm, wir müssen zurück.“ Ich folgte ihr unverzüglich, denn ohne sie wäre ich nicht in meine Hütte zurück gekommen.

Heute weiß ich nicht mehr, wie lange diese Zeit dauerte, in der wir uns belauerten, aber wir wurden vertrauter miteinander. Ich begann im Verlauf des Frühjahres von meiner Heimat zu berichten. Sie hörte mir aufmerksam zu und stellte sehr intelligente Fragen, die von ihrem Interesse an der ihr fremden Welt zeugten. Eines Tages bat ich sie, mir Germanisch beizubringen. „Es scheint, als solle ich hier überleben. Dann wäre es gut, wenn ich mehr von eurer Sprache verstehen würde. Außerdem hätte ich dann eine Aufgabe, mit der ich die Zeit überbrücken könnte, in der du nicht da bist.“

„Ich werde dir einen Lehrer schicken“, sagte sie nun wieder sehr kühl und verschwand sofort aus der Hütte. Ich verstand nicht, womit ich sie beleidigt haben könnte und sie gab auch am nächsten Tag keine Antwort auf meine Frage. Zumindest kam nach einigen Tagen ein Mann zu mir, der seiner Herkunft nach Germane war, aber gut Latein sprach. Er hatte bisher am Moenus gewohnt und war nach der Schlacht ins Innere Germaniens gezogen. Das konnte ich von ihm erfahren, mehr nicht. Er sprach nicht über aktuelle politische Dinge. Doch mein Leben wurde nun lebendiger und interessanter. Ich freute mich auf die täglichen Stunden, denn der Mann berichtete mir viel über die Germanen, ihr Leben und ihre Wertevorstellungen. Ich hatte stets mit römischem Maß gemessen und mir keine Gedanken über die naturgegebenen Lebensumstände dieser Menschen gemacht. Mir wurde klar, wie falsch meine Einschätzung immer gewesen war. Auch auf die Spaziergänge mit Wilja konnte ich mich freuen. Wir gingen sehr vorsichtig mit einander um. Nie berührte ich sie, nachdem sie mich wütend zurechtgewiesen hatte, als ich einmal im Gespräch die Hand freundschaftlich auf ihren Arm gelegt hatte. Sie schrie mich an und wich bis zur Wand zurück. „Entschuldige, ich wollte dir nicht zu nahe treten. Es war ein Versehen." Sie zog ihr Tuch dichter um den Körper, als wolle sie ein Zittern unterdrücken. Offensichtlich war die einzige Berührung, die sie zulassen konnte, die Stütze beim Laufen. Ich würde die Distanz in jedem Fall wahren, um sie nicht wieder zu verjagen. Sicherlich hatte sie ihre Gründe, auch wenn sie nicht darüber sprach.

Irgendwann begann ich mit Wilja Germanisch zu reden. Sie lachte oft über meine Worte, aber sie verstand mich. Im Gegenzug korrigierte ich ihr Latein. Je öfter wir zusammen saßen, umso bewusster wurde mir, welches Wissen sie hatte und wie intelligent sie war. Vorsichtig führte ich unsere Gespräche auch in allgemeine politische Bahnen, indem ich von meiner militärischen Vergangenheit erzählte, den Kämpfen in Pannonien und der kriegerischen Geschichte Roms. Sie hatte mancherlei schon gehört und hinterfragte meine Berichte. Die unmittelbare Vergangenheit rührte ich nicht an und auch von Wilja kam nie ein Wort über die Schlacht, der ich entronnen war. Ich fühlte mich nach unseren Treffen belebt an Körper und Geist. Ich wurde kräftiger, die Schmerzen waren auszuhalten und irgendwann konnte ich mit nur noch einer Krücke den Weg durch das Dorf gehen. Die Schienen hatte sie mir bereits abgenommen, aber es blieb immer noch ein unsicheres Gefühl beim Gehen.

Ich durchwanderte das Dorf, das größer war, als ich erwartet hatte. Es war mit einer Palisade befestigt, an der Tag und Nacht Wachen patrouillierten. Die Häuser waren aus Holz, Lehm und Stroh gebaut und alle recht groß. In den Häusern lebte jeweils eine Familie mit ihren Sklaven und dem Vieh gemeinsam unter einem Dach. Fenster sah ich keine. Die Häuser schienen nur zwei gegenüberliegende Türen an den Längsseiten zu haben. Aus einem Ende dieser Hallen stieg Rauch auf. Also brannte dort das Feuer. Viele Häuser hatten gesonderte kleine Hütten als Webhäuser, Vorratsräume, Backstuben, Schmieden oder Scheunen. Es gab auch kleine Einzelhütten wie die, in der ich jetzt lebte. Sie war nicht gerade komfortabel, hatte aber immerhin ein kleines Fenster, wenn auch keine Feuerstelle. Allerdings hatte man mir im Winter ein Feuerbecken hineingestellt. Ich hatte es vermutlich Marcus zu verdanken. Andernfalls wäre ich erfroren, da ich keine Möglichkeit hatte, mich irgendwo an ein Herdfeuer zu setzen. Zu den im Dorf lebenden Germanen hatte ich keinen Kontakt. Wenn ich auf meinen Wanderungen jemanden traf, ging man mir aus dem Weg. Die Germanen hier am Albis hielten Vieh, das ab Frühjahr bis zum Herbst auf die Allmende getrieben wurde. Jeder hatte seinen eigenen Gemüsegarten, doch die Felder wurden teilweise gemeinsam bewirtschaftet. Ihre Ernährung war anders als unsere. Sie bereiteten einen Getreidebrei aus Weizen oder Gerste. Gerstenbrei – für Legionäre eine Strafe! Dazu gab es Milch, Quark, Käse. Brot wurde nur zu Festtagen gebacken. Fleisch aßen die Langobarden selten, dafür ziemlich oft Fisch, weil der Albis sehr fischreich war. Besonders schmackhaft war der Lachs. Die Gemüseauswahl war sehr eingeschränkt mit Bohnen, Erbsen und Rüben, dafür gab es viel Obst, Beeren,

Nüsse und Pilze. Auch der Honig von wilden Bienen war köstlich. Met mochte ich nicht so gern, aber das Getränk, das sie Bier nannten und mit Kräutern würzten, war gut gekühlt sehr erfrischend. Ich lernte all dies, indem ich mit meinem Lehrer durch das Dorf ging und er mir die Worte für die einzelnen Früchte, das Gemüse und die vielen anderen Dinge, die mir fremd waren, nannte.

Erneute Begegnung

Als ich eines Tages allein Richtung Dorfrand stakte, kam ein Mann direkt auf mich zu. Bisher hatten die Germanen einen großen Bogen um mich geschlagen. Im grellen Gegenlicht konnte ich nicht erkennen, wer es war bis er mich ansprach: „Du bist zäh. Ich hatte nicht erwartet, dich schon wieder auf den Beinen zu sehen.“ Arminius stand vor mir! Es war das erste Mal seit der Schlacht, in der wir noch versucht hatten, uns gegenseitig umzubringen. Er war voll bewaffnet und ich durch seinen Verrat ein Krüppel. Zorn und auch das elende Gefühl der Hilflosigkeit stiegen in mir auf. Er könnte mich jetzt angreifen und ich hätte keine Chance, mich zu wehren. Was wollte er also von mir? Seine nächste Frage beantwortete meine: „Glaubst du, dass du reisefähig bist?“ Kalte Wut stieg in mir auf ob seiner Arroganz.

„Das kann nur meine Pflegerin entscheiden. Zumindest werde ich noch nicht auf einem Pferd sitzen können.“ Meine Stimme war reine Abwehr. So sehr ich diesen Ort bisher verflucht hatte, so wenig wollte ich jetzt hier weg. Meine körperlichen Unzulänglichkeiten ließen etwas wie Angst in mir aufsteigen. Ich würde mich nicht gegen Feinde verteidigen, ja, noch nicht einmal weglaufen können. Hier, in diesem Dorf, fühlte ich mich zu meinem eigenen Erstaunen relativ sicher.

„Komm, lass uns ein Stück gehen, sofern du kannst.“ Arminius gab sich jovial.

„Wozu?“ Ich hatte kein Interesse, mich mit meinem Todfeind zu unterhalten, doch dann folgte ich ihm.

„Warum denkst du eigentlich, dass ich dein Feind bin?“ fragte mein Begleiter ziemlich unvermittelt, nachdem wir einige Zeit nebeneinander gegangen waren. „Ich glaube nicht, dass ich dir jemals einen Grund gab anzunehmen, dass ich dir persönlich nach dem Leben trachte.“

„Ach, dann warst das nicht du, der mir in der Schlacht gegenüber stand? So kann man sich täuschen“, erwiderte ich sarkastisch.

„Setz dich her“, er wies auf den Platz neben sich, ohne auf meine Bemerkung einzugehen. „Ich mag nicht zu dir aufschauen.“ Lange Zeit schwiegen wir und ich betrachtete ihn von der Seite. Trotz der inzwischen germanischen Kleidung schien er der Haltung nach immer noch ein römischer Soldat zu sein. Er hatte lange, gepflegte Haare, so wie ich es bei den meisten Germanen gesehen hatte. Auch trug er inzwischen einen kurz gestutzten Vollbart. Er war etwas größer als ich und somit größer als die meisten Römer, doch für germanische Verhältnisse durchschnittlich gewachsen. Wie bei jedem Soldaten war sein Körper gut durchtrainiert. Er sah älter aus als er war. Verantwortung prägt. „Was denkst du über die Schlacht?“ fragte er plötzlich und sah mich an.

„Ich möchte nicht darüber sprechen. Es genügt mir, dass ich dabei war. Abgesehen davon weiß ich fast nichts über den Hergang. Ich fiel bereits sehr früh aus“, erinnerte ich ihn. Natürlich hatte ich mir meine Gedanken gemacht, aber ich hatte kein Interesse an einem Gespräch. Ohne meine Reaktion zu beachten, sprach Arminius einfach weiter.

„Die 17., 18. und 19. Legion wurden ausgelöscht. Dazu drei Regimenter Kavallerie. Die Auxiliartruppen haben sich abgesetzt. Varus und seine Befehlshaber haben Selbstmord begangen. Vielleicht ein Dutzend Legionäre überlebte und konnte fliehen. Andere gingen in die Sklaverei. Ich habe Augustus den Kopf des Varus geschickt. Er weiß nun, woran er in diesem Teil Germaniens ist. Vermutlich wird er Truppen schicken, um die Überreste der Toten zu bergen und die Legionsadler zu finden. Wir haben erste Meldungen, dass Tiberius wieder am Rhein eingetroffen ist. Sollte er die Reste der Legionen suchen, so wird er enttäuscht sein. Es war ein kalter, harter Winter.“ Die Erläuterungen kamen kühl und ohne irgendeine emotionale Regung. Kein Triumph, noch nicht einmal die von mir so verhasste Ironie, die er sonst immer bei unseren Aufeinandertreffen ausspielte, waren in seinen Worten zu hören.

„Warum?“ fragte ich. „Warum all die Toten? Hast du eine Vorstellung, was nun noch kommen wird? Rom wird eine solche Niederlage nicht klaglos hinnehmen. Ich bin davon überzeugt, dass es ein großes Aufgebot sein wird, das sich an der Grenze sammelt. Tiberius ist ein sehr erfahrener und ausgesprochen erfolgreicher Heerführer. Er hat die Stämme schon zweimal bezwungen. Und das, was dann kommen wird, ist es das wert? Bist du dazu in der Lage, den Sieg auszunutzen und Rom endgültig aus Germanien zu vertreiben? Sonst hat sich der Aufwand nämlich nicht gelohnt.“

„Du sprichst von Dingen, von denen du keine Ahnung hast“, erwiderte Arminius kalt. „Hast du eine Vorstellung davon, wie die Römer sich in Germanien aufführen? Hast du jemals mit Wilja gesprochen? Du kannst dich glücklich schätzen, dass sie sich bereit erklärt hat, dich zu pflegen. Marcus hat sie lange bitten müssen, sonst hätte sie dich nach der ersten Versorgung auf dem Schlachtfeld liegen lassen. Frag sie einmal nach ihren Erlebnissen mit römischen Truppen und besonders mit der römischen Verwaltung. Denn von Truppen im Krieg ist man Einiges gewohnt, aber sicherlich nicht von Beamten eines zivilisierten Staates in Friedenszeiten.“ Erst jetzt kam Gefühl in seine Stimme. „Sobald du wieder richtig gehen und reiten kannst, werde ich dich mitnehmen ins Hauptquartier. Ich möchte, dass du mir bei der Neuorganisation und Ausbildung einer Armee behilflich bist.

In Germanien gibt es zu wenige Männer, die sich damit auskennen und die eine Armee führen könnten. Du wirst keine Truppen führen müssen, aber du sollst sie ausbilden. Bevor du mir antwortest, will ich dir die Alternative nennen. Solltest du dich weigern, mich zu unterstützen, so würdest du als Sklave verschenkt oder verkauft werden, denn wir können keine unnützen Esser gebrauchen. Fliehen wirst du vermutlich so oder so nicht können. Du kannst noch nicht laufen. Das Land hier ist dir ziemlich unbekannt. In dieser Gegend leben nur Germanen. Du beherrschst die Sprache noch nicht und niemand würde dir auf einer Flucht helfen. Wie kommst du übrigens mit dem Lehrer voran, den ich dir geschickt habe?" Ich nickte zustimmend, war aber erst noch sprachlos von seiner Eröffnung. „Wenn du mir hilfst, so würde ich dich nach einer bestimmten Zeit, wenn ich dich nicht mehr brauche, freilassen. Darauf hast du mein Wort. Du kannst es dir überlegen. Ich will jetzt noch keine Antwort. Doch ich werde wiederkommen und dann wirst du dich entschieden haben müssen." Er hatte sich erhoben und sah mich prüfend an. „Überleg es dir gut." Dann drehte er sich um und ging zurück ins Dorf.

Ich war wie vor den Kopf geschlagen. Natürlich hatte ich mir Gedanken über meine Zukunft gemacht, aber niemals angenommen, dass ich mit Arminius zusammenarbeiten sollte. Meine erste Reaktion war Abwehr und Wut. Niemals würde ich diesen Mann unterstützen, der drei Legionen brutalst vernichtet hatte; der den Staat, der ihm seinen Erfolg, seine Karriere ermöglich hatte, in größte Bedrängnis brachte. Mehr denn je war ich davon überzeugt, dass er eine militärische Revolte angeführt hatte und keinen Aufstand germanischer Stämme. Er war bis zur Schlacht römischer Befehlshaber gewesen, hatte die Bürgerrechte und war Ritter. Er stand immer noch unter Eid. Wie konnte er da germanische Auxiliareinheiten gegen Rom führen? Wie könnte ich mit so einem Mann zusammen arbeiten, ihm vertrauen? Das würde letztlich heißen, meinen eigenen Eid zu brechen.

Unmöglich! Alles, was ich bisher in meinem Leben getan hatte, woran ich glaubte, würde ad absurdum geführt. Ich haderte mit meinem Schicksal, denn die Alternative, die Arminius mir vorgeschlagen hatte, war ebenfalls unannehmbar. Täglich hatte ich vor Augen, was es bedeutete Sklave zu sein. Niemals würde ich mich so erniedrigen lassen, doch das Ergebnis wäre ein qualvoller Tod, der niemandem nützen würde. Dafür hatte ich nicht überlebt. Meine Gedanken überschlugen sich auf dem Rückweg ins Dorf.

Ich konnte in der Nacht nicht schlafen und wälzte mich auf meinem Lager hin und her. Zuletzt stand ich auf, weil meine Wunden schmerzten. Ich zog mich an und verließ die Hütte. Es hatte wieder geschneit, weshalb es trotz des fehlenden Mondes hell war. Der Himmel klarte auf und ich konnte Sterne sehen. Die Luft war samtig weich und gar nicht kalt. Kein Laut war zu hören. Ich humpelte zum Dorfrand in Richtung freies Feld. Dort rief mich eine Wache an. Ich konnte den Mann verstehen und versuchte ihm auch in Germanisch zu antworten. „Ich will mich nur etwas bewegen. Die Wunden schmerzen sehr."

„Das kenne ich. Wir bekommen anderes Wetter. Es ist Neumond. Geh nicht so weit hinaus. Es gibt hier in den Wäldern viele wilde Tiere, die jetzt nach dem kalten Winter sehr hungrig sind. Du kannst noch nicht weglaufen und hast keine Waffe, um zu kämpfen." Er zeigte mit seinem Speer auf meine Beine. Es war eine einfache Feststellung. Er schien weder misstrauisch, noch spöttisch zu sein. Ich dankte ihm und ging wieder zurück. Ich wollte ihn nicht bei seiner Wache stören. Ich ging in dieser Nacht kreuz und quer durch das Dorf, nur um nicht mit meinen Gedanken in der dunklen Hütte allein zu liegen. Natürlich hatte ich oft genug darüber nachgedacht zu fliehen. Vor meiner Verwundung war ich ein durchtrainierter Soldat gewesen, den keine Entfernung und keine Strapaze von der Erfüllung seiner Pflichten abhalten konnten. Heute konnte ich kaum laufen und bevor ich einen längeren Weg würde zurücklegen können, mochten Monate vergehen. Ich war unbewaffnet, doch selbst mit Waffen hätte ich mich jetzt und auch sicher in der nächsten Zeit nicht hinreichend verteidigen können. Hinzu kam, dass ich keine genaue Vorstellung davon hatte, wo ich mich jetzt genau befand, welche Stämme wo siedelten und wo es Flüsse gab oder Wege und wohin sie führten. Wollte ich überleben und irgendwann einmal wieder frei sein, müsste ich mich den Bedingungen des Arminius vorläufig beugen.

Ich wanderte weiter um die Hütten herum. Die Hunde, die herumliefen, kannten mich und begrüßten mich schwanzwedelnd statt zu bellen. Einige begleiteten mich auf meinem einsamen Weg. Ein Wolfsmischling hatte es mir schon lange angetan. Er kam manches Mal in meine Hütte, um sich einige gute Worte oder auch einen Knochen abzuholen. Jetzt war er der Einzige, der die ganze Zeit bei mir blieb. Als ich ihm durch sein filziges Fell strich, beschloss ich, ihn zu waschen und zu kämmen. Im nächsten Moment fragte ich mich, ob ich von allen guten Geistern verlassen war, dass ich tatsächlich die Absicht hatte, mir ein Tier vertraut zu machen. Also, sagte ich zu mir, bist du entschlossen, zu überleben. Folglich musst du das Angebot des Arminius annehmen und mit ihm zusammen arbeiten.

Und deine Ehre? Was ist mit deinem Eid, den du auf die Republik geleistet hast? Erneut schwirrte mir der Kopf. Lange saß ich am Brunnen, bis hinter dem Wald die ersten Schimmer des neuen Tages zu sehen waren. „Komm, wir sollten gehen“, sagte ich zu dem Wolfshund, der mir zu Füssen lag und stieß ihm leicht mit dem Fuß gegen die Flanke. Sofort erhob er sich, gähnte und blickte mich erwartungsvoll an. Ich humpelte zurück in meine Hütte, legte mich noch angekleidet auf mein Lager und schlief augenblicklich ein. Es schien erst kurze Zeit später zu sein, als ich geschüttelt wurde und eine Stimme in mein Bewusstsein drang.

„Cornelius, wach auf.“ Ich brauchte einige Minuten, um aus meinem tiefen Schlaf aufzutauchen und zu verstehen, wer mich geweckt hatte. Marcus Antonius stand vor meinem Lager. Er sah sehr besorgt aus. „Ist alles in Ordnung bei dir? Du bist angezogen und deine Kleidung ist feucht. Du hast geschlafen wie ein Toter. Ich konnte dich gar nicht wach bekommen.“

„Ich bin erst in der Morgendämmerung eingeschlafen. Das ist noch nicht wirklich lange her“, erwiderte ich, setzte mich vorsichtig auf und versuchte mir den Schlaf aus den Augen zu reiben.

„Du kannst dich aber schon wieder ganz gut bewegen“, meinte mein Freund überrascht. Er hatte sich den Stuhl herangezogen und seinen Helm auf den Tisch gelegt.

„Das hat mir gestern auch schon jemand gesagt“, erwiderte ich und sah ihn abwägend an. „Bist du geschickt worden um herauszufinden, wie ich mich entschieden habe?“

„Wovon sprichst du? Wer war bei dir?“ fragte er erstaunt.

„Tu nicht so unschuldig. Du steckst doch hinter dem Plan. Den hat Arminius nicht allein ausgeheckt. Warum sollte er ein Interesse an mir haben? Du hast mich gerettet und so ist es dein Interesse, mich am Leben zu erhalten. Ich war bisher für ihn unbedeutend. Nur du kannst ihm klar gemacht haben, wie er meine Fähigkeiten nutzen könnte.“ Ärgerlich war ich aufgestanden und hatte mir am Tisch dünnes Bier eingegossen, das ein Sklave dort für mein Frühstück hingestellt hatte.

„Jetzt verstehe ich. Arminius war hier“, lächelnd gesellte sich Marcus zu mir und nahm sich Nüsse und getrocknete Früchte. „Wenn du wüsstest, wie ich mir den Mund fusselig geredet habe, um ihm deutlich zu machen, wie wichtig du für ihn werden kannst. Allerdings hatte ich bis zuletzt nicht den Eindruck, dass ich ihn überzeugen konnte.“

„Sag einmal, wie hast du dir das eigentlich gedacht? Ich soll dem Mann, der drei römische Legionen und drei Kavallerieeinheiten, und das heißt doch wohl so ungefähr 18.000 Männer, ausgelöscht hat; der bisher treue Auxiliartruppen zum Aufstand gegen Rom geführt hat, diesem Mann soll ich seine Armee ausbilden? So als wäre nie etwas gewesen und als hätte er mir nie ganz persönlich nach dem Leben getrachtet? Falls du es nicht weißt: Mann gegen Mann!“ wütend warf ich den Becher gegen die Wand, wo er zerbarst.

„Warum regst du dich so auf? Hast du eine bessere Lösung? Dir ist doch wohl klar, dass man dich nicht einfach wieder nach Rom schicken wird. Abgesehen davon glaube ich nicht, dass dich eine solche Möglichkeit wirklich glücklich machen würde. Vermutlich würde man dir bei der Armee einen kleinen Posten irgendwo weit weg geben. Vielleicht in Britannien“, er grinste „damit du niemandem mehr unter die Augen kommst. Wenn Germanen abergläubisch sind, dann sind es Römer um ein Vielfaches. Keine römische Legion würde dich je wieder als Befehlshaber in ihren Reihen aufnehmen. Deine Anwesenheit wäre für alle ein böses Ohmen. Oder ist das nicht so?“ Marcus hatte mich am Arm gefasst und zu sich umgedreht. Ich musste gestehen, dass ich diesen Fall noch gar nicht durchdacht hatte. Im Stillen musste ich ihm Recht geben. Bei einer Rückkehr nach Rom wäre das sicherlich mein Los gewesen. Auch meine Familie würde mir nicht zur Seite stehen. Sie war zwar gesellschaftlich sehr anerkannt, aber das war nicht genug, um den Makel, der mir nun anhaftete, auszulöschen. Außerdem hatte mein Bruder inzwischen längst die Nachfolge meines Vaters angetreten, so dass für mich nicht mehr viel geblieben wäre. Es würde zumindest nicht reichen, um davon zu leben.

„Mein lieber Freund, du hast keine große Wahl. Es tut mir leid, dir das sagen zu müssen, aber es ist so.“ Marcus hatte den Arm um meine Schulter gelegt. Ich schüttelte ihn zornig ab.

„Ich muss hier erst einmal raus.“ Ich löste mich von ihm und humpelte ins Freie. Er folgte mir. Der Schnee war schon wieder geschmolzen und es war ebenso mild wie in der Nacht. Der Dorfplatz war belebt, aber niemand beachtete uns, als wir zu den Pferdeweiden gingen.

„Marcus, du musst mir eine Frage beantworten, die mich nicht mehr loslässt. Seit wann bist du ein Mann des Arminius?“ Ich musste diese Frage beantwortet haben, auch wenn es mich schwer treffen würde und unsere Freundschaft zerstören könnte.

„Warum willst du das wissen?“ Marcus war erstaunt. Vielleicht war die Sache für ihn bedeutungslos, aber sie war es nicht für mich. Ich musste wissen, wie lange der Mann, den ich einen Freund nannte, mich schon hintergangen hatte. Wie lange er freundschaftlich mit mir zusammen gewesen und dabei schon gewusst hatte, dass mein Untergang beschlossen war. „Du weißt, dass ich Arminius schon seit meiner Kindheit kenne. Er ist etwas älter als ich. Ich hatte ihn zwischendurch mal aus den Augen verloren, dann bei den Truppen wiedergetroffen. Wir hatten aber keinen engeren privaten Kontakt. Er war schon zu weit oben auf der Karriereleiter, außerdem ist er ein Fürstensohn. Sein Mann bin ich erst in Germanien geworden, als ich im Gefolge des Asprenas hierher kam, und da auch nicht von Anfang an.“ Marcus hob einen Stock auf und schleuderte ihn von sich. „Zunächst glaubte ich nicht, was man mir über das Verhalten der Römer in den besetzten Gebieten berichtete. Ich konnte mir nicht vorstellen, dass Verwaltungsbeamte so rigoros und brutal bei der Durchsetzung römischen Rechts vorgehen würden. Bis ich es dann hier selbst erlebte, ja mit meinen Männern sogar für solche Strafexpeditionen eingesetzt wurde. Kannst du dir vorstellen, was es heißt, mit germanischen Truppen gegen Germanen vorrücken zu müssen, die sich nichts weiter hatten zu Schulden kommen lassen, als dass sie sich weigerten Steuern zu zahlen oder nicht genügend Erträge hatten, um ihre Abgaben leisten zu können? Man hat ihnen ein System aufoktroyiert, das ihrem eigenen Rechtsverständnis so völlig widerspricht.“ Wir hatten uns inzwischen in den Schutz einiger Felsen gesetzt. Mir war kalt, denn ich hatte vorhin vergessen, meinen Umhang mitzunehmen. „Von da an wurde ich aufmerksamer und kritischer, was das Verhalten der Römer und hier besonders der Männer um Varus anging. Um innere Unruhen in Germanien zu unterbinden, hatte Varus Arminius in seinen Beraterkreis aufgenommen. Sicherlich tat er das nach einer Empfehlung von Tiberius selbst. So hatte er einerseits einen Einheimischen, der ihm bei der Beilegung von Streitigkeiten zwischen den Stämmen behilflich sein und andererseits einen erfahrenen Soldaten, der ihn bei Stoßtruppunternehmen beraten konnte. Als ich mit einer turma wieder einmal einen Steuereintreiber begleiten und seine Strafen ausführen musste, war Arminius zur Stelle und zog mich beiseite. Wir haben damals lange mit einander gesprochen. Danach war ich sein Mann.“

„Und doch warst du Tag für Tag mit mir zusammen und kanntest jeden meiner Gedanken.“ Ich war wie erstarrt bei dieser Vorstellung. Ich konnte gar nicht klar denken.

„Arminius hatte dich schon in Pannonien beobachtet und als du ebenfalls nach Germanien versetzt wurdest, wusste er, dass du ein gefährlicher Mann für unsere Sache sein könntest. Andererseits war sein Einfluss auf Varus so groß, dass dieser nichts auf ihn kommen ließ. Der romanisierte germanische Ritter schien ihm absolut loyal zu sein. Wie hätte er da auf deine Bedenken hören sollen, so man sie ihm überhaupt zugetragen hat?“

Ich stand auf mit dem dringenden Bedürfnis wegzukommen. Weg von diesem Mann, den ich bis zuletzt für einen guten Freund gehalten hatte. „Du hättest meinen Tod billigend in Kauf genommen, ohne vorher ein Wort der Warnung zu sagen. Und als ich dann nicht tot war, hast du mich gütigst gerettet.“ Die Worte, die ich sprach, schienen mir völlig unglaublich zu sein. Ihre Bedeutung ließ mir den Atem stocken. „Ich denke, ich muss erst einmal allein sein und über das nachdenken, was du mir erzählt hast. Außerdem habe ich starke Schmerzen und mir ist kalt. Fass mich nicht an.“ Ich wehrte seine Hand ab, als er aufstand und mich stützen wollte, weil ich strauchelte. Fragend schaute er mich an, doch ich wollte nicht mehr reden. Ich hatte die entscheidende Frage gestellt und die Antwort hatte mein Leben verändert. Ich konnte nicht mehr an Treue und Freundschaft, an Wahrhaftigkeit glauben. Die Werte meines Lebens waren in Frage gestellt worden. Der Weg zurück ins Dorf schien unendlich lang zu sein. Ich trug eine Zentnerlast, die mich fast unter sich begrub. Im Dorf sprang der Wolfshund mir entgegen und umspielte meine Beine, doch ich beachtete ihn nicht. Enttäuscht schlich er davon. In meiner Hütte wartete mein Lehrer, den ich fortschickte. Ich legte mich auf mein Lager, deckte mich zu und drehte mich zur Wand. Ich fühlte mich völlig leer. Es gab nur noch eine Hülle, in der ein Herz schlug. Wäre es in diesem Moment stehen geblieben, so hätte ich es nicht bedauert. Der Tod wäre gnädig gewesen. Ich rührte mich auch nicht, als ich Marcus hörte, der in die Hütte kam, um seinen Helm zu holen. Irgendwann schlief ich ein. Ich erwachte erst wieder tief in der Nacht und lag wach bis zur Morgendämmerung. Regen rauschte um die Hütte und alles in mir weigerte sich, aufzustehen. Ich hätte toben, schreien wollen. Hinausrennen, mit Steinen werfen, irgendetwas zerstören, nur um die Leere, die in mir herrschte, diese Gefühllosigkeit mit Leben zu füllen. So fand mich Wilja, als sie irgendwann zu mir kam. Da es den ganzen Tag dunkel blieb, hatte ich kein Zeitgefühl. Sie wechselte kein Wort mit mir, sondern kontrollierte nur die verheilenden Wunden. Dann ging sie wieder.

An diesem Tag konnte ich mich nicht entschließen aufzustehen und mein Leben wieder in die Hand zu nehmen. Ich fühlte mich zutiefst verletzt durch das Verhalten von Marcus. Mein Wertegebilde, auf dem ich mein Leben aufgebaut hatte, hatte tiefe Risse bekommen. In der Nacht – ich lag immer noch wach – hörte ich ein Geräusch vom Eingang und als ich mich umdrehte, stand Wilja dort mit einer Lampe in der Hand. Sie stellt die Lampe auf den Tisch, legte ihr Umschlagtuch ab und begann sich, ohne mich anzuschauen, zu entkleiden.

„Was tust du da?“ fragte ich verstört. Sie gebot mir Schweigen. Als sie ihren Oberkörper entblößt hatte, reichte sie mir die Lampe und drehte mir ihren Rücken zu. Er war überzogen mit Striemen, die von Rutenhieben stammten. Die Wunden waren noch nicht lange vernarbt. Dann drehte sie sich um und zeigte mir ihre Brust. Auch hier waren frische Narben und sogar Brandmahle zu sehen. „Oh, Götter!“ Ich zog entsetzt die Luft ein. Erschrocken sah ich in ihr Gesicht, doch sie hielt den Blick gesenkt. Nach kurzer Zeit begann sie, sich wieder anzuziehen.

„Ich denke, es ist überflüssig, dich darauf hinzuweisen, dass man es auch nicht unterlassen hat, mich auf die erbärmlichste Weise zu erniedrigen, indem man mich vergewaltigte. Und jetzt untersteh dich zu fragen, wer das getan hat. Ich will dir nur noch sagen, warum man es getan hat: meine Familie und mein Dorf konnten die Steuern und Abgaben nicht zahlen, die der legatus einziehen lassen wollte. Nachdem dieses wegen der schlechten Ernte zweimal geschehen war und unsere jungen Männer sich gegen die Plünderung unseres Dorfes mit Stöckern und hölzernen Lanzen gewehrt hatten, nahm man sich mich als Bezahlung. Immerhin haben alle überlebt.“ Inzwischen hatte sie sich wieder angezogen. Sie hockte sich vor mein Lager und sah mich ruhig an. „Du solltest deine Reaktion auf die Geschichte, die Marcus dir erzählt hat, nochmals überdenken. Auch Marcus stammt aus einem Dorf, durch das die Steuereintreiber mehrfach gezogen sind. Er hat Schwestern und Brüder dort. Das Angebot, das Arminius dir gemacht hat, ist bei näherer Betrachtung nicht einfach nur eine Gnade, sondern eine hohe Anerkennung für dein Können und deine Person. Du musst dich nicht sofort entscheiden. Deine Verletzungen sollten noch besser ausheilen. Doch irgendwann wirst du Stellung beziehen müssen. Gute Nacht.“ Mit diesen Worten stand sie auf und ging wieder hinaus.

Ich war schockiert und in mir stieg eine Welle von Ekel auf. Ich kannte den Kampf Mann gegen Mann auf Leben und Tod, aber ich hatte mich niemals an Wehrlosen, an Frauen und Kindern vergriffen. Natürlich hörte man in der Armee von solchen Vorkommnissen und nicht immer wurden sie mit Strafen geahndet, aber dann war Krieg und die Männer im Blutrausch. Doch noch nie hatte ich erlebt, dass man im Frieden einen Menschen, der sich nichts weiter zu Schulden hatte kommen lassen, als dass er sein Eigentum, seinen Lebensunterhalt beanspruchte, so zugerichtet hatte. Nun verstand ich, warum ich, ein Römer, Wilja nie hatte anfassen dürfen, warum sie mich gar nicht hatte pflegen wollen. Ob Marcus sie geschickt hatte? Hatte er gehofft, dass sie mich zur Vernunft bringen würde, indem sie mir zeigte, dass auch sie ihre Vorbehalte überwunden hatte und nicht mehr den Römer, sondern den Menschen in mir sah? Ich musste raus aus der Hütte. Alles schien zu eng um mich herum zu sein. Es regnete immer noch, doch das interessierte mich nicht. Ich zog meinen Umhang über den Kopf und humpelte zu einem Holzverschlag. Dort konnte ich Schutz finden. Hier saß ich und dachte nach. Ich sah Wilja vor mir. Den schönen Körper für alle Zeit entstellt. Nie mehr würde sie mit einem Mann zusammen sein können, ohne an die schrecklichen Geschehnisse erinnert zu werden. Und auch der Mann würde stets an das denken, was man seiner Geliebten furchtbares angetan hatte. Ich konnte verstehen, dass sie hasste, dass sie mich hasste für das, was meine Landsleute ihr und so vielen anderen Germanen angetan hatten und immer noch antaten. Und doch hatte ich meine eigenen Probleme mit diesen Germanen, die meines Erachtens ebenso schwer wogen wie unsere Taten. Zwar war ich selbst körperlich relativ unversehrt – mir fehlten keine Gliedmaßen und irgendwann würde ich sicherlich auch wieder kämpfen können – doch mehr als 18.000 Tote, nicht im fairen Kampf besiegt, sondern aus dem Hinterhalt durch Verrat hingeschlachtet, zählten. Das Bewusstsein, hintergangen, betrogen und dem Tod ausgeliefert worden zu sein, noch dazu vom besten Freund, war eine tiefe Wunde, die ebenfalls in meiner Seele schmerzte. Ich verspürte diesen Schmerz körperlich und stöhnte verzweifelt. Ich schrak hoch, als eine feuchte Nase meine Hand berührte. Der Wolfshund hatte mich gefunden und schmiegte sich an mein Bein. Um Streicheleinheiten schmeichelnd schaute er zu mir hoch und stupste meine Hand. „Du hast auch keinen Freund, nicht wahr? Überall wollen sie dich wegbeißen. Ich habe das wohl gesehen.“ Ich kraulte ihn hinter den Ohren. „Pfui, ich habe vergessen, dass ich dich waschen wollte. Das werden wir nachholen.“ Ich ließ meine Hand auf seinem Kopf ruhen und er saß aufrecht und ganz ruhig neben mir. Ebenso wie ich schien er den Blick über die Ebene schweifen zu lassen. Manchmal schlug sein Schweif auf den Boden und seine Muskeln zuckten. Mich überkam eine nie gekannte Ruhe. Der Regen hatte inzwischen nachgelassen, doch ich wollte nicht zurück in die Hütte, die nicht besser als ein Loch war. Ich setzte mich bequemer hin, legte die Beine hoch und deckte mich mit meinem Umhang zu. Der Hund sprang neben mich, schmiegte sich an meine Beine und schob seinen Kopf unter meine Hand. Lange saß ich so bis ich unvermittelt einschlief. Erstmals seit Monaten schlief ich ruhig und tief trotz meiner unbequemen Lagerstatt.

Laute Rufe weckten mich: „Hier ist er! Ich habe ihn gefunden!“ Ein Wachsoldat stand vor mir und schaute auf mich herab. Der Wolf knurrte ihn an.

„Wirst du wohl. Er tut uns doch nichts“, beruhigte ich das Tier. Einige bewaffnete Männer kamen gelaufen und fragten mich, warum ich nicht in meiner Hütte sei.

„Ich konnte nur nicht schlafen und bin deshalb hierher gegangen. Dann muss ich aber doch eingeschlafen sein“, erwiderte ich.

„Wir hatten die schlimmsten Befürchtungen“, sagte Wilja, die mich wohl ebenfalls gesucht und den Ruf gehört hatte.

„Nein, ich habe euch nicht von meiner Gegenwart befreit“, spöttelte ich. „Ihr werdet weiterhin für mich sorgen müssen. Komm Lupus, wir wollen uns waschen.“ Ich stand vorsichtig auf, denn meine Glieder waren steif geworden in der feuchten Kälte auf dem harten Lager. Die Hand am Kopf des Wolfes, der sich vertrauensvoll an mein Bein schmiegte, humpelte ich ins Lager zurück.

Hier entfaltete ich eine rege Tätigkeit. Ich besorgte mir heißes Wasser, suchte Seife und alte saubere Lumpen, um das Tier zu waschen. Das ging nicht ohne wilde Kämpfe ab, bei denen er mich zwar anknurrte und die Zähne zeigte, aber nicht versuchte, mich zu beißen. Endlich war er sauber und ich entsprechend schmutzig. Mit Hilfe des Sklaven, der sich in der letzten Zeit hauptsächlich um mich gekümmert hatte, machte ich mich daran, auch mir ein heißes Bad zu richten. Es dauerte ewig, bis ein entsprechender Trog gefunden wurde und ausreichend heißes Wasser vorhanden war. Auch hier half mir der Sklave beim Baden, weil meine rechte Schulter noch immer sehr unbeweglich war und ich nur schlecht aus dem Zuber herauskommen konnte. Er brachte mir saubere Kleidung, so dass ich mir erstmals seit Monaten wieder wie ein zivilisierter Mensch vorkam. „Kannst du mich rasieren und mir ordentlich die Haare schneiden?“ fragte ich ihn.

„Ja, Herr. Ich habe früher als Diener bei einem Senator gearbeitet und kenne mich damit aus. Wenn du willst, kann ich dich nächstes Mal nach dem Bad auch ölen und massieren. Um deine Kleidung werde ich mich auch kümmern.“

Beglückt sah ich mir den Mann näher an. „Du bist kein Römer“, stellte ich fest.

„Nein, Herr, ich kam ursprünglich aus Griechenland, aber ich habe lange in Rom gelebt, bevor ich zur Armee kam und später in Gefangenschaft geriet.“ Was für ein glücklicher Zufall für mich.

„Ich werde darum bitten, dass du bei mir bleiben darfst.“

„Oh, danke Herr. Du würdest mich damit sehr glücklich machen.“ Er ergriff meine Hand, küsste sie und hob sie an seine Stirn. In diesem Moment betrat Wilja die Hütte. Erstaunt beobachtete sie die Szene.

„Ich erkenne dich nicht wieder, Cornelius Flavius“, erstmals sprach sie mich mit meinem Namen an. „Was ist geschehen? Hast du dich entschieden?“ Sie blickte dem Sklaven hinterher, der die Hütte unauffällig verließ.

„Zumindest habe ich mich entschieden, am Leben zu bleiben. Außerdem will ich nicht dahinvegetieren, sondern wirklich leben und dazu gehören für mich Sauberkeit und Disziplin. Ich möchte damit beginnen, wieder zu trainieren. Du musst mir helfen. Ich brauche einen Gegner für den Schwertkampf, benötige ein Pferd und vielleicht hat man auch noch eine Rüstung für mich. Dann habe ich den Wunsch, den Sklaven, der gerade hier war, für meine Dienste zu nutzen. Zumindest solange ich noch nicht wieder alles alleine machen kann. Könntest du das irgendwie arrangieren?“ Wenn sie mich denn für ihre Dienste haben wollten, so sollten sie auch etwas dafür tun, hatte ich beschlossen.

Wilja lachte: „Sieh da, der tribun ist endlich erwacht und gibt wieder Befehle. Nein, du musst dich nicht entschuldigen“ – ich hatte einen erklärenden Einwurf machen wollen – „das ist schon in Ordnung für mich. Dann darf ich wohl an Arminius melden, dass er mit dir rechnen kann?“ Sie schaute mich überlegen lächelnd an.

„Wir werden noch darüber sprechen müssen, aber zumindest werde ich dafür sorgen, dass ich selbst wieder einsatzbereit sein werde. Ach, den Wolf hätte ich auch gern noch, wenn er niemandem gehört.“

Wieder lachte sie hellauf: „Der hat sich längst für dich entschieden. Außerdem würde sein früherer Besitzer ihn gar nicht wiedererkennen. Er duftet wie ein Schoßhund und ist hochnäsig, als wäre er in einem Palast geboren.“ Sie lockte ihn zu sich und kraulte ihm hinter den Ohren, was er sich gern gefallen ließ.

„Er mag dich“, stellte ich verwundert fest.

„Wir, die wir außerhalb der Gemeinschaft leben, erkennen uns immer sofort und vertrauen einander“, entgegnete sie und erhob sich, was Lupus mit einem ungeduldigen kleinen Bellen bewertete. „Ich werde jetzt gehen und deine Wünsche veranlassen. Wir sehen uns später.“

Ich hatte mich also entschieden. Sicherlich würde Arminius in kürzester Zeit wieder bei mir sein, um zu hören, in wie weit ich bereit war, mich auf seine Vorschläge einzulassen. Ich wusste es selbst noch nicht genau, aber immerhin war ich zurück im Leben.

Zurück im Leben

Die nächsten Wochen begann ich mit einem gezielten Training der Schulter und der Beine. Dimitrios, so hieß der griechische Sklave, half mir bei meinen Bemühungen, indem er mich nach den heißen Bädern, die ich jetzt immer anschließend an das Training nahm, sorgfältig massierte. Schon nach kurzer Zeit fühlten sich meine Muskeln wieder besser an. Die Narben wurden weicher und schmerzten nicht mehr. Nach einer solchen Massage lag ich ganz entspannt auf meinem Lager, dabei dachte ich, dass diese Behandlung auch für Wilja gut sein würde. Als Dimitrios das nächste Mal kam, schickte ich ihn anschließend zu Wilja mit der Bitte, sich einmal von ihm den Rücken massieren zu lassen. Ganz geknickt kam er zurück und sagte, sie habe ihn beschimpft. So machte ich mich auf den Weg und fragte mich durch zu ihrer Hütte. „Ist jemand zuhause?“ rief ich am Eingang, bevor ich eintrat.

„Was willst du hier? Was hast du dir eigentlich dabei gedacht, mir den dreckigen Sklaven zu schicken, um mich anzufassen?“ Zornig baute sie sich vor mir auf.

„Ich will dir etwas zeigen“, entgegnete ich, legte meinen Mantel ab und zog die Tunika aus. „Fühle meine Schulter. Du kennst die Narbe. Wie fühlt sie sich an? Wie sieht sie aus? Fühl den Rücken und die Muskulatur. Glaubst du nicht, dass es auch dir guttun würde, deine Narben mit Ölen zu massieren? Sie würden nicht mehr so stark spannen, weil sie geschmeidig werden und sie würden verblassen. Auf dem Rücken kann Dimitrios das für dich tun, vorn auf der Brust machst du es selber.“ Ich zog die Tunika wieder über. „Und nenne Dimitrios nicht dreckig. Er badet ebenfalls regelmäßig, seit ich die heißen Bäder nehme. Glaube mir, es gibt Errungenschaften der römischen Zivilisation, die man nicht einfach als überflüssig oder dekadent abtun sollte. Dazu gehören unter anderem regelmäßige heiße Bäder und Massagen.“ Ich verbeugte mich vor ihr, nahm meinen Mantel und ging. Es war ein Risiko gewesen, zu ihr zu gehen und sie auf die sichtbaren Merkmale ihrer Demütigung anzusprechen, doch mir schien, dass es gut für sie sein würde. In der Folge dieses Gespräches brach unser Kontakt ab. Sie kam nicht mehr, um mich zu untersuchen oder mit mir zusammen zu sein.

Arminius erschien später als ich erwartet hatte. Es war bereits Sommer und ich übte mit einigen germanischen Kriegern aus dem Dorf Kavallerieattacken auf einer nahegelegenen Wiese. Wir hatten brauchbare Pferde aufgetrieben, die ich inzwischen zugeritten hatte. Manchmal verstand ich nicht, wie diese Germanen drei römische Legionen hatten vernichten können. Nur die Auxiliartruppen, auf die Arminius sicher den schwersten Teil des Kampfes verlagert hatte, hatten Ahnung von Kriegsführung. Der gewöhnliche germanische Krieger jedoch nicht. Vielleicht war es der Überraschungsmoment gewesen und natürlich die Tatsache, dass die römischen Soldaten in den sumpfigen, schmalen Hohlwegen nicht ihre Kampffähigkeit hatten entfalten können, die zum Sieg geführt hatte. Auf keinen Fall das Können der Kämpfer. Ich würde viel Arbeit vor mir haben, wollte ich kampffähige Truppen aus dieser Schar von Schwertschwingern machen. So übten wir unermüdlich jeden Tag und auch für mich waren es wichtige Trainingseinheiten. Meine Beine konnte ich beim Reiten schon wieder recht gut gebrauchen. Jedoch der Rücken schmerzte noch stark beim Sperrwerfen und die Schulter war noch nicht wieder belastbar beim Nahkampf. Marcus hatte mir neben anderen Kleidungsstücken auch eine Uniform geschickt, weil meine bei der Schlacht verloren gegangen war. Ich trug also wieder ein Kettenhemd mit ledernem Unterkleid und Tunika, lederne, knielange Hosen, Beinschienen und Lederschuhe. Waffen hatte ich noch nicht, bis auf meinen Dolch, den Wilja mir bei unserem letzten Treffen wiedergegeben hatte mit den Worten: „Marcus hatte Angst, dass du ihn gegen dich selbst erheben würdest. Deshalb nahm ich ihn an mich."

Den Männern machte die Schinderei offensichtlich Freude. Es war für sie eine interessante Abwechslung in ihrem Alltag. Die Schreiner im Ort hatten uns Holzschwerter und Schilde in römischer Manier gefertigt. Ebenso Speere und Stoßlanzen aus Holz. Damit übten wir, um schwere Verletzungen zu vermeiden. Doch auch so gingen die Männer mit mancher Blessur nach Hause. Nachdem ich für mein eigenes Training zunächst mit dem Nahkampf zu Fuß begonnen hatte, musste ich dieses wieder abbrechen, da ich noch zu wackelig auf den Beinen stand. Es war einfacher, sich auf die Beine eines Pferdes zu verlassen. Jetzt trieb ich mit meiner Gruppe die Gegner in den Fluss. Als alle im Wasser lagen und sich an ihren Pferden festhielten, rief ich ihnen zu: „Vielleicht sollten wir besser schwimmende statt reitende Truppen ausbilden. Dieses Land hat so viel Wasser von unten und von oben, dass ihr mit Schwimmflossen wie die Enten besser dran seid als mit einem Pferd.“ Meine Männer lachten begeistert, bevor sie ebenfalls von den Pferden absprangen und ein erfrischendes Bad nahmen. „Für heute sei es genug. Wir sehen uns morgen wieder, aber dann zum Speerwerfen.“ Die Männer verabschiedeten sich freundlich und nahmen mein Pferd mit zur Weide. Es hatte einige Wochen gedauert, bis sie ihr Misstrauen und ihren Unwillen überwunden hatten, mit einem Römer zu trainieren. Die Klügeren unter ihnen erkannten schnell, dass es nicht nur darum ging, mich wieder kampfbereit zu machen, sondern dass sie viel von mir lernen konnten, obwohl ich ein Feind war. Wir planten auch bereits den Bau eines Dampfhauses, um uns nach den Kämpfen entspannen zu können. Erstaunlicherweise waren sie diesen Neuerungen gegenüber offen. Auch konnte ich sie überzeugen, ihre Haare nicht mehr mit Butter zu pomadisieren. „Es reicht, wenn ihr euren Gegner mit der Waffe tötet. Ihr müsst ihn nicht auch noch mit eurem Gestank ersticken“, konnte ich mir nicht verkneifen zu bemerken, als wir mit den Übungen begannen. Römische und germanische Schönheitsideale waren doch sehr unterschiedlich. Jetzt riefen wir uns noch einige zotige Sprüche zu, während ich immer noch leicht humpelnd zu meiner Hütte ging.

Als ich eintrat, fand ich meinen Gast. „Du kommst unerwartet spät“, begrüßte ich ihn und legte meinen Helm zur Seite.

„Ich hatte nicht gedacht, dass du auf mich warten würdest“, antwortete er mit Ironie und spielte mit dem Dolch, den ich auf dem Tisch vergessen hatte.

„Ich denke doch, dass man dich sofort informiert hatte, als ich meinen Entschluss fasste, oder ist Wilja nicht deine Informantin?“ Mit Dimitrios Hilfe legte ich mein Kettenhemd ab und begann die Beinschienen abzuschnallen.

„Wilja gehört niemandem. Sie hilft den Bedürftigen. Sie ist völlig frei und nur ihrem eigenen Willen unterworfen.“ Er sah mir zu, als ich mir über einer Wasserschüssel den Oberkörper wusch. „Die Wunden sind gut verheilt. Nur die Schulter könnte besser sein“, stellte er fest.

„Das stimmt. Sie behindert mich sehr bei den Schwertkämpfen. Pfeil und Bogen kann ich noch nicht wieder abschießen, und das Training mit pilum und hasta ist schwierig.“ Ich zog mir eine frische kurze Tunika über, die ich mir jetzt im Dorf nähen ließ, und setzte mich zu ihm. Dimitrios brachte Bier und Brot.

„Du lebst sehr komfortabel hier. Mit hellem Brot und eigenem Sklaven“, grinste Arminius und trank mir zu.

„Wenn ich schon hier leben muss, dann will ich es mir so angenehm wie möglich machen“, erwiderte ich und schob ihm den Teller mit Brot hinüber.

„Du übst mit den Männern des Dorfes“, stellt er fest, nachdem er Brot genommen und getrunken hatte. „Du wirst also mein Angebot annehmen?“

„Ich bin bereit, die Männer auszubilden, aber ich bin unter keinen Umständen bereit, sie in den Kampf zu führen oder unter deinem Befehl zu kämpfen. Das muss dir klar sein. Ich werde noch nicht einmal mit ihnen zu einer Schlacht hin reiten, sondern stets im Hinterland bleiben. Niemals werde ich das Schwert für die germanische Sache ziehen. Außerdem erwarte ich, dass ich jede Unterstützung für meine Arbeit erhalte. Es wird nicht genügen, ausreichend Soldaten auszubilden. Es müssen auch Truppenführer herangezogen werden, die in Strategie unterrichtet werden. Ich kann nur arbeiten, wenn ich Disziplin verlangen kann. Die recht lasche germanische Handhabung der Führung kann ich nicht akzeptieren. Wenn du mir nicht den Rücken freihältst, brauche ich gar nicht anzufangen. Das sind meine Bedingungen.“ Ich hatte

Zeit genug gehabt, mir Gedanken über meine Möglichkeiten zu machen und über das, was ich zu tun bereit war.

„Und was erwartest du dir ansonsten von deiner Tätigkeit?“ fragte Arminius, nachdem er schweigend und unbewegt meinen Ausführungen zugehört hatte.

„Zu überleben.“

„Mehr nicht?“ Er sah erstaunt auf. Vermutlich war er davon ausgegangen, dass ich eine Belohnung oder Ähnliches verlangen würde.

„Ist das in meiner Situation nicht schon viel? Sollte ich erfolgreich sein, werden wir uns wieder sprechen. Danach werde ich vielleicht andere Forderungen stellen.“

„Ich möchte dich mitnehmen in mein Hauptquartier. Dort hättest du bessere Arbeitsbedingungen als hier.“

„Nein, ich möchte in einem kleinen, unbedeutenden Dorf, weitab vom großen Heerführer bleiben“, erklärte ich ironisch. „Dort wird niemand ein Ausbildungslager suchen. Die Männer könnten nach und nach hierher kommen und nach vollendeter Ausbildung wieder zu ihren Stämmen zurückkehren. Natürlich müssten wir das Übungslager vergrößern und besser ausstatten, doch ansonsten sind die Voraussetzungen hier ideal. Ich habe schon darüber nachgedacht.“ Ich zeigte ihm eine Skizze, die ich gemacht hatte und auf der ich ihm meine Pläne erläuterte. Ich hatte die notwendigen Stallungen für die Pferde und die Unterkünfte für die Soldaten ebenso eingezeichnet wie ein Badehaus und zusätzliche notwendige Gebäude. Mit der Intensität dessen, der überzeugen will, redete ich auf Arminius ein.

„Halt, du musst mich nicht überzeugen. Ich glaube, dass du den richtigen Weg gehen wirst. Ich werde dir Geld schicken, damit du Pferde und Waffen kaufen kannst. Tauschgeschäfte würden zu lange dauern und du bist nicht erfahren darin. Such dir jemanden, dem du vertraust. Er soll sich um die Handwerker und das Baumaterial kümmern. Dein Wissen und deine Kraft brauche ich für die Soldaten.“ Er hatte sich erhoben. „Mach deine Arbeit gut und komm nicht auf dumme Gedanken. Ich hätte keine Skrupel das nachzuholen, was wir bisher unterlassen haben.“ Damit hieb er den Dolch in meine Aufzeichnungen, grinste mich an und ging. Ich hätte ihm liebend gern den Dolch hinterher geschickt. Es gab Momente, in denen seine Arroganz mich zur Weißglut brachte. Wie konnte ich nur mit diesem Mann zusammen arbeiten – und doch, ich konnte nicht ewig hassen, wenn ich überleben wollte.

Zunächst bat ich um viele Wachstafeln, die zu besorgen einige Zeit brauchte. Als ich sie endlich erhielt, notierte ich die dringendsten Besorgungen, die gemacht werden mussten. Ich rief Dimitrios und ging mit ihm zum Vorsteher des Dorfes und bat ihn um seine Hilfe. Er war ein intelligenter junger Mann, der von Arminius wohl entsprechend instruiert worden war, so dass er mir jede Unterstützung zusagte. Überraschenderweise konnte er lesen und schreiben. Auch er hatte zu den Auxiliartruppen des Arminius gehört und für Rom gekämpft. Dimitrios, der ebenfalls lesen und schreiben konnte, würde ihn bei der Erledigung meiner Aufträge unterstützen. Dann schrieb ich mir auf, welche besonderen Fähigkeiten die einzelnen Männer hatten, die bereits bei mir waren und wie ich sie einzusetzen gedachte. Das Schwierigste war, die Männer von ihren alt überkommenen Kampftechniken abzubringen. Germanen kämpfen in Haufen, die sich als Eberkopf aufstellen und auf den Feind stoßen. Wenn sie Glück haben, können die Spitzen die Truppen des Feindes teilen. Danach splittern die Gruppen sich in Einzelkämpfer auf. Hält der Feind dem Angriff stand, so verkeilt sich die Angriffsspitze und es ist kein taktisches Vorgehen mehr möglich. Wenn ich mir die römische Angriffstechnik mit Kohorten und Zenturien in unerschütterlicher Geschlossenheit, den Wall römischer Schilde, den Angriffen mit dem pilum und die Flankenangriffe der Reiterei vorstellte und dann die germanischen Bemühungen bedachte, überkam mich Mutlosigkeit. Doch irgendwo musste ich anfangen.

Ich begann mit dem Fechten. Für jeden Kämpfer wurde ein mannshoher Pfahl in den Boden gerammt, den er dann mit Weidenschild und Holzschwert bearbeiten sollte. Anfangs musste ich die Männer erst überzeugen, dass sie mit der Spitze des Schwertes angreifen mussten, nicht mit der Schneide. Ein Mann, der sein Schwert zum Hauen verwendet, ist leicht zu überwinden, weil er seinen Schwertarm und die rechte Seite nicht mehr schützen kann. Beim Angriffskampf machte ich ihnen klar, wie römische Legionäre erfolgreich kämpfen. „Das scutum ist nicht nur euer Schutz. Es ist eine Waffe. Im vollen Lauf wirft man damit einen Gegner ohne weiteres um. Außerdem nimmt es dem Gegner die Sicht und schützt euren Schwertarm. Für die Infanterie werden große Schilde verwendet. Die Reiterei kann nur kleinere haben, weil sie sonst in ihrer Beweglichkeit zu sehr beeinträchtigt werden würde. Wenn ihr mit gladius oder spatha stecht, müsst ihr versuchen über den Schildrand zu zielen. Damit trefft ihr Kopf oder Gesicht eures Gegners oder, was auch nicht falsch ist, veranlasst ihn, den Kopf einzuziehen und dann kann er nicht mehr sehen, was ihr tut. An die Beine kommt ihr nicht ran, weil sie zu gut geschützt sind durch das scutum. Um einen Legionär herum werdet ihr ebenfalls keinen Erfolg haben. Erst beim Kampf Mann gegen Mann, wenn die Angriffsreihen sich aufgelöst haben, könntet ihr nach alter Manier kämpfen, vorher nicht.“ Ich beließ es nicht nur bei erklärenden Worten, sondern zeichnete die Schlachtformationen auf und ließ sie nachstellen. Wir übten so lange, bis sie begriffen hatten, worauf es bei einem römischen Angriff ankam.

Zwischendurch hoffte ich immer, dass Arminius Wort hielt und mir das Geld schickte, das ich für die Anschaffung der Pferde und für bessere Waffen benötigte. Natürlich würde ich keine Wunder bewirken können, aber nach einem

Jahr, vermutete ich, würde ich eine schlagkräftige Kavallerieeinheit vorweisen können. Ich wagte noch nicht zu optimistisch zu sein. Dafür war ich noch nicht genug vertraut mit den Männern. Sechs Tage die Woche trainierte ich die Freiwilligen. Am siebten Tag schulte ich meinen Wolfshund Lupus. Er wich mir nicht mehr von der Seite und war wie ein Schatten stets bei mir. Wenn wir kämpften, so saß er am Wegesrand und wartete geduldig, bis wir eine Pause machten. Dann war er sofort bei mir. Als ich mich wieder sicher auf den Beinen fühlte und selbst mit dem Zweikampf begann, musste ich ihn stets vorher ermahnen, am Rand sitzen zu bleiben. Anderenfalls hätte er meinen Gegner angegriffen, wie er es zu Beginn getan hatte. Im Notfall würde er meine Feinde mit einem Biss kampfunfähig machen oder töten. Erst jetzt stellte ich fest, dass er noch gar nicht ausgewachsen war. Er war so schmutzig und schmal gewesen, dass ich ihn völlig unterschätzt hatte. Bei guter Pflege und nahrhaftem Futter war er inzwischen gewachsen und sehr kräftig geworden. Von den Dorfhunden traute sich keiner mehr an ihn heran.

„Wenn du noch keinen Namen hättest, Cornelius, so würde man dir den Namen Lupus geben. Es ist ein Name, der zu dir passt. Dein Haar ähnelt dem Fell deines Wolfes, du bist ebenso schlank und zäh und mit der Klugheit dieses Raubtieres kannst du es allemal aufnehmen.“ Nach langer Zeit war Wilja wieder einmal bei mir aufgetaucht. Zwischendurch schien sie vollständig aus dem Dorf verschwunden zu sein.

„Wo warst du so lange?“ fragte ich sie.

„Wenn ich den Menschen helfen will, so muss ich Kräuter suchen. Dafür bin ich ab dem Frühjahr überall im Lande unterwegs. Manchmal, wenn der Weg mich hier vorbei führt, lade ich meine Ernte ab, aber dann muss ich wieder los. Dieses Jahr ist es sehr unruhig überall, deshalb bin ich noch nicht weit herum gekommen.“ Sie stockte mit ihrem Bericht, so als scheue sie sich, mir mehr zu erzählen.

„Du meinst, es sind viele Römer unterwegs wegen der verlorenen Schlacht. Das ist für mich kein Geheimnis. Keine Angst, ich werde nicht fliehen. Ich kenne dieses Land überhaupt nicht, hätte keine Ahnung, was mich hinter dem nächsten Berg erwartet. So wahnsinnig wie Varus, unbedarft durch das Land zu streunen, bin ich nicht." Ich hatte mich auf einen Stein gesetzt, von denen wir mehrere am Wiesenrand gesammelt hatten, um in den Pausen nicht auf dem oftmals nassen Boden sitzen zu müssen. Lupus setzte sich zu Wilja und ließ sich willig von ihr kraulen. „Soviel zur Treue von Männern", scherzte ich.

„Frauenhände sind eben zarter als Männerhände", erwiderte sie lachend. „Das weiß sogar ein Wolf." Diese Worte erinnerten mich wieder an etwas, doch ich wagte nicht danach zu fragen, ob sie meinen Rat, sich massieren und ölen zu lassen, angenommen hatte. Ich würde es nie erfahren. Der Moment, in dem sie mir ihre Narben gezeigt und ihre Geschichte erzählt hatte, würde zwischen uns verschlossen bleiben. Niemals dürfte ich ein Wort darüber verlieren, wollte ich nicht für immer von ihr geschnitten werden.

„Ich soll dir Grüße bestellen von Marcus Antonius. Er schickt dir die Waffen, die du für die Ausbildung der Männer benötigst. Es sind auch Rüstungen und Schilde dabei. Ich habe sie in deine Hütte stellen lassen. Er freute sich zu hören, dass es dir gut geht. Allerdings war er sich nicht darüber im Klaren, ob du ihn sehen wolltest. Deshalb komme ich heute allein." Sie schaute mich fragend an. Ich hielt ihrem Blick lange stand, doch dann schaute ich zu Boden.

„Noch nicht. Noch bin ich nicht so weit, ihn wieder zu treffen. Wir sollten es dem Zufall überlassen." Die Wunde, von der ich geglaubt hatte, dass sie verheilt sei, war wieder aufgebrochen. Der Verrat des Freundes und das Eingeständnis, meinen möglichen Tod akzeptiert zu haben, waren immer noch zu viel für mich. „Wir sollten zurück gehen. Lupus wird hungrig sein und ich könnte auch etwas essen."

Langsam, damit sie das leichte Humpeln nicht merkte, gingen wir zurück. Bei ihrer Hütte verabschiedete ich mich und scheuchte Lupus über den Dorfplatz. Wohl wusste ich, dass sie mir hinterher sah, doch ich drehte mich nicht um. Ich hatte mich in meine Lage eingefunden und akzeptierte sie, doch noch konnte ich nicht verzeihen und vergessen.

Am nächsten Tag trieb ich zehn ausgewählte Männer bis zum Umfallen an. Zum ersten Mal seit der Schlacht trug ich wieder meine Waffen. Es war Marcus gelungen, mein Schwert zu finden. Es war ein seltsames Gefühl, es wieder in der Hand zu halten und an das letzte Mal zu denken, als ich mit ihm kämpfte, es gegen Arminius erhob mit dem Ziel, ihn zu töten. Zorn, ja, Wut stieg in mir auf und gab mir Kraft. Ich schonte weder meine Männer noch mich. Mein Rücken und die Schulter schmerzten wie verrückt, doch ich wollte nicht aufgeben. Einen nach dem anderen zwang ich zur Aufgabe. Zuletzt kämpfte ich gegen zwei Germanen gleichzeitig. Sie hatten keine Chance gegen mich. Als ich dem letzten die Klinge an die Kehle hielt, gaben meine Beine nach. Die jungen Männer waren völlig erledigt, doch auch ich rang keuchend nach Luft. „Ihr habt jetzt … nur gegen einen Gegner … gekämpft. Was glaubt ihr … wie lange … ihr in einer Schlacht … aushalten müsst?“ Ich stützte mich auf mein Schwert, um wieder auf die Beine zu kommen. Etwas unsicher stand ich noch, da schob sich von hinten ganz vertraut eine Schulter unter meinen Arm.

„Zumindest sollte man mit deiner Verletzung nicht versuchen, zehn Gegner zu besiegen“, sagte Wilja und lachte meine Männer aus. „Andererseits sind diese Gegner zurzeit noch ein anderes Kaliber, als es ein römischer Infanterist ist. Davon würdest selbst du im Moment noch keine zehn schaffen. Nehmt euch ein Beispiel an Cornelius Lupus. Was für ein Kämpfer er doch ist, trotz der schweren Verletzungen, die er immer noch auskuriert. Komm mit mir. Ich will sehen, wie deine Narbe am Rücken aussieht." Sie stützte mich weiterhin, obwohl das Zittern in den Beinen bereits nachgelassen hatte. Ganz sicher fühlte ich mich aber wirklich noch nicht, immerhin hatte ich bisher nur zu Pferd gekämpft. „Ich habe gesehen, dass ihr inzwischen das Dampfbad gebaut habt. Dorthin werde ich dich begleiten. Später komme ich, um mir anzusehen, was aus den Wunden geworden ist." Sie lächelte freundlich, als sie mich bei Dimitrios ablieferte, der bereits auf mich wartete.

Nach dem Bad, als Dimitrios mich noch einölte, kam sie und kontrollierte besonders die Rückenwunde. „Sie ist recht gut verheilt. Hoffen wir, dass du nie mehr dort verwundet wirst. Ich hätte Bedenken, ob du es wieder so gut überstehen würdest. Vielleicht solltest du deine Rüstung dort besser auspolstern lassen, denn das Leder scheint trotz des Unterkleides an der Stelle zu scheuern. Außerdem wäre die Polsterung ein zusätzlicher Schutz. Der Arm ist noch immer etwas steif. Das müsste besser werden. Ein weiterer Bruch wäre auch hier nicht gut. Die Schwerthiebe sind ansonsten gut verheilt. Auch die Schienbeine sind gerade zusammen gewachsen. Da hast du Glück gehabt. Du wirst bald wieder ohne Beschwerden laufen können. Denke nicht, dass ich das Humpeln nicht bemerkt habe. Wann die letzte Kraft in die Beine zurückkehren und ob es überhaupt wieder so sein wird, wie früher, das weiß ich nicht. Aber reiten wirst du in jedem Fall können." Sie hatte ihre Untersuchung beendet. Die Berührung ihrer Hände verursachte mir eine wohlige Gänsehaut. Tief in meinem Innern regte sich ein längst vergessen geglaubtes Gefühl, doch ich unterdrückte es sofort. Einen kleinen Augenblick schien sie noch zu zögern und etwas sagen zu wollen, doch dann wünschte sie mir nur eine gute Nacht und ging.

Seit ich mit der Ausbildung der Männer begonnen hatte, schlief ich nachts ruhig und traumlos, wie seit der Schlacht nicht mehr. Lupus lag vor meinem Lager und bewachte meinen Schlaf. Es gab Momente, in denen war ich wunschlos glücklich. So, wenn ich bei Tagesanbruch aufwachte, das Licht schon in meine Hütte schien und mein Blick auf den vor meinem Bett liegenden Wolf fiel. Ich war entspannt, kein Schmerz störte das Wohlbefinden. In diesem kurzen Moment gab es nichts, was mir fehlte. Selbst Rom schien auf einem anderen Stern zu liegen. Ich vermisste es nicht. Doch in dieser Nacht schlief ich unruhig. Ich wachte auf und hatte das Gefühl von Leere, von undefinierbarem Schmerz. Es dauerte lange, bis ich wieder einschlafen konnte.

„Römer!“ Wie ein Blitz fiel das Wort in unsere Runde ein. Ein Reiter hatte die Nachricht gebracht. „Sie sind noch gut zwei Tagesmärsche von hier entfernt.“

„Wir müssen alle Waffen, die wir haben, verstecken. Auch die guten Pferde müssen sofort weg“, befahl ich den Männern. Es war nicht so, als hätte ich eine solche Situation nicht irgendwann erwartet, daher war ich bereits darauf vorbereitet. Nur die Germanen hatten wohl gedacht, dass kein Römer mehr so weit ins Hinterland kommen würde. Auch mehr als ein Jahr nach der Schlacht war man sicherlich immer noch auf der Suche nach Überlebenden und natürlich nach den verlorenen Legionsadlern.

Ich hatte mir die Gegend in den letzten Wochen genau angesehen und im Wald, jenseits eines ziemlich undurchdringlichen Gestrüpps, eine von Felsen umstandene Lichtung gefunden, wo wir die Pferde hinbringen konnten. Dort würden wir in einer Höhle auch die Waffen lagern. Es war mehr als unwahrscheinlich, dass die Truppen hier eindringen würden. Besonders nach den Erfahrungen der verheerenden Schlacht, würde kein Römer mehr von den vorgegebenen Marschrouten abweichen. „Keine Panik! Die Tiere dürfen nicht den ganzen Boden zertreten, sonst sieht man gleich, dass hier mehr Pferde waren als noch auf der Weide stehen. Jeder nimmt jetzt seine Waffen und die Übungswaffen, geht zu seinem Pferd und dann reiten wir in lockerer Reihe hintereinander zunächst durch den Fluss, danach weiter hinten über die Felsen, bevor wir in den Wald eindringen." Nach dem ersten Schreck gehorchten die Männer, so wie ich es ihnen beigebracht hatte. Sie würden eine gute, zuverlässige Truppe ergeben unter einem entsprechenden Heerführer. Nachdem wir Tiere und Waffen untergebracht hatten, stellten wir Wachen auf, die den Platz so lange nicht verlassen würden, bis jemand vom Dorf kam, um sie abzulösen. Dann kehrten wir zurück und verwischten alle noch erkennbaren Spuren. Als wir ankamen, wartete Wilja bereits in meiner Hütte.

„Du bist also wieder zurück gekommen?" fragte sie kühl. „Rechnest du damit, dass die Truppen dich mitnehmen werden? Siehst du hier endlich deine Chance zu entkommen?"

„Du weißt nichts, aber auch gar nichts über mich, sonst würdest du nicht so reden. Für wie dumm hältst du mich eigentlich? Wenn man mich hier findet, in so gutem körperlichen Zustand wie jetzt, wird man davon ausgehen, dass ich mit den aufständischen Auxiliartruppen kooperiert habe. Immerhin ist meine Freundschaft mit Marcus bekannt. Ziemlich sicher würde man mir einen Prozess wegen Hochverrats machen. Das wirst du doch wohl wissen, oder?" Ich suchte meine Sachen eilig in einem Sack zusammen.

„Das wusstest du und hast dich trotzdem auf das Angebot des Arminius eingelassen?" Sie blickte mich ungläubig an.

„Ich habe dir doch gesagt, dass ich mich dafür entschieden habe zu leben und das könnte ich unter diesen Umständen in Rom nicht mehr. Ich dürfte die Stadt noch nicht einmal betreten, wenn ich nicht im nächsten Moment im Gefängnis landen wollte. Und zurück gekommen bin ich nur, weil ich diese Hütte räumen muss. Nichts darf mehr auf meine Anwesenheit hinweisen. Am besten quartiert ihr hier jemanden ein. Der Badezuber muss weg und die Öle werde ich mitnehmen. Ich nehme auch Dimitrios mit. Er wirkt inzwischen viel zu fein für diese Umgebung." Ich musste grinsen, wenn ich mir den erstaunten Blick des Befehlshabers vorstellte, der einen griechischen Badesklaven hier entdecken würde. „Es wäre besser, auch du packtest deine Sachen und verschwändest. Man weiß nie, wer solche Truppen begleitet und vielleicht erkennt dich jemand. Das wäre nicht gut.“ Unbedacht hatte ich auf ihre Vergangenheit angespielt. Ich erwartete, dass sie meine Hand, die ich ihr auf die Schulter gelegt hatte, um sie zu mir zu drehen, abschütteln würde. Doch sie ließ es sich gefallen und schrie mich auch nicht an wie früher. Nachdem sie mich einen Augenblick angesehen hatte, senkte sie den Blick und nickte.

„Du hast Recht. Ich werde mitkommen.“ Gegen Abend verließen wir in Begleitung von Lupus und Dimitrios zu Fuß das Dorf. Niemand konnte mehr vermuten, dass jemals ein römischer tribun hier Quartier gehabt hatte. Ich konnte nur hoffen, dass nichts Unvorhergesehenes geschah und wir bei unserer Rückkehr alles noch vorfanden, wie wir es zurück gelassen hatten.

Nach vier Tagen des Wartens schickten wir einen Kundschafter, der als Holzsammler ausgerüstet war, in das Dorf. Wenig später kam ein Junge, der uns berichtete, dass die Römer weitergezogen, aber immer noch in Sicht seien. Wir warteten noch zwei weitere Tage, dann kam eine Frau, die Entwarnung gab. „Sie sind weg. Es waren zwei Legionen. Wir haben sie verpflegt, mehr wollten sie nicht. Sie haben sogar dafür bezahlt. Wir hörten sie sagen, dass sie nach Norden ziehen werden. Sie fragten nach dem Weg, der vor ihnen liegt. Hoffentlich kommen sie nicht wieder.“ Dennoch sagte ich den Männern, sie sollten mit den Pferden noch einige Tage warten. So stellten wir Wachen auf und kehrten zurück ins Dorf. In den nächsten Tagen wurden die Pferde gebracht und wir begannen erneut mit der Ausbildung.

Die Bewohner des Dorfes nahmen es ohne zu murren hin, dass kräftige und besonders auch junge Männer bei der Arbeit auf dem Acker fehlten und an den Waffen ausgebildet wurden. Doch die Jünglinge lernten nicht nur, mit der Waffe und den Pferden umzugehen. Ich zeigte ihnen, wie römische Soldaten ein Lager errichten, wie sie schanzen und in Windeseile einen Verteidigungswall aufschütten. Die Befestigung von Wegen und der Bau von Latrinen gehörten ebenfalls dazu. Ich wies sie darauf hin, wie wichtig es ist, dass man seine Waffen selbst reparieren kann, die Rüstung in Ordnung hält, in Stand setzt und reinigt. Bei einem Feldzug kann man keine unnützen Sklaven, Esser oder Ballast mitschleppen. Da ist jeder Mann auf sich selbst gestellt und verantwortlich. Somit mussten sie auch lernen, ihre Kleidung zu waschen und zu flicken. Um ihre Essen hatten die erfahrenen Krieger sich auf den Feldzügen schon immer selbst kümmern müssen. In den Wäldern kannten sie sich gut aus und halfen mir, die mir unbekannten Körner, Wurzeln und Früchte zu finden. Ich experimentierte mit diesen Zutaten, ließ mir im Dorf zeigen, wie sie haltbar gemacht wurden, schreib dieses neue Wissen auf und gab es an die jungen Krieger weiter. So entwickelte ich eine Überlebenspraxis für das wilde Germanien.

Im Frühjahr des Jahres 11

Wir schrieben das Jahr 11. Fast zwei Jahre lebte ich nun schon bei einem Stamm der Langobarden, der aus dem Machtbereich des Markomannenfürsten Marbod zu Arminius übergelaufen war. Marbod war ebenso wie Arminius adliger Abstammung und beide kämpften für die Unabhängigkeit ihrer Stämme. Wilja erzählte mir, dass auch Marbod die römischen Verhältnisse gut kannte. Er hatte in der römischen Armee gedient und ebenfalls das römische Bürgerrecht erhalten. Nachdem Arminius die Führung seines Stammes übernommen hatte, stellte sich die Frage, wer Führer eines vereinigten germanischen Heeres werden würde. Hierfür waren militärische

Erfolge ausschlaggebend. Marbod, der einige Jahre älter war als Arminius, hatte seine Chance bereits im Jahre 6, als er mit angeblich 70.000 Fußsoldaten und 4.000 Reitern gegen Tiberius zog, der mit zwölf Legionen nach Germanien gekommen war. Nur der pannonische Aufstand verhinderte das Aufeinandertreffen der Truppen. Marbod wurde ein gleichberechtigter Frieden angeboten, der seine politische Machtposition ungemein stärkte. Ich erfuhr, dass Arminius nach der großen Schlacht den Kopf des Varus zunächst an Marbod geschickt hatte, um ihn als Bundesgenossen zu gewinnen. Marbod versprach sich jedoch größere Vorteile aus einem Bündnis mit Rom. Um seine Treue zu beweisen, schickte er den Kopf weiter an Augustus. Die Geschichte war also etwas anders gewesen, als Arminius sie erzählt hatte. Marbods Verhalten hatte Arminius sicherlich sehr gekränkt, doch im Moment konnte er noch nichts gegen ihn unternehmen. Außerdem hatte er genügend Probleme im eigenen Haus. Sein Schwiegervater, Fürst Segestes, machte ihm Schwierigkeiten, weil er gegen die Heirat seiner Tochter mit Arminius gewesen war. Er hatte bereits eine andere Hochzeit geplant, als Arminius Thusnelda nach der großen Schlacht entführte. Außerdem gehörte er der pro-römischen Partei an. Um die Lage noch schwieriger zu machen, schloss sich Arminius' Onkel, Fürst Inguiomer, Marbods Truppen an. Die Situation war sehr kompliziert und die politischen Auswirkungen nicht absehbar. Die germanischen Stämme teilten sich in zwei Gruppen, die Reformer hinter Fürst Segestes und seinen Verwandten und die Konservativen hinter Arminius. Dann gab es noch die mit Rom verbündeten Stämme wie die Friesen und die Chauken. Eigentlich hätte Rom nur abwarten müssen, dass diese Gruppen sich aufreiben und dann die Reste einsammeln können, aber das römische Selbstverständnis war ein anderes. Und so steckte ich als Römer mitten in den innergermanischen Konflikten und den erwarteten Angriffen der römischen Legionen und bemühte mich, mein Leben einzurichten.

Meine Verwundungen waren gänzlich ausgeheilt. Nur die Verletzung im Rücken machte mir manchmal, nach anstrengenden Übungen, noch Probleme, doch sie behinderte mich nicht so sehr, dass ich nicht hätte kämpfen können. Ich hatte eine Aufgabe gefunden, die meine Tage erfüllte. In meiner freien Zeit lernte ich Germanisch und brachte im Gegenzug einigen jungen Männern das Lesen und Schreiben der lateinischen Sprache bei. Der Stammesführer Widukind war ein sehr interessierter und aufgeschlossener Gesprächspartner. Er war 36, also fünf Jahre älter als ich. Sein Vater war bei der großen Schlacht gefallen und er hatte die Führung des Stammes übernehmen müssen. Anfangs stand er mir sehr misstrauisch, ja feindlich gegenüber, doch ich denke, dass Arminius, Marcus und auch Wilja später für mich gesprochen hatten. Außerdem konnte er sich von meinen Fähigkeiten überzeugen und sehr bald war er froh, einen Gesprächspartner in mir zu haben, mit dem er auch über Dinge, die über sein tägliches Leben hinaus gingen, sprechen konnte.

Ich saß in meiner Hütte und schrieb einige militärische Begriffe auf, die ich den Jungen in der nächsten Lateinstunde beibringen wollte, da hörte ich draußen aufgeregte Rufe und Pferdewiehern. Ich nahm mein Schwert und ging hinaus. Eine größere Reitergruppe war gekommen. Ich erkannte Arminius mit Marcus an seiner Seite. Sie wurden von Widukind begrüßt. Mit Marcus war ich seit unserem Gespräch vor zwei Jahren nicht wieder zusammen getroffen. Zu tief schmerzte die Enttäuschung über seinen Verrat. Auch jetzt zog ich mich zurück. Sollte ich gebraucht werden, würde man mich holen. Wenig später kam dann tatsächlich der Bote, um mich zu der Besprechung zu bitten. Ich legte meine Rüstung an, nahm mein Schwert und folgte ihm. Lupus heftete sich dicht an meine Fersen. Ich wusste, es wäre sinnlos gewesen, ihn zurück zu weisen. Er ließ mich nie allein. Als ich das Haus betrat, grüßte ich unverbindlich in alle

Richtungen und setze mich auf den freien Platz zwischen meinen beiden decurionen Segimund und Gunnar. Arminius ergriff das Wort: „Sei uns willkommen Cornelius Lupus. Zumindest sehe ich jetzt, woher der Name kommt. Ich dachte erst, es hinge damit zusammen, dass du lebst und kämpfst wie ein Wolf, doch das ist es wohl nicht allein, wie ich an deinem Begleiter erkenne."Arminius gab sich verbindlich, doch ich ging nicht auf seine Bemerkungen ein. „Ich habe dich zu diesem Treffen rufen lassen, weil du ein Mann mit großen Erfahrungen bist. Ich habe deine Entscheidung, unsere Krieger zwar auszubilden, aber nie in den Kampf zu führen, akzeptiert. Dennoch brauchen wir nun deine Hilfe. Deine Männer sollen erstmals im Kampf eingesetzt werden. Gegen römische Truppen. Tiberius will bei Vetera eine Legion über den Rhenus führen. Sie werden nach Norden marschieren, wo sie sich vermutlich mit den Friesen verbünden werden, bevor sie dann, wie uns berichtet wurde, zum Albis weitermarschieren wollen. Wir gehen davon aus, dass sie sich dort einschiffen, um den Fluss hinauf zu fahren. Sie kämen unweigerlich in dieses Gebiet. Nun wollen wir sie bereits angreifen, bevor sie sich mit den Friesen vereinen. Dafür brauchen wir schnelle Reitertruppen. Also die von dir ausgebildeten Männer." Der Bericht des Arminius erstaunte mich nicht. Immer wieder waren römische Truppen nach der Schlacht in das Innere Germaniens vorgedrungen und es hatte kleinere Kämpfe gegeben. Auf einen größeren Einfall hatte ich schon lange gewartet. Natürlich würden die beiden Kavallerieeinheiten, die ich seit mehr als einem Jahr ausbildete, mitziehen. „Mein Wunsch ist es nun, mit deiner Hilfe, einen geeigneten Einsatzplan für den Kampf zu entwickeln. Ich hoffe, dass du mich unterstützen wirst, obwohl wir gegen Römer kämpfen."

„Solange du nicht von mir verlangst, dass ich mitziehe, werde ich mein Wissen und meine Erfahrung einbringen. Das ist nichts anderes als die Schulung, die ich mit den Truppenführern jetzt schon mache." Natürlich war mir nicht wohl dabei, wenn ich daran dachte, dass es meine Landsleute sein würden, deren Tod ich plante und doch, ich lebte jetzt hier und fühlte mich meinem Wort verpflichtet.

„Gut, dann werden wir uns morgen wieder hier treffen. Und du, Cornelius Lupus, bestellst bitte deine Vertrauensleute hierher." Arminius erhob sich und wir waren entlassen. Ich strebte dem Ausgang zu, Lupus wie ein Schatten neben mir, um ein Treffen mit Marcus zu vermeiden. Als ich draußen war, bemerkte ich, dass er mir hinterher eilte.

„Cornelius, warte auf mich." Ich ging weiter, aber er hielt mich an der Schulter fest. Lupus knurrte und fletschte die Zähne.

„Ruhig, Lupus, er ist ein Freund."

„So, ein Freund? Wenn es mal so ist", sagte Marcus und nahm seine Hand von meiner Schulter. „Cornelius, so kann es nicht weitergehen. Wir stehen jetzt auf der gleichen Seite des Flusses. Lass Vergangenes vergangen sein. Vielleicht wirst du irgendwann einmal verstehen, in welcher Situation ich damals war. Selbst wenn du mein Freund warst, so standen tausende meiner Landsleute hinter mir und das Leben von vielen weiteren tausend hing davon ab, dass wir siegten. Hast du eine Vorstellung davon, was geschehen wäre, wenn Varus gewonnen hätte? Kannst du dir vorstellen, wie es hier aussehen würde? Wir hatten uns gegen Rom entschieden und damit musste ich mich in dem Moment auch gegen dich entscheiden. Du lebst jetzt schon so lange unter uns, hast du inzwischen dazu gelernt? Weißt du jetzt, was es heißt als Germane unter Römern zu leben, wenn man seine Identität nicht aufgeben möchte?" Eindringlich sprach er auf mich ein. Er wollte mich überzeugen, vielleicht, weil er trotz allem mein Freund war und auch immer geblieben war?

Ich sah ihn an. „Vielleicht hast du Recht, wenn du sagst, dass Vergangenes vergangen ist. Dennoch ist es manchmal schwer, Geschehenes zu vergessen." Ich legte meine Hand in seinen Nacken und sah ihm fest ins Auge „Wir versuchen einen Neuanfang. Zeig mir, dass ich mich nicht in dir getäuscht hatte, als du mir einst sagtest, du seist mein Freund.“

„Nichts lieber als das“, antwortete er und umarmte mich.

„Große Verbrüderung“, klang eine weibliche Stimme hinter uns. Wilja stand dort und lächelte uns an. „Er ist schon ein ziemlicher Sturkopf, dein Freund, aber es hat sich gelohnt, auf ihn zu warten.“ Sie trat zu Marcus und lehnte sich an ihn. Er legte seinen Arm um sie und lächelte. Ein Stich ging durch mich hindurch. Ich hatte nicht gewusst, dass sie so vertraut mit einander waren. Zwar hätte ich nie gewagt, mich ihr mehr zu nähern, als sie es bisher zugelassen hatte, doch immerhin war sie die einzige junge Frau, mit der ich in den letzten Jahren zu tun gehabt hatte. Ich hatte ihre Abwehr gegen mich akzeptiert, dennoch berührte mich dieser Anblick nun unangenehm. „Wenn ihr im Augenblick nichts mehr zu besprechen habt, so würde ich Marcus gern mitnehmen.“ Sie schaute mich fragend an.

„Nein, im Moment nicht. Wir können später einen Becher Wein zusammen trinken“, sagte ich. Die Beiden drehten sich weg und gingen eng neben einander, als wäre es das Selbstverständlichste von der Welt. Du bist eifersüchtig, sagte ich mir. So ein Quatsch! Du kannst nicht erwarten, dass sie nach ihren Erlebnissen einen Fremden, noch dazu einen Römer, an sich heran lässt. Wahrscheinlich kennen die Beiden sich schon ewig und sind wie Geschwister. Also Schluss damit. Ich drehte mich entschlossen um, rief Lupus zu mir und ging zu der Pferdekoppel, um noch nach den jungen Tieren zu sehen, die wir erst am Vortag bekommen hatten.

Später kam Marcus zu mir. Er berichtete von der aktuellen politischen Lage, von der ich hier im Hinterland nicht ganz so viel erfuhr. Rom hatte große interne Schwierigkeiten gehabt nach der Schlacht. Augustus hatte sogar nochmals sechs Kohorten aus einfachen Bürgern ausheben lassen, um die Verluste der großen Schlacht zu decken. Es dauerte einige Zeit, bis wieder Ruhe und Ordnung eingekehrt waren. Militärische Führer waren inzwischen Germanicus und Tiberius. Germanicus, der Sohn des Drusus, hatte sich in Pannonien ausgezeichnet und würde wohl in einigen Jahren die Führung in Germanien allein übernehmen, denn es war nur noch eine Frage der Zeit, wann Tiberius die Nachfolge des greisen Kaisers Augustus antreten konnte. Tiberius war der besonnenere und erfahrenere Truppenführer von beiden. Er hatte in der Vergangenheit gegen jeden germanischen Stamm erfolgreich gekämpft und galt als Kenner Germaniens. Sein Neffe Germanicus war ganz anders veranlagt als sein Onkel. Er tat sich besonders bei den Vergeltungsschlägen hervor. Traf man auf ihn, so kämpfte er stets so verbissen, als wolle er die verlorene Schlacht des Varus rückgängig machen. Als Legitimation ließ er von den überlebenden Legionären der Schlacht Gräuelgeschichten über abgeschnittene Zungen und Misshandlungen bei den Germanen verbreiten. Doch keiner konnte sie belegen. Ich habe germanische Geiseln oder Sklaven gesehen, die nicht schlechter behandelt wurden, als es allgemein üblich war. Man ging hier nicht anders mit Sklaven um als in Rom. Es war nur politische Propaganda, die Germanicus für seine Zwecke einsetzte. Von Spionen hatte Marcus erfahren, dass man auch mich für tot erklärt hatte.

„Da wird sich mein Bruder aber gefreut haben, dass er meine Besitzungen übernehmen konnte. Naja, ein Grund mehr nicht wieder zurück zu gehen.“ Indem ich die Worte sprach, wurde mir klar, dass ich tatsächlich nicht den Wunsch verspürte, wieder nach Rom zurück zu kehren. Wohin auch immer ich gehen würde, aber sicherlich nicht wieder nach Rom. Zwar war es schwierig, dem Imperium zu entkommen, aber ich hatte aus vielen Erzählungen der Männer gelernt, dass es im Osten noch Länder gab, in denen ein Mann mit Fantasie und einem guten Schwertarm sein Glück finden konnte.

„Ich dachte immer, dein Ziel sei es, das Militär zu beenden und danach auf eigenen Besitzungen mit einer großen Familie deinen Frieden zu finden." Marcus war erstaunt, als ich jetzt den Kopf schüttelte.

„Habe ich das jemals behauptet?"

„Nein, aber sind nicht alle Römer so?" fragte er stirnrunzelnd.

„Und ihr Germanen? Wie sieht es mit deiner Hütte aus?" Ich dachte an Wilja und war beunruhigt wegen der Antwort.

„Hättest du dich nicht wie dein Namensvetter, der einsame Wolf, verkrochen, so wüsstest du, dass ich eine Schwester von Wilja geheiratet habe. Unsere Familien kennen sich schon ewig und da Wilja unantastbar ist, habe ich ihre ältere Schwester genommen. Wir haben inzwischen schon einen Sohn und erwarten demnächst ein zweites Kind. Sie leben bei Arminius im Hauptlager."

Mir fiel ein Stein vom Herzen, aber die Frage tauchte auf: „Wieso ist Wilja unantastbar?"

„Weißt du denn nicht, dass sie eine Seherin ist? Schon als Kind hatte sie Visionen und deutete die Orakel. Sie kennt den Sternenhimmel wie kein zweiter und keiner unserer anderen Priester würde wagen, ihre Prophezeiungen anzuzweifeln. Solange ich sie kenne, hat sie noch niemals eine falsche Weissagung ausgesprochen. Niemand würde je mit einer Seherin oder weisen Frau das Lager teilen, sofern sie ihn nicht dazu auffordert! Sie ist mir nur eine Schwester, auf die ich mich immer verlassen kann."

Ich staunte, doch gleichzeitig spürte ich in mir wieder diese Hitze aufsteigen, dieses Kribbeln, wenn ich an sie dachte. „Nein, ich habe das nicht gewusst. Aber es passt zu ihr. Und für dich freue ich mich. Jetzt trägst du umso mehr Verantwortung. Warum hast du deine Familie der Gefahr ausgesetzt und sie bei Arminius ins Lager gebracht? Hier im Hinterland wären sie doch viel sicherer?" Ich schenkte ihm noch Wein nach und versuchte mich bequemer zu setzen. Es gab Tage, an denen vermisste ich die römischen Klinen, auf denen man so bequem liegen konnte. Wir hatten in den letzten Tagen mit pila und hastae geübt und das merkte ich in den Gliedern.

„Meine Frau ist zu ängstlich ohne mich. Besser, ich habe sie bei mir und kann sie beschützen." Marcus erzählte von seiner Familie und ich hatte Gelegenheit, das Gehörte erst einmal zu verdauen. Hatte ich mir Hoffnungen auf Wilja gemacht? Nun, ich war noch nicht alt und irgendwann bricht das Begehren sich seine Bahn und man sieht die Frauen in der Umgebung mit anderen Augen an. Bisher war mir noch keine über den Weg gelaufen, die ich gern besessen hätte, doch das könnte sich ändern. Aber ich hatte auch bisher nie aus rein animalischen Gründen einer Frau beigelegen. Bezahlte Liebe war nicht meine Sache. In Rom hatte ich als Jüngling eine große, erste Liebe, die jedoch älter war als ich und die später in eine angesehene Familie einheiratete. Bei ihr hatte ich Eros kennen gelernt. Sie war meine Lehrmeisterin gewesen. Eine bessere hätte ich nicht haben können. Vielleicht war es gut, dass Marcus mir alles berichtet hatte. Nun wusste ich, woran ich war. Einer Priesterin, egal welcher Religion, war auch für mich tabu.

„He, hörst du mir überhaupt zu?" Marcus stupste mich an.

„Sag einmal, wie alt ist Wilja? Sie ist Seherin und Heilerin, aber sie scheint noch nicht sehr alt zu sein."

„Sie ist so alt wie ich, also 26. Außerdem haben diese Fähigkeiten nichts mit dem Alter zu tun. Die Sehergabe erhält man von den Göttern und die Heilkunst hat sie bereits sehr jung gelernt. Warum fragst du?"

„Es war nur so ein Gedanke, aber um deine Frage zu beantworten: Ja, ich höre dir zu, aber ich bin sehr müde. Wir haben in den letzten Tagen viel gearbeitet und dann schlafe ich immer schlecht, weil die Narben schmerzen." Damit sagte ich nicht die Unwahrheit. Das war tatsächlich so.

„Ich werde dir Wilja schicken, damit sie dich mal wieder untersucht. Wir sehen uns Morgen zur Besprechung bei

Arminius. Du glaubst gar nicht wie froh er ist, dass du uns hilfst.“ Er grinste wie ein übermütiger Junge: „Er würde es zwar nicht zugeben, aber er hat Zweifel, ob deine Truppen so gut sind, dass er sie schon einsetzen kann. Er kennt dich eben nicht so gut wie ich. Ich hatte nie Zweifel an deinen Ausbilderqualitäten.“ Er hieb mir noch auf die Schulter, dann war er verschwunden.

Ich rief Lupus, um ihm noch ein wenig Auslauf zu verschaffen. Ich jagte ihn mit Stöckchen quer über die Wiese, balgte mich mit ihm im hohen Gras und scheuchte ihn in den Fluss, aus dem er triefend und laut bellend wieder hervor kam und sich schüttelte. Danach war ich auch nass. So zog ich meine Sachen aus und nahm ebenfalls ein Bad.

„Ihr Römer müsst von einem Wassergott abstammen. Kaum seht ihr Wasser, müsst ihr hinein“, lachte Wilja, die plötzlich am Ufer stand. In dem dämmrigen Licht sah sie mit ihrem hellen Kleid wahrhaftig aus wie eine Priesterin. Das war mir nie vorher aufgefallen.

„Das würde dir auch nicht schaden“, erwiderte ich.

„Vielleicht hast du Recht.“ Erschrocken sah ich, dass sie ihr Überkleid auszog. Dann band sie die Haare hoch und kam, nur in einem dünnen Unterkleid gekleidet, ins Wasser.

„Ich kann nicht schwimmen“, sagte sie und blieb im flachen Wasser sitzen, wo Lupus um sie herum tobte.

„Lass dich einfach mal treiben. Das Wasser trägt dich. Komm her, ich helfe dir. Lupus, verschwinde und lass uns in Ruhe, sonst geht Wilja noch unter.“ Ich schob meine Hände unter ihren Rücken und ihren Kopf und legte sie aufs Wasser. Ihr blondes Haar hatte sich gelöst und trieb um sie herum. Sie sah aus wie eine Najade. Sie hatte die Augen geschlossen und ihr Gesicht wirkte völlig entspannt. Ein kleines Lächeln spielte um ihre Lippen. Winzige Fältchen in den Augenwinkeln unterstrichen den Eindruck, dass sie lachte. Vorsichtig bewegte sie ihre Hände im Wasser. Als ich das Gefühl hatte, dass sie allein treiben konnte, zog ich meine Hände langsam zurück und betrachtete sie. Das am Körper klebende Unterkleid verhüllte nichts mehr. Ich sah ihren vollen, wohlgeformten Busen. Die Brustwarzen hatten sich in dem kalten Wasser verhärtet. Das Kleid klebte an ihrem Leib. Sie war nicht schlank, doch schien sie wohl proportioniert und biegsam zu sein. Ich zog mich vorsichtig zurück, keinen Blick von ihrem Gesicht lassend. Bereit, jeden Moment zuzugreifen, wenn sie unsicher werden würde. Sie genoss dieses Schweben sichtlich. Irgendwann wurde ihr wohl klar, dass ich sie nicht mehr stützte. Sie öffnete die Augen, sah mich nicht mehr, wurde panisch und ging unter. Sofort war ich bei ihr und zog sie wieder hoch. Sie legte ihre Arme um meinen Hals und schnappte prustend nach Luft. „So geht das nicht. Unter Wasser schwimmen hatten wir noch nicht geübt", flachste ich, um meine Unsicherheit über ihre Nähe zu verbergen. Ich schob sie in niedriges Wasser, wo Lupus aufgeregt um sie herum sprang. „Ich will noch etwas schwimmen", rief ich ihr zu und verzog mich ins tiefere Wasser. „Lupus kann dich nach Hause bringen."

„Nein, ich werde auf dich warten", antwortete sie, während sie an Land ging. Ich drehte mich weg und schwamm gegen den Strom weiter hinauf zum anderen Ufer, wo ein kleiner Bootsanleger war. Dort zog ich mich auf das Holz und blickte zurück. Gespenstisch wirkte ihre Gestalt im Licht des heraufziehenden Abends. Sie spielte mit Lupus. Einer Elfe gleich jagte sie über das Ufer und der Wolf sprang an ihr empor. Ich verstand, dass kein Germane jemals gewagt hätte, diese Gestalt zu berühren. Wirkte sie sonst schon majestätisch und unnahbar, so war sie jetzt wie eine Göttergestalt, die sich sofort in Luft auflösen würde, wenn man sich ihr näherte. Doch ich war Römer und obwohl wir eine Götterwelt hatten, war ich nicht abergläubisch und hatte mich nie mit übersinnlichen Kräften auseinander gesetzt. Was ich jetzt sah, war eine Frau, die mein Begehren weckte und bei deren Anblick ich mich lebendig wie schon lange nicht mehr fühlte. Doch ich wusste, ich würde ein Sakrileg begehen, wollte ich sie berühren und ihre Reaktion kannte ich schließlich auch bereits. Als mir kalt wurde, sprang ich wieder ins Wasser und ließ mich zurück treiben.

„Es wäre sehr nett, wenn du dich nun hinter die Büsche verziehen würdest, bevor ich heraus komme. Ich bin mir nicht ganz sicher, wie stark das sittliche Empfinden der Germanen ist angesichts eines nackten Römers."

„Darf ich dich daran erinnern, dass ich dich mehrere Monate gepflegt habe", erwiderte sie lachend, „aber gut, ich weiß, was du meinst. Ich werde mich zurückziehen." Sie lief mit Lupus zu den Büschen. Ich stieg ans Ufer, streifte das Wasser so gut es ging ab und zog meine Kleidung an. Ich strich mir durch das Haar und stellte erstmals erstaunt fest, wie lang ich es hier in Germanien trug. Wie weit hatte ich mich doch den Sitten bereits angepasst. Nur an einen Bart hatte ich mich nicht gewöhnen können. Ich ging wieder glatt rasiert. Ich strich mir über das Kinn und lächelte.

„Du lachst, weil du keinen Bart trägst, nicht wahr?" Wilja war hinter den Büschen hervor getreten und hatte meine letzte Bewegung gesehen. Sie sah so jung und frisch aus, dass ich mich kaum beherrschen konnte, sie nicht in die Arme zu nehmen. „Ohne Bart siehst du viel jünger aus als mit. Ich kann das beurteilen. Außerdem ekel ich mich vor den vielen Dingen, die sich in einem Bart sammeln können. Von den mehrbeinigen ganz zu schweigen." Sie klopfte Lupus auf den Hals: „Nein, von dir war nicht die Rede."

„Du hast keine Ahnung von einem wohl gepflegten römischen Bart. Haben Arminius oder Marcus etwa Läuse?"

„Nein und ich sehe, dass dein Wolf auch keine hat. Aber dennoch mag ich es nicht so gern, wenn Männer mit so vielen Haaren im Gesicht herumlaufen. Aber dass du die Haare länger trägst, ist gut so." Ich blickte sie fragend an. „Ist dir noch nicht aufgefallen, dass nur Sklaven und Unfreie kurze Haare tragen? Das lange Haar ist das Zeichen des freien

Mannes und das bist du doch, oder nicht?“ Sie sah mich verschmitzt lächelnd an.

„Irgendwie schon, da hast du Recht. Danke für den Hinweis. Ich war drauf und dran sie wieder abschneiden zu lassen. Das werde ich also nicht tun.“ Wir gingen langsam Richtung Dorf. Der Wolf freute sich ebenso wie ich, dass sie wieder da war. Er sprang um sie herum und versuchte ihr die Hand zu lecken. Sie spielte mit ihm. Langsam wurde es dunkel.

„Ich bin so froh, dass du dich wieder mit Marcus versöhnt hast. Ihm liegt so viel an der Freundschaft mit dir. Er war sehr unglücklich, doch ich hatte ihm geraten, zu warten. Es war klar, dass du noch nicht so weit warst. Die Veränderungen in deinem Leben nahmen dein ganzes Denken und Fühlen in Anspruch.“

„Du hast große Menschenkenntnis, wenn man bedenkt, wie jung du noch bist.“

Sie lachte hell auf. „Was für ein wunderbares Kompliment. Ihr Römer wisst euch in das Herz einer Frau einzuschmeicheln. Kein Germane würde das je versuchen.“

„Das scheint mir ein Fehler zu sein. Es ist ein angenehmer Weg, ohne viele Steine, um das Herz einer Frau zu erobern.“ Ich lächelte, fühlte aber mein Herz schwer werden. „Komm, es ist schon ziemlich dunkel und ich kenne das Losungswort für die Wachen nicht. Die Männer sind so nervös, dass sie erst zuschlagen und dann fragen, wer wir sind. Das könnte unangenehm werden.“ Ich trieb sie zur Eile an. Natürlich war das Unsinn, denn ich hatte das Losungswort selbst ausgegeben, aber ich konnte nicht mehr länger neben dieser Frau hergehen, ohne sie zu berühren, ohne sie zu besitzen. Wir verabschiedeten uns vor meiner Hütte.

In dieser Nacht schlief ich nicht. Ich tat, was ich zuletzt als Jüngling getan hatte, ich befriedigte mich selbst. Meine Fantasien schäumten hoch, doch es erleichterte mich nicht und schenkte mir nur den kurzen Moment eines erschöpften

Abtauchens, bevor ich, immer noch allein, leergepumpt und unglücklich, auf meinem Lager erwachte. Ich würde nicht länger hier im Dorf bleiben. Ich musste dieser Frau aus dem Weg gehen.

Am nächsten Morgen teilte ich Arminius mit, dass ich meine Reiterei zu einem Manöver aus dem Dorf herausführen würde und lud ihn ein, sich von den Fähigkeiten der Truppe zu überzeugen. Außerdem wollte ich ihm unbedingt die Stelle zeigen, die ich mir für weitere Ausbaupläne ausgesucht hatte. Der Platz, an dem wir im vergangenen Jahr immer geübt hatten, war ungünstig, um ein befestigtes Lager dort zu errichten. Arminius war gern bereit, uns zu begleiten. So hatten wir Ruhe und Zeit, die Einsatzmöglichkeiten zu besprechen. Am frühen Morgen machten wir uns auf den Weg. Ich wählte zuvor noch die Pferde aus, die zugeritten werden sollten. Marcus begleitete uns, worüber ich sehr zufrieden war. Ich hatte mir überlegt, dass er mir bei der Schulung der Pferde helfen konnte. Er hatte früher große Erfahrungen auf diesem Gebiet gesammelt. Er könnte die Pferde zureiten und mir dann schicken, so musste ich nicht alles allein machen.

Die Woche wurde äußerst anstrengend. Schon bei der Ankunft verlangte ich von den Männern, ein gesichertes Lager anzulegen. Ich machte ihnen klar, dass Arminius und Marcus als Manöverbeobachter dabei waren, um sich ein Bild von der Einsatzfähigkeit der Einheiten zu machen. Wer sich nicht bewährte, würde bei diesem Feldzug zuhause bleiben. Ich selbst hielt mich dieses Mal aus den Kämpfen heraus und unterstützte nur die späteren decurionen und ihre Stellvertreter, denen ich die volle Befehlsgewalt übertragen hatte. Auf diese Männer würden die Truppen im Kampf hören müssen. Tagsüber führten die Reiter ihre Übungen durch, abends saß ich mit Arminius und Marcus zusammen und studierte Landkarten. Wir mutmaßten über Marschrouten, Hinterhalte, Nachschubrouten und Ausweichstrecken. Die Gegend, in der die Kämpfe stattfinden würden, war mir völlig unbekannt. Sie lag im Gebiet der Friesen, die schon lange Zeit mit den Römern kooperierten. Arminius wollte hier einmal reinen Tisch machen, um den Durchmarsch der Römer bis zum Albis zu unterbinden. Waren die Römer erst auf dem Fluss, konnten sie ihm in den Rücken fallen. Das musste vermieden werden. So lernte ich – zumindest auf der Landkarte – weit entfernte Teile Germaniens kennen.

Nach diesen Planungen berichtete ich von den notwendigen Neuerungen in der Ausbildung und Ausrüstung der Männer. Marcus und Arminius kannten die römische Armee zur Genüge, wobei ich, im Gegensatz zu ihnen, auch bei den Fußtruppen gekämpft hatte. Ich musste also, zumindest was die Kavallerie anging, nicht viel erklären. Mein Wunsch war es, die germanische Reiterei ebenso auszurüsten wie die römische. Es konnte nicht sein, dass jeder die Waffen trug, die er gerade besaß oder erbeutet hatte. Wir konnten nur dann schlagkräftige Truppen entwickeln, wenn alle einigermaßen gleich ausgerüstet waren. Die germanischen Langschwerter waren der römischen spatha ähnlich und gut geeignet für die Kavallerie. Wurfspieße, vergleichbar unserem pilum, setzten die Germanen zwar schon ein, aber wir mussten die Waffe selbst noch effektiver machen. Bei den großen Schilden der Legionäre musste man schon genau wissen, wo man zu treffen hatte, um überhaupt ein Ergebnis zu erzielen. Deshalb wollte ich auch gern die hasta, den massiveren Wurf- oder Stoßspieß, einführen. Sie hatte, von einem galoppierenden Pferd aus geführt, eine mörderische Durchschlagkraft, der selbst die neuen römischen Rüstungen nichts mehr entgegen zu setzen hatten. Die Speere, die ich einsetzten wollte, konnten die Schilde der Feinde durchdringen, blieben in ihnen hängen und erschwerten den weiteren Einsatz im Kampf. Leider erwiesen sich die Experimente mit Pfeil und Bogen als völlig unzureichend. Wir kannten die Reiter aus dem

Osten und die Durchschlagkraft und Zielgenauigkeit ihrer Bögen. Mit diesen brauchten wir nicht konkurrieren. Doch hatte ich erlebt, dass Bogenschützen zu Fuß gute Erfolge bei der ersten Angriffswelle erzielen konnten. Das würden wir allerdings auf später verschieben müssen. Vielleicht gelang es bei den Kämpfen, gute Bögen von Auxiliartruppen zu erbeuten, die wir nutzen und möglicherweise sogar nachbauen konnten. Schleudern konnten wir ebenfalls nicht einsetzten, weil diese nur von Spezialtruppen benutzt wurden. Die Ausbildung hätte viel Zeit in Anspruch genommen, bis wir überhaupt einigermaßen brauchbare Ergebnisse beim Einsatz der Waffe erzielt hätten. Daher hatte ich mich entschieden, es zunächst bei den traditionellen Waffen zu belassen und stattdessen großen Wert auf die Ausbildung der Pferde zu legen. Sie trugen einen wichtigen Teil zum Erfolg eines Angriffs bei. Dafür brauchte ich ausgezeichnete Reiter. Ich bat Marcus, im ganzen Land nach jungen Männern zu suchen, die erfolgversprechend waren. „Es wäre sehr hilfreich, wenn du die Ausbildung der Pferde übernehmen könntest. Du hast doch sicherlich noch Männer bei dir, die sich auch in der römischen Armee mit Pferden beschäftigt haben. Ich kann nicht alles leisten. Es kostet zu viel Zeit." Marcus sagte mir zu, diese Arbeit zu übernehmen und erfahrene Leute dafür auszuwählen.

„Ich sehe, du hast deine Zeit nicht ungenutzt gelassen und dich intensiv mit dem Problem auseinander gesetzt. Ich kann es leider nicht. Ich bin für die Strategie und die Heeresführung zuständig und muss immer wieder versuchen die Stammesfürsten von der neuen Kampftechnik zu überzeugen, denn sie wollen von ihrer alten Kampfweise nicht abweichen. Sie zu überzeugen ist jedes Mal eine Schlacht für sich. Sie begreifen einfach nicht, dass eine offenen Feldschlacht gegen die römische Armee mit unseren Mitteln und der alten Schlachtordnung unser Ende wäre." Arminius war sich der Schwächen seiner Armee sehr wohl bewusst. Lange genug hatte er für Rom gekämpft um zu wissen, wie er gegen diese Armee bestehen konnte.

Doch ich konnte ihn beruhigen: „Strategie ist schon der halbe Sieg, besonders, wenn der Gegner keine Ahnung davon hat, welche Möglichkeiten es gibt. Ihr kennt die örtlichen Gegebenheiten, damit seid ihr schon im Vorteil. An dem Rest werden wir arbeiten müssen. Aber das braucht Zeit. Gib dich da keinen Illusionen hin. Rom wurde auch nicht an einem Tag erbaut. Seht euch Morgen an, wie weit wir jetzt sind. Wir sollten zuversichtlich sein, was die Ausbildung eurer Männer angeht."

Beim letzten Kampf, den ich für dieses Manöver vorgesehen hatte, ließ ich die Männer mit scharfen Waffen gegeneinander antreten. „Ich erwarte faire, aber harte Kämpfe. Wer sich drückt und den Gegner oder sich selbst schont, bleibt zuhause." Ich wollte die Moral der Männer und ihre wirkliche Einsatzfähigkeit prüfen. Nach dem Befehl blickte ich fragend zu Arminius hinüber. Er nickte zustimmend und nahm seinen Beobachtungsposten ein. Er kannte diese Taktik und wusste, dass nur die besten Krieger mit dem Befehl umzugehen wussten. Jedem war klar, dass ihn eine Unaufmerksamkeit verletzen und somit für die Aufstellung der Truppen untauglich machen könnte. Ebenso würde fehlender Mut, auf einen Angreifer einzuschlagen, ihn aus der Aufstellung herausnehmen. Ich war stolz zu sehen, dass meine Männer das richtige Maß zwischen Mut und Vorsicht fanden. Nach zwei Stunden brach ich die Kämpfe ab. Die Männer waren vollständig erschöpft. Ich ließ Arminius die Gelegenheit, sich für das Manöver und die ausgezeichnete Vorführung zu bedanken.

„Ihr habt gezeigt, dass ihr würdig seid, in die Reihen der Krieger aufgenommen zu werden." Die Männer jubelten ihm zu. Er würde sich auf sie verlassen können. „Du hast ausgezeichnete Arbeit geleistet. Sie funktionieren fast so gut wie die römische Kavallerie. Und ich habe gesehen, dass es dir auch gelungen ist, spezielle germanische Kampftechniken einzubinden, so dass die Männer sich immer noch heimisch fühlen im Kampf. Schade, dass du ihren Erfolg nicht sehen wirst.“ Arminius unterließ keine Gelegenheit, mich in Versuchung zu führen.

„Du musst mich verstehen. Es sind Römer, gegen die ihr kämpfen werdet. Da kann ich nicht mitgehen. Du hast mir zugesichert, dass du es nicht von mir verlangen würdest.“ Ich hatte meine Rüstung abgelegt und war ins Kommandeurszelt gekommen. Wir aßen und tranken gemeinsam mit den Truppenführern und den hervorragendsten Kämpfern des Tages, die dieses als Auszeichnung verstehen sollten. Arminius hatte in dieser Weise viel von den Römern gelernt. Am nächsten Morgen wollte er früh aufbrechen. Er würde die Krieger mitnehmen. Ich fragte mich, ob es für mich vielleicht auch noch eine andere Möglichkeit geben würde, mein Wissen einzusetzen. Vielleicht sollte ich zu einem anderen Stamm wechseln? Meine diesbezügliche Frage beantwortete Arminius mit einem klaren Nein.

„Die Gebiete unserer verbündeten Stämme liegen zu dicht an den römischen Marschwegen. Die Gefahr, dass man dich bei Streifzügen aufgreifen würde oder – ich will nichts schlimmer machen als es ist, aber die Möglichkeit besteht – dass man dich an die Römer ausliefern würde, ist zu groß. Du bist hier im Hinterland mehr Wert für uns.“ Dann lächelte er ironisch: „Und solltest du doch noch an Flucht denken, so muss ich Deine Träume zerstören. Augustus würde die Schlacht am liebsten aus den römischen Annalen streichen. Er hat so große politische Probleme bekommen, dass er nicht wirklich interessiert ist, Überlebende zu treffen, die ihn an den Makel in der so erfolgreichen militärischen Geschichte seiner Regierungszeit erinnern. Er ist so weit gegangen, dass Überlebende zwar mit militärischen Ehren ausgezeichnet werden, aber nicht nach Italien zurückkehren dürfen.“ Ich wollte erst scharf antworten, doch dann fand ich es überflüssig, auf diese Anspielung zu reagieren. Ich bat darum, gehen zu dürfen, um nach meinen Männern zu sehen. „Wir sehen uns wieder", verabschiedete sich Arminius von mir.

Ich ging hinaus in die Nacht und sah zunächst nach den Pferden. Dort setzte ich mich einen Augenblick ins Gras. Das beruhigende Geräusch der fressenden Tiere verfehlte seine Wirkung nicht. Ich begann nachzudenken. Rom schien unendlich weit entfernt zu sein. Ich konnte mir den Lärm, der dort nachts in den Straßen herrschte, weil nur dann die Fuhrwerke ihre Waren anliefern durften, nicht mehr vorstellen. Wenn ich es recht überlegte, so lebte ich wohl schon immer in meiner eigenen Welt. Eine ideale Welt, die ich mir selbst gemacht hatte. Hatte ich früher die Augen vor den Fehlern des Imperiums geschlossen oder hatte ich sie einfach nicht erkannt? Und wie ging es mir jetzt? Ich war Römer und war es doch nicht. Germane war ich ebenfalls nicht. Ich versuchte, mir aus jeder Kultur das heraus zu suchen, was mir richtig erschien und baute daraus meine Welt, die ich gegen alle Einflüsse zu verteidigen suchte. Mir fehlte zu meinem Glück nur noch ein Mensch an meiner Seite. Als hätte er meine Gedanken erraten, rückte Lupus dichter an mich heran und schob seinen Kopf unter meinen Armen, die ich um die Beine geschlungen hatte, durch. „Ja, es ist gut, dass du bei mir bist", flüsterte ich ihm zu und kraulte ihn. Während des ganzen Manövers war es mir gelungen, Wilja aus meinen Gedanken zu verbannen, doch jetzt sah ich sie wieder vor mir. Ich konnte ihr nicht mehr gegenüber treten. Zu sehr begehrte ich sie. Wir mussten sofort mit dem Bau des befestigten Lagers beginnen, denn ich wollte nicht wieder zurück ins Dorf. Wenn die Männer aus dem Kampf zurück kamen, musste es schon fertig sein und ich würde dort meine zukünftige Unterkunft haben. Gleich morgen würde ich mit Widukind reden. So konnte ich Wilja aus dem Weg gehen und meine Gedanken auf eine neue Aufgabe konzentrieren.

Schon auf dem Heimritt ergab sich die Gelegenheit, Widukind meinen Vorschlag zu unterbreiten. Er war begeistert von der Idee. Wir würden sofort mit der Umsetzung beginnen. So hielt ich mich nur einen Tag im Dorf auf, instruierte Dimitrios, was er einzupacken hätte, führte Gespräche mit Zimmerleuten und Schmieden und ritt nach nur einer Nacht mit zunächst zehn neuen jungen Männern und den Handwerkern wieder zurück in das Trainingslager. Wilja hatte ich nicht gesehen. War ich froh darüber? Ich wusste es nicht.

Nach drei Wochen kamen meine Männer aus der Schlacht zurück. Außer einigen Verletzungen, hatten wir glücklicherweise keine Verluste zu beklagen. Sie waren sehr stolz, weil Arminius ihren Einsatz gelobt hatte. Ihr erster Kampf machte ihnen Lust auf mehr Übungen. Er hatte ihnen gezeigt, dass die Zeit bei mir nicht vergeudet war.

Im Sommer des Jahres 11

Dieser Sommer war erfüllt mit Arbeit und Spaß mit den Jünglingen, die noch so gar keine Ahnung vom Leben hatten. Keine Ahnung von Erfolgen und Misserfolgen, von Muskelschmerzen und der Freude über einen Sieg, von Lachen, aber auch von Tränen, wenn nichts gelingen wollte und ich ihnen eine Abfuhr nach der nächsten erteilte. Es kamen aus den Dörfern auch erfahrene Krieger zu uns, die von der Ausbildung gehört hatten. Sie hatten den Ehrgeiz, mehr zu lernen. Schlachten hatten sie schon viele erlebt und konnten zumindest ihre Waffen bereits gut handhaben, doch noch fehlten Taktik und Strategie. Natürlich mussten sie wie jeder andere auch bei den Bauarbeiten helfen. Unsere Handwerker wohnten nicht dauernd bei uns, sondern halfen bei der Errichtung fester Unterkünfte und kamen ansonsten, wenn wir sie brauchten. Aber auch sie wurden von der Grundausbildung nicht ausgeschlossen. Man benötigt immer Spezialisten bei einem Heer und diese müssen sich im Notfall auch verteidigen können. In Rom waren diese Männer gefragte Leute.

Erstmals in meinem Leben bildete ich Rekruten von Anfang an aus. Bisher war ich nie für die Grundausbildung zuständig gewesen. Manchmal wollte ich schier verzweifeln, doch die meisten Jungen halfen mir, indem sie mir großen Respekt und fast abgöttische Verehrung entgegen brachten. Wenn ich abends die Wachen ein letztes Mal kontrolliert hatte und endlich meine Rüstung ablegen konnte, war ich so zerschlagen, dass ich noch nicht einmal mehr ein Bad nahm, sondern nur noch auf mein Lager fiel. Dimitrios machte es mir so bequem wie möglich und so erwartete mich am nächsten Morgen noch vor dem Wecken ein Bad oder ein Sprung in den Fluss und eine Massage und ich konnte frisch in den neuen Tag starten. Ich merkte, dass er an den freien Tagen versuchte, den jungen Männern Benehmen beizubringen. Sei es beim Essen, den Getränken bei den Gesprächen, aber auch im Verständnis für die verfeinerte römische Lebensart. Ich unterstützte ihn, indem ich regelmäßig die Jungen und später auch die Männer, die sich an einem Tag besonders ausgezeichnet hatten, zu mir an den Abendtisch einlud. Dimitrios bediente uns und ich war dann das Vorbild im Betragen, Essen, Gespräche führen und Benehmen in Gegenwart von höher Gestellten. Manchmal, wenn mich der Übermut packte, zeigte ich ihnen den Umgang mit römischen Damen. Ein Spaß, der besonders nach einem Glas verdünnten Weines immer großes Gelächter hervorrief, wenn Dimitrios als junges Mädchen oder ehrenwerte Dame mit mir eine kleine Szene vorspielte. So hoffte ich, sie darauf vorzubereiten, dass sie irgendwann einmal den Einflüssen der römischen Welt ausgesetzt sein würden und dann nicht unbedingt wie Barbaren wirken sollten. „Oh Dimitrios, auf was haben wir uns nur eingelassen“, stöhnte ich nach einem Tag, an dem die Jungen wieder besonders ausgelassen gewesen waren und ich sie immer wieder zügeln und zurechtweisen musste.

„Herr, du bist noch nicht alt. Du kannst gut mit diesen jungen Männern umgehen. Sie verehren den Boden, auf dem du schreitest. Wenn sie einmal Krieger sein werden, würden sie sich für dich töten lassen. Du bist ihr Abgott. Was kann ein Mensch mehr im Leben erreichen?“ Dimitrios ergriff meine Hand und führte sie an Mund und Stirn.

„Und du singst ihnen dieses Loblied vor, oder wie soll ich das verstehen?“ scherzte ich und entzog ihm meine Hand.

„Herr, wenn du nicht gekommen wärest, so wäre mein Leben trist und schwer gewesen. Durch dich lebe ich wieder auf. Kein Germane hätte Verständnis für meine Fähigkeiten gehabt. Wenn ich mich heute beim Aufstehen auf diesen neuen Tag freue, dann nur, weil es dich gibt. Ich denke, das solltest du wissen.“ Ich sah, dass er Tränen in den Augen hatte, als er sich abwandte, um die Hütte aufzuräumen.

„Und möchtest du manchmal weg von hier oder dein Leben verändern?“ Heute hatte ich das dringende Bedürfnis mit jemandem zu reden und Dimitrios war der einzige Mensch, der aus ähnlichen Lebensumständen kam wie ich und der meine Gedanken verstehen konnte.

„Ich war immer ein Sklave und ein Sklave muss sich in sein Schicksal fügen. Mit der Freiheit könnte ich nichts anfangen, weil immer jemand – mehr oder minder gut – für mich gesorgt hat. Eine Familie ist für einen Sklaven unerreichbar. Solange ich nicht geschlagen werde, ein gutes Essen bekomme und einen warmen Platz zum Schlafen habe, bin ich ganz zufrieden. – War ich ganz zufrieden. Jetzt habe ich mehr und bin glücklich. Solltest du irgendwann eine Familie gründen und mich mit der Versorgung beehren, so wäre mein Glück vollkommen.“ Das Gespräch ging in eine Richtung, die mich beunruhigte.

„Verschwinde jetzt. Der Tag ist lang genug geworden. Morgen wirfst du mich wieder viel zu früh raus.“ Ich schickte ihn mit einem Lächeln weg, obwohl mir zum Schreien war. Er hatte wieder meinen wunden Punkt berührt: Wilja. Es gab keine gemeinsame Zukunft und ich hatte keine Ahnung, wie ich mit meinen überflüssigen Gefühlen umgehen sollte. Ich trank noch den restlichen Wein aus und fiel auf mein Lager. Ich würde mich zum ständig betrunkenen tribun entwickeln, wenn nicht irgendwas geschah. Vielleicht müsste ich mich nach einem Mädchen umsehen, dachte ich, doch schon der Gedanke schien mir absurd zu sein. Dann könnte ich auch gleich in ein Freudenhaus gehe, sofern es so etwas in Germanien überhaupt gab. Ich verschob die Entscheidung auf später. Noch hatte ich viel Arbeit mit den jungen Männern und den neuen Pferden. Das würde mich ablenken.

„Wie lange gedenkst du mir eigentlich noch aus dem Weg zu gehen?" Wilja schien schon einige Zeit in meiner Hütte auf mich zu warten, denn vor ihr standen ein Teller mit Obst und ein Becher.

„Sei mir gegrüßt. Ich wusste nicht, dass du kommen wolltest." Ich legte meinen Helm und meine Waffen ab.

„Ich hatte mich auch nicht angemeldet, weil ich dann damit rechnen musste, dass du nicht da bist oder überhaupt keine Zeit für mich haben würdest." Sie lag auf der Kline, die ich mir kürzlich von einem Händler hatte besorgen lassen. Anmutig hingegossen in einem grünen Gewand und mit dem langen silberblonden Haar schien sie völlig unwirklich zu sein in diesem ansonsten spartanisch eingerichteten Raum. Sie schwang ihre Beine auf den Boden, stand auf und kam auf mich zu. „Willst du deine Uniform nicht ablegen?" lachte sie. „Oder musst du dich gegen mich wappnen?"

„Was willst du hier?" fragte ich an Stelle einer Antwort und schenkte mir verlegen etwas zu trinken ein.

„Du bist sehr unhöflich. So etwas kennt man gar nicht von dir. Schau, Lupus weiß, was sich gehört", entgegnete sie. Der Wolf war freudig auf sie zugelaufen und verlangte Liebkosungen. „Ich wollte dich ganz einfach mal besuchen, weil ich dich den ganzen Sommer nicht gesehen habe. Wollen wir zu den Pferden gehen? Du hast neue von Marcus bekommen, hörte ich im Dorf.“ Sie ging an mir vorbei und ich roch den Duft von Kräutern, den sie immer an sich trug. Froh, ein Gesprächsthema zu haben, stimmte ich ihr zu und wir gingen zur Koppel. Ich behielt die Rüstung an. Irgendwie fühlte ich mich sicherer so. Ununterbrochen redete ich von den Vorzügen und Eigenwilligkeiten der neuen Tiere, nur um mir ihrer Gegenwart nicht zu sehr bewusst zu werden. Sie stand dicht neben mir und hörte aufmerksam zu. Doch nach einiger Zeit war das Thema erschöpft.

„Lass uns zum Fluss gehen“, forderte sie mich irgendwann auf.

„Ach, hast du schwimmen gelernt?“ lästerte ich.

„Nein, aber du könntest mir eine Unterrichtsstunde geben. Es ist den ganzen Tag sehr heiß gewesen und erzähle mir nicht, dass du nicht völlig verschwitzt bist unter deiner Rüstung. Du würdest doch heute sowieso noch baden, oder nicht?“ Natürlich würde ich noch baden, aber doch nicht mit ihr zusammen! Schließlich war ich kein Eunuch. „Ich sehe, du suchst Ausflüchte. Das kommt nicht in Frage. Wenn du so schamhaft bist, kannst du dich hinter den Büschen ausziehen. Ich werde nicht hinschauen.“ Sie lachte und lief mit Lupus zum Ufer. Dort zog sie ihr Überkleid aus und ging vorsichtig ins Wasser. Das Gegenlicht ließ die Umrisse ihres Körpers unter dem dünnen weißen Kleid durchscheinen. Sie zauderte. Also war es ziemlich kalt. Nun, sie hatte es so gewollt. Rasch entledigte ich mich meiner Kleidung und stieg am Bootsanleger in den Fluss. Ich schwamm zu ihr hin und zog sie ins tiefere Wasser. Vertrauensvoll folgte sie mir. Doch als sie keinen Boden mehr unter den Füssen hatte, wurde sie unsicher. „Halt mich fest, ich gehe unter.“

„Du gehst nicht unter. Ich halte dich.“ Ich legte die Hand unter ihren Bauch und ein Stich ging durch meinen Körper.

Nimm dich zusammen, sagte ich mir, sonst verdirbst du alles. „Siehst du, das ist doch sehr angenehm. Nun beginn mit den Armbewegungen, wie du sie bei mir schon gesehen hast. He, du sollst mich nicht erschlagen. Dann gehen wir beide unter.“ Nur knapp war ich ihrem Arm ausgewichen.

„Entschuldige, vielleicht sollte ich das erst draußen üben?“ Sie schien ehrlich zerknirscht zu sein.

„Nein, du bleibst jetzt hier.“ Wir übten noch einige Zeit, doch dann wurde mir sehr kalt, weil ich mich nicht genug bewegte. „Du solltest aus dem Wasser herausgehen und dich anziehen. Mir ist kalt und ich muss noch ein wenig schwimmen, sonst verhärten sich die Muskeln.“ Ich wollte sie zum flacheren Wasser bringen, da legte sie ihre Arme um meinen Hals und zog sich an mich heran.

„Wie lange wollen wir dieses Spiel noch spielen?“ fragte sie ganz dicht vor meinem Gesicht und sah mir in die Augen.

„Ich weiß nicht, was du meinst“, entgegnete ich und versuchte sie auf Abstand zu halten.

„Wie lange muss ich noch warten, bis du endlich zu mir kommst?“ Sie blickte mich an und küsste mich leicht auf den Mund.

„Weißt du, was du da tust?“ fragte ich zögernd.

„Ich sehne mich zu Tode nach dir“, flüsterte sie und küsste mich wieder. Dieses Mal erwiderte ich den Kuss und zog sie an mich heran. Sie stutzte zunächst, als sie die Reaktion meines Körpers fühlte. Trotz ihrer schrecklichen Erlebnisse war sie noch völlig unerfahren. Doch schon nach kurzer Zeit merkte ich, wie ihr Körper auf meine Berührungen reagierte. Sie schlang ihre Beine um meine Hüften.

„Bist du ganz sicher, dass du das willst?“ fragte ich schwer atmend und schob sie erneut leicht von mir.

„Mehr als du ahnst“, antwortete sie, bevor sie mir den Mund erneut mit einem Kuss verschloss. Ganz vorsichtig, eingedenk der furchtbaren Erfahrungen, die sie gemacht hatte, drang ich in sie ein. Sie stöhnte leise und verbarg ihr Gesicht in meiner Halsbeuge. Ich bewegte mich langsam, dann schneller und ich merkte, dass ihr Körper mitging. Sie murmelte Worte, die ich nicht verstand, dann suchte sie wieder meinen Mund. Für wenige Augenblicke vergaß ich alles um mich herum und dachte nur noch an diese wunderbare Frau, die ich nun endlich besitzen durfte. Es war nur eine kurze Vereinigung in der Kälte des Flusses. Ich löste sie von mir und sah sie an. Ihre Augen waren noch geschlossen und sie lächelte. Das Gesicht war ganz jung und weich. Dann sah sie mich an. Sie lachte laut auf: „Du müsstest dich sehen! Wo ist nur der ehrfurchtgebietende Befehlshaber geblieben? Schau nicht so verzweifelt. Einer musste doch den ersten Schritt tun und auf dich würde ich wohl noch warten, bis ich zu alt für solche Spiele bin. Ich muss jetzt aus dem Wasser heraus. Mir wird ebenfalls kalt.“ Sie kletterte hinaus und zog das nasse Gewand aus. Dann streifte sie ihr Kleid über und ging mit Lupus Richtung Waldrand. Ich beeilte mich, aus dem Wasser zu kommen und mich anzuziehen. Die Rüstung nahm ich einfach über den Arm und lief ihr nach. An einer geschützten Stelle vor dem Wald wartete sie auf mich, während sie ihre Haare flocht. Sie lächelte mich an, als ich mich neben sie setzte. „Du siehst so verwirrt aus“, meinte sie.

„Ich kann es nicht fassen! Marcus hatte mir gesagt, du seist unantastbar und nun das.“ Ich schüttelte den Kopf.

„Ist es nicht auch bei euch Römern so, dass die Priesterinnen sich den Mann aussuchen, dem sie beiliegen wollen? Sie heiraten nicht und gründen keine Familie. Sie leben nicht mit einem Mann zusammen, aber sie erfüllen ihre eigenen Bedürfnisse und ihre religiösen Pflichten. Das ist bei uns nicht wesentlich anders. Jedoch würde kein Mann wagen, mich zu berühren, ohne dass ich es auch wollte. Und bevor du dich wieder mit irgendwelchen Fragen quälst: bisher hatte ich noch nicht gewollt.“ Sie warf den Zopf zurück und schaute mich liebevoll an. „Du musst dir jetzt keine Gedanken machen über unsere Zukunft. Es wird keine Verpflichtungen für dich oder mich geben. Wir leben zusammen, wenn wir mögen und gehen den Aufgaben nach, die uns die Götter gestellt haben." Sie sprach sehr ruhig und gelassen. Ich konnte nicht glauben, was ich hörte. Es schien plötzlich alles so einfach zu sein. Ich musste sie berühren, um zu begreifen, dass ich nicht träumte. Sie hockte sich vor mich und durchwühlte mein feuchtes Haar mit ihren Händen. Dann zog sie meinen Kopf an sich heran und küsste mich. Ich griff nach ihr und streichelte sie. Sie schmiegte sich an mich und zog mich zu Boden. Dann schob sie ihr Gewand hoch und zog mich auf sich. Mit flinken Fingern löste sie meinen Gürtel. Die zweite Vereinigung war intensiver und leidenschaftlicher als die erste im kalten Wasser. Diese so kühl wirkende Frau entwickelte eine Energie, die mich mitriss und in nie gekannte Welten führte. Sie bäumte sich auf, mir entgegen und stöhnte, als wir zum Höhepunkt kamen. Erschöpft fiel ich ihr in die Arme und küsste ihren sonst so schmalen, jungfräulichen Mund. Kleine Schweißperlen hatten sich auf ihrer Oberlippe gesammelt und die Haut am Hals schimmerte feucht. Ich küsste sie dort und ließ meine Lippen tiefer in den losen Ausschnitt wandern. Nur leicht spürte ich die Narben unter meinen forschenden Lippen. Offensichtlich hatte sie damals meinen Rat befolgt und sich mit Ölen eingerieben, denn die Haut war sehr zart mit nur wenigen leichten Unebenheiten von den Narben. Als ich ihren Busen erreichte und die Brustwarze mit der Zunge umspielte, reagierte ihr Körper sofort wieder. Noch einmal fanden wir zu einander, ein Nachklang auf den Höhepunkt zuvor. Wir waren beide ausgehungert nach einem Menschen, nach der innigsten Berührung, nach Zärtlichkeit. Sie, weil sie sie noch nie erlebt hatte und ich, weil ich sie zu lange nicht mehr hatte genießen können.

„Du bist schamlos, mein Herz", flüsterte ich ihr ins Ohr.

„Ist es schamlos, wenn ich mich von einem Albdruck befreie? Wenn ich mich wieder rein und unberührt fühle, wie eine Jungfrau?“ flüsterte sie zurück und legte ihren Kopf in meine Halsbeuge. Ich zog sie sanft an mich und streichelte sie. Sie wirkte so stark und unnahbar und war doch so verletzlich. Ich liebte sie. „Wo ist eigentlich dein ständiger Bewacher?“ fragte Wilja nach einer ganzen Weile, richtete sich auf und schaute nach Lupus.

„Der sitzt vermutlich vor dem Wald und passt auf, dass uns niemand stört. Er ist ein echter Freund“, scherzte ich. „Warum bist du gekommen? Doch nicht nur wegen der schnöden Sinneslust?“

„Ich kam mit Marcus, weil wir deine Kavallerie bereit machen sollen. Tiberius gibt keine Ruhe und hat erneut mit einigen Legionen den Rhenus überschritten. Ich wollte die Gelegenheit nutzen und zwischen uns Klarheit schaffen. Vermutlich werde ich aber in wenigen Tagen noch einmal hier sein, um die Truppen abzuholen.“

„Pass gut auf dich auf, mein Lieb. Ich möchte dich nicht verlieren, nachdem ich dich gerade erst gefunden habe.“ Ich nahm ihre Hand, küsste sie.

„Ich war mir nicht sicher, was du sagen würdest, aber dieses waren die besten Worte, die du überhaupt sagen konntest. Nun lass mich gehen, sonst wird es zu spät. Ich muss noch mit Widukind sprechen.“ Sie erhob sich und strich ihr Gewand glatt.

„Du kannst Lupus mitnehmen. Er wird dich beschützen“, riet ich ihr. Sofort erschien mein treuer Begleiter, schaute vom einen zum andern, stupste mich an und ging dann zu Wilja. „Siehst du, er hat genau verstanden, was ich von ihm möchte. Mögen die Götter dich behüten.“

„Und dich auch.“ Sie drehte sich um und ging, den Wolf dicht neben sich. Das Bild, das man sich von einer Priesterin machte. Und ich durfte sie lieben. Es jubelte in mir und ich war rundum glücklich. In dieser Nacht schlief ich traumlos und wurde erst gegen Morgen kurz wach, als Lupus sich mit seiner feuchten Nase zurück meldete. „Hast du sie gut nach

Hause gebracht?“ Er schien mich anzugrinsen, sprang auf das Fußende meines Lagers, rollte sich ein und schlief.

Eine Woche später wurden wir ins Dorf gerufen. Alle Kavallerieeinheiten, auch meine jungen Männer, sollten gesammelt und abgeholt werden, um in den Kampf zu ziehen. Ich saß nochmals mit ihnen zusammen; nannte jedem seine Stärke und seine Schwäche, die er einzusetzen oder zu überspielen hatte. Die decurionen schwor ich darauf ein, sich unter allen Umständen an unsere geübten Formationen zu halten und sich nicht vom Gegner einschüchtern oder von den eigenen Fußtruppen irritieren zu lassen. Sie sollten nur auf die Befehle von Arminius und Marcus hören. Die jungen Männer sollten sie im Hintergrund halten und nicht schon in die erste Angriffswelle werfen. Als ich die Reihen entlang blickte, dachte ich bei dem einen oder anderen, dass ich ihn nie wiedersehen würde. Das erschreckte mich und mir fiel ein, dass ich solche Gedanken auch bei früheren Kämpfen gehabt hatte und sich nachher immer die Richtigkeit meines Gefühls bewies.

Am Abend vor ihrer Abreise wurde ein Festmahl veranstaltet und die Götter um ihren Schutz angerufen. Wilja befragte das Orakel und leitete die Zeremonie. Sie bestätigte die Gedanken, die ich gehabt hatte: Einige würden nicht wiederkehren, aber der Kampf würde für die Germanen glücklich ausgehen. Nach dem Orakel aßen und tranken wir gemeinsam. Es war das erste Mal, dass ich an einer solchen Feier teilnahm und so setzte ich mich neben Marcus, der mir sicherlich Neuigkeiten würde berichten können. Er erzählte von Arminius und den Vorbereitungen für den Feldzug. Zu meinem Erstaunen setzte sich Wilja neben mich, trank mit mir aus einem Becher und reichte mir Speisen an. Nach anfänglicher Befangenheit, nahm ich diese mir unbekannte Sitte hin. Erst später fiel mir auf, dass neugierige Blicke mich streiften und hier und da getuschelt wurde. Auch Marcus schien zunächst etwas reserviert zu sein. Im Verlauf des Abends legte sich dieses aber und er wurde immer fröhlicher, was ich dem Met zuschrieb. Irgendwann gab Wilja mir zu verstehen, dass sie gehen wolle. Ohne weiter darüber nachzudenken, erhob ich mich höflich, um sie zu begleiten. Ich kannte es nicht anders. Es war die mir anerzogene Höflichkeit gegenüber Damen. Marcus sagte mir einige Frechheiten ins Ohr, bevor er mich mit einem Schlag auf die Schulter verabschiedete. Als wir bei ihrer Hütte ankamen, lachte Wilja mich an und fragte: „Weißt du überhaupt, was der heutige Abend bedeutet?"

„Es war der Abschiedsabend für die Krieger, was sonst?" Ich hatte mir keine Gedanken gemacht.

„Ab heute bist du mein Mann. Ich habe mich zu dir bekannt. Wundere dich nicht, wenn man dir mit noch mehr Hochachtung entgegen tritt als bisher. Du bist der Mann der Seherin." Sie lachte über mein verdutztes Gesicht. „Römer definieren sich nicht über ihre Frauen, oder?"

„Zumindest kommt es selten vor", erwiderte ich und kratzte mich verlegen am Kopf. „Darf ich denn jetzt mit in dein Haus?"

„Das ist das Mindeste, was du heute noch tun kannst", sagte sie und zog mich mit sich in den hinteren Teil des Hauses. Hier war ich noch nie in gewesen. Es war gar nicht so dunkel, wie ich es sonst gewohnt war. Sie hatte römische Lampen aufgestellt. Die Lehmwände waren weiß gekalkt und reflektierten das Licht. Es gab farbige Vasen mit Blumen, wunderbare Düfte und ein großes Lager aus Stroh, bedeckt mit Wolltüchern auf dem Boden. „Ein jungfräuliches Lager für den Bezwinger der Jungfrau", raunte sie mir von hinten ins Ohr und löste meinen Gürtel. Sie half mir dabei, meine Waffen abzunehmen. Ihre langen, schlanken Finger huschten unter mein Hemd und massierten meine Wirbelsäule. Ein Schauer lief mir über den Rücken wie immer, wenn ich sie spürte. Ich drehte mich zu ihr, ihre Hände rutschen unter dem

Hemd nach Vorn und massierten meinen Brustkorb. Ihr Haar hatte sich gelöst und fiel bis über ihre Hüften hinunter. Ich zog an den Schlaufen, die das dunkle Gewand der Priesterin zusammen hielten. Als sie in dem spinnwebdünnen hellen Hemd vor mir stand, löste ich mich aus ihrer Umarmung und entledigte mich meiner Kleidung bis auf die bracae, die wir Kavalleristen tragen. Ich wollte sie nicht überrumpeln. Sie versuchte mich auf das Lager zu ziehen, doch ich hielt sie zurück, lehnte sie gegen einen Holzpfeiler und begann sie zu liebkosen. Im Schein der Lampen wirkte das Hemd wie ein geheimnisvoller Schleier auf mich. Es erregte mich, sie durch den Stoff zu fühlen. Ich liebkoste jeden Teil ihres Körpers. Nach anfänglicher Unsicherheit ließ Wilja sich auf meine Berührungen ein. Als ich vor ihr kniete, sie streichelte und küsste, gaben ihre Beine nach und wir sanken gemeinsam auf das Lager, das nach Sommer und Jugend duftete. Ich hielt mich zurück, um sie nicht zu verschrecken, sondern ihr die Möglichkeit der ersten Reaktion zu geben. Als sie mir das letzte Kleidungsstück auszog, wusste ich, es war soweit. Ich zog sie rittlings auf mich drauf und ließ sie gewähren. Das lange Haar hing wie ein Schleier vor ihrem Gesicht. Welch Ungestüm entfaltete diese Frau. Sie warf den Kopf keuchend zurück und ich sah die Leidenschaft in ihrem Gesicht. Sie weckte in mir ungeahnte Gefühle. Es war der Himmel, den ich sah und in den wir hinauf stiegen. Ich hörte Schreie, von ihr, von mir, ich wusste es nicht. Schweißgebadet brach sie über mir zusammen. Schwer atmend lagen wir uns in den Armen und immer noch schien diese Gier nach einander nicht befriedigt zu sein. Die Hände konnten nicht von einander lassen. Ich spürte, wie ihr Unterkleid zerriss und stockte in meinen Bewegungen, doch dann erhob sie sich, zog sich das Kleid vom Leib und legte sich wieder zu mir. „Dir vertraue ich, denn ich fühle, dass du mich ebenso liebst, wie ich dich.“ Ich spürte, dass ich ihr half, ihre schreckliche Vergangenheit auszulöschen. Ich dankte es ihr, indem ich ihren ganzen Körper berührte und küsste. Es fühlte sich an, als würden kleine Flammen über ihre Haut laufen. Sie stöhnte und wand sich unter meinen Lippen. Als ich sie nahe dem Höhepunkt wusste, unterbrach ich meine Liebkosungen, doch sie zog mich zu sich heran, trank meine Lippen und als ich in sie eindrang, schrie sie ihre Erfüllung hinaus. Ihr Körper vibrierte und wand sich unter meinen Stößen. Zuletzt brach ich über ihr zusammen. Zart streichelte sie meinen Rücken und fuhr mir durchs Haar. Ich rollte mich von ihr herunter, bettete sie in meiner Armbeuge und deckte uns zu. So schlief sie ein und ich gedachte diesen Schlaf zu bewachen. Ich strich ihr die feuchten Haarsträhnen aus dem Gesicht und trocknete die winzigen Schweißperlen in ihrem Gesicht. Sie schlief ruhig und schmiegte sich voller Vertrauen an mich. Später kam Lupus in die Kammer und legte sich zu unseren Füßen auf das Lager. So bewacht, schlief auch ich endlich ein.

Gegen Morgen erwachte ich in alter Gewohnheit und hörte draußen die Geräusche, die der Aufbruch eines Heeres verursacht. Ich weckte Wilja. Sie räkelte und streckte sich. Die Berührung ihrer Haut weckte neue Wünsche in mir, doch ich wusste, dass ich mich zurückhalten musste, wollte ich das Vertrauen, das sie in mich hatte, nicht zerstören. Dann blickte sie mich mit ihren so seltsam schimmernden Augen an und lächelte, ja, wie lächelte sie? Verführerisch, liebevoll, lüstern – ja, das war der richtige Ausdruck. Sie lächelte lüstern. „Lass das. Sieh mich nicht so an. Du weißt nicht, auf was du dich einlässt!“ Ich schob sie von mir.

„Und ob ich das weiß.“ Und schon huschten ihre Hände über meinen Körper und was bis zu diesem Zeitpunkt noch nicht wach war, wurde geweckt. Doch nach dem ausgiebigen Liebesspiel der Nacht war es jetzt nur ein kurzes Intermezzo, das wir zum Abschied veranstalteten. Lupus hatte sich diskret zurück gezogen und lag vor der Tür, um jedem den Eintritt zu verwehren. Wir standen gemeinsam auf, damit ich den Männern meine guten Wünsche mit auf den Weg geben konnte. „Außerdem ist es wichtig, dass die Leute dich aus meinem Haus kommen sehen. So ist jedem klar, dass du mein rechtmäßiger Mann bist und sollte sich jemals jemand vergessen, wärest du zur Rache verpflichtet."

„Na, das sind ja schöne Aussichten für den Geliebten der Priesterin." Ich hatte sie nochmals an mich gezogen und blickte in die funkelnden Augen. „Sieht eigentlich niemand, wie wunderschön du bist? Wie kannst du unter den vielen Männern leben, ohne dass dir etwas passiert?" Ich strich über ihre Hüften.

„Das lass ruhig meine Sorge sein. Notfalls habe ich den einen oder anderen Fluch in der Tasche", lächelte sie und löste sich aus meiner Umarmung. Dann nahm sie ihre Taschen, zog das Tuch über ihren Kopf und ging aus der Hütte hinaus. Ich begleitete sie mit Lupus bis zum Sammelplatz. Der Abschied war schnell geschehen. Germanen machen nicht so viel Aufhebens um eine abreitende Truppe wie Römer. Ich ging in meine Hütte, suchte meine Sachen zusammen und verließ das Dorf Richtung Fluss zum Übungslager.

Von Gleich zu Gleich

Schon lange hatte ich daran gedacht, die germanische Reiterei mit einer ähnlichen Rüstung zu versehen, wie die meisten mir bekannten Völker sie trugen. Die Germanen ritten völlig ungeschützt in Pfeil- und Speerhagel hinein. Ich hatte bereits begonnen, die Männer mit Kettenhemden auszurüsten, als Marcus mir einen Schienenpanzer neuester Machart besorgte. Sofort holte ich mir Schmiede aus den umliegenden Dörfern, um mit ihnen dieses Modell nachzuarbeiten. Sie waren alle durchaus sehr geschickt, aber das Ergebnis befriedigte mich nicht. Außerdem stellte ich fest, dass diese Schienenrüstungen für Kavalleristen sehr unbequem waren. Ein Infanterist konnte sich damit sicherlich ausreichend bewegen und war gut geschützt, aber auf einem Pferd waren sie nicht wirklich hilfreich. So verwarf ich diese Idee zumindest für meine Männer wieder und wandte mich erneut den Kettenhemden und Schilden zu. Auch fuhr ich fort, die jungen Männer, die bei mir eine Ausbildung begannen, systematisch in der lateinischen Sprache zu unterrichten. Anfangs weigerten sie sich, die Sprache des Feindes zu lernen, doch ich machte ihnen klar, dass es sehr hilfreich war, wenn man die Befehle, die der Gegner gab, verstehen konnte. Ich erzählte ihnen von den Ländern des römischen Imperiums und dass es sich lohnen würde, sie irgendwann einmal zu bereisen. Dieses war jedoch nur möglich, wenn man der lateinischen Sprache mächtig war. Im gleichen Zuge verbesserte ich mein Germanisch, das zwar immer noch befremdlich klang, aber längst von allen verstanden wurde. Ich hatte viel Zeit nachzudenken und so wurde mir klar, dass ich im Winter nicht wieder in das Dorf zurückkehren würde. Ich wollte hier allein leben und sollte Wilja kommen, so wollte ich unbeobachtet mit ihr zusammen sein. Die Hütte im Ausbildungslager war dazu ebenfalls nicht geeignet.

Ich durchstreifte die umliegenden Wälder und Flussauen auf der Suche nach dem geeigneten Platz für ein Haus. Ich wollte dieses Haus auch nicht nur aus Holz und Stroh bauen, sondern mit festen Grundmauern und dann mit Fachwerk. Ich würde Dimitrios mitnehmen und brauchte sicherlich Hilfe für den Haushalt. Die Unterkünfte der Unfreien sollten in einiger Entfernung zum Haus stehen, ebenso der Stall für meine Pferde. Zunächst zeichnete ich die Pläne. Bei meinen Wanderungen hatte ich einen Kalksandsteinbruch gefunden, in dem man die Steine würde abbauen können. Widukind würde mir sicherlich helfen, Arbeiter zu finden. Meine einzige Sorge war die Bezahlung der Arbeiter. Ich hatte kein Geld. Ich würde mit Widukind sprechen, was wir da machen konnten. Die Germanen lebten eigentlich von Tauschgeschäften, doch ich wusste nicht, was ich hätte eintauschen können gegen ihre Arbeitsleistung. Doch meine Sorgen waren unbegründet. „Du bildest unsere Männer zu Kriegern aus, trainierst die jungen Pferde, kümmerst dich um die Zucht, unterrichtest die Jungen in Latein, verschaffst uns bessere Waffen und Ausrüstungen – du kannst alles von uns verlangen, was du willst und wir könnten die Schuld, in der wir bei dir stehen, niemals begleichen." So hatte ich das noch nicht gesehen. Manchmal macht man sich mehr Gedanken als eigentlich notwendig ist. Ich dankte ihm und unterbreitete ihm meine genauen Pläne. Er nannte mir die Handwerker, die mir helfen würden und versprach, in den Nachbardörfern nach weiteren Spezialisten zu forschen. Ich begann sofort mit der Vermessung des Landes. Zwar hatte ich bisher nur Marschlager bauen lassen, aber ich vermutete, meine Erfahrungen würden auch für den Grundriss eines Hauses reichen. Hierzu holte ich mir Männer heran, denen ich die Intelligenz zutraute, später einmal Vermessungsarbeiten durchzuführen. Sie waren meist keine Soldaten, aber noch jung genug für eine neue Herausforderung. Jedes Heer benötigte Pioniere, Straßenbauer, Handwerker. Hier hatte ich die Chance, Soldaten mit einer speziellen handwerklichen Begabung heranzuziehen, die auch im Frieden sinnvolle Arbeit würden leisten können.

In der Zwischenzeit ließ ich neue Schilde für dreißig Rekruten herstellen. Ich hatte mich entschieden, die Männer grundsätzlich nicht nur auf ihren Pferden auszubilden, sondern auch im Nahkampf zu Fuß. Das scutum bei den Fußtruppen unterschied sich in Größe, Gewicht und auch in der Einsatzmöglichkeit erheblich von dem der Reiter. Zwar murrten sie zunächst, doch ich machte ihnen klar, dass es Situationen gab, in denen man kein Pferd mehr hatte und dennoch überleben wollte. Ein Infanterist muss nicht zwingend aufs Pferd, aber ein Kavallerist ist oft schneller unten als er denkt. So veranstalteten wir auch Übungsmärsche über mindestens 10 römische Meilen pro Tag. Dabei wechselten wir oft das Tempo, um Eilmarsch und Rückzüge zu üben. Anfangs gingen wir in leichter Kleidung, dann rüstete ich die Männer immer mehr auf. Zum Schluss mussten sie die schweren großen Schilde aus Weidengeflecht, die ich extra für die Übungen hatte anfertigen lassen, tragen. Ihr eigentlicher Schild wäre später erheblich leichter. Und ich nahm mich nicht aus von den Übungen. Eigentlich hätte ich als tribun keinen Schild und nur leichte Ausrüstung tragen können, doch ich wollte gut trainiert sein, um gegen die jungen Krieger bestehen zu können. Nachdem Widukind mir anhand einer Karte die nächsten Dörfer und die ungefähre Entfernung dorthin genannt hatte, belud ich die jungen Männer mit dem ganzen Gepäck, das ein Infanterist normalerweise bei einem Marsch zu tragen hat und scheuchte sie durch das teilweise sehr unwegsame Gelände zu dem jeweils nächsten Dorf. Dort errichteten wir ein Nachtlager, das am nächsten Tag wieder abgeschlagen wurde, dann gingen wir weiter. Sobald wir in den Dörfern einmarschierten, waren meine Rekruten sehr stolz, auch wenn sie Blasen an den Füßen und Schwielen an den Händen hatten. Jeder bewunderte sie. So machten wir in einer Woche eine recht große Runde durch die Nachbarschaft, wurden dort bestaunt und von der Jugend beneidet. Ich hob auf diese Weise neue junge und auch ältere Männer für meine Armee aus. Ich glaube, dass mich meine Soldaten nach einer solchen Woche verfluchten. Sie durften anschließend auch nicht in das eigene Dorf zurück, sondern mussten in unserem Lager kampieren. Sie lernten dann, wie segensreich ein Dampfbad ist, wie genussvoll eine Massage. Dimitrios hatte die Erlaubnis bekommen, weitere Sklaven auszubilden, so dass es uns fast so gut ging wie in einem römischen Lager. Wilja hatte ihm gezeigt, wie er wohlriechende und heilkräftige Öle selbst herstellen konnte. Ich glaube, dass er sich damit sogar einen kleinen Nebenverdienst einrichtete. Zumindest ging er neuerdings viel besser gekleidet als bisher und wenn ich mal im Dorf war, schienen die Frauen wohlriechender zu sein als gewöhnlich.

Doch es ging nicht immer nur vorwärts. Zwischendurch erlitt ich auch manchen Rückschlag. Um die Disziplin der jungen Männer war es oftmals nicht gut bestellt. Sie meinten, ihre Feste weiterhin feiern zu können. Sie erschienen dann betrunken oder gar nicht zum Dienst. Streitereien zwischen Rekruten aus verschiedenen Dörfern waren an der Tagesordnung. Natürlich um Nichtigkeiten, um Stolz, um Ehre – Dinge, von denen sie noch gar nichts verstanden oder ganz falsche Vorstellungen im Kopf hatten. Ich stellte sie dann zur Rede und schickte sie zurück in ihre Dörfer. Es kam vor, dass einer von ihnen zornig und angetrunken zurück kam, mit seinem Pferd um mich herum jagte, um mir seine Speere vor die Füße zu schleudern und wieder zu verschwinden. In solchen Momenten Furcht zu zeigen wäre einer Kapitulation gleich gekommen. Dann hätten sie jeglichen Respekt vor mir verloren und meine Mission wäre gescheitert. Da manche noch nicht so geschickt waren, hatte ich die eine oder andere Blessur davongetragen. Ich musste mich dann sehr zusammenreißen, um nicht die üblichen Strafen zu verhängen, wie ich sie aus der römischen Armee kannte. Die germanischen Verhältnisse waren anders. Ich schickte zu Marcus und bat um eine Zusammenkunft wegen der Vorkommnisse. Nach kurzer Zeit erhielt ich die Nachricht, ich solle ins Hauptquartier kommen. So machte ich mich mit dem Boten und Lupus im Gefolge auf den Weg. Die Oberaufsicht über das Lager übergab ich Widukind, der für diese Zeit umziehen würde.

Die Landschaft, durch die wir ritten, faszinierte mich. Sie war von niedrigen Hügelketten durchzogen. Moore, kleine Bachläufe und lichte Wälder wechselten sich ab. Stellenweise konnte man unendlich weit in die Ferne blicken. Wir stießen irgendwann auf den Visurgis, in dem ich schon einmal meine Bäder genommen hatte. Hier bestiegen wir einen Kahn, der uns schneller zum Hauptquartier bringen konnte. „In den oceanus germanicus“, brummte mein Führer, als ich fragte, wohin der Fluss fließe. Von diesem Meer hatte ich schon gehört.

„Ist dort nicht auch das Bernsteinland?“ fragte ich ihn.

„Nein, dort gibt es nur wenig Bernstein, aber an dem Binnenmeer, das weiter im Nordosten bei den Gotonen liegt, dort findest du viel Bernstein.“ Meine Landkarte von Germanien nahm inzwischen immer genauere Formen an und es begeisterte mich, wie verschieden die Landstriche waren, die ich bereits kennen gelernt hatte. Wir hatten auf der Reise herrliches Herbstwetter. Die schier unendlichen Wälder waren eine Komposition von Gold und Rot. Die Sonne wärmte uns, während wir an Bord saßen. In dem vergangenen halben Jahr hatte ich gelernt, das Land, in dem ich jetzt lebte, mit anderen Augen zu sehen. Gut, es war nicht Italien, nicht so sonnig, lieblich und warm. Es war mehr wie die Frau, die ich jetzt liebte. Etwas spröde, zurückhaltend, aber dann wieder von überwältigender Schönheit und voller gewaltiger Energie. Bevor wir das Land der Chauken erreichten, die mit den Römern verbündet waren, mussten wir das Boot verlassen. Ich bedauerte es, dass die Flussfahrt zu Ende war. Die Ruhe und die gleichmäßigen Geräusche der Wellen wirkten sehr entspannend auf mich. Welche geheimen Zeichen auch immer meinem Führer den Weg zeigen mochten, irgendwann erreichten wir das Hauptquartier. In dieser unendlichen Ebene, unterbrochen von Eichenwäldern und Mooren, hätten wir ebenso gut in den oceanus reiten können. Es hätte mich nicht verwundert.

Das Hauptquartier war sehr groß. Überwiegend Fußtruppen, stellte ich fest. Die Organisation nicht so gut, wie ich sie gewohnt war. In der Nähe der Pferde befand sich das Kommandeurszelt. Man hatte uns schon angekündigt und Marcus wartete auf mich. „Cornelius“, er begrüßte mich mit einer Umarmung. „Schön dich zu sehen. Was ist bei euch geschehen, dass du kommst? Immerhin wolltest du nie hierher.“ Er zog mich hinein. Dort wartete bereits Arminius auf mich, der mir ebenfalls entgegen kam und mich freundlich begrüßte.

„Ich darf dir berichten, dass deine turmae gute Dienste geleistet haben. Sie haben ausgezeichnet gekämpft und sich meiner Reiterei erfolgreich angepasst. Du versteht dein Handwerk.“

„Ich hoffe nur, dass die Verluste nicht zu groß waren“, erwiderte ich und dachte an meine Gefühle bei der Verabschiedung der Truppen.

„Es hält sich in Grenzen. Wir haben die Römer zunächst einmal zurückschlagen können.“ Arminius ging zu dem Tisch, auf dem er eine Karte ausgebreitet hatte, die er nun zusammenfaltete, als ich ihm folgte. Es sollte unauffällig sein, doch ich bemerkte es. Hatte er Bedenken, dass ich erkennen könnte, wo die römischen Truppen gerade lagen? Befürchtete er, dass ich immer noch an Flucht dachte? Ich musste diese Angelegenheit bei diesem Treffen unbedingt zur Sprache bringen.

„Zurückgeschlagen bis sie wiederkommen“, antwortete ich zunächst einmal.

„Ja, bis sie wiederkommen und dann mit Verstärkung. Wir haben viel Arbeit vor uns.“ Arminius hatte sich inzwischen gesetzt und wies mir einen Stuhl zu. „Willst du nicht auch beginnen Fußtruppen auszubilden?“

„Ich habe es dir schon einmal gesagt: einer allein kann keine Armee ausbilden. Ich kann beraten, kleinere Einheiten schulen, was ich ohnehin bereits tue, aber keine ganze Armee. Das müsstest du eigentlich wissen. Wie lange warst du in der Ausbildung, bis du in den ersten Kampf gegangen bist?“ Ich dankte für den Becher Wein, den mir ein Sklave reichte und bat darum, meinen Wein zu verdünnen, denn ich war sehr durstig.

„Ich trug mit 14 mein erstes Schwert im Kampf. Das kann man nicht vergleichen“, erwiderte Arminius.

„Bedenke bei deinen Wünschen auch, dass die germanische Guerillataktik wie du sie immer wieder einsetzt, nicht mit der disziplinierten Kampfordnung der Römer zusammen passt. Ich müsste die Männer genau auswählen, die ich als Infanteristen ausbilden soll. Wilde Horden kann man da nicht gebrauchen. Ich habe aber schon überlegt, dass man eine Mischung aus beidem einüben müsste. Kleine Einheiten, die Guerilla mit Disziplin lernen, also Eliteeinheiten. Das wäre sicherlich ein durchschlagender Erfolg. Ich arbeite daran.“ Natürlich hatte ich längst über diese Möglichkeit nachgedacht, wusste aber, dass wir zunächst einmal viele einfach ausgebildete Krieger benötigten und keine Spezialtruppen. „Für die Zukunft müssen wir die Infanterie stärken. Das ist klar. Besonders, wenn wir mit weiteren römischen Invasionen rechnen müssen. Nur ist es kurzfristig nicht zu realisieren. Andererseits wird es auf Dauer nicht möglich sein, noch größere Einheiten Kavallerie zu bilden, weil uns einfach die notwendigen Pferde fehlen. Pro Reiter müssen wir mindestens zwei, im Kampf sogar drei Pferde rechnen. Diese müssen ausgebildet werden. Es wird Jahre dauern, bis wir soweit sind, dass wir über eine annähernd gleichwertige Struktur und Ausbildung wie Rom verfügen können.“ Plötzlich stutzte ich. Hatte ich „wir“ gesagt und mich wie selbstverständlich in diese Pläne eingebunden? Was war nur mit mir los? Ich war ein Römer, der faktisch in germanischer Gefangenschaft lebte und begann bereits zu denken wie ein Germane. Schweiß stand mir auf der Stirn. Dass ich meine Arbeit machte, war eine Sache, aber dass ich vergaß, wer ich war und woher ich kam! Was war mit meinem Eid? Ich hatte mich auf Leben und Tod der Republik verpflichtet. Man hatte mich gelehrt, dass mein Leben gar nicht mir gehörte, sondern dem Staat. War es nicht immer noch meine Pflicht zurück zu kehren, selbst wenn Rom mir verschlossen bleiben würde? Ich löste meinen Blick von der Zeltwand, auf die ich geschaut hatte und sah in Arminius' Gesicht. Ich wusste nicht, was er dachte, doch sein Blick schien misstrauisch zu sein. Vielleicht waren auch ihm mein Versprecher und meine Reaktion aufgefallen.

„Nimm deine Reiter und kehrt in euer Lager zurück. Dort seid ihr besser aufgehoben als hier“, sagte er kühl, stand auf und ging zum Zelteingang, so als wolle er gehen, doch er besann sich. „Ich erinnere mich: du hattest einen Grund hier her zu kommen.“

Ich hatte mich inzwischen wieder gefangen und trug mein Anliegen vor: „Ich brauche Hilfe. Ich habe erhebliche Schwierigkeiten mit der Disziplin mancher junger Männer. Es müssen Regeln aufgestellt und festgeschrieben werden, an die sie sich halten müssen. Andernfalls kann ich keine vernünftige turma, geschweige denn eine Zenturie, aufstellen. Wir müssen Strafen festlegen, die dann auch durchgesetzt werden müssen. Ich kann das nicht tun, denn ich bin immer noch der Feind.“

Arminius spielte sinnend mit seinem Weinbecher. „Vermutlich hast du Recht. Ich werde darüber nachdenken. Komm morgen wieder. Vielleicht ist mir bis dahin eingefallen, wie wir vorgehen können. Jetzt willst du dich sicher ausruhen nach der Reise.“

Ich verabschiedete mich. Unser Gespräch hatte mich in den Zwiespalt gestürzt, den ich immer zu vermeiden gehofft hatte. Marcus kam hinter mir her. „Was schaust du so seltsam?“ fragte er mich. Er hatte das Gespräch zwischen Arminius und mir nicht mit angehört, weil er anderweitig beschäftigt war.

„Ich glaube, ich habe gerade – zumindest in Gedanken – endgültig meinen Eid gebrochen. Der Tag ist nicht mehr fern, an dem ich germanische Truppen gegen Rom führen werde. Doch bitte, sprich mit niemandem darüber, besonders nicht mit Arminius. Ich brauche noch etwas Zeit.“

„Ich verstehe dich gut, mein Freund. Ich werde dich nicht

drängen. Doch sag mir, warum bist du hier? Ich habe euch vorhin nicht zugehört.“ Wir gingen zur Pferdekoppel und setzten uns dort unter einen Baum. Ich berichtete ihm von unserem Gespräch. Es wäre sicherlich notwendig, dass Arminius selbst zu den Männern sprechen würde, um klar zu machen, dass ich tatsächlich Befehlsgewalt hatte. Ohne diese offizielle Anweisung würde ich keine gute Arbeit leisten können. „Du kannst sicher sein, dass Arminius dir die notwendigen Kompetenzen geben wird. Er weiß, wie wichtig du für ihn, ja, für uns alle bist. Wo stünden wir heute, wenn wir nicht so eine hervorragende Kavallerie hätten. Jedoch müssen wir besprechen, welcher Art die Bestrafung sein kann, denn germanische Vorstellungen von Strafe sind anders als römische. Bevor du dir da Ärger einhandelst, sollten wir das lieber vorher klären. Doch lass uns das auf morgen verschieben. Nach dem langen Ritt hast du dir Ruhe verdient. Willst du mit mir kommen?“ Ich verneinte, denn ich hoffte, dass Wilja im Lager war, und so machte ich mich auf die Suche nach ihr. Lupus hatte sie schneller gefunden als ich und brachte sie mir schon entgegen.

„Nun weiß ich auch, dass ich vor dir niemals sicher sein werde. Mit diesem Spürhund an der Seite findest du mich überall“, lächelte sie. Ich war wieder einmal bezaubert von ihrer Ausstrahlung, ihrer ganz eigenen, herben Schönheit. Fast drei Monate hatte ich sie nicht mehr gesehen. Begehren stieg wie eine heiße Welle in mir auf. Ich legte den Arm um ihre Schulter und wir gingen aus dem Lager in den angrenzenden Wald. Wilja führte mich zu einem Dickicht, das oberhalb eines Tümpels lag. Hier hatte sie unser Lager vorbereitet mit frischem Farn, duftenden Kräutern und wollenen Decken. Außerdem hatte sie Speisen und Wein bereit gestellt, sodass wir unser Beisammensein in Ruhe einleiten konnten. „Wie ich dich kenne, habe ich keine Möglichkeit dich zu verführen, bevor du nicht im Wasser gewesen bist“, lachte sie und begann mir aus der Rüstung zu helfen.

„Ich könnte mir das aber auch anders überlegen“, scherzte ich, denn ich spürte wieder diese heiße Welle in mir.

„Ich will keinen dreckigen Römer auf meinem Lager haben“, antwortete sie und schob mich Richtung Tümpel.

„Dreckiger Römer! Warts nur ab!“ Ich zog sie mit mir, bevor sie ihr Kleid ablegen konnte. Im Wasser vereinten wir uns bei einem langen, gierigen Kuss. Ich hielt mich dieses Mal nicht zurück, sondern trieb uns zum Höhepunkt, den sie laut hinaus schrie. Erschöpft umklammerte sie mich mit ihren Beinen, so als wolle sie mich nie wieder loslassen.

„Hast du dich eigentlich jemals davor gescheut, mit mir zusammen zu sein?“ fragte sie, nachdem ich mich gewaschen und sie ihre Kleidung zum Trocknen ausgezogen hatte. Wir lagen auf dem Farnkraut und tranken Wein.

„Nein, wie kommst du darauf? Ich habe nur immer die Furcht gehabt, dich zu erschrecken, deshalb habe ich mich so lange zurück gehalten. Dabei begehre ich dich maßlos.“ Ich fuhr zart über die Narben auf ihrem Busen. Sie antwortete mir mit einem langen, zärtlichen Kuss und streichelte mich dabei. Ich fing ihre Hand ein und küsste die Fingerspitzen. „Nichts überstürzen, mein Lieb. Die Nacht ist noch lang.“ Und so wurde sie auch, diese milde Herbstnacht. Gegen Morgen fielen wir in einen erschöpften, aber glücklichen Schlaf. Die Götter waren uns wahrlich gnädig. Ich hätte in der großen Schlacht sterben können. Oder ich wäre nie nach Germanien gekommen, hätte Wilja nie kennen gelernt. Die Wege der Verhüllten sind unbekannt und manchmal unverständlich, aber sie haben stets einen Sinn.

Am nächsten Tag traf ich Marcus bereits sehr früh, als ich durch das Lager ging. Ich hatte Wilja zurück gelassen, weil ich mich noch auf mein Gespräch mit Arminius vorbereiten wollte. „Wo kommst du jetzt schon her? Konntest du nicht schlafen? Komm, ich habe frisches Brot und Obst.“

„Ich muss noch etwas ausarbeiten, aber ich komme gern mit dir." Freund hin oder her – wo und wie ich meine Nacht verbracht hatte, ging ihn gar nichts an. Gemeinsam überarbeiteten wir den Ausbildungsplan, den ich Arminius vorlegen wollte. Marcus hatte noch einige Ideen und Änderungsvorschläge, die ich gern aufnahm.

„Das hört sich alles gut an. Ich glaube nicht, dass Arminius Einwände haben wird." Marcus lehnte sich zurück und nickte mit dem Kopf.

„Hat er eigentlich immer noch Bedenken, dass ich an Flucht denke oder warum hat er gestern die Landkarten alle so schnell verschwinden lassen?" Ich legte meine Unterlagen zusammen und nahm mir noch etwas Brot.

„Du gibst ihm keine Veranlassung zu glauben, dass du sein Freund bist", erwiderte Marcus.

„Das muss ich ja auch nicht, solange ich nicht sein Feind bin. Grundsätzlich stehe ich immer auf der Seite meiner Männer, das weißt du. Was hätte Rom mir jetzt noch zu bieten nach allem, was gewesen ist? Lass uns zu ihm gehen, damit wir zu einer Entscheidung kommen." Gemeinsam betraten wir das Zelt, wo wir schon erwartet wurden. Arminius kam sofort zur Sache.

„Ich werde zunächst deinen Status ändern müssen, Cornelius Lupus. Andernfalls werden die Männer immer den Römer und damit den Feind in dir sehen." Erstaunt blickte ich ihn an. „Marcus ist bereits mein Stellvertreter und zwei brauche ich nicht. Ich werde dich zu meinem Berater machen. Cornelius Lupus, Fürstenberater und oberster Ausbilder aller Truppen. Du hättest damit den gleichen Rang wie Marcus. Würde dir das zusagen?" Arminius hatte erkannt, dass er das Problem nur bewältigen konnte, indem er den Abstand zwischen uns aufhob und klar stellte, dass ich kein Feind mehr für ihn war.

„Hauptsache, du verlangst nicht die fürstlichen Ehrenbezeichnungen von mir. Denn mein Fürst kannst du nicht sein." Ich sah ihn herausfordernd an.

Arminius stutzte zunächst und schien eine scharfe Antwort geben zu wollen, doch dann glätteten sich die Zornesfalten zwischen seinen Augenbrauen. Er grinste: „Du bist ein Mann mit Prinzipien. Also gut: von Gleich zu Gleich. Vertrauen gegen Vertrauen. So sei es." Er reichte mir die Hand. Ich schlug ein. Danach besprachen wir das disziplinarische Problem und meine zukünftige Vorgehensweise.

Noch am Abend erklärte er gegenüber seinen Stammesführern, dass ich nunmehr absolute Befehlsgewalt über die Ausbildungstruppen haben würde und neben Marcus als sein gleichgestellter Berater fungieren würde. Die Reaktionen waren unterschiedlich. Sie reichten von Zustimmung über Unsicherheit bis zur offenen Ablehnung. „Wir sind nicht dazu in der Lage Truppen auszubilden, die der römischen Armee in einer offenen Feldschlacht gegenüber treten können. Diese ist aber die Stärke unserer Feinde und sie werden sie immer suchen, weil sie unsere Hinterhalte inzwischen kennen. Cornelius Lupus wird uns in neue Formen der Kriegsführung einweisen. Er kennt die römische Taktik und weiß wie wir Germanen kämpfen. Unterstützt ihn so, wie ihr mir zur Seite steht. Er hat mein ganzes Vertrauen." Arminius warb für mich und meine Arbeit. Ich konnte nur hoffen, dass man mit der Zeit vergaß, woher ich kam und wer ich war.

Arminius Worte wirkten Wunder. In den folgenden zwei Jahren kamen immer mehr Männer aus den verschiedensten Stämmen, um bei mir ausgebildet zu werden. Wir bauten ein zweites Lager, um die Rekruten unterbringen zu können und die Anfänger von den erfahrenen Kriegern zu trennen. Inzwischen hatte ich mir die besten Kämpfer heraus gesucht und zu Ausbildern befördert. Der Einfachheit halber übertrug ich die römische Heereshierarchie auch auf meine Truppen. So hatten die Männer einen Anreiz, gute Leistungen zu erbringen und nicht nur auf dem Feld, sondern auch am Strategietisch konzentriert zu arbeiten. Ich versuchte, mir von jedem ein eigenes Bild zu machen, um seine Fähigkeiten besonders nutzen zu können. Es waren aufregende, aber auch sehr anstrengende Jahre. Doch es zeigte sich nach und nach, dass unsere Strategie bei den Stämmen, die Arminius als ihren Heerführer anerkannten, aufging. Die Krieger kämpften erfolgreicher und wir hatten viel weniger Verluste zu verzeichnen. Tiberius, der immer wieder Expeditionen ins Land führte, um die römische Expansion doch noch voran zu treiben, konnte keine Erfolge nach Rom melden. Wir schlugen keine großen Schlachten und errangen keine großen Siege, aber die hatte auch unser Gegner nicht zu verzeichnen. Die Bilanz für Rom sah schlechter aus als unsere.

Doch dann schien das Blatt sich zu unseren Ungunsten zu wenden. Augustus starb im Jahre14 und Tiberius trat seine Nachfolge an. Die militärische Führung in Germanien übernahm Germanicus, der Sohn des Drusus. Dieser römische Heerführer erzielte mit seiner Skrupellosigkeit Siege, die brutaler und blutiger kaum hätten errungen werden können. Nach dem Tod des Augustus meuterten die Truppen am Rhenus. Germanicus gelang es, sie zu beruhigen. Um ihren Zorn abzulenken, schickte er ein Heer von 30.000 Mann gegen die Chatten und zog selber mit einer noch größeren Einheit gegen die Marser. Niemand dort rechnete mit einem Angriff, weil die vergangenen Monate sehr friedlich gewesen waren. Germanicus überfiel den Stamm nach einem heiligen Fest, als kein Krieger kampfbereit oder auch nur kampffähig war. Rücksichtslos ließ er jeden niedermachen, egal ob Frau, Kind, Greis oder Krieger. Dabei fand er auch den Adler einer der Legionen, die mit Varus untergegangen waren. Somit war sein Feldzug legitimiert. Einige Stämme, unter ihnen die Brukterer, empörten sich über das Vorgehen des Germanicus, da nach einem Kultfest stets der Gottesfrieden gilt bei den Germanen, folglich darf nicht gekämpft werden. Die Stämme hatten Germanicus bereits in eine Falle gelockt, verfielen dann aber wieder in ihre alte, ungezügelte Kampfweise und konnten von den Legionen zurückgeschlagen werden. Nach diesen Erfolgen verlieh Tiberius dem Germanicus die Triumphinsignien. Arminius hingegen sammelte die Stämme und wartete bereits auf eine neue Offensive der Römer. Ich erfuhr durch Marcus davon und wusste, dass ich meine Kavallerie würde bereithalten müssen.

Bei allen Erfolgen der Kavallerie machte uns die Infanterie großes Kopfzerbrechen. Immer noch konnten wir zu wenig Einfluss auf die Ausbildung der Fußtruppen nehmen. Diese unterstanden den Stammesfürsten und die ließen sich auf keine Unterweisung ein. Ihnen genügten die Erfolge, die sie jetzt hatten. Zu mehr waren sie nicht zu bewegen. Es waren noch zu wenige Männer, die sich uns freiwillig anschlossen, um als Infanteristen ausgebildet zu werden. Ich drillte eine kleine Elitetruppe, die ich später als Leibwachen an Arminius und Marcus weitergab. Auch ich hatte mir einige Männer bei Arminius ausbedungen. Bei unserer Arbeit erschwerend hinzu kam natürlich, dass die Germanen kein stehendes Heer hatten, sondern die meisten Männer gewöhnlich noch in Landwirtschaft und Handwerk tätig waren. So, wie es ursprünglich auch in Rom gewesen war. Allerdings hätten wir ein Heer auch nicht finanzieren können. Es gab keine Steuereinnahmen oder sonstige Abgaben wie Rom sie für seine Truppen kassierte.

Der Weg nach Rom im Jahre 15

„Willst du jetzt Politik machen oder warum bist du zu diesem Treffen der Stammesfürsten gekommen?“ fragte Marcus erstaunt, als ich zu Beginn des Jahres im Hauptquartier des Arminius erschien. Er hatte am Ausgang der Halle, in der die Begrüßung der Gäste stattgefunden hatte, auf mich gewartet.

„Nun, in Rom wäre ich auch in ein paar Jahren aus dem Heeresdienst entlassen worden und hätte mein Glück in der Politik versucht. Warum dann nicht hier? Ich habe ziemlich viel Erfahrung mit Römern und hatte viel Zeit, Germanen zu studieren. Ich denke schon, dass ich auch in der Verwaltung tätig sein kann. Wenn Arminius mit seinen Verbündeten ein Großreich anstrebt – übrigens meiner Meinung nach die einzige Möglichkeit auf lange Sicht gegen Rom zu bestehen – so wird er jede Hilfe brauchen. Und mit Organisation und Verwaltung kenne ich mich gut aus. Außerdem ist es wichtig, den Kontakt zu den Stammesfürsten zu halten. Nur wenn sie mir vertrauen, schicken sie mir auch ihre Männer, um sie auszubilden. Ich träume immer noch davon, auch die Fürsten strategisch zu schulen, aber das wird wohl mein Traum bleiben.“ Wir waren weitergegangen. Immer wieder trafen wir auf Krieger, die mich freundlich grüßten.

„Du hast dir einen guten Ruf erarbeitet und große Anerkennung erlangt. Ich bin froh, dich hier bei uns zu wissen.“ Marcus legte mir den Arm um die Schulter und lachte. „Wir sind keine jungen Kerle mehr, nicht wahr?“

„Aber wir wissen unser Schwert durchaus noch zu gebrauchen“, antwortete ich.

„In jeder Hinsicht“, lachte mein Freund und wies auf seine Frau, die uns entgegen kam. Sie war wieder einmal schwanger. Ich verstand nicht, was Marcus an ihr fand. Sicherlich, sie war niedlich und nett, aber sie wäre nichts für mich gewesen. Dass sie und Wilja Schwestern sein sollten, war wirklich unglaublich. Natürlich begrüßte ich sie höflich, ließ die beiden dann aber allein weitergehen.

Arminius tobte. Ich konnte ihn schon von Weitem hören. Ein Mann der Leibwache war aufgeregt in mein Zelt gekommen, um mich zu holen. „Lupus, schnell, der Fürst, du musst uns helfen! Er wird jemanden umbringen!“ Ich griff mein Schwert und rannte mit dem Boten zur Versammlungshalle.

Als ich eintrat, lagen Stühle und Tische quer im Raum. Becher und Teller waren zerbrochen. In diesem Wirrwarr lief Arminius wie ein gefangenes Tier hin und her. Er schrie: „Ich bringe ihn um! Wo ist mein Schwert? Wer hat mein Schwert genommen?“ Er suchte unter den Trümmern der Möbel nach seinem Schwert.

„Arminius! Arminius was ist los?“ Ich lief zu ihm und hielt ihn fest. Er wollte sich losreißen, doch eisern hielt ich ihn umklammert.

„Segestes!“ keuchte er. „Segestes hat Thusnelda an Germanicus ausgeliefert!“

„Der eigene Vater?“ Ich war wie vor den Kopf geschlagen. „Warum?“ Arminius sackte in meinen Armen zusammen. Ich hockte mich neben ihn.

„Er war schon immer mein Feind. Stets hat er mit den Römern paktiert und nur der Schwur vor den Priestern konnte ihn davon abhalten, Varus von meinem Vorhaben zu berichten. Er hat mir später nie verziehen, dass ich seine Tochter entführt und geheiratet habe. Er hatte andere Pläne für sie. Immer hat er gegen mich opponiert, aber ich hätte nie erwartet, dass er so etwas tun würde.“ Er knirschte vor Zorn mit den Zähnen. „Ich bringe ihn um, wenn er mir begegnet.“

„Das kannst du sofort haben. Hier bin ich.“ In voller Rüstung, bewaffnet und von seiner Leibwache umgeben, stand Segestes im Haus. Arminius sprang auf. Das Erscheinen des Fürsten hatte Alarm im Lager ausgelöst und so waren auch Marcus und einige Männer der Leibwache ins Haus gestürzt. Marcus und ich hatten uns sofort zwischen die beiden Männer gestellt und hielten Arminius mit Mühe fest. „Meiner Tochter und meinem Enkel wird es gut ergehen in Rom. Ich habe das Wort des Germanicus darauf. Sie wird nicht mehr hier in der Wildnis bei einem Wahnsinnigen leben, der täglich ihr Leben und das des Kindes aufs Spiel setzt um seine Königspläne zu verwirklichen. Das Kind erhält eine gute Erziehung und wird ein angesehener römischer Bürger werden. Es wird vergessen, dass sein Vater ein Verräter ist, so wie alle ihn vergessen werden, wenn Rom ihn endlich besiegt haben wird." Mit diesen Worten spuckte er aus und verließ das Haus.

Arminius wollte ihm nach. Gewaltsam hielten wir ihn zurück. Er schrie ihm Schimpfwörter nach, doch Segestes konnte das Lager unbehelligt verlassen. Ein Mann von Arminius' Leibwache hatte einen Stuhl für seinen Heerführer herangeholt. Mühsam drückten wir ihn darauf nieder. „Oh ihr Götter! Was wird aus Thusnelda und dem Kind? Ich werde sie nie wieder sehen." Er legte seinen Kopf in die Hände. Ein trockenes Schluchzen erschütterte seinen Körper.

„Wann soll das Kind kommen?" fragte ich Marcus leise.

„Es ist noch Zeit, hat Wilja gesagt. Aber Thusnelda ging es nicht gut." Wilja! Der Schreck fuhr mir in die Magengegend. Wo war Wilja? Sie hatte in letzter Zeit die Nächte bei Thusnelda verbracht.

„Entschuldige bitte, ich muss Wilja suchen!" Ich rannte hinaus und griff mir ein Pferd. Ich trieb es zur Eile an und preschte aus dem Lager zu dem Nachbardorf, in dem Thusnelda lebte. Lupus rannte neben mir her. Der völlig verdutzte Wachposten sprang zur Seite und ließ mich passieren. In dem Dorf erklang Alarm hinter mir, doch als man erkannte, dass ich es war, beruhigten sich alle wieder. Vor Arminius' Haus sprang ich ab und rannte hinein. Es war leer. „Wilja!" Von Wilja keine Spur. Der Wolf lief witternd durch das Haus, kam aber allein zurück. „Wilja!" Nur ein Sklave war noch da und räumte auf. „Wo ist die Seherin?"

„Der Fürst Segestes hat sie gestern zusammen mit seiner Tochter abgeholt. Er hatte es sehr eilig und es gab Streit, da bekam die junge Fürstin Krämpfe. Darum ist die Frau mitgegangen." Ich lief aus dem Haus, sprang auf das Pferd und jagte zurück ins Lager. Marcus erwartete mich bereits vor meinem Zelt.

„Sie haben Wilja mitgenommen", keuchte ich und glitt aus dem Sattel.

„Oh Götter!“ Marcus fasste mich an den Armen.

„Ich werde sie zurück holen und wenn ich dafür nach Rom reiten muss. Das schwöre ich dir.“

„Weiß man, wie Germanicus die Frauen fortbringen wird?“ Marcus war sehr besorgt.

„Es kann nur mit dem Schiff sein. Thusnelda ist kurz vor der Entbindung, da kann sie nicht über Land transportiert werden. Wenn ich einen der friesischen Küstensegler nehme, könnte ich noch vor den schweren Galeeren in Rom sein. Der Weg über Land wäre kürzer, aber es gibt zu viele Römer unterwegs, denen ich nicht unbedingt begegnen möchte“, überlegte ich.

„Und was willst du dann tun?“ Marcus war nicht überzeugt von meinem Plan.

Ich hatte aber während des Rittes Zeit genug zum Nachdenken gehabt. „Ein Freigelassener meiner Eltern lebt in Rom. Er hat mich praktisch großgezogen. Ihn werde ich aufsuchen und um Nachrichten bitten. Ich weiß, dass er zu mir steht. Alles Weitere kann ich erst in Rom entscheiden. Auf meine Familie kann ich nicht zählen. Für die bin ich tot oder wäre eine Bedrohung ihres jetzigen Standes.“

„Ich werde dich nicht allein gehen lassen. Ich komme mit. Wenn dir in Rom was passiert, haben wir hier ein Problem.“ Marcus hatte mich ins Zelt begleitet. Wir waren allein dort.

„Marcus, du hast Familie. Und was soll Arminius ohne dich machen?“ Natürlich freute ich mich über seinen Entschluss, doch schien es mir besser zu sein, wenn ich allein ging.

„Du weißt, dass du auf Friesen und Chauken treffen wirst. Besser ein Römer und ein Germane reisen zusammen, als nur ein sehr zweifelhafter Römer allein. Nimm mich mit.“ Noch zögerte ich, doch die Strecke war sehr lang und zwei findigen Köpfen fiel mehr ein als nur einem.

„Gut, mach dich bereit. Morgen in aller Frühe. Ich gehe jetzt zu Arminius und sage ihm Bescheid.“ Wir trennten uns und ich suchte Arminius auf. Er war noch immer sehr aufgebracht.

„Wilja ist mit Thusnelda zusammen auf dem Weg nach Rom. Ich werde ihnen folgen und versuchen, sie zu befreien. Marcus wird mich begleiten."

Arminius hörte mir ruhig zu, doch hob er zweifelnd eine Augenbraue: „Und du glaubst, dass du Erfolg haben wirst?"

„Nur der Tod könnte mich davon abhalten."

Er nickte verstehend. „So sei es. Ich werde euch ausreichend Geld geben. Wir brauchen es hier kaum und ihr werdet viel benötigen. Passt gut auf euch auf. Ich brauche euch hier. Und beeilt euch, denn jetzt werden wir in jedem Fall wieder kämpfen müssen. Und sei es gegen Segestes und seine Verbündeten."

Ich verabschiedete mich und eilte zu meinem Zelt, um meine Sachen zu packen. Dimitrios erwartete mich dort. „Herr, wo willst du hin?"

„Wilja wurde zusammen mit der Fürstin Thusnelda an die Römer ausgeliefert. Ich werde ihnen folgen und versuchen, sie zu befreien." Ich hatte inzwischen meine Uniform herausgesucht, die er mir sofort abnahm.

„Herr, ich werde dich nicht allein gehen lassen. Wenn du nach Rom reisen willst, so kannst du nicht ohne einen Sklaven gehen. Andernfalls würde man dir den vornehmen Römer nicht abnehmen. Außerdem möchte ich der Dame Wilja meine Hochachtung erweisen, indem ich meinen Anteil zu ihrer Rettung beitrage." Er schob mich beiseite und begann seinerseits zu packen. „Abgesehen davon leben sicherlich noch viele meiner Freunde, die uns mit Informationen versorgen können, an die du nicht herankommen würdest." Seine Argumente waren überzeugend. Ich ließ ihn packen, während ich mich auszog und zur Ruhe begab. Lupus legte sich vor die Tür, damit ich nicht gehen konnte, ohne ihn mitzunehmen.

Noch vor Sonnenaufgang hatte Dimitrios bereits die Reitpferde und das Packpferd zum Zelt geholt und beladen. Dann schnitt er mir die Haare in römischer Manier, rasierte mich gründlichst und half mir in die Uniform. Ich war gerade dabei, meine Waffen anzulegen, als Marcus kam.

„Dimitrios reitet mit?“ fragte er erstaunt.

„Herr, es wird auch zu deinem Wohlbefinden und zu deinem Ansehen beitragen, wenn ich dabei bin. Außerdem werdet ihr so viele Aufgaben zu erledigen haben, dass ihr euch um das Alltagsgeschehen sicherlich nicht mehr kümmern könnt. Ein wirklicher Herr braucht einen Sklaven, um als solcher anerkannt zu werden.“ Er hielt mein Pferd, als ich mich in den Sattel schwang und stieg dann selbst auf. Er war nicht gerade ein ausgezeichneter Reiter, konnte sich aber im Sattel halten, sofern sein Pferd sich nicht in den Kopf gesetzt hatte, ihn abzuwerfen.

„Du willst den Wolf auch mitnehmen? Das ist doch kein Familienausflug!“ Marcus schüttelte unwillig den Kopf.

„Wenn überhaupt jemand Wilja in einer Menschenmenge finden würde, dann Lupus oder hast du eine so feine Nase?“ fragte ich ihn ironisch. „Außerdem weißt du, dass der Wolf mir nachkommen würde. Er bleibt nie allein. Und bedenke, was für ein ausgezeichneter Kämpfer er ist. Er schleicht sich lautlos an und macht nicht viel Lärm bei Überfällen. Er kommt durch die kleinste Lücke durch. Du wirst sehen, er ist ein guter Verbündeter.“ Marcus zuckte ergeben mit den Achseln und lenkte sein Pferd zum Ausgang. Wir verließen das Lager und die Wachposten wünschten uns viel Glück. Unsere Mission hatte sich bereits herumgesprochen.

Zügig ritten wir zum Visurgis und folgten dem Heerweg entlang des Flusses ungehindert durch das Gebiet der Chauken. Als wir an der Mündung in den oceanus ankamen, fanden wir im Hafen sehr schnell einen Segler, der Rom als Ziel hatte. Wir verkauften unsere Pferde, feilschten etwas um den Preis der Bootsfahrt, um unsere Eile nicht zu offenkundig werden zu lassen und saßen innerhalb kürzester Zeit an Bord des schnellen Seglers. Von nun an hatten wir viel Zeit, in der wir nichts unternehmen konnten. Wie schnell das Schiff fuhr, konnten wir nicht beeinflussen, ebenso wenig das Wetter.

Während wir an Bord die Zeit tot schlugen, gesellte sich ein germanischer Händler zu uns. Dimitrios kam mit ihm ins Gespräch. Auch er war auf dem Weg nach Rom. „Ein Römer und ein Germane so friedlich zusammen, das ist ein seltenes Bild geworden nach der großen Schlacht", eröffnete er das Gespräch.

„Ich gehöre zum Stamm der Chauken und wir sind schon lange Verbündete der Römer", erklärte Marcus. „Ich begleite den tribun auf seiner Heimreise, um Freunde in Rom zu besuchen."

Ich hoffte, dass Marcus die Neugier des Mannes nun befriedigt hatte, aber es war eher das Gegenteil der Fall. „Oh, du bist im Norden stationiert. Dann hast du sicherlich nicht an der Schlacht teilgenommen?"

„Sonst wäre ich wohl kaum noch hier", entgegnete ich kurz angebunden.

„Stimmt, die Heerführer haben sich ja alle umgebracht, sofern sie nicht den Göttern geopfert wurden. Aber der legatus war auch wirklich zu dumm. Wie konnte er sich nur überreden lassen, ausgerechnet zu unserem großen Kultfest zu kommen."

Ich horchte auf. Bisher hatte ich das Gerede über dieses Fest noch nie hinterfragt. Vielleicht hatte ich davor zurück gescheut, weil ich keine Details wissen wollte. Doch inzwischen war ich viel zu tief in das germanische Leben eingetaucht, als dass ich meinen Fragen weiterhin ausweichen konnte. Möglicherweise konnte der Mann mir Antwort geben auf manches, was ich immer noch mit mir herum trug. „Wieso war das dumm? Ich denke, er wollte mit den Stammesfürsten und der Priesterschaft reden."

„Das mag ja sein, aber doch nicht im Bannkreis unseres größten Heiligtums!" Der Mann schien ehrlich erstaunt über meine Unwissenheit zu sein.

„Ein Fremder, der noch dazu mit Waffen während des Festes in diesen Bannkreis eintritt, begeht ein Neidingswerk. Er stört den Gottesfrieden. Somit ist es für jeden Krieger heilige Pflicht, diesen Gottesfrevel zu rächen." Marcus hatte sich in unser Gespräch eingemischt.

„Genau so ist es und die Priester müssen das Sühnewerk durch den Opfertod der Frevler vollziehen. Darum wurden die Zenturionen und die anderen Befehlshaber hingerichtet", ergänzte der Händler Marcus' Worte. Ich schwieg und ließ diese Neuigkeiten auf mich wirken. „Deshalb sage ich ja, dass der legatus dumm war, sich überreden zu lassen. Er hätte wissen müssen, dass es äußerst gefährlich war, sich zu dem Heiligtum zu begeben. Auch wenn man zu anderen Zeiten unbehelligt dort reisen kann, so darf man es nicht während dieser heiligen Zeit." Der Händler schüttelte den Kopf über so viel Unvernunft. „Wahrscheinlich hat er gar nicht begriffen, was er getan hat. Aber nun ist er tot und damit hat sich die Sache erledigt. Der Frevel ist gesühnt. Bleibt nur abzuwarten, wie der neue Kaiser Tiberius jetzt regieren wird."

„Wer ist eigentlich zuständig für das Gebiet diesseits des Rhenus?" fragte Marcus anscheinend völlig unwissend.

„Natürlich Germanicus, der Sohn des Drusus. Caecina befehligt die Legionen in Vetera und Colonia, Silius das Heer in Mogontiacum. Die beiden sind schon alte Füchse, doch sonst ist keiner da, der ihn beraten könnte. Ob die Wahl so glücklich ist, wird sich noch zeigen müssen", berichtete der gesprächige Händler.

„Wieso, was spricht man? Ich sagte schon, dass ich in letzter Zeit weit im Osten war und nur Gerüchte gehört habe." Nun wollte ich doch gern wissen, wie völlig Unbeteiligte die politische Situation sahen.

„Germanicus geht sehr brutal gegen die aufständischen Germanen vor. Gerade erst ist er selbst gegen die Chatten gezogen und hat Caecina gegen die Marser geschickt. Er betreibt die Politik der verbrannten Erde. Das macht die Römer nicht unbedingt beliebter, aber Arminius hat uns auch eine ziemlich dicke Suppe eingebrockt. Bleibt abzuwarten, wer ihn jetzt weiter unterstützen wird. Die Marser und die Chatten haben schwer für ihre Beteiligung an der Schlacht zahlen müssen."

Jetzt wurde es interessant. Ich forderte Dimitrios auf, dem Händler Wein einzuschenken und nachdem er getrunken hatte, fragte ich weiter. „Ist denn schon irgendeiner seiner Kampfgenossen von ihm abgefallen?"

„Ja, hast du es denn noch nicht gehört?" rief unser Informant erstaunt.

„Nein, wie schon gesagt, waren wir weit im Osten unterwegs", erwiderte Marcus ungeduldig.

„Also, Fürst Segestes hatte vor wenigen Tagen seine eigene Tochter, die mit Arminius verheiratet ist, an Germanicus ausgeliefert. Daraufhin hatte Arminius mit seinen Cheruskern das Lager des Segestes eingeschlossen und verlangte Rache. Segestes ließ Germanicus benachrichtigen und um Hilfe bitten. Sofort schickte Germanicus Truppen und konnte Segestes und seine Anhänger befreien. Der Fürst soll sogar seinen Beuteanteil aus der großen Schlacht abgeliefert haben. Wohin er jetzt gegangen ist, weiß man noch nicht genau. Es wird gemunkelt, dass er entweder nach Gallien oder nach Rom ins Exil gegangen ist. Mit der ganzen Familie, obwohl die doch bei der Schlacht auf Seiten des Arminius gestanden hatte. Somit ist der Stamm der Cherusker gespalten. Das ist nicht gut für Arminius." Mit wichtigem Gesichtsausdruck lehnte der Händler sich zurück und trank seinen Wein. Das waren unerfreuliche Neuigkeiten. Blieb nur zu hoffen, dass Arminius sich nicht auf einen Kampf gegen die Legionen eingelassen hatte. Ich winkte Dimitrios, dem schwatzhaften Händler nochmals nachzuschenken. Bevor dieser den Becher erneut leerte, lehnte er sich vor und flüsterte: „Und das Beste kommt erst noch: Segestes behauptet überall, dass er Varus noch am Tag vor der Schlacht gewarnt hatte, Arminius nicht zu trauen. Er soll ihn aufgefordert haben, alle germanischen Edlen gefangen zu nehmen, um so einem Verrat zuvor zu kommen. Zumindest erzählt er das jetzt jedem, der es hören will.“ Zufrieden lehnt der Mann sich zurück und trank den Wein.

Ich schaute Marcus interessiert an, der aufgefahren war und bereits entrüstet rief: „Unmöglich! Er kann unmöglich zu Varus gesprochen haben! Alles, was im Thing mit der Priesterschaft vereinbart wird, unterliegt absoluter Gemeinhaltung! Hätte Segestes gesprochen, so würde er ebenfalls ein Neidingswerk begangen haben und müsste dafür sterben. Außerdem habe ich selbst gesehen ...“

„Das ist höchst aufschlussreich, was du da zu berichten weißt“, fiel ich Marcus ins Wort, der sich zu sehr über die Rede des Händlers ereiferte, denn ich wollte vermeiden, dass er etwas Unüberlegtes sagte.

„Naja, das spricht man jetzt überall.“ Der Händler hatte glücklicherweise nicht mehr richtig hingehört, was Marcus gesagt hatte. Der Wein schien ihm schon ziemlich in den Kopf gestiegen zu sein. Während er noch mit Dimitrios sprach, zog ich Marcus zur Seite.

„Sei etwas vorsichtiger mit deinen Worten. Du weißt nie, wen du vor dir hast. Was wolltest du sagen, hast du wo gesehen?“

„Ich habe selbst gesehen, wie Segestes mit seinem Sohn Segimund in der Schlacht gekämpft hat und sein Sohn sogar noch Schindluder mit der Leiche des Varus getrieben hat. Dabei war Segimund Priester in einem römischen Heiligtum am Rhenus, bevor er sich dann Arminius anschloss. Außerdem hat Segestes ebenso seinen Anteil an der Beute erhalten, wie jeder andere Fürst auch. Sich jetzt als großer Römerfreund hinzustellen, ist wirklich eine Frechheit.“ Marcus kochte vor Wut.

„Beruhige dich, mein Freund. Wir werden es nicht ändern können. Wenn er bei den Römern untergeschlüpft ist, ist er außerhalb unserer Reichweite. Wir können nur hoffen, dass seine Männer, die er feige allein gelassen hat, sich auf die Seite von Arminius schlagen werden. Der hat wirklich schon genug Probleme und braucht nicht auch noch führerlose Splittergruppen innerhalb seiner Armee."

„Ich glaube nicht, dass wir uns Sorgen um den Abfall der Getreuen machen müssen", meinte Marcus, nachdem er eine Weile geschwiegen hatte. „Die Aktionen, die Germanicus jetzt durchgeführt hat, werden genau zum Gegenteil dessen führen, was sie bezwecken sollten. Die überlebenden Krieger der betroffenen Stämme werden nach Rache lechzen. Sie werden bei einer erneuten Schlacht an vorderster Front kämpfen wollen."

In der Nacht, als ich nicht schlafen konnte und an Deck ging, musste ich nochmals an das Gespräch denken. Was hatte Marcus gesagt? Über das, was beim Thing mit der Priesterschaft besprochen wird, darf nicht geredet werden. Das waren seine Worte. Was hieß das im Falle des Varus? Wer hatte dort was mit wem besprochen? War dieses eines der Mosaiksteinchen, die mir bisher immer noch fehlten, um das Bild über den Hergang der Schlacht komplett zu machen? Ich würde mit irgendjemandem darüber reden müssen. Marcus konnte nicht zum engeren Kreis gehören. Er war erst zu spät zu Arminius gestoßen. Ihn zu fragen wäre sinnlos. Vielleicht ergab sich die Gelegenheit Wilja oder, sofern unser Verhältnis sich weiterhin so gut entwickelte, Arminius selbst zu befragen. Zumindest erkannte ich inzwischen, dass der Verrat des Arminius und die folgende Schlacht ein viel komplexeres Strategiespiel war, als ich bisher angenommen hatte. Es würde sehr interessant werden, die weiteren Schachzüge dieses Mannes zu beobachten. Immerhin sollte ich nun eine seiner Schachfiguren sein.

Wir waren noch früh im Jahr unterwegs und das Wetter sehr unbeständig. Obwohl wir in der Nähe der Küste segelten, waren wir den stürmischen Winden ausgesetzt. An einem Tag weigerte der Kapitän sich den Hafen, den wir zur Proviantaufnahme angelaufen hatten, zu verlassen, so tobte der Sturm vor der Küste. Marcus litt sehr unter dem hohen Wellengang und ich sah ihn manchmal tagelang nicht an Deck. Dimitrios kümmerte sich um ihn. Mir ging es an Tagen, wenn die See wieder einmal sehr aufgepeitscht war, auch nicht gut, aber ich war früher schon öfter mit dem Schiff unterwegs gewesen, so dass ich mir helfen konnte. Doch ich wälzte mich manche Nacht in meiner Koje, dachte an Wilja und hoffte, dass man sie gut behandelte. Wenn wir abends vor Anker lagen, gingen Marcus und ich anfangs meist an Land, um uns die Hafenstädte anzusehen, doch mit der Zeit verlor das an Reiz. Überall die gleichen Kneipen, die Mädchen, die uns umschwirrten, der gleiche schale Wein. Als die Wochen vergingen, gewöhnten wir uns an, nur noch an Land zu essen und uns nachher wieder mit einer Amphore Wein eine ruhige, warme Ecke zu suchen und zu erzählen. Marcus war es, der mich nach meiner Jugendzeit fragte. „Was hast du gemacht als du noch ein kleiner Junge warst?"

„Nichts besonderes", erwiderte ich, nachdem ich einen Augenblick nachgedacht hatte.

„Sei nicht so überheblich. Ich habe keine Vorstellung davon, wie ein Römer lebt. Ich kenne nur die Armee. Wie lebte deine Familie? Wo kommst du her?"

„Willst du das wirklich wissen?" fragte ich erstaunt.

„Natürlich. Du bist mein Freund und doch ein Fremder. Also, was hast du in deiner Jugendzeit gemacht." Er lehnte sich bequem zurück.

Ich schenkte noch Wein nach, dann begann ich zu erzählen. „Ich stamme aus einer Gegend, die man campagna roma nennt. Sie befindet sich ungefähr 40 Meilen nördlich von Rom. Obwohl zwischen den Bergen gelegen, ist die Gegend sehr fruchtbar. Dort wird viel Landwirtschaft betrieben. Meine Familie hat bereits seit fünf Generationen das

Bürgerrecht und wir haben inzwischen großen Grundbesitz erworben. Seit ewigen Zeiten bauen wir Obst und Gemüse an, das mit Ochsenkarren nach Rom transportiert wird. Doch seit einigen Jahren haben sich viele wohlhabende Römer in unserer Gegend niedergelassen, so dass wir auch im Dorf gut verkaufen können. Meine Familie ist durch ihrer Hände Arbeit sehr reich geworden. Aber schon mein Vater musste sich die Hände nicht mehr schmutzig machen. Unser Haus liegt direkt am lacus sabatinus, einem unergründlichen, kalten See. Man sagt, es sei einst ein Vulkan gewesen. Dort habe ich schwimmen gelernt. Rings herum gibt es viele sehr hohe Berge, die ich als Jüngling mit meinen Freunden bestiegen habe.“ Ich nahm einen Becher Wein und verlor mich in der Erinnerung. Längst vergessene Bilder stiegen vor meinem inneren Auge auf.

„Ja und weiter? Erzähl!“ Marcus riss mich aus meinen Betrachtungen.

„Ich habe einen um ein Jahr älteren Bruder und eine um ein Jahr jüngere Schwester. Solange wir klein waren, unterrichtete uns unser Vater selbst. Wir lernten lesen, schreiben und rechnen. Da es in unserer Gegend keine Schule gab und meine Eltern meinen Bruder und mich nicht allein nach Rom schicken wollten, wurde später natürlich ein griechischer Lehrer angestellt, der uns in Literatur, Rhetorik und Geschichte unterrichtete. Reiten und den Umgang mit Vieh lernten wir auf unserem ausgedehnten Grundbesitz bereits sehr früh.“

„Wolltest du damals schon zur Armee gehen?“ fragte Marcus interessiert.

„Nein, eigentlich wäre ich gern auf unserem Anwesen geblieben. Aber mein älterer Bruder war so gar nicht für die Armee geeignet, daher musste ich gehen. Nur einer konnte die Nachfolge antreten. Ich hätte zwar von mütterlicher Seite noch Land erben können, aber das hätte keine Familie ernährt.“

„Und wann hast du das erste Mal ein Schwert geführt?“

„Als absehbar war, dass ich eine militärische Laufbahn einschlagen würde, verdingte mein Vater einen alten Zenturio, der mich unterrichtete. Ich war vielleicht vierzehn Jahre alt. Mit achtzehn bin ich dann zunächst zur Infanterie gegangen, weil meinem Vater der Unterhalt für drei Pferde zu teuer war. Dort habe ich als einfacher Rekrut begonnen.“

„Du hast wirklich als Rekrut bei der Infanterie angefangen? Gräben und Latrinen ausheben, Rüstung flicken, beim Marsch dieses enorme Gepäck schleppen?“ Marcus schüttelte ungläubig den Kopf. „Das kann ich mir gar nicht vorstellen, wenn ich dich heute sehe.“

„Es war auch eine harte Zeit. So schwere körperliche Arbeit war ich nicht gewohnt, selbst wenn ich früher bei der Ernte mitgeholfen hatte. Aber viel schwieriger ist es, die römische Disziplin zu erlernen. Da wird man nicht nur vom Vorgesetzten geschliffen, sondern auch von den Kameraden. So manches Mal musste ich die Zähne zusammen beißen oder auch Tränen runterschlucken, wenn Strafarbeiten zu machen waren oder ich vor versammelter Mannschaft getadelt wurde.“ Selbst jetzt dachte ich noch mit Schaudern an diese Momente der Erniedrigung zurück. Als recht verwöhntes Kind musste ich durch eine strenge Schule, doch ich war dabei auch über mich selbst hinaus gewachsen.

„Aber wie konntest du so schnell so hoch in der Heereshierarchie aufsteigen? Normalerweise dauert es doch einige Jahre, bis aus einem Legionär ein Zenturio oder sogar noch mehr wird.“

„Ich hatte viel Glück und anschließend einflussreiche Protektion. Es liegen dann weniger Steine im Weg, aber bewähren muss man sich trotzdem noch.“

„Du musst auch damals schon ein guter Soldat gewesen sein, denn nur mit Protektion wäre dein Ruf nicht zu erklären.“ Marcus ließ nicht locker, dabei wollte ich eigentlich gar nicht mehr über die Vergangenheit sprechen. Ich hatte in der letzten Zeit versucht, diese Jahre und auch das, was an ihnen schön gewesen war, zu verdrängen, weil es müßig war, über sie nachzudenken. Sie waren vorbei und nicht mehr wiederholbar. Doch Marcus fragte nochmals: „Du sagst, du hattest Glück. Was muss ich mir darunter vorstellen?"

„Ich war zur richtigen Zeit am richtigen Platz und habe einer einflussreichen Persönlichkeit das Leben gerettet. Damit war meine Zukunft gesichert." Bewusst sprach ich abwiegelnd über dieses Ereignis.

„Wer war es?" Marcus bedrängte mich.

„Das ist längst gewesen und nicht mehr von Bedeutung. Es war ein Sprungbrett, aber meine späteren Auszeichnungen haben nichts mehr damit zu tun gehabt. Die habe ich mir alle erkämpfen müssen." Ich war etwas unwillig. Noch nie hatte ich über diesen Zwischenfall, der mich damals aus der Masse der Legionäre herauskatapultierte, gesprochen. Stets hatte ich befürchtet, dass mein Fortkommen immer an dieser Protektion gemessen werden würde und nicht an meinen Leistungen. Vielleicht war ich deshalb für Lob so unzugänglich geworden. Für mich zählten nur die Ergebnisse, nicht die Worte.

„Cornelius, lass dich nicht bitten. Ich bin dein Freund und möchte wissen, was damals geschah." Marcus hatte schon ziemlich viel Wein getrunken und wurde aufsässig wie ein kleiner Junge.

„Wenn du mir versprichst, es niemandem zu erzählen, will ich es dir sagen." Ich wusste, dass mein Freund nicht nachgeben würde.

„Wem sollte ich es wohl erzählen. Es gibt doch hier niemanden, den das interessieren würde, außer mir, der ich mehr über dich wissen will."

Ich zögerte noch einen Augenblick, dann stieß Marcus mich aufmunternd an. „Während einer Parade in Rom gingen die Wagenpferde des Tiberius durch. Der Wagenlenker stürzte und nur Tiberius stand noch auf dem wild schleudernden Wagen. Ich war als Wache an einem günstigen Platz postiert und hatte den Mut, mich auf die rasenden Pferde zu schwingen und sie zu beruhigen. Wie gesagt, ich hatte bereits sehr früh in meinem Leben Umgang mit Pferden. Letztlich bin ich nach dem Vorfall auch zur Kavallerie gewechselt. Ich musste die Pferde nun nicht mehr selbst stellen.“

Marcus schaute mich völlig verblüfft an, dann begann er zu lachen: „Du hast Tiberius das Leben gerettet? Das glaube ich nicht! Mein Freund hat dem Kaiser das Leben gerettet! Und jetzt bist du einer seiner gefährlichsten Gegner! Wenn er das wüsste!“ Er verschluckte sich vor Lachen und hustete. Als ich seine Reaktion sah, ärgerte ich mich, überhaupt von dem Vorfall gesprochen zu haben. Als er aber weiter lachte, konnte ich mich der Skurrilität der Situation nicht entziehen und musste grinsen.

„Beruhige dich! Du hast zu viel getrunken! Wenn wir morgen wieder auf See sind, wird es dir nicht gut gehen. Spar dir dein Lachen dafür auf, wenn du dann über der Reling hängst.“ Mühsam brachte ich meinen immer noch kichernden Freund unter Deck auf sein Lager. Ich war nach unserem Gespräch sehr aufgewühlt und konnte noch nicht schlafen. Mir wurde bewusst, wie sehr mich das Jahrzehnt in der römischen Armee geprägt hatte. Wie römisches Sendungsbewusstsein und römisches Selbstverständnis zu einem Teil meiner selbst geworden waren. Der Wille, nach der Schlacht zu überleben, hatte die ersten Zweifel an dieser Doktrin geweckt und die Liebe der Frau, die ich jetzt aus römischer Gefangenschaft retten wollte, hatte mich auf den Weg gebracht, ein anderer Mensch zu werden. Doch es war immer noch ein schwerer Weg, den ich auch noch nicht zu Ende gegangen war. Zu lange hatte ich die Worte Vergils verinnerlicht und mich als Teil des römischen Universums gefühlt. Das wollte abgeschüttelt werden und ich würde es auch schaffen mit Hilfe der Menschen, denen ich inzwischen vertraut geworden war.

Befreiung I

Die Götter waren uns trotz manch hohen Wellengangs gewogen, so dass wir nach nur fünfunddreißig Tagen das Mittelmeer erreichten und uns Rom näherten. In Ostia kauften wir neue Pferde und ritten zunächst zu dem Beschützer meiner Jugend, der vor den Toren von Rom auf einem kleinen Landgut lebte. Dimitrios sollte sich in Rom nach seinen Freunden umsehen und später zu uns kommen. Die Freude im Haus des Freigelassenen Marius war groß, als ich nach so vielen Jahren vor ihm stand. „Cornelius Flavius – wir dachten, du seist tot. Deine Familie ließ Totenfeiern für dich abhalten. Wie werden sie sich freuen, dich wieder zu sehen." Marius fiel mir um den Hals. Er war alt geworden in den Jahren, die ich ihn nicht mehr gesehen hatte.

„Glaubst du wirklich, was du da sagst?" fragte ich lächelnd.

Er stutzte, dann lachte er laut heraus und schüttelte dabei den Kopf: „Natürlich nicht! Sie wären entsetzt dich zu sehen! Wie konnte ich nur so einen Unsinn reden. Du siehst, so wird sogar ein Freigelassener verbogen, nur um in Frieden leben zu können. Doch komm herein und ein herzliches Willkommen auch deinen Reisebegleitern." Ich stellte Marcus und Lupus vor und wir wurden in das kleine Atrium geführt. Alles war liebevoll gepflegt und sauber. Unsere Pferde wurden versorgt und die Hausfrau eilte herbei, um uns zu begrüßen und Speisen und Getränke zu besorgen. Marius' Frau war ebenfalls eine ehemalige Sklavin, die er geheiratet hatte, kurz nachdem er uns verlassen hatte. Das Haus hatte er sich von dem Geld kaufen können, das mein Vater ihm großzügig zu seiner Freilassung geschenkt hatte. Außerdem war er sehr fleißig und konnte das kleine Vermögen schnell mehren und sein Leben genießen.

Innerhalb kürzester Zeit waren zwei Gastzimmer für uns bereit. Zwar waren die Räume klein, aber nach der Reise sehr bequem. Marius ließ das Badehaus anheizen und so konnten wir den Schmutz abwaschen und die steifen Muskeln lockern. Als wir drei Männer abends allein saßen, erzählte ich ihm alles, was mit mir passiert war, seit ich nach Germanien gegangen war. Marcus' Rolle ließ ich unberücksichtigt, weil ich wusste, das Marius gegen ihn voreingenommen sein würde, wenn er gewusst hätte, dass Marcus an der Seite des Arminius gegen mich gekämpft hatte. Zunächst zögerte ich, ob ich ihm berichten sollte, dass ich sozusagen die Seiten gewechselt hatte, doch dann entschied ich mich zu absoluter Offenheit. Ohne etwas hinzuzufügen oder weg zu lassen erklärte ich ihm meine Entscheidung. Er sah zunächst skeptisch aus, doch dann sagte er: „Jeder Mann muss irgendwann in seinem Leben eine Entscheidung treffen. Und die kann er nur mit sich allein ausmachen. Niemand kann ihm das abnehmen. Wenn du nun der Ansicht bist, dass du deine Heimat und deinen Frieden in Germanien gefunden hast und dass du dort für eine gerechte Sache kämpfst, dann musst du das tun. Ich kann dir nur viel Glück und den Segen der Götter dafür wünschen." Ich war sehr glücklich, dass der Begleiter meiner Kindheit und Freund meiner Jugend mir aus der Seele sprach und mich verstand. Danach erzählte ich ihm, dass eine hochschwangere Fürstin und meine Frau, die sie betreute, verschleppt worden waren. Gleich schlug das weiche Herz meines alten Freundes und er versprach uns jede mögliche Hilfe. Als ich ihm von Dimitrios und seiner Mission berichtete, ließ er sofort ein Bett in den Schlafräumen der Bediensteten vorbereiten. Er versprach uns, sich umzuhören, doch er warnte mich, mich meiner Familie zu nähern. „Dein Bruder ist ganz anders geworden, seit ihm der Familienbesitz gehört. Er schneidet mich und ich höre auch nichts Gutes von seinen Sklaven. Er ist sehr herrisch. Ich kann mir nicht vorstellen, dass er sich freuen würde, dich zu sehen. Er hätte nur Angst um seinen Besitz und da könnten auch keine Beteuerungen von dir etwas dran ändern. Er würde dich eher verraten als zu dir stehen."

Marcus war bereits zu Bett gegangen, als Marius und ich immer noch zusammen saßen. Ich erzählte ihm von meinem neuen Leben. Von den Erkenntnissen, die ich über das Imperium und seine führenden Köpfe gewonnen hatte. Er bestätigte meine Erfahrungen, indem er vom Leben in dieser Stadt berichtete, die sich einbildete, der Nabel der Welt zu sein. Das Leben unter Augustus war in mancher Hinsicht besser als zuvor gewesen und doch hatten sich die Menschen verändert und das Streben nach Ruhm, Geld und Macht wurde immer aggressiver. Der Expansionsdrang des Reiches ließ nicht nach und kostete viele Menschenleben und nochmal so viel Geld. Alle Illusionen, die ich jemals gehabt hatte oder die noch in mir schlummerten, wurden zerstört. Das heutige Rom hatte nichts mehr mit dem zu tun, für das ich einst gekämpft hatte. Zwar war Kaiser Augustus kein schlechtes Staatsoberhaupt gewesen und auch die beiden obersten Heerführer Tiberius und Germanicus keine schlechten Soldaten, ganz im Gegenteil, doch die übertriebene Ehrsamkeit, die Augustus populär gemacht hatte, rief auf der anderen Seite Verdorbenheit und Unehrlichkeit hervor, sogar in seiner eigenen Familie. „Was nun unter Tiberius werden wird, weiß niemand und es ist auch nicht abzusehen. Du würdest dich hier nicht mehr wohlfühlen und ich kann mir nicht vorstellen, dass du in die Politik gehen würdest. Abgesehen davon ist es für dich unmöglich zurück zu kommen. Man hat für dich bereits Totenfeiern abgehalten. Wie willst du dein Überleben erklären? Wende dein Herz und deinen Verstand deiner neuen Heimat zu und sei bereit für sie zu kämpfen. Vielleicht kannst du etwas neues Großes aufbauen helfen."

Am nächsten Tag wartete ich ungeduldig auf die Rückkehr von Dimitrios. Erst am späten Nachmittag kam er zurück. „Ich werde nur kurz bleiben, um dann wieder zu meinen Freunden zurück zu kehren. Sie haben ausgezeichnete Kontakte und werden mich rechtzeitig informieren können. Bisher sind die Frauen noch nicht eingetroffen, aber sie werden erwartet. Meine Freunde arbeiten zum Teil im Palast, so dass wir sicherlich auch Zugang bekommen können. Allerdings wirst du dafür zahlen müssen, denn das Risiko ist sehr groß." Die Bediensteten hatten ihm etwas zu essen gebracht und er bedankte sich höflich.

„Du kannst hier übernachten", bot ich ihm an, während ich bei ihm saß.

„Nein Danke, Herr. Ich möchte lieber wieder in die Stadt zurück. Vielleicht könnten die Diener dieses Hauses mir Botschaften zukommen lassen und ich ihnen. Es sollte jetzt immer jemand in der Stadt bleiben, damit wir den Kontakt nicht wieder verlieren." Dimitrios war ein sehr kluger Mann, der sich auch seine Gedanken gemacht hatte. Ich sah ihn an, während er aß. Eher klein als groß gewachsen, mit schwarzen Haaren und olivfarbener Gesichtsfarbe fiel er nicht auf im Gewimmel der römischen Völkerscharen. Er war höflich, aber nicht unterwürfig, so dass niemand ihn für einen Sklaven halten konnte. Er würde völlig unauffällig sein. Von Marcus und mir konnte man das nicht behaupten. Ich war für römische Begriffe groß gewachsen und man sah mir den Befehlshaber an. Marcus war zu sehr das Idealbild des germanischen Barbaren, als dass wir ungesehen irgendwo hätten unterschlüpfen können.

Wir waren bereits zwei Wochen in Italien, als endlich die Nachricht kam, dass die Geiseln eingetroffen seien. Ich war sehr erleichtert, als wir erfuhren, dass sie zwar im Palast vorgestellt wurden, aber nicht dort untergebracht waren. Es wäre äußerst schwierig geworden, in den Palast einzudringen. So kurz vor der Entbindung hatte man die beiden Frauen auf einem kaiserlichen Landgut außerhalb Roms einquartiert. Gemeinsam mit Marcus, Marius und Dimitrios erkundete ich das Terrain. Es würde allerdings auch hier nicht einfach werden, die Frauen mit einem Neugeborenen aus dieser kleinen Festung heraus zu holen. Mit Gewalt war es gar nicht möglich. Das Landgut lag an einem Hügel, von dem aus das gesamte Gelände gut einsehbar war. Umgeben war es von einer hohen Mauer, die mit Wachposten besetzt war. Dimitrios musste versuchen einen Kontakt zu den Dienstboten herzustellen, damit ich Wilja eine Nachricht zukommen lassen konnte. „Wir könnten Lupus losschicken“, meinte Marcus plötzlich. „Er würde Wilja finden und könnte ihr eine Nachricht übermitteln. Hoffen wir nur, dass er so schlau ist, sich nicht packen zu lassen.“

„Doch über eine solche Mauer kommt auch er nicht. Aber du hast Recht, wir müssen in jedem Fall einen Weg finden, ihn in diese Festung einzuschleusen. Dimitrios, können deine Informanten herausfinden, wer die Lieferanten des Gutes sind und ob jemand Vertrauenswürdiges dabei ist? Vielleicht könnte er Lupus mitnehmen und uns so weiterhelfen.“ Ich sah keinen anderen Weg. Ich wäre selbst gegangen, doch mir fiel kein triftiger Grund ein, weshalb man mich hätte einlassen sollen.

„Herr, ich werde mich darum kümmern. Notfalls gehe ich selber mit. Wenn du erlaubst, so reite ich zurück in die Stadt und melde mich wieder, wenn ich einen Weg gefunden habe.“ Er verneigte sich und ging zu seinem Pferd.

„Du hast Glück mit deinem Sklaven“, stellte Marcus fest, der ihm hinterher sah.

„Er ist mehr als ein Sklave. Er ist ein Freund. Wenn er mir gehören würde, würde ich ihn freilassen, aber er gehört mir nicht. Er ist nur bei mir, weil Arminius es so bestimmt hat. Doch nun lass uns verschwinden, ehe noch jemand auf uns aufmerksam wird.“ Ich warf noch einen letzten Blick auf den Hügel, wo sich jetzt Wilja und Thusnelda befanden. Dann ritten wir zurück. Wir waren zur Untätigkeit verdammt. Dimitrios und Marius arbeiteten gemeinsam an einem Plan, in die Festung zu gelangen und Kontakt zu den Frauen aufzunehmen. Marcus und ich konnten lediglich Ausritte im Umland machen und das Gelände erkunden, denn wir wollten uns nicht in der Stadt zeigen. Die Gefahr, doch noch auf Bekannte zu treffen, war einfach zu groß.

Inzwischen hatte Thusnelda ihren Sohn zur Welt gebracht. Sie waren beide gesund. Nun würden wir mindestens noch zwei oder drei Wochen warten müssen, bevor sie reisefähig war. Das Warten zermürbte mich. Immer wieder ritt ich zu dem Hügel, um wenigstens einen Blick auf den Ort zu werfen, wo Wilja sich aufhielt. Ob sie eine Ahnung davon hatte, dass ich in der Nähe war?

Dann kam Dimitrios endlich mit der erlösenden Nachricht: „Herr, wir haben einen Händler gefunden, der bereit ist, mich und den Wolf mit in das Landgut zu nehmen. Er liefert Waren und wird gegen eine entsprechende Summe das Risiko auf sich nehmen. Allerdings können wir nur ein einziges Mal hinein. Er liefert nur alle halbe Jahr und die anderen Händler scheinen mir nicht vertrauenserweckend zu sein." So musste unser Plan gleich beim ersten Mal gelingen.

Erstmals seit meiner Genesung schlief ich nicht mehr. Täglich ritt ich zum Hügel und suchte eine Antwort auf die Frage, wie ich die beiden Frauen und das Kind aus dem schwer gesicherten Landgut befreien konnte. Ich bedachte jeden Abschnitt der Mauer und plötzlich fiel mir ein, dass es immer einen Fluchtweg aus Festungen gab. Wenn er nicht unterirdisch war, was mir bei dem harten Gestein, auf dem das Anwesen gebaut war, eher unwahrscheinlich schien, musste es eine kleine Tür in der Mauer geben. Im Geist skizzierte ich die Anlage. Den Berg hinauf lagen Olivenhaine und Gestrüpp wucherte an der Mauer. Dort musste der Ausgang sein. Bergab, in die Ebene, war keine Öffnung zu erkennen. Außerdem würde jeder Feind einen Fliehenden dort sofort entdecken. Ich musste in dieser Nacht selbst nachsehen, damit ich Wilja entsprechende Anweisungen geben konnte.

Marcus begleitete mich. Er hielt die Pferde, während ich mich auf den Weg machte. Es war eine stürmische, schwarze

Nacht. Ich hatte mir dunkle Kleidung geben lassen, schwärzte mein Gesicht und bewaffnete mich nur mit einem Dolch. Dann lief ich mit Lupus vorsichtig durch den Olivenhain zur Mauer. Zu meinem Glück begann es stark zu regnen, als ich durch das Gestrüpp kroch, so würde jedes Geräusch, das ich machen könnte, überdeckt. Wie vermutet war an der Rückseite der Mauer hinter einem dornigen Busch, der mir Kleider und Haut zerriss, eine kleine Holztür. Ein Schloss war von außen nicht zu sehen. Sie war von Innen verriegelt. Das Holz fühlte sich sehr hart an, so dass es sicherlich nicht mit einigen wenigen Axthieben zerstört werden konnte. Außerdem würde das zu viel Lärm machen. Wenn ich wüsste, wie die Tür von Innen gesichert war, könnte ich sie vielleicht aushebeln. Aber sie schloss zu dicht an das Mauerwerk an, als dass ich irgendetwas hätte ertasten können. Ich blickte mich um und sah einen starken Baum, der sehr dicht an der Mauer stand. „Lupus, du musst mir helfen. Du musst die Wachen ablenken. Du läufst vorn zum Eingangstor und lässt dich dort zwischen den Bäumen blicken. Aber bleib weit genug entfernt, damit sie dich nicht erschießen können. Sei vorsichtig." Der Wolf blickte mich verstehend an und verschwand lautlos. Nun lief ich zu dem Baum und kletterte hinauf. Der Abstand zwischen Baum und Mauer war hier oben größer als gedacht, doch ich musste es riskieren. Soweit es ging tastete ich mich auf dem weit hinausragenden Ast vor. Glücklicherweise war er kräftig genug, mein Gewicht zu halten. Dann sprang ich und griff den Rand der Mauer. Nur mühsam konnte ich mich auf dem rutschigen Gestein halten. Das Hinaufziehen gestaltete sich ebenfalls schwierig, denn meine Narbe am Rücken fühlte sich an, als wolle sie zerreißen. Als es mir endlich gelungen war und ich auf dem Wachgang angekommen war, suchte ich Schutz hinter einem Mauervorsprung. Inzwischen regnete es in Strömen. Die Wachen hatten mich nicht bemerkt. Wegen des starken Regens hatte sich auch die Patrouille untergestellt. Meine Hände bluteten, denn ich hatte sie mir an den rauen Steinen aufgerissen. Zunächst versuchte ich mich zu orientieren. An den Zurufen der Wachen erkannte ich, dass sie den Wolf entdeckt hatten. Sie waren also abgelenkt. Ich schlich zur Innenseite des Wachgangs und blickte hinunter. Weiter rechts von mir war eine Treppe, die mich zu dem Tor führte. Es war nur mit zwei Querbalken gesichert, die aber schon lange nicht mehr bewegt worden waren, so dass ich mich schwer tat, sie aus ihrer Verankerung zu heben. Ich suchte mir kräftige Holzstücke, um die Balken mit der Hebelwirkung so lockern. Danach musste ich sie wieder in ihre ursprüngliche Halterung legen, dass niemand eine Veränderung bemerkte. Ich dankte den Göttern, dass die Nacht so dunkel und stürmisch war, sonst wäre ich sicherlich entdeckt worden. Als ich meine Arbeit erledigt hatte, verließ ich das Landgut auf dem gleich Weg, auf dem ich gekommen war. Nur kletterte ich nicht wieder über den Baum, der inzwischen glatt und rutschig war, sondern sprang direkt von der Mauer. Ich musste gehen, ohne mich nach Wilja umgesehen zu haben. Es wäre viel zu gefährlich gewesen. Das würde Lupus übernehmen müssen. Zu Marcus zurück gekehrt, berichtete ich ihm, was ich getan hatte und dass wir am Tag der Flucht über die Mauer eindringen konnten. Die beiden Frauen und das Kind konnten dann bequem durch das Tor entkommen. Einigermaßen beruhigt ritten wir zurück.

Zwei Tage später holte Dimitrios Lupus bei mir ab und sie begaben sich auf eine Reise, bei der ich ihnen nur in Gedanken folgen konnte. Ich wollte auf meinem Beobachtungsposten sein und auf sie warten. Ich betete zu den Göttern, dass alles gut gehen würde. Lupus trug ein Halsband, das die Informationen für Wilja enthielt. Hoffentlich würde sie es finden. Das Warten wurde unendlich lang. Ich musste eingeschlafen sein, denn eine Bewegung dicht neben mir ließ mich hochschrecken. Lupus! Sie hatten es geschafft! Schneller als Dimitrios war er zu mir zurück gekehrt. Ich suchte das Halsband mit der Nachricht. „In drei Tagen findet ein großes Fest statt. Nach Mitternacht werde ich an der Tür sein. Ich komme allein“, las ich und verstand es nicht. Wir waren gekommen, um auch Thusnelda und das Kind zu holen. Was war geschehen? Ich fragte Dimitrios, der mir aber auch nicht helfen konnte. Er hatte nur Wilja gesehen, nicht aber Mutter und Kind.

„Sicherlich wird es ihnen gut gehen, sonst würde die Dame Wilja die beiden nicht zurück lassen“, beruhigte er mich. Wir verschwendeten keine weitere Zeit, über die Nachricht nachzudenken. Wir vertrauten darauf, dass Wilja das Richtige tun würde. Die Flucht würde nun einfacher werden, weil wir keine Mutter mit Kleinkind verstecken mussten. Außerdem würden wir viel beweglicher sein und besser auf aktuelle Begebenheiten reagieren können.

„Wilja sollte sich als Mann verkleiden“, meinte Markus. „Das wäre weniger auffällig.“ Wir saßen mit Marius und Dimitrios zusammen und besprachen den weiteren Ablauf.

„Ich werde euch Kleidung besorgen. Aber ich denke, ihr solltet noch mehr Männer mitnehmen. Sicherlich wird man eine kleine Reisegruppe mit nur vier Männern genauer kontrollieren“, schlug Marius vor.

„Wie denkst du dir das? Wo sollten wir die wohl hernehmen?“ fragte Marcus unwillig.

„Nun, ich könnte meinen Aufseher mit einigen Helfern hier zurück lassen und mit dem Rest meiner Familie und einigen Sklaven mit euch reisen. Wir haben Verwandte in Marsillia, die wir schon immer einmal besuchen wollten. Es wäre uns eine große Freude, wenn wir uns auf diese Weise für die Zuneigung, die du, Cornelius, uns immer entgegen gebracht hast, bedanken könnten.“ Ich konnte diese Großzügigkeit nicht fassen. Marius drückte mir die Hände und versicherte noch einmal, dass es seiner ganzen Familie eine Freude sein würde, uns zu unterstützen.

Es war bereits nach Mitternacht am Abend des Festes als nur Marcus und ich mit einem weiteren Reitpferd zum Wald hinter dem kaiserlichen Landgut ritten. Dimitrios und Marius waren mit den anderen bereits nach Ostia gefahren, um sich mit uns einzuschiffen, sobald wir dort eintreffen würden. „Es ist verdammt hell heute Nacht“, schimpfte Marcus.

„Dann werden die Wachen dich wenigstens sehen, wenn du vor dem Tor nach dem Weg fragst“, grinste ich.

„Ich wäre lieber hier und würde dir Rückendeckung geben.“

„Dann gibst du mir jetzt eben Deckung von Vorn. Es ist schon spät. Du musst dich jetzt auf den Weg machen. Viel Glück.“ Marcus ritt langsam davon. Ich würde ihm Lupus schicken, wenn ich soweit war. Jetzt band ich mein Pferd neben das Ersatzpferd für Wilja. Meine spatha musste ich zurück lassen, nahm aber gladius und pulgio mit. Ich ging den gleichen Weg wie vor einigen Tagen, doch zu meinem Pech war dieses Mal die Patrouille auch auf diesem Teil der Mauer unterwegs. Ich würde warten müssen, bis sie mir den Rücken zuwandte und ich zur Mauer laufen konnte. Auf den Baum hinauf kam ich noch ungesehen, doch wie ich auf die Mauer springen sollte, ohne gesehen zu werden, war in dieser mondhellen Nacht ein großes Problem. Ich schickte Lupus los und hoffte, dass die Wachen sich von Marcus ablenken lassen würden. Dann hörte ich Stimmen. Jemand hatte die Wache angerufen, die auf meiner Mauerseite patrouillierte. Der Mann verschwand und ich nutzte die Gelegenheit, mich hinüber zu schwingen. Ich sprang auf den Wachgang und rollte mich sofort in den Schatten der Innenmauer. Lange lauschte ich, doch niemand schien mich gehört zu haben. Nach kurzer Sicherung lief ich geduckt zur Treppe. Die Wache war nicht zu sehen. Ich schlich die Treppe hinunter und eilte zum Tor. Als ich die Querbalken ausgehebelt hatte, war Wilja schon bei mir. Ich schob sie durch die Öffnung „Warte hier auf mich!“ und verschloss die Tür hinter ihr. Dann lief ich über die Treppe wieder auf den Wachgang. Gerade, als ich mich hinüber schwingen wollte, packte mich eine Hand an der Schulter.

„Hiergeblieben! Wo willst du hin, du dreckiger Sklave?“ Ohne zu antworten, zog ich das Schwert aus der Scheide, griff gleichzeitig den Dolch, drehte mich um und jagte dem Wachposten beide Waffen in den Leib. Den Dolch zog ich sofort wieder heraus und schnitt dem Mann die Kehle durch. Dann warf ich ihn über die Mauer und sprang hinterher. Das ging alles so blitzschnell, dass niemand etwas bemerkt hatte. Wilja hatte sich in den Schatten eines Baumes geschmiegt. Ich lief zu ihr und nahm sie mit, den Berg hinauf zu den Pferden. Schnell half ich ihr auf das Pferd und schon preschten wir davon. An einer Wegkreuzung warteten Marcus und Lupus auf uns. Ohne ein Wort zu wechseln jagten wir in die Nacht. Erst nachdem wir sicher waren, dass uns niemand folgte, lenkte ich uns zu einer kleinen Baumgruppe, wo Wilja sich Männerkleidung anzog.

„Cornelius, du musst es mir abschneiden.“ Sie hielt mir ein Messer hin.

„Bist du sicher?“

„Unbedingt. Ich wüsste nicht, wie ich es sonst verstecken sollte.“ Ich griff ein letztes Mal in ihr langes Haar, dann schnitt ich es ab. Marcus hatte einige Steine zur Seite genommen und darunter eine kleine Grube gegraben. Hier hinein legten wir die Haare und deckten sie mit Erde und Steinen zu. Wilja setzte die Kapuze auf und wir beeilten uns, die verlorene Zeit wieder aufzuholen. Wir mieden die Hauptstraße, die zu stark von Militär frequentiert war, sondern ritten über Feldwege und umgingen Landgüter und Ansiedlungen. Der Morgen graute schon, als wir in Ostia ankamen. Gerade rechtzeitig, bevor das Schiff ablegen wollte. Wir ließen die Pferde zurück, weil die Fahrt zu lang für sie sein würde. Unsere Freunde begrüßten uns freudig, doch wir wollten uns nach der kurzen Nacht erst einmal hinlegen, bevor wir alles Weitere besprachen.

Als ich Wilja später sah, erkannte ich sie im ersten Moment gar nicht. Dimitrios hatte ihr die Haare ordentlich geschnitten und mit Walnussschalen dunkel gefärbt. Ebenso hatte er ihre Haut mit Kräuterölen dunkler gemacht. Die Männerkleidung vollendete das Bild eines gut gewachsenen Jünglings. „Ich werde nie wieder wagen, bei dir zu liegen“, flüsterte ich ihr in einem unbeobachteten Augenblick ins Ohr. Sie wurde rot und grinste, antwortete aber nicht.

„Wilja, was ist mit Thusnelda und dem Kind? Warum sind sie nicht mitgekommen?“ Marcus hatte sich zu uns gesellt und Wilja begann zu berichten.

„Ich habe nun viel Zeit mit Thusnelda verbracht und bin selbst erstaunt über ihre Reaktion. Eigentlich dachte ich, dass sie Arminius liebt und sich deshalb von ihm damals hat entführen lassen, um ihn zu heiraten. Jetzt glaube ich allerdings, dass die Entführung für sie ein Abenteuer war. Dass sie noch völlig unreif war, als sie den schneidigen römischen Offizier kennen lernte, der so ganz anders war als die germanischen Männer, die sie kannte. Sie wusste gar nicht, auf was sie sich einließ, als sie diesen Mann heiratete. Später muss ihr klar geworden sein, dass ihr Vater, abgesehen von den politischen Meinungsverschiedenheiten zwischen den beiden Männern, sich zu Recht der Hochzeit widersetzt hatte. Er kannte seine Tochter und wusste genau, dass sie nicht die richtige Frau für einen Heerführer wie Arminius sein würde. Meist war er zwischen den verbündeten Stämmen unterwegs oder führte Krieg. Wenn sie ihn sehen wollte, musste sie mitziehen in die jeweiligen Quartiere. So hatte sie sich ihr Leben nicht gedacht. Sie hatte wohl erwartet einen festen Wohnsitz mit entsprechender Hofhaltung zu haben, wie sie es kannte. Ich halte Arminius zu Gute, dass er bis über beide Ohren verliebt war. Er sah nur dieses bezaubernde Mädchen und hat alle Vernunft fahren lassen. Die beiden waren in der letzten Zeit nicht glücklich. Thusnelda hatte kein Verständnis für die Probleme, mit denen Arminius kämpfen musste und er fand zuhause eine streitende, zusehends verhärmte Frau vor, die nichts mehr mit seiner Geliebten gemeinsam hatte. Als absehbar war, dass weitere, schwere Kämpfe in Germanien stattfinden würden, hat Fürst Segestes beschlossen, seine Tochter und sein Enkelkind in Sicherheit zu bringen. Sicherheit bedeutet für ihn Rom. Segestes, sein Bruder Segimer und der Onkel von Arminius, Inguiomer, gehörten, nachdem sie sich Tiberius im Jahre 4 nach der Zeitenwende ergeben hatten, zur pro-Rom-Partei. Arminius Vater musste sich fügen, wollte er nicht isoliert im Stammesverband stehen. Er konnte die Zukunft seiner Familie nur sichern, wenn er die römischen Machthaber in Sicherheit wiegte."

„Aber, wenn Thusnelda Arminius doch eigentlich liebt, wieso kommt sie nicht wieder mit zurück?" Marcus schüttelte über dieses Verhalten den Kopf.

„Du darfst dabei nicht vergessen, dass man uns einen durchaus freundlichen Empfang bereitet hat und Thusnelda ihrem Rang entsprechend verwöhnt wird. Mehr als jemals zuvor in ihrem Leben. Sie genießt die Aufmerksamkeit und den Luxus um sich herum." Wilja versuchte uns Thusneldas' Verhalten zu erklären. „Das kaiserliche Landgut ist das Paradies im Vergleich mit dem Hauptquartier des Arminius in Germanien. Der kleine Thumelicus wird von zwei Ammen versorgt. In Germanien undenkbar. Thusnelda genießt den Luxus und die Aufmerksamkeit der Offiziere und jungen Adeligen, die sie nachmittags und abends umwerben. Es gibt für sie keinen Grund, sich eine Rückkehr zu wünschen."

„Und du, warum bist du zurück gekommen, wenn es dir doch so gut ging?" fragte Marcus spöttisch.

„Weil ich treu bin. In jeder Beziehung", antwortete sie schlicht. „Egal, ob gegenüber einem einzelnen Menschen oder gegenüber meinem Volk."

„Wie werden wir das Arminius klar machen?" Marcus fuhr sich verzweifelt durch das Haar.

„Meinst du nicht, dass er es eigentlich schon weiß? So unsensibel kann ein Mann doch nicht sein?“ fragte Wilja erstaunt.

„Du hättest erleben sollen wie er getobt hat, als er von der Entführung erfuhr“, warf ich ein.

„Ich denke, das war verletzte Ehre, aber nicht die große Verzweiflung über eine verlorene Liebe. Wir kommen ohne Thusnelda und werden Arminius die Wahrheit sagen müssen. Besser er verflucht sie und lebt wieder normal, als dass er immer wieder hofft, sie und seinen Sohn irgendwann einmal zurück zu bekommen“, sagte Wilja.

„Was ist mit Segestes? Hast du irgendetwas von ihm gehört?“ fragte Marcus.

„Man berichtete uns, er habe sich unter römischen Schutz gestellt und sei nach Gallien gegangen, aber ich weiß nichts Genaues und wenn ich ehrlich bin, interessiert er mich auch nicht. Er hat keine Bedeutung mehr für die Geschicke der Cherusker. Er ist ein Verräter und wird seiner gerechten Strafe nicht entkommen“, erwiderte Wilja und hüllte sich danach in Schweigen.

Die Seefahrt verlief bei ruhigem Wetter ohne Vorkommnisse. An dem letzten Abend bevor wir Marsillia erreichten, saßen Marius und ich allein an Deck. Zuvor hatten wir alle gemeinsam gegessen und auf eine gute Heimfahrt angestoßen. „Es ist schade, dass du nicht hier bleiben kannst. Wie gern sähe ich dich mit deiner Frau auf eurem Landgut. Es könnte wieder so schön werden wie in alten Tagen“, sagte Marius nachdem wir einige Zeit schweigend den Mond betrachtet hatten.

„Die Zeiten sind nicht mehr so wie damals. Du weißt, dass ich hier keine Heimat mehr habe, keinen Platz zu dem ich gehen könnte. Und es gibt auch keinen Menschen, der mich hierher ziehen könnte.“ Wir hörten Wilja lachen.

„Sie ist eine ganz besondere Frau. Ich verstehe, dass du dort hingehen musst, wo sie ist. Doch wie wird dein Leben dort sein? Werdet ihr eine Familie gründen?" Besorgt hatte Marius meine Hand ergriffen.

„Ich denke nicht. Unser Leben dort ist nicht so wie hier. Wir leben beide in ständiger Gefahr, die wir nicht mit Kindern teilen können. Und doch kann ich dir versichern, dass ich sehr glücklich bin. Über die Zukunft denke ich noch nicht weiter nach. Wir müssen erst Rom abgeschüttelt haben, dann wird es auch eine Zukunft geben." Beruhigend drückte ich die Hand meines alten Freundes.

„Ich sorge mich um dich und werde zu den Göttern beten, dass sie dich und deine Frau beschützen mögen. Und solltest du doch irgendwann wieder nach Rom kommen, so steht dir mein Haus stets offen." Bei unserem Abschied am nächsten Morgen gab er mir seinen Segen und wir umarmten uns ein letztes Mal. Ich glaubte nicht, dass wir uns jemals wiedersehen würden.

Als wir durch die Meeresenge vom mare nostrum in den atlanticus fuhren, war uns bewusst, dass wir nochmals mindestens dreißig Tage auf dem Schiff verbringen mussten. Mit Pferden wären wir viel schneller gewesen, aber es waren römische Straßen, die nach Norden führten. Diese hätten wir meiden müssen, weil wir damit rechnen konnten, dass man Wilja inzwischen suchen würde. Jedoch kannte sich niemand von uns in den fremden Ländern aus und so blieb uns nur der Seeweg. Wieder waren wir zur Untätigkeit verdammt. Glücklicherweise blieb das Wetter dieses Mal gut. Der Kapitän war mit den Windverhältnissen sehr zufrieden, so dass wir an manchen Tagen 15 Seemeilen machten. Auch wurden die Tage länger und wir konnten viel später vor Anker gehen. Wilja hatte auf der Hinfahrt die Galeere nicht verlassen dürfen und war neugierig auf die Häfen, die wir anliefen. Ihr zuliebe gingen wir an Land und machten uns lustig darüber, wenn der nette junge Mann neben uns von den Hafenmädchen mit eindeutigen Angeboten becirct wurde. Anfänglich war sie schockiert, doch dann nahm auch sie es mit Humor. Aber ihr ging es wie uns, irgendwann sehen alle Häfen gleich aus und sie verlor das Interesse am Landgang. Wie auf der Hinfahrt verbrachten wir viel Zeit an Deck. Ich brachte Wilja und Marcus Spiele bei, die ich als Kind und später in abgewandelter Form auch in der Armee gespielt hatte. Wilja erwies sich als unschlagbare Würfelspielerin.

„Entweder sie verhext die Würfel oder sie mogelt. Was meinst du?“ fragte Marcus mich, nachdem wir beide wieder einmal gegen sie verloren hatten.

„Ich glaube, sie verhext sie. Wenn ich behaupte, dass sie mogelt, wird sie mich möglicherweise mit einem Zauberspruch belegen und ich bin anschließend blind oder lahm“, flachste ich.

„Ihr könnt nur nicht verlieren, noch dazu gegen eine Frau“, antwortete sie lächelnd und präsentierte erneut einen Venuswurf.

„Ich gebe es auf. Ich habe schon so viel Geld an diese Frau verloren, dass meine Taschen bald leer sind. Gute Nacht, ihr Lieben. Bis morgen.“ Marcus stand auf und ging zu seiner Schlafstelle.

„Bleibst du noch etwas bei mir?“ fragte Wilja leise.

„Natürlich. Es ist schwer, dich jeden Tag zu sehen, aber dich nicht berühren zu dürfen.“

„Mir geht es genauso. Ich habe dich so vermisst und ich hatte Angst, dass wir uns nie wiedersehen würden. Aber ich konnte Thusnelda doch nicht allein lassen.“ Wir waren zur Reling gegangen und schauten über das ruhig liegende Meer. „Was ist in der Zwischenzeit passiert?“ Ich berichtete ihr, was der Händler über Arminius und Segestes erzählt hatte.

„Wir können nur hoffen, dass Germanicus nicht ganz so schnell mit der Mobilmachung ist, so dass wir noch früh genug wieder zurück sind. Zwar bilde ich mir nicht ein, dass wir drei von großer Bedeutung sind, aber immerhin sind wir für Arminius eine moralische Stütze." In letzter Zeit hatte ich mir Sorgen wegen unserer späten Rückkehr gemacht.

Beruhigend legte Wilja die Hand auf meine Arm: „Mach dir keine Gedanken. Wir werden früh genug bei ihm sein. Wir sind erst im dritten Monat nach der Wintersonnenwende. Noch ist es in Germanien viel zu kalt für einen Feldzug. Das kann Germanicus nicht riskieren." Ich legte meine Hand auf ihre und lange blickten wir uns schweigend an. Dann senkte sie die Augen und entzog mir ihre Hand. „Es ist besser, wenn ich jetzt gehe. Gute Nacht." Sie ging gesenkten Hauptes zum Niedergang und verschwand unter Deck. Ich setzte mich in eine geschützte Ecke, deckte mich mit dem Segeltuch, das dort lag, zu und schlief ein.

Als wir an der gallischen Küste entlang segelten, machte Marcus mich auf viele schöne Villen aufmerksam, die dort mit Blick auf das Meer gebaut worden waren. „Hatte deine Familie auch so eine Villa?"

„Ja, aber nicht ganz so vornehm. Da wir unser Geld in der Landwirtschaft verdienen, ist das Haus mehr zweckgebunden, so wie bei euch auch. Über die Generationen hatte sich ein Anbau an den nächsten gereiht. Das sah wenig elegant aus. Allerdings wurden in meiner Kindheit ein sehr schönes atrium und ein peristyl eingebaut. Es war der Wunsch meiner Mutter. Sie kümmerte sich auch um den Garten, der ihr ganzer Stolz war."

„Lebt deine Mutter noch?" fragte Wilja interessiert.

„Nein, sie starb sehr plötzlich als ich zur Armee ging. Ich bekam noch nicht einmal die Erlaubnis, zu ihrer Beerdigung zu gehen. Man hatte Bedenken, dass ich nicht zurück kommen würde." Wieder überkamen mich Erinnerungen, die ich gern weiterhin begraben gesehen hätte. Ich war damals zutiefst erschüttert, als ich die Nachricht erhielt. Danach bin ich nie wieder zu Hause gewesen und habe auch nie ihr Grab besucht. Wilja und Marcus akzeptierten mein Schweigen und gemeinsam sahen wir die Küste vorüberziehen. Jeder in seinen Gedanken versunken.

Wilja begann als erste wieder zu sprechen: „Als wir durch Rom fuhren, habe ich sehr hohe Häuser gesehen. Ich habe nie gewusst, dass man so hoch bauen kann und dass man so hoch oben leben mag. Ist das nicht sehr gefährlich?“

„Manche Häuser sind nicht sehr stabil gebaut und können einstürzen, aber eigentlich ist das Leben dort nicht gefährlicher als in einer Villa. Es ist nur völlig anders, denn es leben sehr viele Menschen auf engem Raum zusammen. Küchen sind dort nicht erlaubt wegen der Brandgefahr. Wenn du also in einer solchen insula lebst, musst du deine Speisen in Garküchen kaufen. Das ist nicht sehr teuer, wenn du nicht zu anspruchsvoll bist. Gemüse- oder Obstgärten wirst du in Rom keine finden. Die liegen alle außerhalb der Stadtmauern.“

„Ist ein solches Leben nicht schauderhaft? Diese vielen Menschen, das Stimmengewirr, der Schmutz.“ Wilja schüttelte sich unwillig.

„Ganz zu schweigen von dem infernalischen Lärm in der Nacht, wenn die ganzen Händler mit ihren Wagen kommen und ihre Waren anliefern“, ergänzte ich ihre Aufzählung der unangenehmen Seiten des Stadtlebens.

„Aber bedenke, Rom ist das Zentrum der zivilisierten Welt. Kunst, Kultur, Religion, Politik, alles vereint sich dort. In Rom werden die Fäden der Macht gezogen. Wenn man erfolgreich sein möchte, muss man in Rom leben.“

„Hättest auch du dort gelebt?“ fragte Wilja zweifelnd.

„Zumindest hätte ich ein Stadthaus gehabt, weil die Entfernung zu unserem Landgut zu weit gewesen wäre. Wenn ich ein erfolgreicher Geschäftsmann hätte werden wollen oder gar ein Politiker, hätte ich in Rom leben müssen.“

„Nein, das wäre kein Leben für mich.“ Wilja ließ sich nicht überzeugen und auch Marcus schüttelte den Kopf.

„Und doch gab es bereits erste Städte in Germanien, bevor ihr Varus geschlagen habt. Und zwar im Stammesgebiet der

Chatten, in der Nähe des Moenus. Auch Colonia am Rhenus ist nicht einfach ein Militärlager, sondern bereits eine Stadt. Überall, wo Militärlager sind, entwickeln sich nach und nach Städte um diese herum. Ihr werdet es nicht aufhalten können, dass auch die Germanen irgendwann mehr Bequemlichkeit, Luxus und Kultur haben wollen, wenn sie den Römern nur lange genug zugesehen haben." Ich war nicht so blind, diese Entwicklung nicht zu sehen und wollte meinem Freund dafür die Augen öffnen.

„Das mag ja sein, aber es wird dann unsere Entscheidung sein, den Fortschritt zuzulassen. Und er wird kommen, wenn wir bereit für ihn sind. Niemand wird uns dazu zwingen anders zu leben, als wir es möchten. Für diese freie Entscheidung haben sich die Schlachten gelohnt." Marcus hatte sich offensichtlich mehr Gedanken gemacht, als ich erwartet hatte. Vielleicht hatte die Zeit, die wir gerade in Italien verbracht hatten, seine Sinne für die Veränderungen in seiner Welt geschärft. „Ich glaube auch, dass es nicht gut ist, den Germanen zu viel und zu schnell von den angenehmen Dingen der römischen Zivilisation zu geben. Sie würden damit nicht umgehen können und was viel schlimmer ist, sie würden den Glauben an unsere Götter verlieren. Wer den Glauben verliert, verliert jegliche Orientierung und jeden Halt in seinem Leben. Es ist unsere Aufgabe, dieses zu verhindern."

Wilja hatte uns bisher schweigend zugehört. Nun beendete sie mit wenigen, sehr präzisen Worten, die keine Gegenrede zuließen, unser Gespräch: „Es liegt ausschließlich in der Hand der Götter, was geschehen wird. Die Nornen werfen die Lose über unser Schicksal. Wir irren, wenn wir glauben, irgendetwas ändern oder beeinflussen zu können."

Befreiung II

Je weiter wir nach Norden kamen, umso kühler wurde es. Wilja hatte recht gehabt, wenn sie meinte, der Winter sei hier noch nicht zu Ende und daher noch keine römische Invasion zu erwarten. Mit Erstaunen stellte ich fest, wie viele römische Stützpunkte es entlang des oceanus germanicus und besonders an allen Flussmündungen gab. Während unserer Hinfahrt hatte ich noch keine Augen für diese Dinge gehabt. Doch jetzt registrierte ich es mit wachsender Besorgnis. Es war mir bisher nie klar gewesen, wie präsent Rom hier oben im Norden immer noch war und von dort aus jederzeit ins Innere des Landes eindringen konnte. An der Mündung des Visurgis verließen wir den Segler und wechselten auf einen Lastkahn, der Handelswaren in das Innere des Landes bringen wollte. Auch wenn die Römer vertrieben waren, so konnten die Händler immer noch römische Waren verkaufen. Im weiteren Verlauf der Reise sahen wir viele Ruinen von Wachtürmen oder kleineren Kastellen. Kein Wunder, dass Varus geglaubt hatte, Rom würde dieses Land bereits beherrschen. Doch inzwischen hatte man auch im Zentrum der Welt gelernt, dass Wachtürme und Kastelle noch keine Herrschaft ausmachen. „Die Türme und Kastelle sind alle nach der großen Schlacht zerstört worden“, erklärte Marcus mir. „Du weißt, dass sie normalerweise von vexillatio der Legionen oder von Auxiliartruppen besetzt waren. Wenige Stunden vor der großen Schlacht hatte Arminius den Befehl gegeben, die römischen Truppen dort nieder zu machen und hatte die Auxiliartruppen zu sich befohlen. Deshalb dauerte es auch einen beziehungsweise zwei Tage bis unsere Reiterei vollständig war.“ Ich sah ihn erstaunt an. Das war mir damals natürlich nicht aufgefallen. Wieder ein Mosaiksteinchen in meinem Bild. Wann würde ich die ganze Wahrheit wissen?

Wir benutzten das Flussschiff bis wir hinter der weiten Ebene den charakteristischen Höhenzug erreichten, wo einst die Sommerlager des Varus gestanden hatten. Von den Lagern war nicht mehr viel zu sehen. Nach der Schlacht machten die Germanen alles dem Erdboden gleich. Einige Jahre weiter würde niemand mehr vermuten, dass hier jemals Römer gelebt hatten. Doch wir blieben nicht lange, sondern besorgten uns in einem nahen germanischen Dorf Pferde und Proviant, um noch den Visurgis hinauf zu reiten. Wilja wollte unbedingt zu einem uralten Heiligtum.

„Zu Beginn eines Jahres bin ich immer gern dort und opfere den Göttern“, erklärte sie „und ob wir nun einen oder drei Tage früher oder später bei Arminius sind, darauf kommt es nicht an. Glaubt mir, es besteht im Moment keine Gefahr für ihn.“ Wir beugten uns ihrer Prophezeiung. Sie war die Seherin. Wir schickten einen Krieger aus dem Dorf mit einer Botschaft an Arminius, dass wir zurück seien und wieder an den Albis reiten würden. Wenn er Weisungen für uns hätte, könne er sie dort hinterlassen.

Wir ritten weiter den Visurgis aufwärts und näherten uns dem Lager, in dem meine Geschichte begann. Nie hätte ich erwartet, jemals wieder hier her zu kommen. Als ich mit Lupus in dem germanischen Dorf nahe des ehemaligen Lagers erschien, wusste jeder sofort, wer wir waren und die jungen Männer bestürmten mich, sie in mein Ausbildungslager aufzunehmen. Ich versprach ihnen, sie zu prüfen, wenn sie zu mir kämen. Sie sollten sich auf den Weg machen und im Lager auf mich warten. Dann ritten wir weiter zu dem Heiligtum, das Wilja so sehr am Herzen lag. Während des Rittes zog sie sich immer mehr zurück und hielt auch in den Nächten Abstand zu uns. In ihren Gedanken war sie nicht mehr bei uns, sondern näherte sich dem Mysterium. Ich wusste zu wenig vom Götterglauben der Germanen, um sie zu verstehen, doch ich respektierte ihren Wunsch allein zu sein.

„Cornelius, mein Freund, was für einen Weg haben wir zurück gelegt. Was für ein Leben gelebt. Die Wege der Götter sind nicht fassbar und doch manches Mal so wunderbar." Marcus hatte sich zu mir gesetzt, als wir einen Tagesritt vor dem Ziel unser Nachtlager aufgeschlagen und ich mich zur ersten Wache bereit gemacht hatte. Da auch die Römer dieses Heiligtum kannten und eine Straße dicht daran vorbei ging, mussten wir vorsichtig sein. „So musstest du erst hierher kommen, damit man deine Fähigkeiten, deine Führungseigenschaft erkannte und dir die Anerkennung zukommen ließ, die dir gebührt."

„Lobe mich nicht. Wenn ich bedenke, wie viele dieser jungen Männer ich in den Tod schicken werde, frage ich mich, wem gegenüber ich Rechenschaft werde ablegen müssen." Die Begeisterung, die mich anfangs aus meiner eigenen Lethargie gerettet hatte, wurde nun durch düstere Gedanken gedämpft. „Sie vertrauen mir und glauben, sie seien unverwundbar, ja, unsterblich, wenn sie mir folgen. Sie werden mich verfluchen, wenn sie auf dem Schlachtfeld krepieren."

„Nein, mein Freund. Das siehst du falsch. Sie würden dir bis in den Tod folgen, wenn du sie führen würdest. Nur die Tatsache, dass nicht du es bist, der sie führt, lässt sie verzweifeln, wenn sie sterben. Doch selbst dann verfluchen sie nicht dich, sondern ihre unfähigen Anführer. Ich habe es selbst erlebt. Sie vertrauen dir so sehr, dass sie den Tod, käme er aus deiner Hand, akzeptieren würden." Marcus ließ mir Zeit, diese Nachricht zu verdauen. Ich hatte das nie so gesehen. Ich fühlte mich stets schuldig und fürchtete die Flüche, die ich auf mich lud. Nachdem wir lange geschwiegen hatten, legte er mir die Hand auf die Schulter und zwang mich, ihn anzublicken. „Cornelius, es ist deine verdammte Pflicht und deine heilige Verantwortung deine Männer selbst in die Schlacht zu führen! Egal gegen wen! Du schwörst sie ein auf einen Glauben, den du ihnen nicht vorlebst. Du hast gerade eine Reise von hunderten von Meilen zurück gelegt, nur um die Frau zu retten, die du liebst. Sie ist ein Teil dieses Volkes, dieser Männer. Nein, mehr noch, sie verkörpert dieses Volk mit jeder Faser ihres Seins, mit jedem Moment ihres Lebens. Wenn du dich nicht endlich zu ihr und zu ihrem Volk bekennst, wirst du niemals ruhig und glücklich werden können. Du wirst dich entscheiden müssen: Morgen werden wir an den Externsteinen sein. Wilja wird die Mysterien zelebrieren. Das ist stets ein Zeitpunkt der Veränderungen im Lauf des Jahres, im Lauf eines Lebens. Lass dich ein auf dieses Wunder. Lass dich von Wilja leiten und danach, wenn der Zauber dich wieder verlassen hat, fälle eine Entscheidung. Und fälle sie richtig! Du bist jetzt an einem Scheideweg angekommen: Entweder du bist mit uns oder du wirst gehen müssen. Nun leg dich schlafen. Ich übernehme die Wache. Du solltest morgen ausgeschlafen sein.“ Er schlug mir kurz auf die Schulter und setzte sich dann ans Feuer. Ich ging zu meinem Lager und rollte mich in meine Decke ein. Wilja schlief längst. Lupus lag dicht neben ihr, so als wolle er sie auch vor mir schützen. Ich hatte sie seit der Entführung nicht mehr berührt. Noch lange lag ich wach und dachte über das nach, was mein Freund mir gerade gesagt hatte. Marcus' Worte waren klar. Die Entscheidung, die ich zu treffen hatte, würde auch für oder gegen Wilja sein. Sie war die Verkörperung ihres Volkes und es gab keinen Mittelweg. War ich nicht für sie, so musste ich gegen sie sein und gehen. Ich verschob die Entscheidung auf den nächsten Tag. Heute konnte ich nicht mehr denken.

Am nächsten Tag war Wilja sehr konzentriert und nicht ansprechbar. Wir ritten bis zu den riesigen Steinformationen, die aus den Eichen- und Buchenwäldern herausragten. Im hellen Sonnenschein hatten sie nichts Mystisches an sich, sondern waren einfach nur beeindruckende Naturmonumente. Dimitrios und ich suchten einen Lagerplatz, während Marcus auf die Jagd ging und Wilja sich wieder zurück zog.

Sie ging in die uns umgebenden Wälder, nur in Begleitung von Lupus und kam erst kurz vor Sonnenuntergang wieder. Ich war sehr unruhig, weil sie alleine ging, doch Marcus ermahnte mich, ihr nicht zu folgen. Die Riten der Priester waren geheim. Nicht Eingeweihten war die Teilnahme nicht gestattet. Ich übernahm die erste Wache. Wilja würde mich zum Sonnenaufgang abholen. Die Nacht war ruhig. Hier und da schrie ein Nachtvogel. Ein riesiger Uhu war auf der Jagd. Kleintiere huschten durch das Gras. Als Marcus die Wache übernehmen wollte, war ich noch hellwach und blieb einfach bei ihm sitzen. Ich ließ meinen Gedanken freien Lauf und versuchte nicht, einen festzuhalten oder zu formulieren. So sahen wir schweigend die Nacht schwinden und das Licht des neuen Tages erscheinen.

In der Dämmerung kam Wilja zu mir und forderte mich wortlos auf, ihr zu folgen. Wir stiegen über eine in den Stein gehauene Treppe auf die Felsen hinauf und betraten eine schmale, dunkle Höhle, in die durch zwei gegenüberliegende Löcher Licht schimmerte. Sie wies mich an, mich an einer bestimmten Stelle nieder zu knien. Vor mir erkannte ich eine Art Altar und darüber das in den Stein gehauene Loch. Wilja entzündete eine Öllampe und hantierte mit verschiedenen Gefäßen, dabei murmelte sie Worte, die ich nicht verstand. Sie reichte mir eine Schale mit einem Getränk. Nachdem ich getrunken hatte, trank auch sie. Dann setzte sie sich neben mich, löschte die Lampe und schaute zu dem Felsloch. Dabei sang sie eine monotone Melodie, deren Worte ich nicht verstand. Die Strahlen der aufgehenden Sonne schoben sich langsam in das Loch. Plötzlich war ich in Licht gebadet und schloss die Augen. Mir schwindelte. Vor meinem inneren Auge erschienen Bilder. Ich sah eine Gottheit von Licht umgeben, die mir lächelnd den Siegerkranz reichte. Ich ging den Weg über den Regenbogen und sah unter mir Rom, dann das Schlachtfeld mit den vielen Toten, erblickte mich, in meinem Blut liegend. Die Landschaft unter mir wandelte sich und ich sah Wiesen mit Vieh, sanfte Hügel, unendliche Weite, über der sich der Himmel wölbte, riesige Seen mit Booten, ein Gebirge, das zum Himmel aufragte. Ich ließ mein bisheriges Leben hinter mir. Dabei fühlte ich mich leicht und glücklich. Am Ende des Weges stand eine Frauengestalt, die mir die Arme entgegen streckte. Doch dieser mystische Augenblick verging, als das Licht immer höher stieg und aus dem Steinloch verschwand. Ich öffnete die Augen. Es war taghell in der Höhle. Wilja reichte mir erneut eine Schale und ich trank. Nachdem sie ihre Sachen zusammen geräumt hatte, forderte sie mich auf, hinunter zu gehen. Erst als wir wieder bei Marcus am verglimmenden Feuer standen, sah ich sie an. Ihre Mimik war völlig verändert. Etwas Hoheitsvolles ging von ihr aus, etwas Strahlendes. Dieses war nicht mehr die Frau, mit der ich das Lager geteilt hatte, sondern eine Priesterin mit göttlicher Inspiration. Unwillkürlich beugte ich die Knie und senkte das Haupt als wolle ich um einen Segen bitten. Marcus kniete sich neben mich. Sie stand vor uns und sprach Worte, die ich nicht verstand, aus deren Klang aber Liebe und Zuversicht sprachen. Dann reichte sie zunächst Marcus, anschließend mir einen Krug, um aus ihm zu trinken. Das Getränk war warm und schmeckte bitter, doch nicht unangenehm. Nachdem sie selbst getrunken hatte, ging sie mit Lupus zurück in den Wald. Wir standen auf und blickten uns an. Mir wurde erneut schwindelig, so dass ich mich auf Marcus stützen musste.

„Leg dich hin. Du bist es noch nicht gewohnt“, sagte Marcus und geleitete mich zu unserem Lager zurück. Dort fiel ich unmittelbar in tiefen Schlaf, der von wilden Träumen begleitet wurde. Noch einmal kämpfte ich die große Schlacht, doch dieses Mal ging ich als Sieger hervor. Meine Krieger jubelten mir zu. Dann wechselte die Szene und ich stand am Totenlager des Arminius. Trauer und das Wissen um einen unwiederbringlichen Verlust erfüllten mich. Erneut wechselte das Bild und ich sah mich mit Marcus auf einem Schiff aufs Meer hinausfahren. Auch hier war wieder das Gefühl eines unendlichen Verlustes in mir, doch auch die Neugier auf etwas Unbekanntes. Ich erwachte und mein Gesicht war nass von Tränen. Völlig verwirrt von dem Geträumten, erhob ich mich und ging zu einem kleinen Wasserlauf, um mich zu erfrischen. Wilja schlief beim inzwischen abgebrannten Feuer. Lupus hatte sich wieder dicht neben ihr zusammen gerollt. Als ich zurück kam, lagen die Steine im hellen Tageslicht. Ein leichter Schauer ging über meinen Rücken. Ich dachte an meine Träume und betete zu den Göttern, dass sie uns beschützen mochten bei dem, was vor uns lag.

Wir sprachen nicht viel, als wir von den Externsteinen fort ritten. Jeder war mit sich selbst und den uns bevorstehenden Kämpfen beschäftigt. Nach zwei Tagen trennten wir uns und Marcus begleitete Wilja zu Arminius, um ihm den Erfolg oder besser Misserfolg unserer Unternehmung zu melden. Ich selbst ritt mit Lupus und Dimitrios weiter zum Albis. Unterwegs schlossen sich uns einige Männer an, die zu meinem Übungslager wollten. Sie berichteten, dass Germanicus mit acht Legionen aufgebrochen sei. Es wurde berichtet, dass sie über Lupia, Amisia und durch das Land der Friesen vordrangen. Die Brukterer, die sich einer Abteilung römischer Leichtbewaffneter entgegengestellt hätten, seien geschlagen worden. Die Römer hätten furchtbar auch unter der Zivilbevölkerung gehaust. Das Land zwischen Amisia und Lupia sei verwüstet worden. Hatte Germanicus erwartet, dass diese Tat die Germanen abschrecken würde, so kannte er die Stämme noch nicht. Das Blut der Gemordeten würde jeden Germanen zu noch entschiedenerem Kampf rufen.

Eine Botschaft, die mich im Dorf erwartete, forderte mich auf, unverzüglich mit meiner Reiterei zur Teutoburg in der Nähe der Quellgebiete von Lupia und Amisia zu kommen, um Arminius beizustehen. Ich rief meine Truppenführer zusammen. Sie hatten in der Zwischenzeit gute Arbeit geleistet und erstatteten mir Bericht über Stärke und Ausbildungsstand der einzelnen Männer. Noch am Abend besprachen wir die Zusammensetzung der neuen turmae. Widukind hatte schon vor meiner Ankunft Boten zu den einzelnen Dörfern geschickt, um die Männer zusammen zu rufen. So waren die ersten Krieger bereits im Lager eingetroffen. Ich übertrug Dimitrios die Aufgabe, sich um das Proviant und die Pferde für den Feldzug zu kümmern. Er hatte in den Jahren bei mir viel gelernt und ich konnte mich voll auf ihn verlassen. Bereits nach zwei Tagen hatten wir die kompletten Mannschaften im Lager. Dimitrios hatte zusammen mit den Dorfbewohnern bewundernswerte Arbeit bei der Verproviantierung geleistet. Als ich mit meinen decurionen die Truppen inspizierte, war ich sehr zufrieden. Die Bewaffnung und Rüstung der Männer war erheblich besser geworden. Wenn sie so gut kämpften, wie sie aussahen, würden die Römer ein weiteres Wunder erleben. Ich schickte Kuriere zu Arminius und wir zogen sofort im Eilmarsch los.

Nachdem wir den Visurgis überquert hatten, ritt ich wieder auf dem Weg, dem ich schon vor sechs Jahren mit den Legionen des Varus gefolgt war. Ein seltsames Kribbeln stieg in mir auf. Es war, als wolle die Geschichte sich wiederholen, nur dieses Mal war nicht ich das Wild, das in die Falle gehen sollte. Dieses Mal würde ich sehen, wie die Falle gestellt wurde. Von Arminius ausgeschickte Kundschafter kamen uns entgegen, um uns über den Stand der Dinge zu informieren. Germanicus hatte in der Zwischenzeit begonnen, die Gebeine der in der großen Schlacht Gefallenen bestatten zu lassen. Dadurch hatten wir Zeit gewonnen und würden noch rechtzeitig bei Arminius eintreffen.

Im Sommer des Jahres 15

„Wenn dieser Römer sich erst einmal an einer Sache festgebissen hat, dann lässt er nicht mehr los. Er ist wie ein Jagdhund, der seine Beute gestellt hat“, stellte Arminius fest, als ich ihn bei der Lagebesprechung fragte, was bisher geschehen sei. „Er vergisst völlig, nachzudenken. In seinem Kopf läuft nur ein Schlachtenschema ab und das will er mir aufzwingen, aber das wird ihm nicht gelingen. Dieses ist meine Schlacht und die werde ich inszenieren. Du wirst übrigens staunen, wer ihn dieses Mal begleitet.“ Ich zuckte fragend mit den Schultern. „Caecina!“

„Was?! Der alte Herr war doch schon damals mit uns zusammen in Pannonien. Er dürfte mindestens sechzig Jahre alt sein! Hat man ihn geholt, weil er dich gut kennt? Oder will er sich hier noch ein paar Lorbeeren verdienen?“ Ich war völlig verblüfft. „Ich erinnere mich gehört zu haben, dass er im vergangenen Jahr in Moesia mit fünf Legionen nur knapp der Vernichtung entgangen ist. Es gab damals viel Gerede und Ärger, aber er scheint gute Protektion zu haben.“ Während der langen Seereise hatte ich bei römischen Mitreisenden die eine oder andere Neuigkeit aufgeschnappt.

Arminius sah mich grinsend an: „Dann wollen wir doch mal sehen, ob er aus Moesia was gelernt hat. Ich werde ihn mir persönlich vornehmen.“ Wir lachten uns an in Gedanken an gemeinsam Erlebtes und wandten uns dem aktuellen Thema zu.

„Welche Pläne hast du mit meinen Männern?“ fragte ich und beugte mich über die Landkarte, die Arminius ausgebreitet hatte.

„Ihr beharkt die Truppen, aber nehmt euch vor den Spaniern mit ihren Schleudern in Acht. Das ist eine tödliche Waffe. Wenn die römische Reiterei eingreift, lockt ihr sie hinter euch her zum Waldrand, dort macht ihr einen Linksschwenk. Aus dem Wald kommen meine Fußtruppen und ihr nehmt gemeinsam die Reiterei in die Zange. Sollte Germanicus dann Infanterie schicken, ziehen die Fußtruppen diese hinter sich her in die Schlucht. Ihr fallt ihnen in den Rücken und dann schnappt die Falle zu wie damals bei Varus."

Und genau so geschah es. Doch als Germanicus erkannte, dass seine Reiterei und die nachfolgenden Kohorten in eine Falle gingen, ließ er seine Legionen aufmarschieren und ging zum geordneten Angriff über. Wieder verweigerte sich Arminius der offenen Feldschlacht und die Legionen liefen ins Leere. Erneut sprengte meine Reiterei an den Flanken vor und schlug Breschen in den römischen Aufmarsch, in die Arminius' Elitetruppen nachstießen. Nach kurzen, aber blutigen Gefechten zogen die Germanen sich in die Schluchten zurück, meist von kampfeswütigen Zenturien verfolgt, die nicht wieder lebend aus den Wäldern heraus kamen. Als die Nacht herein brach, zogen die Römer sich in die Lager, die inzwischen errichtet worden waren, zurück. Diese griffen wir nicht an. Arminius wollte unnützes Blutvergießen vermeiden. Wir blieben auf Beobachtungsposten. Doch Germanicus forderte uns nicht zu einem neuen Gefecht heraus. Er bestattete seine Toten und ließ Siegesfeiern abhalten. Zwei Tage später trennten sich die merklich reduzierten Legionen und die verbliebene Reiterei, um auf den Wegen, die sie gekommen waren, wieder zum Rhenus zurück zu ziehen. Germanicus marschierte Richtung Amesis, Caecina zum Lupia und Silius mit der Kavallerie ins Land der Friesen. Als die Kundschafter Arminius diese Nachricht brachten, setzte er sich sofort mit meinen Männer und seiner eigenen Reiterei in Marsch, um Caecina auf den pontes longi, die er auf seinem Weg zum Lupia benutzen musste, aufzulauern. Als Caecina mit seinen Legionen dort ankam, hatte Arminius die Waldungen bereits besetzt. Dieses Mal war ich an seiner Seite.

Noch bevor die Römer eintrafen, nahm Arminius mich mit zur Lagebesprechung der Truppenführer. Zu meinem großen

Ärger war auch Arminius' Onkel Inguiomer anwesend, der mit seinen Fußtruppen inzwischen zu uns gestoßen war. Ich hatte in der Vergangenheit zu oft erlebt, dass er, der lange Zeit auch an der Seite des Markomannen Marbod gekämpft hatte, gegen seinen Neffen opponierte. Da er eine große Anhängerschaft unter den Stammesführern hatte, musste sich Arminius manches Mal den unliebsamen Entscheidungen dieser Männer beugen. So auch heute wieder. Inguiomer wollte warten, bis die Römer ein Lager gebaut hatten und dieses dann angreifen. Arminius plädierte für einen Hinterhalt und die bewährten Angriffe auf die marschierenden Truppen. Die Mehrheit stimmte gegen ihn. Als ich sah, dass wir dieses nicht ändern konnten, schlug ich ihm vor, das Beste aus der Situation zu machen.

„Wenn meine Kavallerie einige Angriffe reitet, können wir die Römer noch vor dem Lagerbau schwächen und dann dorthin zwingen, wo du sie gern haben möchtest", schlug ich vor, als er die Landkarte ausgebreitet hatte. „Dann können wir zumindest den Platz bestimmen, wo sie lagern." Die Truppenführer waren nach anfänglichem Murren damit einverstanden.

Sofort nach der Besprechung ließ ich die Truppenführer meiner beiden alae antreten. Anhand der Karte erklärte ich ihnen das geplante Vorgehen. Unsere turmae sollten gezielt einzelne Truppenteile angreifen, sich nicht in Handgemenge einlassen, sondern sich nach dem Angriff sofort wieder zurückziehen. Sie sollten den Weitermarsch an der vorgegebenen Stelle stoppen und die weiteren Kämpfe den Fußsoldaten überlassen. Nachdem ich meine Befehle gegeben hatte, schritten wir das Gelände ab, um uns ein Bild vom Untergrund und den Kampfmöglichkeiten zu machen, damit unsere Pferde nicht im Schlamm stecken blieben, denn wir befanden uns in einer sehr morastigen Gegend.

Als die ersten Legionen am nächsten Morgen auf dem Bohlenweg erschienen, lag noch Feuchtigkeit über den Wiesen und das diffuse Dämmerlicht machte die Legionäre unruhig. Meine Krieger ritten lautlos, ohne Kampfgeschrei, schlugen zu und verschwanden wieder. Mit solchen Nadelstichen griffen sie die Legionen von allen Seiten an. Ich hatte besonders die jüngeren Männer für diese Attacken ausgewählt, weil sie sehr wendig waren und spielerisch, ohne viel Nachzudenken, auf die Kohorten einschlugen. Sie machten sich einen Spaß daraus, sich Wolfsfelle umzuhängen, wie sie es bei den Feldzeichenträgern der Römer gesehen hatten. Bei ihren Angriffen hinterließen sie meist eine Lanze mit einem geschnitzten Wolfskopf dran. Bewusst ließ ich nicht dort angreifen, wo sich die Kavallerie befand. Ich wollte wilde Verfolgungsjagden vermeiden. Mein Plan ging auf. Die germanischen Fußsoldaten nutzten die Verwirrung, die meine Männer zurück ließen und stürzten sich in den Kampf. An der von Arminius vorgesehenen Stelle brachten wir am Nachmittag die Legionen zum Stehen und banden mindestens die Hälfte der Legionäre in Kämpfen, während die restlichen das Lager aufbauten. Den Aufbau störten wir, indem wir in bewährter Manier mit den turmae zuschlugen. Die Fußtruppen stießen dann in die von den Reitern geschlagenen Breschen nach und machten die dort arbeitenden Römer und die heraneilenden Wachposten nieder. Auf Seiten des Feindes gab es zahlreiche Verluste. Wir hatten nur einige kleinere Blessuren zu verzeichnen. Die Legionäre standen während des Kampfes zum Teil in Morast und Wasser und konnten ihre Speere nicht anständig schleudern. Die Größe der Cherusker und ihre mächtigen Lanzen waren nun von Vorteil und so konnten sie erheblichen Schaden anrichten. Ich beobachtete das Kampfgeschehen von einem Hügel aus und war äußerst besorgt um meine Männer. Das eine oder andere Mal wünschte ich, an ihrer Seite zu sein und sie leiten zu können.

Am nächsten Tag ließ ich die erfahrenen Kämpfer unter ihren decurionen Attacken reiten, um die Römer aus dem

Lager heraus in einen Hinterhalt ins Moor zu locken, wo bereits die Fußtruppen des Arminius warteten. Es gelang einige Male und die Legionen erlitten herbe Verluste, doch irgendwann durchschaute Caecina dieses Spiel. Er stellte seine Legionen zwischen Moor und Wäldern in schmaler Schlachtordnung auf und verbat jede Verfolgung. So beschnitt er unseren Handlungsspielraum. Die einbrechende Dunkelheit verhinderte ohnehin weitere Angriffe. Doch Arminius blieb nicht untätig. Er gab Auftrag die kleinen Bäche, die auf den Anhöhen entsprangen, umzuleiten und damit den von den Legionären teilweise wieder in Stand gesetzten Bohlenweg zu unterspülen. So wurde die Arbeit des Tages zunichte gemacht und die Moral der Legionäre geschwächt.

In der Nacht feierten die Germanen ein Fest und ich denke, dass dieser Lärm den Römern in jeder Beziehung eine unruhige Nacht bereitete. Zumindest verließen bei Tagesanbruch die als Vor- und als Nachhut eingesetzten Legionen den ihnen zugewiesenen Platz und besetzten die Ebene jenseits des Moores. Arminius ließ sich jedoch nicht aus der Reserve locken und wartete, bis auch der Tross losmarschiert war und unweigerlich im Schlamm stecken blieb. Als bei den Legionen Panik ausbrach, rief Arminius: „Seht! Varus und seine zum zweiten Mal von dem gleichen Schicksal ereilten Legionen!“ und befahl den Sturm. Er durchbrach mit meinen Männern den Zug. Sie hatten den Auftrag, in erster Linie die Pferde zu verletzten. Diese glitten auf dem eigenen Blut und dem schlüpfrigen Sumpfboden aus, warfen ihre Reiter ab, sprengten die Entgegenkommenden auseinander und zertraten die am Boden Liegenden. Ich sah, wie Caecina das Pferd unter dem Leib weggeschossen wurde und er stürzte. Nur das schnelle Eingreifen der 1. Legion rettete ihn. Doch dann geschah, was nie hätte geschehen dürfen. Der zum Greifen nahe Sieg wurde durch die Habgier der Stammeskrieger des

Inguiomer zerstört. Sie wollten Beute machen und ließen von den Truppen ab, die sich auf festes Gelände hinaus arbeiten konnten. Ich stand auf meinem Beobachtungsposten und war sprachlos ob dieser Disziplinlosigkeit. Meine Reiterei versammelte sich ratlos um mich und ich zeigte ihnen das Dilemma.

„Seht, so verschenkt man einen Sieg. Die Beute hätte später immer noch verteilt werden können. Nun haben die Römer Zeit, sich erneut zu verschanzen.“

Bei der abendlichen Lagebesprechung redete Fürst Inguiomer immer wieder gegen die Vorschläge von Arminius. Dass wir mit unserer Kampfweise erfolgreich waren, ließ er nicht gelten. Sein anmaßendes Auftreten und seine Seitenhiebe auf meine Person waren völlig unqualifiziert. Wir mochten uns nicht und misstrauten uns gegenseitig. Er hasste mich, weil ich ein Römer war und seinem Neffen das Wort redete. Ich traute ihm nicht, weil er, ebenso wie Fürst Segestes, ein Anhänger Roms gewesen war und jetzt gegen seine ehemaligen Verbündeten kämpfte, weil er sich daraus einen Vorteil versprach. Je länger er redete, umso wütender wurde ich. Zuletzt empfahl er, das Lager in germanischer Manier mit Fußtruppen anzugreifen. Mir erschien das angesichts der guten Deckung der Römer und der immer noch sehr ansehnlichen Anzahl kampffähiger Soldaten viel zu gefährlich. Ich riet Arminius, dass wir uns zunächst zurückziehen sollten. Sobald die Römer sich in Sicherheit wiegten und wieder marschierten, sollten wir zu einem letzten Vernichtungsschlag ausholen. Inguiomer fuhr mir über den Mund. Er und seine Gefolgsleute setzten sich gegen meinen Vorschlag durch, indem sie mit ihrem Rückzug drohten. Sie waren in der Mehrheit. Triumphierend verließen sie das Zelt.

„Ich hoffe, du weißt, auf was du dich da eingelassen hast“, war alles, was ich noch zu Arminius sagte, als ich ebenfalls ging.

Der typisch germanische Sturm auf das Lager brachte entsetzliche Verluste auf unserer Seite. Besonders meine Kavallerie, die eingesetzt wurde, um den kleinen Graben zu erstürmen und Breschen in die Verschanzung zu schlagen, wurde von Pfeilen und Speeren erwartet. Ich hatte es vorausgesehen. Wutentbrannt stand ich auf meinem Beobachtungsposten und sah, wie meine Wölfe vor den Palisaden fielen. Es war ein solcher Irrsinn, dass ich mich abwandte und ging. Als die Kämpfe sich abschwächten, machten die Römer einen Ausbruch. Sie kämpften um ihr Leben und vertrieben die germanischen Truppen. Danach packten sie ihre Sachen und verließen in geordneten Reihen, unter Zurücklassung ihrer Toten, das Lager. Niemand stellte sich ihnen entgegen, denn die anderen Stammesführer hatten sich nach den schweren Verlusten zurückgezogen. Arminius und Marcus allein konnten die Legionen nicht aufhalten. Die Verluste auf Seiten der Römer waren zwar insgesamt erheblich größer als auf unserer, aber was bedeutet ein Sieg, wenn man ihn mit einem so hohen Blutzoll zahlen musste. Auch Inguiomer wurde bei dem Kampf verwundet. Ich hatte ihm den Tod gewünscht, als ich sah, wie unfähig er war, seine Männer zu führen und machte ihm das am Abend auch noch klar. „Den Resten der Legionen ist die Flucht gelungen, weil du, Fürst, noch nicht einmal deine Linien geschlossen halten konntest! Deine Truppen haben meinen Männern im Weg gestanden und bei ihren Angriffen behindert. Ihr Blut komme über dich! Du hast keine Ahnung von Strategie! Du dürftest gar keine Truppen führen! So können wir nicht gegen Rom gewinnen!“

„Wie kann dieser Römer sich erlauben, eine solche Sprache zu führen“, schrie er als Antwort auf meine Vorwürfe.

„Ganz einfach, Onkel, weil er dich ersetzen wird. Die Führung der gesamten Kavallerie wird jetzt Cornelius Lupus unterstellt. Ich übernehme die Männer deiner Fußtruppen, die bei mir bleiben möchten. Mit den restlichen Kämpfern wirst du in dein Dorf zurückkehren und deine Wunden pflegen." Arminius, der den Kampf unversehrt überstanden hatte, konnte meine Wut verstehen und erkannte, dass er auf den falschen Mann gehört hatte. Er drehte sich zu mir und legte seinen Arm um meine Schulter.

„Lass uns gehen. Wir müssen überlegen, was weiter geschehen soll." Mit Marcus und Lupus im Gefolge verließen wir das Zelt und ich hatte einen nicht ungefährlichen Feind im germanischen Lager.

Erst sehr spät kam ich an diesem Abend zu meinem Zelt. Dimitrios erwartete mich und half mir, die Rüstung abzulegen. „Herr, erlaube mir, dass ich dich mit Öl reinige. Ein Bad gibt es hier leider nicht. Du wirst dich besser fühlen und dein Zorn wird verrauchen." Ich dankte den Göttern für meinen Diener und überließ mich seiner Fürsorge. Doch auf diese Weise war es bereits weit nach Mitternacht, bis ich mich zur Ruhe legte. Wenig später schreckte ich schon wieder hoch von einem Geräusch. Lupus, der wie immer seinen Wachposten eingenommen hatte, witterte nur kurz und schlich dann aus dem Zelt. Er gab keinen Laut. Wenig später hörte ich erneut Geräusche. Ich zog mein Schwert und erhob mich von meinem Lager.

„Nun, ich hatte auf ein anderes Schwert gehofft", hörte ich eine leise Stimme am Eingang. „Ich warte auf dich und du liegst in aller Ruhe in deinem Bett und schläfst." Wilja kam zu mir und umarmte mich. Ich legte mein Schwert beiseite und zog sie an mich.

„Ich hatte dich die ganze Zeit nicht gesehen und wagte nicht, dich zu suchen", antwortete ich, bevor ich sie an mich zog und küsste.

„Aber ich war stets in deiner Nähe", flüsterte sie zwischen den Küssen. „Hattest du Angst, dass man dich der Knabenliebe beschuldigen würde?" scherzte sie in Anspielung auf ihre immer noch recht kurzen Haare.

„Das glaube ich weniger“, antwortete ich und öffnete ihr Hemd, um ihren Busen zu liebkosen. „Ich befürchtete, dass ich nicht würde an mich halten können, nachdem ich dich so lange nicht mehr besessen habe.“ Ich hielt sie eng an mich gepresst, während ich die Decken von meinem Lager zog und sie auf den Boden legte. Auch sie war von gieriger Sehnsucht erfüllt. Sie zog mir die Tunika aus und warf ihr Gewand von sich. Im Dunkeln konnte ich sie nicht sehen und wegen der Männer mussten wir leise sein, doch ihre Finger und ihre Lippen waren beredet genug. Dieses Mal nahmen wir uns keine Zeit für Liebesspiele, zu groß war das Verlangen nach einander.

„Du verstehst dein Schwert wahrlich zu führen“, stöhnte sie. Wie in Raserei explodierten wir beide und sanken uns erschöpft in die Arme. Während sie in meinen Armen einschlief, lag ich wach und ließ den Tag noch einmal Revue passieren. Es konnte so nicht weiter gehen. Egal wer der Gegner war, ich konnte meine Männer nicht länger allein in ihr Verderben laufen lassen. Hatte ich mich damals, als ich wegen Insubordination verurteilt werden sollte, nicht auch für meine Männer entschieden? Bevor ich weiter denken konnte, bewegte sich Wilja und stand auf.

„Ich muss zurück. Ich habe Verwundete zu versorgen und es ist besser, dass die Männer jetzt nicht darüber nachdenken, dass es fundamentale Unterschiede zwischen Mann und Frau gibt.“ Sie zog sich an, strich mir nochmals über das Gesicht und verschwand lautlos. Anschließend gesellte sich Lupus zu mir und rollte sich vor meinem Lager zusammen.

Entscheidung

Am nächsten Morgen war ich bereits sehr früh auf und ging zu den Verwundeten meiner alae. Die Männer mit den schweren Verletzungen wurden im Lazarett versorgt. Doch es war abzusehen, dass viele von ihnen den Tag nicht überleben würden. Die Römer hatten sich mit dem Mut der Verzweiflung gewehrt. An diesen Sterbelagern schwor ich, dass ich meine Männer nie wieder unter fremder Führung in eine Schlacht ziehen lassen würde. Ich trug die Verantwortung für sie und würde zukünftig Seite an Seite mit ihnen kämpfen. Jetzt sprach ich jedem Mut zu, lobte seine Leistung, die Fortschritte, die er gemacht hatte, erdachte neue Pläne, nur um sie von ihrem momentanen Leiden abzulenken und ihnen Hoffnung auf eine Zukunft zu machen. Ich verbrachte den ganzen Vormittag bei den Verwundeten und stand sechs jungen Männern bei ihrem qualvollen Sterben bei. Wilja kam einmal zu mir und brachte mir verdünnten Wein und etwas Brot. Später flößte sie den Sterbenden einen Kräutersud ein, der sie in eine Bewusstlosigkeit versetzte, aus der sie nicht mehr erwachten. Mittags kam sie und schickte mich fort. „Du kannst jetzt nichts mehr für sie tun. Komm später noch einmal herein. Im Moment brauchen wir alle Ruhe. Auch du.“

Doch bevor ich sie verließ, zog ich sie zur Seite, um sie wegen Arminius zu befragen. „Wie hat er eure Nachricht von der Geburt seines Sohnes und der Weigerung Thusneldas’, uns zu begleiten, aufgenommen?“

„Er hat getobt, wobei er weniger Thusnelda anklagte, sondern in ersten Linie seinen Schwiegervater Segestes. Da aber die gesamte Familie des Segestes mit ihm zusammen evakuiert wurde, gab es niemanden, an dem Arminius seinen Zorn auslassen konnte. Er griff sich ein Pferd und kam erst in der Nacht wieder ins Lager. Seither hat er nicht mehr über die Sache gesprochen.“

„Gut, dann werde ich ihn auch nicht darauf ansprechen, sondern warten, ob er von mir noch Rechenschaft fordert.“ Ich strich ihr über das Haar und verließ das Lazarett, um die Reste meiner alae im Lager zu suchen.

Die Männer waren sehr bedrückt wegen der hohen Verluste. Auch von ihnen war keiner ohne Verletzung. Ich setzte mich zu ihnen und analysierte den Kampf. Zeigte ihnen ihre Stärken, die nicht richtig genutzt worden waren und erklärte die Fehler, die zu diesem Desaster geführt hatten. „Warum hast du uns nicht angeführt?“ fragte einer von ihnen. „Du kennst uns genau und bist ein erfahrener Heerführer. Marcus Antonius hat uns davon erzählt. Unter deiner Führung würden viele von uns noch leben.“ Die anderen stimmten ihm zu.

Jetzt war er also da der Moment, vor dem ich mich so gefürchtet hatte. Ich holte tief Luft bevor ich sprach: „Ich verspreche euch, dass ich euch nicht mehr allein werde gehen lassen. Bei den nächsten Kämpfen werde ich bei euch sein und euch anführen.“ Mit belegter Stimme und schweren Herzens gab ich ihnen diese Versicherung. Sie brachen in lauten Jubel aus, der sich seltsam abhob von der gedrückten Stimmung im Lager. Marcus gesellte sich zu uns und fragte, was diese Begeisterung ausgelöst habe. Ich erklärte es ihm und auch er strahlte und schlug mir begeistert auf die Schulter.

„Endlich! Endlich werden wir vernünftig kämpfen können! Ich habe so lange auf diese Entscheidung gewartet. Danke, mein Freund!“ Die Männer konnten sich gar nicht beruhigen.

„Erwartet euch nicht zu viel. Die Wege der Götter sind nicht bestimmbar. Vielleicht werden wir Schlachtenglück haben, vielleicht schon im nächsten Kampf sterben. Wir wissen es nicht.“

„Was ist los mit dir? Du bist so melancholisch. So kenne ich dich gar nicht.“ Marcus und ich waren inzwischen zu meinem Zelt gegangen.

„Ich war den ganzen Vormittag im Lazarett bei meinen Männern. Es ist hart, wenn so junge Krieger sterben oder verkrüppelt sind, weil alte Männer glauben, sich beweisen zu müssen. Ich habe diese Last noch nie leicht getragen, doch früher hatte ich meinen Anteil an der Gefahr und machte mir keine Vorwürfe. Dieses Mal habe ich sie sehenden Auges in ihr Verderben laufen lassen und war nicht bei ihnen. Das belastet mich schwerer als der Tod eines Römers mich belasten würde."

„Cornelius, du hast damals eine Entscheidung getroffen, die richtig war. Sie war richtig in der damaligen Situation. Heute triffst du eine andere Entscheidung, weil sie heute richtig ist. Darum darfst du dir die Vergangenheit nicht anlasten. Du kannst den Tod deiner Männer nicht verhindern, denn der Zeitpunkt des Todes wird von den Göttern bestimmt und nicht von dir. Erinnere dich an unser letztes Gespräch, das wir vor der großen Schlacht hatten. Du solltest der Insubordination angeklagt werden und hast dich letztlich für deine Männer entschieden. Du gehörst zu ihnen und musst mit ihnen das Schicksal teilen. Das ist deine Aufgabe, deine Berufung." Ich hatte ihm mit gesenktem Kopf zugehört und musste widerstrebend nicken. Das hatte ich mir in der vergangenen Nacht alles selbst schon gesagt. Und ich hatte mich nun auch entschieden. Vielleicht würde ich doch Einfluss auf die göttlichen Wege nehmen können, indem ich mein eigenes Leben mit in die Waagschale warf. Doch ich würde dieses Leben verteidigen und teuer verkaufen, denn es gab mindestens einen Menschen, für den es sich lohnen würde zu überleben.

An diesem Abend bat Arminius uns zu sich ins Zelt. Wir hatten seit meinem Aufbruch nach Rom nicht mehr privat mit einander gesprochen. Er hatte sich noch nicht zu unserer missglückten Befreiung in Rom geäußert. Als er mir für meinen Einsatz in dieser Angelegenheit dankte, fand ich ihn gefasster vor, als ich erwartet hatte. „Vielleicht hat sie Recht, wenn sie für sich und unseren Sohn das bessere Leben sucht oder das, was sie als besser empfindet. Ich weiß nicht, wie die Zukunft hier aussehen wird. Vielleicht sollte ich froh sein, sie beide in Sicherheit zu wissen. Immerhin lebt auch mein Bruder noch in Rom und ist in der Armee sehr angesehen. So wird es ihnen sicherlich nicht schlecht ergehen. Und sollte mein Sohn so sein wie ich, dann wird er seinen Weg gehen, auch ohne mich.“ Verblüfft lauschte ich seinen Worten und schaute Wilja an. Sie lächelte mir etwas unsicher zu und zuckte leicht mit den Achseln. Danach wurde nie wieder ein Wort über die Angelegenheit verloren.

Wir wechselten das Thema und sprachen über den Abzug der Legionen des Caecina. Ich eröffnete Arminius, dass ich von nun an meine Männer selbst anführen würde. „Es war furchtbar mit anzusehen, wie sie in ihren Untergang geführt wurden. Wenn ich schon Verantwortung für sie trage, dann werde ich zukünftig auch das Schwert für sie ziehen.“

„Ich danke dir, dass du dich endlich entschieden hast und Teil der Truppe sein wirst. Deine Männer werden noch besser kämpfen, wenn sie dich an ihrer Seite wissen.“ Arminius schien erleichtert, so als hätte ich ihm eine schwere Last genommen. „Du stärkst mir damit den Rücken gegen meine Widersacher. Mit Marcus und Wilja an unserer Seite werden wir den Herausforderungen standhalten können. Hoffen wir, dass die Götter dein Opfer zu schätzen wissen.“

Dann wandte er sich seinen Ideen für die Schulung der Fußtruppen zu und wir saßen viele Stunden, um einen sinnvollen und durchführbaren Zeitplan zu erstellen. „Nächstes Jahr ist Germanicus wieder hier und bis dahin müssen wir so gut aufgestellt sein wie nur irgend möglich. Es wird ein hartes Stück Arbeit werden. Mögen die Götter mit uns sein.“

„Ich wäre gern dabei, wenn Germanicus dem Kaiser erklärt, warum er so viele Männer verloren hat“, sagte ich zu Arminius, als wir später über die Auseinandersetzungen mit den Legionen sprachen. Nach dem Kampf und der Trennung der Truppen war Germanicus mit seinen Legionen über den Amisia Richtung oceanus germanicus gefahren.

„Warum besonders erklären? Es ist Krieg“, entgegnete Arminius.

„Das schon, aber wenn ich den Überblick nicht ganz verloren habe, dann hat Germanicus in diesem Feldzug mindestens zwei Legionen verloren, wenn nicht sogar mehr. Das sind fast so viele wie in der großen Schlacht. Er war mit acht Legionen unterwegs und ich bin davon überzeugt, dass fast ein Drittel der Legionäre tot oder schwerstens verletzt ist. Das Schlachtenglück ist dir hold, Arminius, auch wenn der Krieg noch nicht zu Ende ist."

„Ja, noch ist das Ende nicht abzusehen. Ich staune manches Mal nur darüber, wie leicht sich die Römer in unsere Hinterhalte locken lassen. Germanicus, Caecina – zweimal ist es mir dieses Mal gelungen sie zu überlisten." Arminius sah mich, nach Beifall heischend, an.

„Du vergisst das römische Selbstverständnis, die größte und erfolgreichste Armee der Welt zu besitzen. Das wurde uns während unserer Ausbildung mehrmals am Tag gesagt. Irgendwann glaubst du es dann und das ist ein gefährlicher Moment, wie ich inzwischen weiß. Du glaubst, dass niemand dieser Armee widerstehen kann. Du siehst dich nicht mehr als Individuum, sondern fühlst als Einheit. Allein schon der Aufmarsch der Truppen kann den Feind mutlos machen. Hinzu kommt die Überlegenheit der Waffen und der Heeresführung. Beides triftige Argumente, um einen Feind einzuschüchtern. Einem so unbändigen Kampfeswillen wie hier in Germanien, ist Rom zuletzt in Gallien begegnet und dort hat Julius Caesar auch gesiegt. Nicht vergessen darfst du, dass Germanicus sozusagen eine persönliche Rechnung zu begleichen hat. Sein Vater hat die Okkupation Germaniens eingeleitet, sein Onkel sie fast perfekt gemacht, denn nur die Markomannen waren noch nicht besiegt, und dann kommt ein Fremder, nämlich Varus, und verspielt diesen Besitz. Nun ist es an ihm, als Familienmitglied, die Schmach zu tilgen." Wie klar ich diese Dinge inzwischen sehen konnte, erstaunte mich. Dabei hatte ich einst selbst in diesem Sumpf der Selbstherrlichkeit gesessen. Wie anders das Leben jetzt doch aussah. Wie frei ich mich fühlte. Ich konnte verstehen, dass man für dieses besondere Gefühl gern das Schwert zog, um die Freiheit zu verteidigen.

Ich hatte mit meinen Vermutungen über eine Erklärungsnot des Germanicus nicht ganz unrecht. Händler berichteten uns später, dass die Kavallerie des Germanicus auf ihrem Weg an der Nordseeküste entlang in eine Springflut geraten sei und viele in den wilden Wassern ertrunken seien.

„Noch mehr Tote?" fragte Arminius mich erstaunt, als wir die Nachricht hörten. „Dann ist er schier entblößt zurück gekehrt. Das wird den Kaiser nicht erfreuen."

Ich hatte die Nachricht schweigend aufgenommen und eine Weile nachgedacht. „Ich glaube nicht an diese Toten", sagte ich schließlich.

„Wie meinst du das? Warum sollte er sich eine solche Schreckensnachricht ausdenken?" Arminius blickte mich stirnrunzelnd an.

„Du erinnerst dich, dass wir bereits über die vielen Toten dieses Feldzuges sprachen? Germanicus hat nur einen Weg gesucht, seine Verluste zu vertuschen. Man wird sagen: es ist göttlicher Wille, wenn die Legionen in einer Sturmflut untergehen. Das kann ihm also niemand vorhalten. Würde Tiberius erfahren, dass die Unfähigkeit seines Heerführers das Leben so vieler Legionäre gekostet hat, bekäme Germanicus keine weitere Chance in Germanien. Bedenke, er und Caecina sind in die gleiche Falle getappt wie Varus vor ihnen. Das muss er nun nicht mehr berichten. Ich hatte gehofft, dass die schlechten Nachrichten den Kaiser dazu bringen würden, die Feldzüge abzusagen. Doch nach dieser neuen Version wird er ihn weiterhin unterstützen."

Und ich behielt Recht. Unsere Späher berichteten bereits im Herbst, dass am Rhein gewaltig gerüstet wurde. Die Flotte wurde umgebaut und erweitert. Germanicus zog Legionen in den Kastellen an der Grenze zusammen; neue Legionen aus anderen Provinzen marschierten Richtung Rhenus.

Im Frühjahr des Jahres 16

Als nun bereits zu Beginn des Jahres 16, als das Eis auf den Bergen noch gar nicht geschmolzen war, die Nachricht kam, dass Germanicus mit acht Legionen über den Rhenus setzen wolle, schickte ich einen Boten zu Arminius, um ihm die Bereitschaft meiner Truppen zu erklären. In der Zwischenzeit trieb ich die Waffenschmiede zur Eile an. Wir brauchten noch mehr Waffen, um gegen das römische Heer bestehen zu können. Die erbeuteten Rüstungen hatte ich in weiser Vorausschau bereits vor langer Zeit anpassen lassen und jeder Krieger hatte sie bei sich zuhause. Einst hatte ich geschworen, niemals an der Seite von Arminius in den Kampf zu reiten. Fast sieben Jahre hatte ich mich an meinen Schwur gehalten, doch jetzt ging es nicht mehr nur um anonyme Germanen, sondern um mein eigenes Leben und das der Menschen, mit denen ich schon so viele Jahre zusammen lebte, mit denen ich Freundschaften geschlossen und wo ich die Liebe meines Lebens gefunden hatte. Sie waren unmittelbar bedroht. Es war Heimat geworden, dieses fremde, unwirtliche Land. Sie galt es zu verteidigen gegen Feinde, die keine Ruhe lassen würden, bis ich tot oder vertrieben sein würde und mit mir die Menschen, die mir so viel bedeuteten. Mehr noch, sie mussten geschützt werden vor einem Mann, den Ehrgeiz und Rachsucht voran trieben und der auch vor den Morden an Frauen und Kindern nicht Halt machte.

Die Schreckensbotschaften kamen immer näher. Das germanische Problem sollte ein für alle Mal gelöst werden. Die Römer wollten auf unterschiedlichen Wegen durch das Gebiet der Cherusker und ihrer Verbündeten marschieren. Ihr Ziel war offensichtlich der Visurgis. Sofort ließ ich alle Dörfer und Höfe dort warnen. Sie mussten sich, solange es noch ging, auf die andere Seite des Flusses Richtung Albis zurückziehen. Sie sollten ihre Dörfer leerräumen und niederbrennen. Die Römer durften, um sich nicht von den zurückgelassenen Vorräten ernähren zu können, nur verbrannte Erde vorfinden. Täglich traf man jetzt flüchtende Menschen. Wir ritten ihnen entgegen, um den Gegner zu finden bevor er uns fand. Eine ala, die mich mit 16 turmae zu 30 Reitern und zwei Zenturien von jeweils 80 Mann je Einheit begleitete, war von mir nach den Erfahrungen mit Caecina im Guerillakampf geschult worden. Ich hatte diese Art des Kampfes bereits in Pannonien kennen gelernt und setzte meine Erfahrungen hier erstmals um. Sobald der Winter das Land aus seiner Umklammerung gelassen hatte, begannen wir unseren Kampf. Trafen wir auf kleinere feindliche Einheiten, so umzingelten wir sie während des Marsches, überfielen sie blitzartig, nahmen Pferde, Vorräte, Waffen und Rüstungen mit und verschwanden wieder. Kuriere oder Voraustrupps wurden nie wieder gesehen. Wenn sich bei Marschlagern die Gelegenheit bot, machten wir nachts die Wachen nieder und preschten mit einigen turmae durch das Lager, legten Feuer und stifteten Unruhe und Verwirrung. Gern griffen wir auch im Morgengrauen, wenn alles im Aufbruch begriffen war oder im abendlichen Zwielicht an. Ohne Kampfgeschrei erschienen wir aus dem Nichts, zerstörten was sich uns in den Weg stellte und waren wieder weg. Der uns begleitende Wolf ließ uns wie Geisterreiter erscheinen. Der Überraschungseffekt war zumeist so groß, dass wir keine wesentlichen Verluste erlitten. Der Feind allerdings wurde nervös. Wer wenig schläft, kann nicht mehr gut kämpfen. Stets hinterließen wir das Zeichen meiner Standarte, den Wolfskopf. Dieses war die Zeit, in der sich der Name Cornelius Lupus in Germanien und Rom einprägte. Unser Operationsgebiet erstreckte sich bis weit in den Norden zu den Angrivariern, wo die Römer sich bei deren Nachbarn, im Land der Friesen und der Chauken, verbarrikadiert hatten. Die Angrivarier standen angeblich auf gutem Fuß mit den Römern, doch insgeheim hatten sie sich längst der Sache des Arminius verschrieben.

So konnten wir bei ihnen frei agieren und Übergriffe auf römisch kontrolliertes Gebiet unternehmen.

Acht Legionen mit Kavallerie und Auxiliartruppen – sich diesem Gegner entgegen zu stellen, das war ohne detaillierte strategische Planung, umfangreiche Logistik und den Einsatz hervorragend ausgebildeter Truppen kaum möglich. Die Planung und die Logistik waren nicht unser Problem, da leistete Arminius mit seinem Stab hervorragende Arbeit, aber die Fußtruppen waren ein anderes Thema. Noch waren nicht alle Stammesfürsten bereit, sich den Anweisungen von Arminius und Marcus zu beugen. Um die Mängel unserer Verbündeten aufzufangen, mussten wir zumindest den Kampfplatz vorgeben, sonst würde dieses riesige römische Heer uns niedermähen. Nach ausgiebigen Gesprächen mit Arminius und täglichen Erkundungsritten beschlossen wir, uns bei Ankunft der Legionen über den Visurgis zurück zu ziehen. In der Nähe der ehemaligen Sommerlager des Varus war ein geeigneter Platz, wo zwei große Heere aufeinander treffen konnten. Der Fluss, die Ebene, dann der Gebirgsrücken, der ausreichend Pässe bot, um nach Hinten ausweichen zu können und die Römer ins Leere laufen zu lassen. Es musste wieder gelingen. Eine Niederlage hätte unabsehbare Folgen. Schon frühzeitig schickten wir Boten aus, um die Verbündeten an dieser Stelle zu sammeln. Es war ein wild zusammen gewürfelter Haufen, der sich einfand, um der besten Armee der Welt, die von einem ihrer hervorragendsten und skrupellosesten Führer angefeuert wurde, entgegen zu treten. Die Männer, die Marcus und ich in den letzten Jahren ausgebildet hatten, sammelte ich um mich, ungeachtet aller Proteste seitens des Fürsten Inguiomer und seiner Freunde. Unsere Männer kannten sich mit Marschordnung und Taktik aus. Sie waren unsere Elitetruppe und sie würde Arminius gezielt einsetzen können. Den Rest überließ ich ihren eigenen Truppenführern. Sie würden in den hinteren Reihen kämpfen, wo sie uns nicht gefährlich werden konnten.

Arminius musste dringend Zeit gewinnen, weil wir erstmals alle Stämme und Krieger auf einem Platz versammelt hatten und nun aus ihnen eine Armee schmieden sollten. Wir mussten kurzfristig ein Manöver abhalten.

„Was können wir nur tun, um den Aufmarsch der Legionen zu verlangsamen? Ich will keine Kämpfe, weil ich jeden Mann brauche.“ Arminius lief unruhig auf und ab. Ich überlegte, während ich mir die Landkarte ansah, die er erstellt hatte. Dann kam mir eine Idee.

„Wenn wir den Altar des Drusus in der Nähe von Aliso zerstören, muss Germanicus als guter Sohn und aus verletztem religiösem Ehrgefühl dort hinreisen, um den Altar wieder zu errichten. Zusätzlich sollten wir eine ala nach Aliso schicken, um das Kastell zu belagern. Aliso ist der wichtigste, um nicht zu sagen einzige Außenposten seit der großen Schlacht. Germanicus braucht ihn für den Proviant, den er dort inzwischen sicher schon eingelagert hat. Das dürfte reichen, um ihn an den Lupia zu locken. Und es wird ihn viel Zeit kosten. Außerdem kann er nicht mit einem kleinen Aufgebot kommen, weil das zu gefährlich wäre.“

Arminius hatte mir verblüfft zugehört, dann erblühte ein Grinsen in seinem Gesicht. Er schlug mir auf die Schulter: „Lupus, undurchschaubar, unberechenbar und immer gefährlich. Gut, dass du nicht mehr mein Feind bist, sondern an meiner Seite kämpfst.“

Der Plan gelang. Wir zerstörten den Altar und bestürmten Aliso, wobei wir darauf achteten, dass Boten unbehelligt das Lager verlassen konnten. Wie erwartet erschienen die Römer. Die Belagerung wurde sofort abgebrochen. Schließlich wollten wir nicht kämpfen, sondern nur Zeit gewinnen. Meine Männer und ich sahen uns den Aufmarsch des Germanicus aus sicherer Entfernung an. Er selbst wurde von zwei Praetorianer-Kohorten, den Elitetruppen des Kaisers, eskortiert. Der Kaiser legte also großen Wert darauf, dass diese Schlacht gewonnen wurde und dass sein potentieller Nachfolger unversehrt blieb. Außerdem begleiteten ihn vier Legionen, dazu Leichtbewaffnete, berittene Bogenschützen und einige germanische Auxiliareinheiten. Mit großem Aufwand und priesterlichem Zeremoniell ließ Germanicus den Altar für seinen Vater wieder errichten. Die von den Germanen ebenfalls zerstörten Grabhügel der Varuslegionen errichtet er allerdings nicht wieder. Vielleicht hatte ihm jemand gesagt, dass diese Handlung nur den weiteren Zorn der Germanen heraufbeschwören würde. Anschließend marschierte Germanicus, nur von den Praetorianern begleitet, zum Rhenus zurück, während der größte Teil der Legionen sich auf den Weg zum Visurgis machte. Ein Teil der Truppe setzte die von den Legionen zertretenen Wege und Dämme wieder in Stand. Germanicus erwartete also, diese Schlacht zu gewinnen und die Kastelle entlang des Lupia wieder mit Legionen besetzen zu können. Wir zogen uns ebenfalls schleunigst zurück, nutzten aber einen kürzeren, wenn auch unbequemeren Weg zu unserem geplanten Schlachtort. Schließlich hatte wir keinen Tross mitzuschleppen und konnten uns unterwegs leicht verpflegen.

Die erste Schlacht im Sommer des Jahres 16

„Wie weit seid ihr mit dem Wall gekommen?“ fragte ich Arminius, der uns im Lager begrüßte.

„Wir haben alles vorbereitet und können den Wall sofort bauen, wenn die Legionen vom Amisia an uns vorbei marschiert sind. Dann müssen wir nur noch abwarten, bis alle Römer im Lager am Visurgis angekommen sind, um den Angrivariern das Zeichen für den angeblichen Aufstand diesseits des Walles zu geben.“

„Sind Kinder, Frauen und Alte schon in Sicherheit gebracht worden?“

„Natürlich. Wir haben sie bereits bei den Langobarden einquartiert. Anschließend werden wir sicherlich Aufbauarbeit leisten müssen, denn ich glaube nicht, dass die Römer auch nur eine Hütte stehen lassen werden. Meine Kundschafter berichteten mir, dass die Legionen recht langsam unterwegs sind. Wie kommt das?“ Arminius hatte seine Augen und Ohren wirklich überall.

„Sie müssen auf ihren Heerführer warten. Germanicus wird standesgemäß mit dem Schiff anreisen und nicht ganz profan über die Berge marschieren. Vielleicht hat er den Weg auch einfach nur in schlechter Erinnerung vom vergangenen Jahr.“ Ich musste grinsen, wenn ich an die Falle dachte, in die er getappt war. Doch auch dieses Mal würden wir ihm manche Überraschung bereiten.

Es war ein riesiges Heer, das sich über die Ebene am Visurgis ergoss. Unzählige Schiffe mit Proviant und Waffen legten in den von den Pionieren neu errichteten Häfen an. Mehrere neue Lager mussten gebaut werden, um die Menschenmassen und die vielen Tiere aufzunehmen. Es war wieder einmal ein eindrucksvolles Schauspiel, das sich uns bot. Wir hatten es uns nicht nehmen lassen, selbst zum Visurgis zu reiten und die Lage auszukundschaften. Nicht lange nach der Landung musste ein Überläufer der Angrivarier bei Germanicus erscheinen, um vom Aufstand des Stammes zu berichten. Wie geplant verließ sofort römische Reiterei, begleitet von Leichtbewaffneten, das Lager und bewegte sich Richtung Norden.

„Ich hoffe, dass unsere Freunde ihre Aufgabe gut machen, aber keine schweren Verluste erleiden. Wir müssen Germanicus unbedingt dazu bringen, nach unserer Schlacht zu einem Vergeltungszug gegen die Angrivarier an den Amisia zu ziehen. Dort werden wir ihm dann nochmals eine Lektion erteilen. Hoffentlich die letzte. Ich habe die Angrivarier angewiesen, die Römer möglichst lange hinzuhalten, sich dann in den Wäldern zu zerstreuen, um danach in Ruhe den Wall anlegen zu können. Unsere Männer, die du im Schanzen ausgebildet hast, habe ich ebenfalls zu ihnen geschickt. Sie sind zu Pferd und werden dann immer noch rechtzeitig zum Kampf wieder bei uns sein.“Arminius war mir entgegen gekommen, als ich ihm die Nachricht vom Abzug der Einheiten geschickt hatte. Wir wollten noch die letzten Feinheiten der bevorstehenden Schlacht besprechen. „Dann sollten wir uns jetzt auch auf den Weg machen, um unseren Gegner zu begrüßen.“

Bevor die Armeen am Visurgis aufeinander trafen, setzte sich eine kleine Gruppe Römer mit einer weißen Fahne ab. Ihr Sprecher war Flavus, der Bruder des Arminius. Er wollte mit Arminius reden. „Ich habe ihm nichts zu sagen“, meinte dieser.

„Bitte, zeig deinen guten Willen und höre, was er zu sagen hatte“, beschwor Marcus ihn.

„Vielleicht eine Nachricht von Thusnelda und dem Kind“, redete Wilja ihm gut zu.

„Auch das ist kein Grund für mich, zu ihm zu gehen“, erwiderte er.

„Zeig deine Größe als Feldherr. Zeig ihnen deine Verachtung und deinen Willen zu siegen“, intervenierte ich und hatte wohl die richtigen Worte gefunden, ihn zu überreden.

„Wenn ihr mit mir kommt“, stellte er die Bedingung. Wir begleiteten ihn. Es war nicht wirklich wesentlich, was die beiden Brüder sich sagten. Flavus, ganz Römer, versuchte Arminius zu einer ehrenvollen Kapitulation zu überreden.

„Bruder, wie viele Jahre hast du für Rom gekämpft, Siege und Ehre errungen. Gilt das nichts mehr für dich? Was du heute bist, verdankst du dem Imperium. Wenn du dich jetzt entschließt, deine Fehde mit Rom zu beenden und Frieden zu schließen, wird der Kaiser dich nicht bestrafen. Du wirst weiterhin in Germanien leben können unter der gütigen Herrschaft des Herrn der Welt."

„Du redest von Dingen, die du nicht verstehst. Hast du dir die gütige Herrschaft deines Kaisers einmal angesehen? Weißt du, wie die Menschen hier darunter leiden, wie sie ausgebeutet und gedemütigt werden? Wir alle wollen die Freiheit, die jedem Volk zusteht. Wir wollen nicht unter der Herrschaft irgendeines Kaisers im fernen Rom stehen. Wir akzeptieren nur die Herrschaft der Götter, nicht die eines Imperiums." Arminius hatte von den Römern nicht nur das Kriegshandwerk gelernt. Auch deren Rhetorik hatte er angenommen, doch es sah nicht so aus, als könne er seinen Bruder überzeugen.

„Arminius, sind dir die Folgen klar, die über euch hereinbrechen, wenn ihr diesen Kampf verliert? Es wird keine Gnade geben. Für niemanden. Die Stämme werden unterjocht werden. Alle Männer und Knaben in die Gefangenschaft gehen, die Ländereien zerstört. Kein Germane wird mehr dort bleiben, wo er einst gelebt hat." Flavus war wirklich guten Willens, seinen Bruder umzustimmen, doch ich musste Arminius Recht geben: Flavus hatte offensichtlich keine Ahnung, was es hieß, in Germanien unter römischer Herrschaft zu leben. Doch ich erinnerte mich gut, dass auch ich diese Seite der Medaille nie gesehen und viele Jahre geglaubt hatte, für eine gute und gerechte Sache zu kämpfen.

„Bruder, du warst zu jung als wir den Römern folgten und nun bist du zu lange schon in römischen Diensten. Du scheinst nicht mehr zu verstehen, was es heißt, ein Vaterland zu haben, für das sich zu kämpfen lohnt. Ein Land, wo deine Ahnen lebten, wo deine Götter herrschen. Ein Land, in dem noch deine Mutter lebt, die dir das Leben schenkte und das dadurch schon heilig ist und beschützt werden muss. Du tust mir Leid, wenn du dieses nicht fühlst." Ich hatte Arminius noch nie so gefühlvoll erlebt. Hatte ich ihm damals Unrecht getan, als ich ihn wegen seiner Rebellion gegen Rom verurteilte? Oder war es ihm wie mir ergangen, dass sich diese Gefühle erst im Laufe der Zeit entwickelten?

„Mein Vaterland ist Rom. Meine Götter sind römisch und vergiss nicht, Bruder, auch für deinen Sohn wird Rom das Vaterland sein. Es geht ihm und seiner Mutter sehr gut und man wird dafür sorgen, dass er dich nie kennen lernen wird. Also frage dich, wofür du kämpfst. Ob es sich wirklich lohnt.“ Hatte ich befürchtet, dass die Erwähnung seines Sohnes ihn berühren könnte, so hatte ich mich getäuscht.

„Du sprichst mir von einem Sohn, den ich nicht kenne und der noch ein Kleinkind ist. Wenn er einst ein Mann sein wird, wird er sich seinen eigenen Weg und seine Wurzeln suchen. Aber du, der du in Germanien geboren wurdest und hier aufgewachsen bist, dass du dein Vaterland verleugnest um des Ruhmes Willen, das verstehe ich nicht. Und was hast du für einen Lohn erhalten? Dein Gesicht ist entstellt und du hast nur noch ein Auge. Ist das der Dank für alles?“

Als Flavus antwortete, nahm ich Arminius zur Seite und sagte ihm: „Du verschwendest deinen Atem. Er wird nicht auf dich hören. Lass es gut sein. Wenn es nicht genügt, dass du sein Bruder bist, dann werden auch keine guten Worte ihn zu uns herüber holen.“

„Du hast Recht. Ich werde diese unerfreuliche Gegenüberstellung beenden.“ Er wandte sich Flavus ein letztes Mal zu: „Römer, ich hatte einst einen Bruder. Er war mir sehr nahe. Jetzt sehe ich nur noch einen Römerknecht, der sich für Ruhm und Ehre an einen Unterdrücker verkauft und mit dem Blut seines Volkes zahlt. Mein Bruder ist tot. Ich jedoch bin Fürst aus uraltem Recht und werde für die Freiheit meines Stammes und die seiner Verbündeten kämpfen.“ Damit wendete er sein Pferd und trieb es an. Flavus schrie wütend auf und ein Speer flog über den Fluss. Er bohrte sich an der Stelle in den Boden, an der Arminius noch wenige Augenblicke vorher gestanden hatte. Sofort wendeten wir unsere Pferde ebenfalls und folgten unserem Anführer. Im Vorbeireiten hieb ich seinem Pferd auf die Flanke, damit es schneller wurde. Völlig überrascht preschte Arminius vor. Von dem Speer erzählten wir ihm nichts. Warum sollten wir seinen Zorn und vielleicht seinen Kummer über den Verlust des Bruders noch vertiefen.

Wir überließen es Germanicus, den Angriff einzuleiten. Zunächst ließ er seine Reiterei den Visurgis an einer Furt überqueren. Begleitet wurde sie von germanischen Hilfstruppen. „Wer ist der Germane?“ fragte ich Marcus, der neben mir mit seinen Männern wartete.

„Ein Bataver namens Chariovalda. Ein besonders kämpferischer Mann. Ich denke, er wird angreifen, sobald er durch den Fluss ist.“ Ich stand mit meinen alae in der Angriffslinie und sah den wild heran Reitenden entgegen. Wie vorher besprochen, hielten wir den angreifenden Batavern zunächst stand, wichen dann aber langsam zurück. Als die Feinde blindlings nachrückten, gab ich meinen Männern das Zeichen zur Flucht. Wir gaben unseren Pferden die Sporen, hielten den Abstand aber nur so groß, dass die Bataver glaubten, uns noch einholen zu können. Wir näherten uns einem Talkessel und hörten die Feinde hinter uns schon jubeln, denn sie wähnten uns in der Falle. Doch dann brachen unsere Fußtruppen aus den Wäldern hervor und fielen über unsere Verfolger her. Diese igelten sich ein, sodass nur die äußeren Soldaten mit den Fußtruppen kämpften und die inneren geschützt waren. Doch auch das hat Arminius bedacht und ließ von den Anhöhen Pfeile in die Mitte der Feinde regnen. Zuletzt gab Chariovalda den Befehl auszubrechen. Bei diesem Versuch fiel er zusammen mit vielen seiner Männer unter einem Pfeil- und Lanzenhagel. Diejenigen, die fliehen konnten, wurden von der nun erst heransprengenden römischen Reiterei in Schutz genommen. Wir hatten den ersten Teil unserer Aufgabe erledigt und zogen uns zurück, um die Verwundeten zu versorgen. Germanicus schickte an diesem Tag keine weiteren Truppen über den Visurgis.

Ich hatte erst durch Marcus erfahren, dass sich unser Lager in unmittelbarer Nähe eines Heiligtums befand und erinnerte mich an die Worte des Händlers, der uns auf der Fahrt nach Rom begleitet hatte. Hatte Arminius nicht auch Varus zu einem germanischen Heiligtum gelockt und die Legionen dann vernichtet? War dieses hier die gleiche Situation? Als wir unsere Pferde versorgt hatten und ich mit meinen decurionen ins Lager ging, sah ich Wilja mit einigen Männern im Wald verschwinden. „Mit wem ist die Seherin da unterwegs?“ fragte ich Widukind, der neben mir ging.

„Es sind Priester. Sie bereiten die Opfer vor, die heute Nacht den Göttern gebracht werden sollen. Du darfst als Fremder nicht dabei sein. Das wäre tödlich für dich. Doch unsere Gebete werden auch dir gelten.“ Die Männer verabschiedeten sich und ließen mich mit meinen Gedanken allein. Ich legte die Waffen und die Uniform ab. Dimitrios versorgte mich so gut wie möglich und bereitete mir ein Essen. Wir sprachen kurz über das Gefecht, dann legte ich mich hin, während die meisten germanischen Kämpfer zum Heiligtum gingen. Ich dachte nach. Dass Arminius ein überragender Stratege war und sehr komplexe Gedankengänge hatte, hatte ich selbst mehrmals erfahren. Aber da war noch etwas anderes. Natürlich war er ein charismatischer Mensch, der andere begeistern und mitreißen konnte und doch, ein Mosaiksteinchen fehlte mir noch, und es war das Steinchen, das das Bild der großen Schlacht fertigstellen würde. Dann wüsste ich endlich, wie alles gewesen war. Doch es schien, als solle mir der Zugriff darauf versperrt bleiben. Heute Nacht wurde beim Heiligtum ein letzter Funke gelegt, der die Flamme der Begeisterung in den Kämpfern entzünden würde und ich konnte mir nicht erklären, was es war.

Die dann folgende Schlacht wird von jedem Teilnehmer anders erzählt. Die Römer meinen, die Germanen seien eingekesselt und geschlagen worden. Wir bestreiten dieses und verweisen auf die zweite, nachfolgende Schlacht. Es ist richtig, dass die Römer uns in einer Feldschlacht immer noch überlegen waren. Möglicherweise hätten sie uns schlagen können, wenn wir nicht unsere ganz eigene Strategie gehabt hätten. Vordergründig schien es, als würden wir uns einer offenen Feldschlacht stellen. Doch gerade die Reiterei und meine speziell ausgebildeten Fußtruppen hatten andere Aufgaben. Wir sollten die Auxiliartruppen und die römische Reiterei ausschalten. Wie bei unseren Guerillakämpfen befahl ich den Führern der Kohorten und turmae, die Verbände sofort aufzulösen, wenn eine Einkesselung abzusehen war. In kleinen Gruppen oder einzeln würden sie sich zurückziehen und in Sicherheit bringen. An festgelegten Punkten in den Wäldern sollten sie sich wieder sammeln und erneut den Feind angreifen, der ihnen möglicherweise sogar bis in die Wälder hinein folgen würde. Dann würden sie aus dem Hinterhalt erneut zuschlagen. Gemeinsam konnten sie etwas erreichen gegen die gut organisierten Römer, nicht aber als Einzelkämpfer. Ich wusste, ich konnte mich auf meine Männer verlassen.

Während ich mit meiner Reiterei zunächst im Hintergrund wartete, beobachtete ich den Aufmarsch der Legionen. Ich hatte dieses gewaltige Schauspiel noch nie gesehen, weil ich immer einer von ihnen gewesen war, und hatte mich früher oft gefragt, wie es wohl auf den Gegner wirken mochte. Jetzt bewunderte ich den Mut vieler Barbarenstämme, sich diesen Kampfmaschinen entgegen zu stellen. „Angst?“ fragte Marcus, der neben mir auf seinem Pferd saß.

„Nein, vielleicht Bewunderung für die militärische Leistung, aber auch Bestürzung darüber, dass das Imperium meint, mit so vielen Menschen gegen ein Volk vorgehen zu müssen, das nichts anderes möchte, als in Ruhe gelassen zu werden. Das sich bereits vehement gewehrt hat und dennoch weiter bekämpft werden muss. Wie viele Menschen werden heute und in den kommenden Tagen wieder den Tod finden und was haben die Römer davon?“

„Bedauerst du, dass du auf unserer Seite kämpfst?“

„Nein. Man muss nicht Germane sein, um den Irrsinn zu erkennen. Ich frage mich nur, wo ich vorher den Sinn in meinem Tun gesehen habe, als ich noch für das Imperium kämpfte. Wer gibt den Römern das Recht, sich als Herren der Welt aufzuführen? Und doch schien uns unser Handeln damals so richtig, so heilig zu sein.“ Wir schwiegen einige Zeit und sahen den ersten Zusammenstößen auf dem Schlachtfeld zu. „Komm, wir haben gleich unseren Einsatz. Mögen die Götter uns gnädig sein – was auch immer das in diesem Moment heißen mag.“ Wir grüßten uns noch einmal mit den Speeren und ritten dann in unsere jeweiligen Ausgangspositionen.

Germanicus ließ die Hilfstruppen an der Spitze antreten. Hinter ihnen standen Bogenschützen zu Fuß. Es folgten vier Legionen mit ihm selbst und den Praetorianern, außerdem Reiterei. Danach Leichtbewaffneten und reitende Bogenschützen. Die restlichen Truppen hatten sich am anderen Ufer des Visurgis aufgestellt. Bereit, auf ein Zeichen hin, sofort in den Kampf einzugreifen. Arminius und Marcus führten ihre Elitetruppen an die Spitze des germanischen Heeres. Ich sah, dass sich mehrere neue Einheiten neben ihnen bildeten, die nicht unter der Führung der Stammesfürsten standen, sondern eigene Führer hatten. Die Stammesfürsten wie Inguiomer hatten sich mit ihren Kriegern erst in zweiter Reihe postiert. Die Truppen bewegten sich langsam auf einander zu. Die ersten Pfeile flogen und ich sah, dass die römische Reiterei sich aus dem Verband heraus löste, um den Germanen in die Flanken zu fallen. Dieses war der Moment, auf den ich gewartet hatte. Ich gab meinen decurionen das vereinbarte Zeichen und wir griffen nun unsererseits die Reiterei an, um unsere Flanken zu schützen. Die Schlacht wurde von Anfang an mit größter Kraft und Verbissenheit auf beiden Seiten geführt. Rom hatte eine Schmach auszulöschen und die Germanen kämpften um ihr Überleben und für ihre Freiheit.

Gegen Mittag schwächten sich die Kämpfe etwas ab. Ich hatte dieses vorhergesehen und schickte die Männer des ersten Angriffs ins Lager, um sich neue Pferde zu besorgen und sich etwas auszuruhen. Ersetzt wurden sie durch junge Krieger, die heute ihren ersten Kampfeinsatz absolvierten, doch nicht schon beim Angriff der noch frischen Truppen verschlissen werden sollten. Irgendwann, als der Tag schon weit voran geschritten war, sah ich Arminius und Marcus, die mit ihren Männern durch die vorderen Linien hindurch brechen wollten. Germanische Auxiliartruppen stellten sich ihnen entgegen und sie mussten sich zurück ziehen. Doch dieser Rückzug war Kalkül, denn ich erkannte, dass Arminius' Truppen sich zu einer Seite absetzten, die von Marcus zur anderen. Auf diese Weise wurde auch die Aufmerksamkeit der feindlichen Germanen in zwei Richtungen gelenkt und sie verfolgten die jeweiligen Truppenteile. Die neuen Eliteeinheiten, die ich beim Angriff hinter Arminius gesehen hatte, stießen nun in die Mitte vor und spalteten die bisher geschlossenen Reihen der Römer weiter auf. Diese Einheiten waren von Arminius und Marcus speziell ausgebildet worden und kämpften als geschlossener Verband verbissen und sehr effektiv. Sie brauchten unsere Hilfe nicht. Deshalb lenkte ich mein Augenmerk auf die Auxiliartruppen, die den anscheinend Fliehenden folgten. Wir verfolgten sie nun unsererseits und ritten zunächst die Bogenschützen zu Fuß nieder. Die Reiter holten wir mit unseren Speeren und Lanzen vom Pferd. So hielten wir unseren Truppen, die sich Richtung Wälder absetzten, den Rücken frei. Anschließend wandten wir uns wieder dem Schlachtfeld zu. Wir unterstützten die hier noch kämpfenden Spezialeinheiten so gut es ging, doch ich wusste, dass die wenigsten von ihnen diesen Tag überleben würden. Ihre Aufgabe war es, die Kampfkraft der Römer zu binden, damit diese den Abzug der Truppen unter Führung von Arminius nicht bemerkten. Auch wir deckten den Rückzug. Immer wieder sammelte ich meine Männer und griff erneut an. Zuletzt kämpfte ich zu Fuß, weil mir wieder einmal ein Pferd unter dem Sattel weggeschossen worden war. Schwert und Dolch in der Hand versuchte ich mir Platz zu schaffen. Meinen Helm hatte ich bei dem Sturz schon verloren. „Für Lupus!“ Eine turma stürmte heran, als ich in arger Bedrängnis war. Mein Gegner zögerte und schaute mich genauer an. Es war das Letzte, was er in diesem Leben sah. Ein weiterer Römer wurde in diesem Moment von Lupus angegriffen. Ich erblickte Widukind, der im vollen Galopp auf mich zuhielt, lief los, streckte den Arm aus und wurde von ihm hinten auf sein Pferd gezogen. Ich pfiff Lupus und wir jagten zum Rand des Schlachtfeldes. Dort ergriff ich ein Pferd und formierte meine Männer, die inzwischen auch herangekommen waren, neu, um nochmals in den Kampf einzugreifen.

Als es dämmerte und erste Nebel vom Visurgis über das Schlachtfeld waberten, zogen die Römer sich zurück. Wir halfen die Verletzten zu bergen und ins Lager zu transportieren. Im Lazarett wurden die Verwundeten verpflegt und Tote gesammelt, um sie später zu verbrennen.

„Arminius ist verschwunden.“ Ein Mann seiner Leibwache brachte die Hiobsbotschaft während ich mit Marcus und unseren decurionen eine Lagebesprechung abhielt.

„Wo wurde er zuletzt gesehen?“ fragte ich.

„Vor der Furt im Knick des Visurgis. Er stürzte vom Pferd, aber wir kamen nicht zu ihm durch.“

Ich griff meinen Helm, lief zu den Pferden und rief meine Befehle: „Junge Wölfe zu mir und ihr anderen sucht Wilja.“ Schon preschte ich mit einer turma junger, wagemutiger Männer los. Wir jagten über das Schlachtfeld vorbei an Wachtposten und durch die römischen Sanitätsgruppen. Bevor man dort überhaupt begriff, dass wir kamen und wie viele wir waren, waren wir für ihre Waffen bereits unerreichbar. Die beschriebene Stelle lag hinter dem Schlachtfeld. Als ich dort ankam, sah ich Bewegungen im Schilf. Ich lenkte mein Pferd zu der Stelle. Es war Arminius. Ich glitt aus dem Sattel und ließ mich neben ihm nieder. Er war blutverschmiert und fast nicht zu erkennen.

„Keine Angst, Lupus. Es ist nicht so schlimm, wie es aussieht“, hörte ich ihn flüstern. In aller Eile packte ich ihn und hob ihn mit Hilfe meiner Männer auf mein Pferd. Dann galoppierten wir ohne Verzögerung den Visurgis entlang nach Norden in ein Wäldchen. Als wir uns eine kurze Rast gönnten, sahen wir, dass uns kein Römer gefolgt war. Vielleicht hatte man uns für verbündete Auxiliartruppen gehalten. Ich untersuchte Arminius, konnte aber nur feststellen, dass keine Schlagader getroffen war. Vermutlich hatte er aber dennoch viel Blut verloren, denn er war sehr schwach. Ich musste unbedingt zu Wilja, damit sie ihm helfen konnte.

„Wie kommen wir am besten zum Lager zurück?“ fragte ich.

„Wir reiten durch den Wald nach Osten. Dort können wir an einem Bach wieder nach Süden zum Lager schwenken.“ Meine Wölfe hatten sich kundig gemacht, so wie sie es von mir gelernt hatten.

„Dann los. Es tut Not.“ Wir saßen wieder auf und ich hielt Arminius, der inzwischen das Bewusstsein verloren hatte, so gut es ging vor mir im Sattel. Mühsam durchquerten wir das Wäldchen, wurden an dem Bach aber schon von Wilja erwartet. Sie hatte einen Wagen dabei und Arminius’ Leibwache. Wir legten ihn in den Wagen und Wilja begann mit der Untersuchung, während wir losfuhren. Ich half ihr, unserem Heerführer die Uniform auszuziehen. Die Verwundung war nicht ganz ungefährlich. Mehrere Schwertstiche an Brustkorb und Beinen und eine Pfeilwunde in der Schulter. Eine weitere am Hals. An der Schläfe ein Schwerthieb. Wilja wusch zunächst das Blut ab, dann begann sie die Schnittwunden mit Dornen zu klammern und mit einer Kräuterkompresse zu verbinden. Ich half ihr so gut ich konnte. Arminius kam erst wieder zu sich, als wir im Lager ankamen und ihn in sein Zelt legten.

„Ist mein Plan aufgegangen? Wie viele Männer haben wir verloren?" Er war sehr erregt und versuchte sich aufzusetzen.

„Du könntest jetzt einfach mal ruhig sein. Du hast viel Blut verloren und wenn du so zappelst, kann ich dich nicht verbinden. Cornelius kann dir später berichten, was passiert ist." Wilja wurde energisch und Arminius fügte sich.

Marcus, der uns im Zelt erwartet hatte, zog mich beiseite. „Wir müssen uns sofort zusammensetzen, um die neue Planung für morgen zu machen, jetzt, da Arminius verwundet ist. Nur schon das: ich übernehme die Truppen von Arminius. Segimund muss meine Truppen befehligen. Inguiomer die von Segimund. Ich weiß, dass die letzte Entscheidung nicht glücklich ist, aber es geht nicht anders. Ich wollte, es gäbe nicht so viele Verwandte von Arminius im Führungsstab wie hier. Mit Fremden kann man klarer reden, doch die Strukturen der Cherusker sind so eng verflochten, dass es keinen Ausweg gibt."

„Ich bleibe ganz einfach bei meinen Männern und kann notfalls noch die Kavallerie von dir und Arminius dazu nehmen. Immerhin sind es alles ehemalige Auxiliarreiter, die die römische Kampfweise kennen. Dann hast du etwas mehr Luft." Ich hatte nicht die Absicht, mich in innerfamiliäre Machtkämpfe einzumischen. Mir reichte die Feindschaft von Fürst Inguiomer. Ihm würde ich sogar zutrauen, aus reiner Rachsucht einen Verrat zu begehen. Zumindest behielt ich ihn immer im Auge, wenn wir mit einander zu tun hatten. Wenig später rief Arminius alle Truppenführer zu sich und gab die weitere Order aus.

„Inguiomer und seine Männer sowie Lupus und seine Reiter halten hier die Stellung, um den Kundschaftern der Römer ein Lager vorzutäuschen. Alle anderen Truppen folgen Marcus und mir noch heute Nacht auf der Römerstraße entlang des Gebirges Richtung Amisia. Wir treffen dann bei dem neuen Wall auf die Angrivarier, die dort schon auf uns warten. Morgen, am späten Nachmittag, wird die Lagerwache folgen. Ihr müsst so auffällig wie möglich abziehen, damit die Römer euch bemerken. Ich werde einen Überläufer schicken, der Germanicus informiert, dass ihr zur Mündung des Visurgis unterwegs seid. Er wird vermuten, dass ihr das Kastell mit dem Proviant für die Legionen überfallen wollt und euch folgen. Ihr werdet jedoch später ebenfalls die Römerstraße entlang des Gebirges nach Westen nehmen und uns folgen. Am Wall besprechen wir dann alles Weitere. Ich denke, wir werden zwei Tage Zeit haben, bis Germanicus mit seiner Armee zur Stelle sein wird."

„Und was wird mit dir?" fragte ich besorgt.

„Ich werde da sein, denn ich werde unsere Männer führen und wenn ihr mich auf dem Pferd festbinden müsst. Wir müssen diese Schlacht für uns entscheiden. Sonst war alles vergebens." Müde winkte er uns hinaus und sank auf sein Lager.

Ich nahm mir ein Pferd, rief Lupus und ritt zu einer Anhöhe, von der aus ich das römische Lager überblicken konnte. Mir schien, als hätten die Römer keinen Grund, sich eines Sieges zu erfreuen. Auch ihre Verluste mussten erheblich sein und dennoch sah ich, dass sie ein Siegesmal errichteten und feierten. Germanicus war ein ausgezeichneter Feldherr, wenn es ihm gelang, dieses blutige Aufeinandertreffen als Sieg feiern zu lassen. Wahrscheinlich war es notwendig, um die Männer bei Stimmung zu halten. Es machte den Eindruck, als würde das Lager abgebaut werden. Allenthalben wurde gepackt und aufgeräumt. Ich konnte mir das nicht erklären. Germanicus könnte einen entscheidenden Sieg verzeichnen, wenn er uns hier noch einmal in ein Gefecht verwickeln würde. Warum zog er kurz vor dem Ziel ab? Lange saß ich auf meinem Beobachtungsposten. Dann ritt ich mit Lupus zu einer geschützten Stelle am Visurgis, um mich dort von dem Blut und dem Schmutz der Schlacht zu reinigen.

„Wusste ich es doch. Als ich dich nicht mehr auf dem Hügel sah, konntest du nur noch hier sein." Wilja war gekommen, während ich mich anzog. Im matten Mondlicht sah ich ihr helles Gesicht und das inzwischen wieder silbern nachgewachsene Haar.

„Wie geht es Arminius?"

„Als ich ging, war er voll des Lobes für dich. Du scheinst recht tapfer gewesen zu sein", sie trat an mich heran und streichelte mein Gesicht. „Lass mich deine Wunden versorgen."

„Das ist nicht nötig. Ich bin dieses Mal fast unverletzt davon gekommen." Ich umfasste sie und zog sie dicht an mich heran.

„Ich mag es nicht, wenn du so gerüstet bist", sagte sie und ging etwas auf Abstand.

„Es muss sein, mein Lieb."

„Ich weiß und ich mag es trotzdem nicht. Es ist besser, wenn wir ins Lager zurück gehen. Man weiß nicht, was hier so herumstreunt. Außerdem wollte Arminius dich sehen. Deshalb bin ich gekommen." Ich legte mein Schwertgehänge an und zog den Gürtel fester.

„Das ist allerdings eine große Enttäuschung für mich. Ich dachte, du seist nur aus Sehnsucht gekommen." Ich griff erneut nach ihr und küsste sie. Willig erwiderte sie den Kuss, zog sich dann aber wieder zurück.

„Komm, es wird Zeit."

„Ich musste unbedingt noch einmal mit dir sprechen", begrüßte Arminius mich. Er saß gegen eine Holzwand gelehnt auf einem Feldbett. Sein Brustkorb und die linke Schulter waren verbunden; die Leinenstreifen schon wieder von Blut getränkt. Er war sehr blass unter dem Stirnverband und hatte dunkle Ringe unter den Augen. „Was hast du bei den Römern beobachtet? Du warst doch deshalb unterwegs?“

„Es geschehen seltsame Dinge im Römerlager. Sie bereiten den Abzug vor. Germanicus scheint sich als Sieger der Schlacht zu sehen, dabei haben sie große Verluste zu beklagen. Auch unsere Verluste sind nicht unerheblich, aber im erwarteten Rahmen. Wenn die Angrivarier zu uns stoßen oder wir zu ihnen, werden wir in jedem Fall wieder eine gute Mannstärke haben.“ Ich hatte mich, in Ermangelung eines Stuhles, auf den Boden vor sein Lager gesetzt und nahm von Marcus, der hinter mir ins Zelt gekommen war, einen Becher Bier entgegen. Durstig trank ich und merkte jetzt erst die Müdigkeit, die mir in den Knochen steckte. „Mich wundert nur“, sagte ich nachdenklich, „warum die Römer die Situation nicht ausnutzen und uns einen weiteren Waffengang aufzwingen. Es würde uns schwer fallen, ihnen im Moment Stand zu halten. Irgendetwas muss geschehen sein und ich wüsste zu gern was, damit wir uns darauf einstellen können.“

„Germanicus kann doch nicht so überheblich sein zu glauben, dass er diese Schlacht gewonnen hat.“ Marcus blickte mich fragend an.

Ich zuckte mit den Achseln: „Zumindest lässt er Siegesfeiern abhalten.“ Ich stand auf und löste meine Waffen, die mir beim Sitzen auf der Erde die Luft nahmen. Meine alten Wunden schmerzten und ich fühlte mich wie zerschlagen.

„Bist du verletzt?“ Arminius war besorgt.

„Nein, ich werde alt. In Rom hätte man mich schon pensioniert“, grinste ich, um ihn von seinen Sorgen abzulenken.

„Wir brauchen alle etwas Ruhe nach den Jahren des Kampfes. Vielleicht ist Rom auch müde geworden und gibt nun auf“, lächelte Marcus und fuhr mit der Hand über sein erschöpftes Gesicht. „Ich schlafe auf jeden Fall gleich hier ein und deshalb werde ich mich nun verabschieden.“

„Nimm mich mit. Arminius ist hier in guten Händen und ich denke nicht, dass es heute noch irgendeine Entscheidung zu treffen gibt. Doch bevor ich es vergesse: ich werde die verbliebenen Truppen heute Nacht in Alarmbereitschaft halten. Ein Überraschungsangriff ist nicht wünschenswert, besonders, wenn du noch diese Nacht mit deinen Truppen abziehst und Arminius mitnimmst. Die Verwundeten lasse ich ins Hinterland bringen. Sie können wir unmöglich mitnehmen. Wir sehen uns wieder, wenn ich mit der Reiterei und hoffentlich den Römern im Schlepptau, nachkomme. Los, unser großer Heerführer schläft schon. Ob Wilja für mich auch so einen netten Trank hat, mit dem ich schnell in den Schlaf falle?“ Ich schob Marcus aus dem Zelt und wir begaben uns zu unseren Nachtlagern.

Die zweite Schlacht im Sommer des Jahres 16

Am nächsten Morgen präsentierten wir den römischen Kundschaftern reges Treiben im Lager. Die Verwundeten wurden abtransportiert und wir packten unsere Sachen, um weisungsgemäß am Visurgis gen Norden zu reiten. Sofort folgten uns Auxiliartruppen. An der angegebenen Stelle überquerten wir den Fluss und ritten an dem von Ost nach West verlaufenden Gebirgszug entlang Richtung Amisia.

„Germanicus folgt uns!“ rief mir nach mehreren Stunden einer meiner Kundschafter zu, als er uns endlich eingeholt hatte.

„Mit wie vielen Legionen?“ fragte ich.

„Das konnte ich noch nicht feststellen, weil noch nicht alle aufgebrochen sind.“

„Geh wieder auf deinen Posten und schick sofort Nachricht, wenn du siehst wie viele es sind.“ Ich konnte mir nicht denken, dass er alle acht Legionen auf diesem Weg zurück an den Rhenus führen wollte. Es würde viel zu lange dauern, war logistisch unvernünftig und aus Sicht der Römer völlig überflüssig. Besonders dann, wenn Germanicus die letzte

Schlacht als Sieg hatte feiern lassen. Außerdem wusste er, dass es auf der Straße, die er nun marschierte, diesen langen Engpass am Ende des Gebirges, kurz vor der Ebene gab. Den konnte er nicht mit acht Legionen passieren. Immerhin war er bereits auf dem Hinweg mit zwei Legionen hier marschiert. Sollte er Zweifel an seinem Sieg haben? Wir warteten auf Nachricht. Einige Zeit später meldete der Kundschafter, dass Germanicus offensichtlich von seinem Sieg selbst überzeugt war. Er marschierte mit vier Legionen zum Amesis, während die anderen am Visurgis eingeschifft wurden oder dem Flusslauf zu Fuß folgten. Weniger Legionen wäre besser, mehr Legionen schlechter für unseren Plan gewesen.

Als wir am frühen Nachmittag eine schmale Stelle zwischen zwei bewaldeten Anhöhen erreichten, schickte ich die Fußtruppen und die Reiterei bis auf einige turmae mit jungen Kriegern weiter. Diese besetzten die Anhöhen rechts und links. Ich nahm an, dass Germanicus die Legionen bis hinter diesen Engpass marschieren lassen würde, um dann das Lager zu errichten. Ich hatte mich nicht getäuscht. „Wir werden ein wenig Unordnung in die Marschreihen bringen. Sonst denkt Germanicus noch, uns hätte der Mut verlassen. Stellt euch locker nebeneinander in langer Reihe auf. Ich will kein überflüssiges Geräusch hören, kein Angriffsgeschrei. Ihr seid Wölfe. Mit der Lanze angreifen und durchbrechen. Möglichst kein Handgemenge. An der anderen Seite sofort wieder tief in den Wald hinein. Vielleicht folgt uns der eine oder andere. Diesen werden wir dann gebührend empfangen. Wir überfallen die Spitze, die turmae gegenüber greifen weiter in der Mitte des Zuges an. Anschließend werden wir uns gemeinsam um die Nachhut kümmern. Mögen die Götter uns begleiten.“ Meine Männer leisteten hervorragende Arbeit. Es erstaunte mich, dass die Römer sich tatsächlich so überrumpeln ließen. Sie waren fest davon überzeugt, dass sie gesiegt hatten und die Germanen abgezogen waren. Innerhalb kürzester Zeit belehrten wir sie, dass sie falsch informiert waren. Die germanischen Auxiliarreiter folgten uns in die Wälder, wie ich es geplant hatte. Sie gingen in die ihnen gestellte Falle, aus der es kein Entrinnen gab. Als es dunkelte und die Römer sich in ihr Lager zurück gezogen hatten, ritten wir zufrieden über unseren Erfolg weiter zu Arminius, wo wir zwei Tage später eintrafen.

„Wo bleibst du? Hattet ihr Kämpfe unterwegs oder warum kommt ihr so spät?“ Marcus hatte mich schon erwartet. Er kraulte Lupus, der ihm freudig um die Beine schlich.

„Wir haben die Römer daran erinnert, dass Germanen ebenso wie Katzen sieben Leben haben. Germanicus soll nicht glauben, dass er uns besiegt hat.“

„Hattet ihr Verluste?“ Marcus rief einen jungen Krieger, damit er mir mein Pferd abnahm.

„Nein, nur ehrenvolle Wunden“, versicherte ich.

„Komm mit in mein Zelt. Du schläfst heute Nacht bei mir. Arminius hat auch schon einige Male nach dir gefragt.“

„Wie geht es ihm?“ Ich nahm den Helm ab und war plötzlich tot müde.

„Er wird sich nicht davon abhalten lassen, zu kämpfen. Halt, du blutest! Ich lasse Wilja holen.“

„Nein, das ist nicht nötig. Es ist sicherlich nicht mein Blut, sondern das eines Römers oder Germanen. Gib mir Wasser, dann wirst du es sehen.“ Ich legte die Rüstung ab und fühlte mich unendlich erleichtert. „Wie weit seid ihr mit den Vorbereitungen?“, fragte ich, während ich mich wusch.

„Ich werde es dir zeigen. Doch jetzt müssen wir erst zu Arminius.“ Ich zog seufzend die Rüstung wieder an, gürtete mein Schwert und folgte ihm.

„Ich sehe, du bist wohlbehalten angekommen. Gab es Schwierigkeiten?“ Arminius sah noch sehr blass aus und schien unter starken Schmerzen zu leiden.

„Nicht für uns, eher für die Römer“, entgegnete ich grinsend.

„Ich verstehe. Gut gemacht. Nun lass uns über die nächsten Tage sprechen. Werden die Römer bereits morgen hier sein oder erst einen Tag später?“

„Ich denke, sie werden noch einmal lagern, bevor sie recht früh am Morgen des zweiten Tages hier ankommen werden.“

„Auch gut. Dann haben wir noch etwas Zeit. Du wirst dir mit Marcus ansehen, was wir vorbereitet haben. Ich möchte, dass du mit den alae in größerem Abstand auf der anderen Seite des Walles stehst, um die voran reitende Reiterei, die wir durchlassen werden und danach die durchbrechenden und sicherlich weiterstürmenden Truppen in Empfang zu nehmen. Die Männer von Marcus stehen direkt hinter dem Wall und fallen den durchbrechenden Truppen in den Rücken. Meine Männer kämpfen unmittelbar vor dem Wall. Die restlichen Stämme drücken von hinten und von den Seiten nach. Sobald die Legionen durchgebrochen sind, müssen wir sie in Handgemenge verwickeln, damit sie sich nicht sammeln können. Wenn es ihnen gelingt, Aufstellung zu nehmen, müssen wir die Kämpfe abbrechen und sie ziehen lassen. Wir können uns ihnen nicht noch einmal stellen. In diesem Fall ist es wiederum eure Aufgabe, sie beim Abzug so oft wie möglich anzugreifen, aus der Sicherheit des Verbandes heraus zu locken und zu Einzelattacken anzustacheln.“ Erschöpft lehnte er sich zurück.

„Soll ich Wilja rufen?“ fragte Marcus besorgt.

„Sie wird ohnehin gleich kommen. Geht jetzt und seht euch den Wall an.“ Wir verließen das Zelt und Marcus führte mich auf eine Anhöhe, von der aus man das Gelände gut überblicken konnte. Der Kampfplatz war wieder einmal gut gewählt. Auf der einen Seite das bewaldete Gebirge, auf der anderen Seite Moor. Der Weg verengte sich durch diese natürlichen Begrenzungen und würde die Truppen auseinander ziehen. Dort, wo er eigentlich in eine breite Ebene mündete, hatten die Angrivarier einen Wall aufgeschüttet und mit

Flechtzäunen erhöht. Der schmale Durchgang würde die römischen Truppen nochmals stauen und bewegungsunfähig machen. Dieses würde der Moment sein, in dem wir zuschlagen mussten.

Ich schlief wenig in dieser Nacht und noch vor Sonnenaufgang bestieg ich mit Lupus erneut den Hügel. Lange saßen wir dort und beobachteten den erwachenden Morgen. Die aufgehende Sonne färbte den Himmel blutrot, so, als wolle sie die Geschehnisse des kommenden Tages bereits vorweg nehmen. Leichter Nebel lag über den Mooren und kein Laut war zu hören. Gespenstische Stille, die mir in den Ohren dröhnte. Hier sollte sich wieder einmal mein Schicksal entscheiden. Mir wurde klar, dass ich in letzter Zeit viel über mein Leben und seinen Sinn nachdachte. Als junger Mann hatte ich mir keine Gedanken gemacht, wenn ich in eine Schlacht zog. Damals war ich voller Kraft und Idealismus. Heute empfand ich die große Verantwortung für viele Männer und wusste, dass von meinem Erfolg das Schicksal dieser Männer abhing. Die Zukunft ganzer Stämme lag mit in meinen Händen. Ich wartete, den Wolf neben mir, bis die Sonne ganz am Horizont erschienen war und bat die Götter um ihren gnädigen Beistand, bevor ich ins Lager zurück ging und mich nochmals für einen kurzen Schlaf hinlegte.

Gegen Abend meldeten die Kundschafter, dass die römische Armee in Sichtweite gekommen sei. „Wir sollten sie aufhalten, damit sie nicht schon den Engpass auskundschaften können.“ Ich war zu Arminius gegangen, nachdem ich meinen decurionen und den jungen Wölfen bereits Befehl gegeben hatte, sich bereit zu halten. „Ich werde nur mit einer ala angreifen. Es soll keine Machtdemonstration sein, sondern nur ein Geplänkel.“ Arminius stimmte meinem Plan zu und so verließen wir das Lager, um „Römer zu ärgern“, wie die Jungen es lachend nannten. Es gelang uns, die Römer frühzeitig anzuhalten und ein Ausschwärmen der Kundschafter zu unterbinden. Sicherlich dachten die Soldaten, dass wir mit dem letzten Aufgebot an Kindern und Greisen unterwegs waren. Diese Fehleinschätzung der Lage konnte nicht schaden.

Bereits bei Sonnenaufgang war ich am nächsten Tag auf dem Beobachtungsposten. Römische Truppen brechen stets sehr früh auf und ich wollte sehen, ob sie schon misstrauisch geworden waren oder noch in gewöhnlicher Marschformation antraten. Offensichtlich hatten sie unsere Störaktionen am Abend nur als die Reaktion vereinzelter Germanen auf die verlorene Schlacht zurück geführt. Die Legionen marschierten in üblicher Formation los. Vorab die Reiterei und leichtes Fußvolk zur Aufklärung. Meist wurden einheimische Auxiliartruppen eingesetzt, die sich in den örtlichen Gegebenheiten auskannten. Dann folgten die Pioniere, die notfalls die Wege für die nachfolgenden Truppen in Stand setzen mussten. Es folgten die Legionen, jede für sich mit der eigenen Reiterei. Danach die Hilfstruppen und der gesamte Tross, zum Abschluss nochmals Reiter. Germanicus ließ die Mannschaften gefechtsbereit marschieren. Er musste wissen, dass er sich seiner Sache nicht sicher sein konnte. Hätte er an seinen Sieg geglaubt, so wäre er nicht so vorsichtig gewesen. Gern hätte ich die Aufklärungstruppe noch vor dem Wall angegriffen, aber wir hätten dann kein ausreichendes Rückzugsgelände gehabt wegen des Moores. So musste ich warten, bis sie auf der anderen Seite des Walles auftauchen und uns in die Hände fallen würden.

Es dauerte Stunden, bis auch der letzte Wagen vom Tross sich auf den Weg gemacht hatte. Glücklicherweise war die natürliche Wegverengung länger als der Heerzug der Römer und so gab es kein Zurück mehr, als die Truppen an dem, von den Angrivariern angelegten Wall ankamen. Arminius ließ den Römern keine Zeit, sich über die Lage zu beraten, sondern griff an, sobald die Reiterei und das leichte Fußvolk den schmalen Durchgang passiert hatten. Noch bevor das schwere Kriegsgerät herangefahren werden konnte, war die erste Legion in Kämpfe verwickelt. Marcus war hinter dem Wall über das Fußvolk hereingebrochen und meine Männer nahmen sich der Auxiliarreiterei an. Es waren überwiegend Chauken und Friesen, die auf dem Weg in ihre Heimat waren. Sie versuchten unsere Umklammerung zu durchbrechen, um den nachfolgenden Truppen zu helfen, doch unsere Pferde waren besser trainiert und meine Männer im Nahkampf bestens geschult. So suchten einige wenige ihr Heil in der Flucht. Ich hatte strikte Anweisung gegeben, Fliehende nicht zu verfolgen, damit wir uns nicht verzettelten. Vielmehr gingen alle wieder in die Ausgangsstellung, um die durchbrechenden Truppen zu erwarten. Es war nur eine Frage der Zeit, bis Germanicus das schwere Kampfgerät aufgefahren haben würde, um den Wall zu zerstören. Schon sahen wir große Steine über die Absperrung fliegen, die bei den Kämpfenden diesseits des Walles einigen Schaden anrichteten. Dann brach die eine Seite der Holzverschanzung und die ersten Legionäre stürmten über den Erdwall herüber. Das Kampfgeschehen breitete sich aus und es war für uns an der Zeit einzugreifen, bevor die Truppenführer sich ein Bild von der Lage machen und die Legionen in Kampfformation bringen konnten. Dann brach auch die andere Seite der Verschanzung und immer mehr Römer strömten über den Wall. Wir mussten aufpassen, dass sie uns nicht in den Rücken fielen. Ich zog meine Männer zurück, formierte sie neu und griff erneut an. Die alae kämpften verteilt um das Schlachtfeld herum. An den Feldzeichen erkannte ich, dass Germanicus die Erstürmung des Walles zur Chefsache gemacht hatte. Genau das hatte Arminius geplant, als er nach Aufbruch der Truppen einen angeblichen Überläufer ins römische Lager schickte und berichten ließ, das Arminius am Engpass auf

Germanicus warten würde. Er hatte darauf spekuliert, dass Germanicus sich ein direktes Treffen nicht entgehen lassen würde. Arminius wollte Germanicus und somit dem zweijährigen Kampf gegen diesen Feldherrn ein Ende setzen.

Als ich am Vorabend noch in sein Zelt gegangen war, um unsere Rückkehr anzuzeigen, hatte er mir diesen Plan eröffnet, mich aber gebeten, ihn nicht an die anderen Truppenführer weiter zu geben, die um seine Sicherheit bangen würden. „Wir müssen diesen Verrückten ausschalten, sonst bekommen wir keine Ruhe hier. Er ist so versessen auf Rache, dass wir ausgeblutet würden und uns auch ohne Niederlage ergeben müssten. Er muss getötet werden oder zumindest müssen die Verluste so groß sein, dass Tiberius ihn nicht wieder nach Germanien ziehen lässt. Es ist meine Aufgabe das zu tun. Sollte mir etwas passieren, musst du Marcus zum Führer der Truppen proklamieren und ihn unterstützen, damit er den Kampf weiterführt. Wilja wird dir dabei helfen. Sie ist eingeweiht." Ich versuchte nicht, ihm seinen Plan auszureden. Er würde diese Begegnung in jedem Fall suchen, um seinem Feind endlich ins Auge zu sehen und sein Schwert mit ihm zu kreuzen.

Wir kämpften bis zur Erschöpfung. Selbst meine Reiterei war zuletzt von den Pferden gesprungen, um die abgekämpften Tiere in Sicherheit bringen zu lassen und hatte zu Fuß weiter gefochten. Bis zum Abend waren alle Legionen aus dem Engpass heraus in die Ebene geströmt. Es war nicht zu erkennen, dass eine Seite die Oberhand hatte. Allerdings konnten wir die Römer nicht davon abhalten, Lager anzulegen und sich zu verschanzen. Meine Männer taten ihr Möglichstes, um den Bau zu stören, doch gegen die sich nun formierenden Truppen hatten wir keine Chance mehr und zogen uns letztendlich in die Wälder zurück. Das Schlachtfeld und besonders der Durchgang durch den Wall waren übersät mit Toten beider Seiten.

Wir trafen uns mit unseren Truppenführern zur Lagebesprechung. Arminius, der zu Tode erschöpft war, ergriff das Wort: „Es wird keine weitere Schlacht mehr geben. Die Römer würden sich jetzt formieren. Unter keinen Umständen werden wir die Lager angreifen. Es gibt keinen Sieger, aber auch keinen Verlierer. Wir werden die Legionen abziehen lassen müssen." Niemand widersprach ihm. Arminius gab in dieser Nacht den Befehl, dass die Verbündeten sich in ihre Stammesgebiete zurückziehen sollten. Ein Angriff auf die Legionen während des weiteren Rückmarsches zum Amesis war wenig erfolgversprechend, da es keine Möglichkeit mehr gab, die Römer in eine Falle zu locken. Bis zum Amesis zog sich eine gut überschaubare Ebene ohne bedeutende Wälder, Berge und Moore. Nur meine Reiterei sollte die Truppen auf ihrem Marsch stören. Dem Angrivarier-Fürsten riet Arminius, sich mit seinem Stamm zu unterwerfen und keine weiteren feindlichen Übergriffe mehr gegen die Truppen durchzuführen. „Dein Stammesgebiet wird flankiert von Friesen und Chauken. Beide sind römische Verbündete und waren heute in die Kämpfe verwickelt. Sie würden dir nur Schwierigkeiten machen. Die Häfen der Römer liegen am Amesis und sie können jederzeit in dein Stammesgebiet vordringen. Wenn du dich jetzt ergibst, hast du die Möglichkeit, dein Volk vor weiterer Verfolgung zu schützen. Ich habe dich als treuen und aufopferungsbereiten Verbündeten erlebt. Deine Krieger haben tapfer und klug gekämpft. Jetzt aber soll es genug sein für euch. Eine nochmalige Verheerung des Landes und der Dörfer würdet ihr alle nicht überleben." Der Fürst stimmte den Worten des Arminius schweren Herzens zu, dann sammelte er seine Männer um sich später den Römern zu unterwerfen.

„Werden wir noch mehr Verbündete verlieren?" fragte ich besorgt, als ich als letzter Truppenführer in dieser Nacht noch bei Arminius war.

„Das kann durchaus sein, denn ich glaube nicht, dass Germanicus diese Schlappe einfach so hinnehmen wird. Er wird keine große Schlacht, aber einzelne Kämpfe mit den Stämmen suchen."

„Können wir noch einen Krieg durchstehen, wenn er wiederkommen sollte?" Ich hatte meine Zweifel.

„Wir werden uns neue Verbündete suchen müssen." Arminius hatte sich auf sein Lager gesetzt. Er war bleich und seine Wunden bluteten. Ich ließ Wilja rufen und half ihm in der Zwischenzeit aus seiner Rüstung.

„Hast du Germanicus getroffen?" fragte ich.

„Ja, aber er hatte seine Praetorianergarde um sich herum, da hatte ich keine Chance mit ihm zu kämpfen. Er wurde gegen alle Angriffe abgeschirmt. Was man von mir und meiner Leibwache nicht behaupten kann." Er grinste bei den Worten und so nahm ich sie nicht persönlich.

„Praetorianer kann ich nicht ausbilden", erwiderte ich. „Du weißt, die besten Germanen kämpfen in Rom. Ausnahmen bestätigen die Regel."

„Die Römer bezahlen nun mal besser. Ich sollte auch ein Besoldungssystem einführen. Au!" Schmerzverzehrt sog er die Luft ein, als ich versuchte, ihm die Lederrüstung auszuziehen. Nicht nur die Wunden des letzten Kampfes waren wieder aufgebrochen, er hatte auch neue empfangen.

„Nur gut, dass du die römische Rüstung trägst. Mit germanischer Kleidung wärest du bereits tot." In diesem Moment kam Wilja ins Zelt. Sie sah sehr müde aus, doch ein Lächeln erhellte ihr Gesicht, als sie mich sah. Gern wäre ich ihr entgegen gegangen und hätte sie in den Arm genommen, aber noch hatte sie eine andere Aufgabe. Ich ließ sie mit Arminius allein und ging zu dem Zelt, das ich mit Marcus teilte. Er schlief bereits. Ich wusch mich und den Wolf, der vom Kampf ebenfalls blutverschmiert war. Danach legte ich meine Rüstung wieder an, um auf Wilja zu warten. Sie blieb lange bei Arminius, doch sie freute sich sehr, als sie mich wartend am Zelt sah.

„Ich bin so froh, dass du noch lebst und nicht schwer verletzt bist“, flüsterte sie, als ich sie von den Zelten weg geführt hatte und küsste.

„Du siehst so müde aus, mein Herz.“ Ich streichelte ihr blasses Gesicht.

„Ich werde mich schon wieder erholen, wenn jetzt die Kämpfe erst einmal vorbei sind. Es ist weniger die Arbeit, die mir zu schaffen macht. Es sind die vielen Toten und die so schwer Verletzten, bei deren Anblick ich manchmal den Willen der Götter hinterfrage. Dann ist es gut für mich, wenn du da bist und ich fühle, dass ich lebendig bin.“

„Wir werden damit noch etwas warten müssen. Die Wachen sind so nervös, dass ich kein Risiko eingehen möchte. Du weißt, wo du mich finden kannst. Pass gut auf dich auf.“ Wir küssten uns ein letztes Mal, bevor jeder zu seinem Zelt ging.

Auch wenn die Angrivarier sich den Römern unterworfen hatten und gnädig aufgenommen worden waren, so blieben sie doch Informanten des Arminius. Sie berichteten uns, dass Germanicus bei der Fahrt auf der Nordsee einen Teil seiner Flotte während einer Sturmflut verloren habe. Es sei nicht dramatisch gewesen, aber er habe ein riesiges Gewese darum gemacht. „Ach, sucht er wieder einen Grund, um zu erklären, warum er so große Verluste hat, aber keine gewonnene Schlacht vorweisen kann? Eigentlich kann er mit dem Ergebnis, das er bisher erlangt hat, nicht nach Rom zurück kehren. Schon sein letzter Feldzug war ein Debakel. Nun wieder so hohe Verluste und das, nachdem er so gewaltig aufgerüstet hatte. So kann er unmöglich vor Tiberius erscheinen.“ Arminius sollte mit seiner Vermutung, dass Germanicus diese Schmach nicht auf sich sitzen lassen würde, unglücklicherweise Recht behalten. Kaum an den Rhenus zurück gekehrt, schickte Germanicus Einheiten gegen die Chatten, während er selbst sich erneut gegen die Marsen wandte. Ihr Führer

Mallovendus hatte sich den Römern angeschlossen und als Beweis seiner Zuverlässigkeit verraten, wo ein Legionsadler der Varusniederlage in einem heiligen Hain vergraben lag. Als Dank dafür wurde das Gebiet der Marsen nur geplündert und verwüstet, jedoch gab es keine Kämpfe. Spione berichteten uns, dass Germanicus nach Rom zurück beordert wurde. Danach war von weiteren Feldzügen keine Rede mehr. Kaiser Tiberius, der ein Germanienspezialist war, hatte eingesehen, dass es Rom nicht gelingen würde, dieses Land zu erobern. Und vielleicht war ihm auch bewusst, dass die Vorteile, die eine Beherrschung mit sich bringen würde, die Nachteile nicht aufwiegen konnten. Das tägliche Leben in Germanien war auch ohne Kriege hart. Die Bodenschätze gering; das Klima unwirtlich und rau und die Bevölkerung nur bedingt zur Zusammenarbeit mit Rom bereit. So konnte man eine Provinz nicht beherrschen.

Nachdem Germanicus abgezogen war, sammelte ich meine eigenen Truppen und wir zogen zurück in unsere Heimat. Neue Kämpfer mussten angeworben und ausgebildet werden. Ich wollte die Schlachten analysieren und auswerten, um anhand dieser Unterlagen die Einsatzfähigkeit meiner Kavallerie zu verbessern. Marcus hatte sich bereit erklärt, die Ausbildung der Infanterieeinheiten fortzuführen. Auf unserem Heimritt wurden wir überall mit großem Jubel begrüßt, denn der Abzug der Römer wurde als Sieg unserer Truppen gefeiert. Meine jungen Männer schmeckten erstmals die Süße eines Erfolges. Ich ließ sie für einige Tage in ihren Dörfern zurück und war froh, als ich endlich allein bei meinem Haus ankam, das von Dimitrios inzwischen wohnlich eingerichtet worden war. Da die Nachricht von meiner Ankunft mir bereits voraus geeilt war, hatte er das Badehaus angeheizt und ich musste nur noch meine Rüstung ablegen, um von ihm mit Seifenschaum gereinigt zu werden und danach in eine heiße Dampfsauna zu taumeln und selig einzuschlafen.

Ich erwachte, als zarte Hände meinen Rücken massierten. Ich streckte mich wohlig und griff nach ihnen. Ohne die Augen zu öffnen, zog ich die Frau an mich und küsste sie. Sie massierte mich weiter, während ich ihren feuchten Körper erkundete. Der Duft ihrer Haut, der weiche Mund mit der flinken, fordernden Zunge, ich genoss sie. Dieses Mal übernahm sie die Führung und erfüllte sich jeden Wunsch. Ich wurde zum Werkzeug ihrer Leidenschaft und ließ mich willig benutzen, bis ich spürte, dass sie dem Höhepunkt entgegen trieb. Ich verlangsamte ihr Tempo, bis sie um Gnade flehte, dann stieß ich zu. Gemeinsam erreichten wir den Höhepunkt und sie jubelte ihre Lust hinaus. Jede Faser meines Körpers war angespannt und mit einem Stöhnen brach ich über ihr zusammen. „Oh Götter! Wir haben ja schon manches erlebt, aber das jetzt ….“ Sie keuchte, doch hielt mich weiterhin umklammert. „Was Dimitrios denkt, wenn er uns so hört?“

„Mein Lieb, Sklaven wissen, wann sie sich zurück zu ziehen haben. Außerdem habe ich ihn im Verdacht, dass auch er eine Liebschaft hat. Warum sollte er allein bleiben?“ Sie hatte ihre Beinklammer gelöst und ich rollte mich von ihr herunter. Einen Augenblick lagen wir noch neben einander, dann zog ich sie mit mir hoch, um nach nebenan in das warme Tauchbad zu gehen.

„Rosenblüten“, flüsterte sie staunend. „Wie aufmerksam von Dimitrios.“

„Die Dinger kleben nachher überall, wenn du wieder aus dem Wasser steigst“, erwiderte ich prosaisch, doch ich erfreute mich ebenfalls an diesem kleinen Luxus. Wir badeten ausgiebig und ließen uns nachher von Dimitrios und seinem Gehilfen ölen und massieren. Er berichtete, was in der letzten Zeit geschehen war, welche Gerüchte im Land kursierten und wie man die politische Lage einschätzte.

Wenn ich mich mit ihm unterhielt, fragte ich mich, wieso man immer glaubte, Sklaven oder Bedienstete seien dumm. Sie bekamen oft mehr mit von den Geschehnissen um sie herum als die unmittelbar Betroffenen, weil diese Aufmerksamkeit für sie überlebenswichtig war. Sie mussten ihre Fahne stets in den Wind hängen und sehr schnell wissen, wer in einem Haushalt das Sagen hatte, wo Intrigen entstanden und wie sie sich aus allem heraushalten konnten. Ich schätzte die Arbeit, die Dimitrios leistete und hätte ihn gern dafür bezahlt, doch erhielt ich für meine Arbeit kein Geld, sondern nur Sachleistungen und so musste ich es auch mit ihm halten. Manchmal war er mehr mein Assistent oder Sekretär, denn ein Bediensteter. Oftmals war er mir ein Freund gewesen. Wäre er mein Eigentum, so würde ich ihn freilassen.

Es war der erste Herbst, den wir im Frieden verlebten. Die meiste Zeit blieb Wilja in meinem Haus, nur manchmal, in Vollmondnächten, zogen wir gemeinsam durch die Wälder und suchten Heilkräuter. Diese Nächte liebte ich, denn sie hatten immer etwas Mystisches an sich und erfüllten mich stets mit neuer Lebensenergie. Ich richtete mich in diesem Leben ein, trainierte die Pferde, unterrichtete die jungen Krieger, half Marcus bei seinen Infanterieeinheiten und genoss ansonsten jeden Tag. Widukind und sein Stamm hatten mir Dimitrios zum Geschenk gemacht und ich freute mich, ihm seine Freiheit zurück zu geben. Allerdings stellte ich die Bedingung, dass er bei mir bleiben würde.

„Herr, wo sonst könnte es mir so gut ergehen wie bei dir. Ich werde mir ein kleines Haus bauen und dort mit meiner Geliebten einziehen. Dann kann ich auch eine Familie gründen. Ich werde dir niemals vergessen, was du für mich getan hast." Er sorgte weiterhin gut für mich und kümmerte sich um anständige Hausangestellte, die mir das Leben bequemer machten.

Marcus war bei mir eingezogen und ritt nur alle paar Wochen zu seiner Familie. „Die vielen Kinder und der Haushalt machen mich verrückt. Ich habe dort nichts zu tun und meine Frau kann mit mir nichts anfangen. Also bin ich besser bei dir. Hier gibt es immer jemanden, mit dem man sprechen kann oder eine Aufgabe, die zu erledigen ist.“ Ich grinste, wenn ich ihn so reden hörte und dachte dabei an die kleine Rothaarige, die ich jetzt öfter in meinem Haus sah. Welch großes Glück hatte ich mit Wilja, die mir keine Familie präsentierte. Jeder machte seine Arbeit und wir genossen die Zeit, die wir mit einander verbringen konnten.

Es war ein strenger Winter gewesen, der das Land lange in seiner Umklammerung hielt. So viel Schnee und so kalte Tage und Nächte hatte ich in meinem ganzen Leben noch nicht erlebt. Selbst Lupus hielt sich immer in der Nähe des Hauses auf. Nur manchmal, wenn seine Artgenossen nachts um das Dorf strichen, machte er sich selbstständig, aber er kam immer wieder zu mir zurück. Wir pflegten unsere Wunden, die die römischen Waffen uns in den vergangenen zwei Sommern geschlagen hatten. Und doch atmeten wir auf, als endlich das Frühjahr anbrach und wir wieder ins Freie hinaus konnten.

Wir hatten an diesen dunklen Tagen zusammen gesessen und über die Zukunft gesprochen. Aus Rom erhielten wir die Nachricht, dass der Kaiser für Germanicus einen Triumphzug ausrichten ließ. Angesichts der militärischen Ergebnisse in Germanien war das allerdings eher ein politischer Schachzug, denn eine tatsächliche Ehrung. Vermutlich musste Germanicus stillgehalten werden, weil er den Rückzug der Truppen hinter den Rhenus nicht billigte und großen Rückhalt bei den Legionen hatte. Alle verbündeten Fürsten und Heerführer nahmen an dem Spektakel teil. Unter den Augen ihres Vaters, der als Ehrengast mit auf der Tribüne saß, wurde auch Thusnelda mit ihrem Sohn gezeigt. Sie war die einzig wertvolle Beute, die Rom aus 30 Jahren Krieg gegen die Germanen vorzuweisen hatte. Eine Schmach für die beste Armee der Welt. Arminius nahm die Meldung regungslos entgegen und ging gleich wieder zum Tagesgeschäft über. Er hatte andere Sorgen, als sich über eine verlorene Gattin Gedanken zu machen. Außerdem meinte ich, in letzter Zeit immer wieder eine hochgewachsene, braunhaarige Frau in seiner Nähe gesehen zu haben. Sie war ganz anders als Thusnelda. Nicht so lieblich und mädchenhaft, sondern von herber Schönheit, mit wachem, intelligenten Blick. Ich gönnte es ihm, dass seine Nächte nicht mehr so einsam waren und er einen ruhenden Pol in seinem so unruhigen Leben gefunden hatte.

Das Problem Rom hatte sich also erledigt. Germanicus würde nicht wiederkommen. Doch nun mussten wir uns einem anderen, gefährlichen Gegner zuwenden. Marbod saß in Böhmen und hatte Arminius nach der großen Schlacht die Gefolgschaft gegen Rom verweigert. „Ich schickte ihm den Kopf des Varus und forderte ihn auf, sich uns anzuschließen. So hätten wir bis an den Rhenus vorstoßen, ja ihn überschreiten können. Wie ein Flächenbrand hätten sich die Stämme gegen Rom erhoben. Da er es nicht tat, musste ich von meinen großen Plänen Abschied nehmen. Und später, als Germanicus in Germanien einfiel, hätte Marbod uns zur Seite stehen können, aber wieder hat er seine Chance vertan. Ich denke, dass ihm klar ist, dass die jetzige Situation nicht länger tragbar ist. Eine Auseinandersetzung mit ihm, der bis zum Schluss ein Römling blieb, ist unausweichlich. Wir haben viel Arbeit vor uns, wenn wir gegen ihn antreten wollen. Seine Truppen sind schon über Jahre in römischer Manier geschult und ihn werden wir nicht in irgendwelche Fallen locken können." Auch Arminius und Marcus hatten die Jahre seit der großen Schlacht genutzt und gute Arbeit geleistet. Sie hatten viele germanischen Krieger ausgebildet und zuletzt auch Gehör bei manchem Fürsten gefunden. In den Übungslagern sah man jetzt geordnete Truppenverbände kämpfen und die Befehle klangen wie in einem römischen Lager.

Neue Kämpfe im Jahre 17

Nachdem ich die ersten Gerüchte über Streitigkeiten mit Marbod gehört hatte, machte ich meine Einheiten bereit. Ich verfügte inzwischen über drei hervorragend ausgebildete alae, denen erfahrene, verlässliche decurionen vorstanden. Sie alle ritten unter dem Zeichen des Wolfes. Arminius hatte mich noch nicht rufen lassen, aber wir zogen zu seinem neuen Hauptquartier, das sich auf dem Stammesgebiet der Semnonen befand, einem Volksstamm, der südlich von den Langobarden am Albis lebte. Er hatte sich von Marbod abgewandt und Arminius angeschlossen.

Ich trieb die Männer zur Eile an. Mein Gefühl sagte mir, dass wir gebraucht wurden. Als wir über den Hügel kamen, erkannte ich sofort die Gefahr. Marbod hatte mit seinem riesigen Heer bereits angegriffen und er zielte auf den Kern unserer Armee, wo sich Arminius befand. Marcus hatte sich mit seiner Kavallerie und jungen Fußtruppen von der Flanke dazwischen geworfen, doch sie waren den Angreifern zahlenmäßig weit unterlegen, die sich in drei Gruppen aufgeteilt hatten. Am gefährlichsten war der linke Flügel, der Marcus' Truppen direkt gegenüber stand. Ich instruierte Widukind, mit acht turmae nach rechts zu reiten und unter lautem Geschrei anzugreifen. Ich würde mit acht weiteren möglichst unauffällig durch das dichte Buschwerk von der linken Seite kommen. Segimund und Gunnar sollten mit ihren Männern in der Mitte, aber etwas zurückfallend, angreifen. Die dritte ala umritt den rechten Flügel und griff von hinten an. Als ich die lauten Angriffsschreie von Widukind hörte, gab ich meinen Männern das Zeichen. Kaum waren wir in der Nähe der Feinde, erkannte ich, dass mich meine Intuition hierher geführt haben musste. Marcus war in größter Gefahr! Ich gab meinem Pferd die Sporen und jagte durch die Büsche. Zunächst mit der hasta, dann mit der spatha stieß und hieb ich eine Bresche durch die sich uns zuwendenden Feinde. Ich hatte nur eines im Blick: den riesigen Krieger, der sich wie ein Rasender auf Marcus stürzte. Ich schrie, um seine Aufmerksamkeit auf mich zu lenken, aber er hörte mich nicht. Dafür hatte Marcus mich gehört und drehte sich um. Ein Moment, der ihm vermutlich das Leben rettete. Er riss seinen Schild hoch und fing damit den Hieb des Beidhänders auf. Doch die Wucht des Schlages riss ihn von den Beinen und der Schild flog ihm aus der Hand. Sofort war der Krieger über ihm und schlug auf ihn ein. Marcus hielt ihm sein Schwert entgegen, das die Wucht der gegnerischen Waffe nur auffangen, nicht jedoch ihr standhalten konnte. Mein Freund schrie laut auf, als er getroffen wurde. Doch jetzt war auch ich dicht genug herangekommen, um meinen Speer einzusetzen. Ich rammte ihn dem Feind mit voller Wucht zwischen die Schulterblätter. Dann wendete ich mein Pferd sofort, brachte es zum Stehen und sprang, mit Schwert und Dolch bewaffnet, neben den beiden Männern zu Boden. Marcus stöhnte noch, aber der auf ihm liegende Krieger rührte sich nicht mehr. Ich ließ den Riesen auf Marcus liegen, weil er einen natürlichen Schutz bildete gegen die Angreifer, die sich sofort auf uns stürzten. Lupus, den kein Spurt je abhängen konnte, sprang sofort dem ersten Feind ins Genick. Ich erschlug den zweiten mit dem Schwert und schleuderte einem weiteren Marcus' Schild, der mir zu Füßen lag, gezielt gegen die Beine, so dass er stürzte. Sofort stand Lupus über ihm. Dann war Gallus, einer meiner besten Männer, an meiner Seite. Wir versuchten die nachdrängenden Markomannen von Marcus fern zu halten, doch sie waren in der Überzahl. Lange würden wir uns nicht verteidigen können. Ein Axthieb hatte mich bereits am Arm getroffen. Die Gefahr war erst gebannt, als auch Gunnar unsere Notlage erkannte. Er und Trautwein sprengten mit ihren turmae heran und gemeinsam schützten sie mich, während ich nun versuchte, Marcus unter dem Toten hervorzuziehen. Mit drei Männern hoben wir ihn herunter. Ich nahm einen großen Schild, der in der Nähe lag und schob ihn unter meinen Freund. Da er ohne Bewusstsein war, musste ich mir keine Sorgen machen über seine Schmerzen. Er musste nur schnell aus dem Kampfgebiet heraus und ärztlich versorgt werden, denn das Blut pulsierte aus seiner Wunde. Gallus und Gunnar fassten mit an den Schild und unter dem Geleitschutz der Reiter schleppten wir Marcus vom Schlachtfeld. Ich versuchte die Ader abzudrücken und war vollständig mit Blut bespritzt. Inzwischen hatte meine gesamte ala zu uns gefunden und schirmten uns gegen den Feind ab. Ich erteilte ihnen neue Befehle und bis auf zwei turmae ritten die anderen unter der Führung von Gunnar davon, um ihren Gefährten gegen die Haupttruppe des Marbod zu helfen. Die anderen blieben zunächst bei mir.

„Trautwein, such Wilja. Sie muss sofort kommen. Gebt mir euer Verbandszeug aus den Satteltaschen. Wir müssen das Blut zum Stillstand bringen. Die Hauptschlagader ist getroffen." Fieberhaft versuchten wir ihm die Rüstung auszuziehen, um besser an die Schlagader am Oberarm zu kommen. „Schüttet mir Wasser über die Finger, sonst kann ich vor Blut nichts mehr sehen." Endlich konnte ich ein gefaltetes Tuch auf die Ader drücken. „Flößt ihm Wein ein. Vielleicht muntert ihn das auf." Inzwischen hatte ich einen Stock gefunden, mit dem ich den Druckverband befestigen konnte. „Marcus, Marcus hörst du mich?" Ich klopfte ihm auf die Wangen. Er hustet, als wir versuchten, ihm den Wein einzuflößen. „Hörst du mich? Wilja kommt gleich. Gallus, Lupus und eine turma bleiben hier bei dir und schützen dich. Die anderen sind schon voraus. Wir können Arminius nicht allein lassen." Marcus murmelte irgendetwas und versuchte die Augen zu öffnen, doch ich konnte nicht länger bleiben. Schon sah ich Trautwein mit Wilja vor sich auf dem Pferd heran preschen. Ich wusste meinen Freund in guter Obhut. „Kommt, wir werden Marbod zeigen, was wir gelernt haben." Ich schwang mich auf mein Pferd, formierte meine restlichen Männer hinter mir und wir stürmten dem Kampfgeschehen entgegen.

Die anderen decurionen sahen uns und schlossen sich sofort an. Es funktionierte wie bei unseren Übungen. Die gesamte ala stürmte mit angelegtem pilum zunächst wie eine Pfeilspitze auf den Feind zu, kurz vorher teilte sie sich in drei Gruppen und nur die Mitte brach durch die Reihen durch und schlug eine Bresche, während die äußeren beiden Gruppen den Feind umgingen und von der Seite angriffen. Dort, wo die Verteidigungsreihen durchbrochen waren, konnten unsere Fußsoldaten mühelos ins Innere der feindlichen Armee eindringen. Da Marbod sich zu sehr auf das Zentrum um Arminius konzentrierte, hatten wir wenig Widerstand bei unserer Unternehmung. Wir rollten die Truppen von der Seite auf. Zunächst preschten wir einmal quer durch die Angreifer. Uns folgten die Lanzenträger, dann stießen die restlichen Fußtruppen in die geschlagene Bresche nach. Am anderen Ende angekommen, sammelte ich meine Männer wieder und wir griffen erneut an. Die Feinde knubbelten sich zwischen uns und den Fußtruppen. Sie konnten sich nicht mehr wirkungsvoll gegen uns verteidigen, weil sie sich gegenseitig behinderten. So schafften wir Arminius Luft. Seine Krieger hatten sich inzwischen wieder gesammelt, in geordneter Angriffsformation aufgestellt und ich sah ihn an der Spitze seiner Reiter ebenfalls heranstürmen. Sie hatten Marbod in der Zange. Ich gab meinem Stellvertreter Albin ein Zeichen und ritt davon, um Marcus zu suchen.

Als ich an die Stelle kam, wo ich ihn zurück gelassen hatte, wartete nur noch Gallus versteckt hinter den Büschen. „Wir haben ihn ins Lager gebracht. Du sollst nachkommen." Ich konnte nicht mehr schnell reiten, weil mein Pferd völlig ausgelaugt war nach dem Wahnsinnsspurt und dem anschließenden Angriff. Ich zügelte es und lobte seinen mutigen Einsatz. Langsam trabten wir zum Lager. Dort übergab ich es einem Kavalleristen.

„Kannst du mir sagen, wo ich Marcus und Wilja finde?“

„Nimm Ulf mit, der zeigt dir den Weg.“ Ein schlaksiger Junge kam zu mir und grüßte verlegen.

„Cornelius Lupus, du bist voller Blut und an die Wunde an deinem Arm blutet ebenfalls.“ Erschrocken reichte er mir ein Tuch und nahm mir den Helm aus der Hand.

„Oh, ich habe es noch gar nicht bemerkt. Danke. Hast du auch schon mit gekämpft?“ fragte ich ihn und versuchte das Tuch um die Armwunde zu binden. Er half mir dabei.

„Ja, bei den Fußtruppen von Marcus Antonius, aber ich bin noch nicht sehr lange dabei. Es ist gut, dass du vorhin mit deinen Reitern gekommen bist. Ich glaube nicht, dass wir sonst überlebt hätten. Ich wäre auch gern bei deinen Männern, aber ich habe kein Pferd.“

„Es ist aber nicht weniger ehrenvoll, bei den Fußtruppen zu kämpfen. Reiter sind nur zu faul zu laufen.“ Ich grinste ihn an.

Er schaute ungläubig: „Das stimmt nicht. Reiter sind viel mutiger und können überall sofort helfen.“

„Ich mache dir einen Vorschlag. Du kommst in mein Lager und nimmst an den Übungen teil. Danach kannst du immer noch entscheiden, ob du zur Kavallerie oder zur Infanterie gehen möchtest. Ein Pferd werden wir für dich sicherlich noch finden.“ Wir waren inzwischen bei der Hütte angekommen, vor der Wachen standen, die mich jedoch sofort einließen.

Marcus lag auf einem Tisch. Sklaven hielten Fackeln in die Höhe, um für ausreichend Licht zu sorgen. Wilja arbeitete ganz konzentriert. Sie hatte den Druckverband entfernt und nähte nun die angerissene Hauptschlagader. Sie musste sich beeilen, denn das Blutgefäß war schon sehr lange abgeschnürt. Schweißtropfen standen ihr auf der Stirn. Es war stickig in der Hütte. Ich nahm ein sauberes Tuch, feuchtete es an und wischte ihr die Stirn ab. Sie nickte dankbar. „Kannst du dir die Beinwunde ansehen?“ fragte sie dann, ohne von ihrer Arbeit aufzublicken. „Noch ist er ohnmächtig, da wird er den Schmerz nicht bemerkten. Vermutlich hat er sich beim Sturz vom Pferd das Bein gebrochen.“ Ich ging auf die andere Seite des Tisches und löste seine Beinschienen. Dann trennte ich die Lederhose auf. Das rechte Bein war am Unterschenkel gebrochen. Das war deutlich zu sehen. Ich tastete die Knochen entlang. Es war nur ein einfacher Bruch.

„Ich kann es, sobald du fertig bist, gerade ziehen und dann schienen.“

„Ja, warte noch einen Augenblick, ich bin gleich fertig.“ Ich sah, dass sie bereits den Verband anlegte. Sie nickte mir zu. Ich wies einen Sklaven an, sich über Marcus’ Körper zu legen, dann zog ich an dem gebrochenen Bein. Man hörte die Knochen knirschen. Ich tastete die Stelle ab. Sie waren gut gerichtet. Nun legte Wilja die Schienen an. Während dessen kam Marcus zu Bewusstsein.

„Dieses Mal mit umgekehrtem Vorzeichen“, flüsterte er und drückte meine Hand. „Haben wir gesiegt?“

„Natürlich, sonst wäre ich jetzt nicht hier. Ruh dich aus. Wilja bleibt bei dir und ich kümmere mich um unsere Männer.“ Ich wollte schon gehen, doch er hielt mich noch fest.

„Jetzt stehe ich in deiner Schuld“, sagte er leise.

„Nein, wir sind quitt. Schlaf jetzt. Wilja bringt dir gerade einen Kräutertrunk. Ich komme wieder.“ Vor der Hütte wartete Lupus. „Na, mein Freund, geht es dir gut?“ Er stand auf, streckte sich und gähnte. „Dir scheint der Kampf gefallen zu haben?“ fragte ich ihn und klopfte seinen Hals. Er knurrte kurz und schien mich anzugrinsen. „Komm, wir holen dir ein schönes Stück Fleisch. Krieger müssen sich gut ernähren, um stark zu bleiben.“ Nachdem ich den Wolf versorgt hatte, ging ich in mein Zelt. Ulf, der die ganze Zeit bei mir geblieben war, half mir, die Rüstung abzulegen und meine Armwunde zu versorgen. Als ich mich gewaschen hatte, zog ich mich trotz der Müdigkeit wieder an und schickte den Jungen los, mir ein frisches Pferd zu besorgen. Lupus war inzwischen mit seiner Mahlzeit fertig und schaute mich erwartungsvoll an. „Komm, mein Freund, wir müssen Arminius suchen."

Ich fand ihn, zusammen mit seinen Heerführern, auf einer Waldlichtung. Auch er war nicht ohne Blessuren aus dem Kampf hervor gegangen. Ein Heiler kümmerte sich gerade um ihn, als ich ankam. Sobald er mich sah, stand er auf und kam mir mit ausgestreckten Armen entgegen. „Cornelius Lupus, ich hätte nie gedacht, dass mich der Anblick eines Römers je so glücklich machen würde bis zu dem Moment, als ich dich mit deinen Männern auf der Bergkuppe sah." Er griff meine Arme, zog mich an sich und klopfte mir auf den Rücken. „War es wieder diese untrügliche Intuition, die dich hierher getrieben hat?"

„Natürlich, aber es war noch etwas viel Wichtigeres: ich wollte meine Heimat verteidigen." Arminius stutzte, dann ging ein Lächeln über sein Gesicht, das ich so selten erst von einem Lächeln erhellt gesehen hatte.

„Mein Freund, mein Bruder! Ich danke dir im Namen eben dieser Heimat." Er drückte mir beide Oberarme, so als wolle er sie nie wieder loslassen. „Komm und trink etwas mit mir."

Ich unterbrach ihn: „Ich wollte dich holen, weil Marcus schwer verletzt ist. Wilja ist bei ihm, aber er schien mir sehr geschwächt zu sein."

„Ich komme sofort." Arminius informierte die anderen, dann gingen wir eilends zu den Pferden und ritten zum Lager. „Wie ist es passiert?"

„Als Marbods Truppen an der linken Flanke durchbrachen, hatte er sich ihnen mit seiner Kavallerie und der neuen Infanterie entgegen geworfen, aber sie waren in der Minderzahl. Glücklicherweise kamen wir in diesem Moment über den Hügel. Es hätte sonst übel ausgesehen. Seine Männer wurden fast vollständig aufgerieben."

Arminius war äußerst besorgt um seinen Freund und Stellvertreter. Kaum im Lager sprang er vom Pferd und lief zum

Zelt, in dem Marcus lag. Wilja saß immer noch bei ihm und erfrischte sein glühendes Gesicht mit einem feuchten Tuch. Er war nicht bei Bewusstsein. „Er hat sehr viel Blut verloren. Wenn keine Komplikationen eintreten, schafft er es, aber dann wird er noch lange Zeit sehr schwach sein." Arminius war nicht zufrieden mit dieser Aussage, doch Wilja wies ihn darauf hin, dass wir nichts tun konnten, außer abzuwarten.

Selbstverständlich übernahm ich die Nachtwache. Lupus lag neben mir. Ich hatte mir lateinische Schriften besorgen lassen und nutzte diese ruhigen Stunden um zu lesen. Wenn Marcus wach wurde, flößte ich ihm Medizin ein und wischte sein Gesicht und den Hals mit einem feuchten Tuch ab. Ich deckte ihn zu, wenn er sich im Fieber hin und her warf. Als das Fieber weiter stieg, ließ ich Wilja rufen, die mir zeigte, wie ich Wadenwickel machen musste, um das Fieber zu senken. In der Nacht kam Arminius. Er sah übernächtigt aus. „Wie geht es ihm?" fragte er.

„Das Fieber ist sehr hoch. Er fantasiert. Wilja tut, was sie kann. Wir müssen abwarten."

„Stört es dich, wenn ich hier bleibe?" Ich schaute erstaunt auf. So niedergeschlagen hatte ich Arminius noch nie erlebt. Ich schenkte ihm und mir kühles Bier ein. Er setzte sich auf den Boden und lehnte sich an die Wand. Er schwieg lange und sah mir zu, als ich die Wadenwickel erneuerte. Irgendwann begann er zu sprechen. „Marcus ist der wichtigste Mann, den ich habe. Ihn zu verlieren wäre furchtbar. Es hat lange gedauert, ihn für unsere Sache zu gewinnen, denn er hatte sehr lange Skrupel wegen dir. Du warst sein Freund und er betrachtete unsere Sache als Verrat an dir. Als er dann aber Wilja wiedertraf und erfuhr, was die Römer ihr angetan hatten, schwenkte er um. Als wir euch bei der großen Schlacht angriffen, hat er stets versucht, dich durch seine Männer schützen zu lassen. Es war unmöglich. Du hast gegen jeden, der sich dir näherte, gekämpft wie ein Löwe und wir haben viele Männer durch dich verloren. Auch mir wäre es schlecht ergangen, wäre nicht meine Leibwache dazwischen gekommen. Später hat Marcus sich für dein Leben eingesetzt. Wilja wäre ohne sein Zureden nicht zu dir gekommen. Und ich hätte dich vermutlich auch nicht am Leben gelassen, weil ich das wegen der vielen durch dich getöteten Krieger nicht rechtfertigen konnte. Außerdem warst du tribun und wärest normalerweise den Göttern geopfert worden. Es ist gut, dass Marcus mich davon überzeugt hat, dass du vielleicht irgendwann sehr nützlich für uns sein würdest. Er wusste, dass du ein ausgeprägtes Unrechtsbewusstsein hast und bei Kenntnis der tatsächlichen Lage in Germanien sicherlich zu uns kommen würdest."

Ich blickte ihn erstaunt an. „Das habe ich nicht gewusst."

„Nein, Marcus wollte auch nicht, dass man dir das erzählt, aber ich denke, jetzt ist doch der Zeitpunkt gekommen, dass du es erfährst. Die Zeit, in der du dich von ihm abgewandt hattest, war die schwierigste in seinem Leben. Er verstand dich gut und konnte dir doch nicht helfen." Arminius trank das Bier aus und hielt mir den Becher hin, um ihn nochmals zu füllen. Ich tat dieses, doch reichte ich ihm auch Brot.

„Trinken hilft nicht", sagte ich zu ihm. „Vielleicht schläft man schneller ein, aber dafür hat man am nächsten Tag Kopfschmerzen und die Probleme bleiben."

„Du kennst dich aus", grinste Arminius verlegen.

„Ich habe die Zeit hinter mir. Wo kann ich dir helfen? Du bist doch nicht gekommen, um mit mir eine kleine Plauderei zu halten." Ich nahm meinen Becher und setzte mich neben ihn. Natürlich wusste ich, was er von mir wollte, doch es war mir wichtig, dieses von ihm selbst zu hören.

„Würdest du die Männer von Marcus in den Kampf führen?" Sicherlich war es nicht leicht für Arminius, seinem ehemaligen Feind ein solches Zugeständnis zu machen. Marcus' Männer kämpften immer direkt neben Arminius im Brennpunkt der Schlachten. Lange hatte Arminius mich zunächst misstrauisch, dann aufmerksam beobachtet, bevor er mich vorbehaltslos akzeptierte. Marcus' Männer zu führen hieß, Stellvertreter des Heerführers zu sein. Und das mir, dem Feind, dem Römer! Arminius musste schon sehr verzweifelt sein, dass er hier über seinen Schatten sprang und seinen Männern diese Entscheidung zumutete.

„Würden sie mir folgen?"

„Nach dem, was heute geschehen ist – bis in den Tod. Sie wissen, dass du Marcus unter Einsatz deines Lebens gerettet hast. Du kannst alles von ihnen verlangen."

„Und wie ist die momentane Lage? Was macht Marbod?" Ich musste zunächst wissen, woran ich war.

„Wir haben ihn noch nicht endgültig bezwungen. Seine Truppen sind noch zu stark, als dass er verhandeln würde. Er ist ein guter Stratege und seine Männer sind über die Jahre nach römischer Manier bestens ausgebildet worden. Wusstest du, dass er auch in der römischen Armee gedient hat? Er kennt sich aus, so wie ich. Aber er hatte mehr Zeit seine Krieger zu drillen." Arminius fuhr sich durchs Haar und seufzte: „Hätte mein Onkel Inguiomer sich nicht wieder auf Marbods Seite geschlagen, hätten wir ihn jetzt schon besiegen können, denn wir wären ihm an Truppenstärke weit überlegen gewesen."

„Ist es wegen mir, dass er gegangen ist?"

„Nein, es wäre früher oder später ohnehin zum Bruch zwischen uns gekommen. Durch dich kam es nur etwas früher, aber ohne dich wären wir gar nicht so weit gekommen, wie wir heute sind. Die Schlachten der vergangenen zwei Jahre wären ohne deine Reiterei nicht so erfolgreich gewesen, wie sie waren. Das musst du auch wissen, bevor du dir Gedanken machst." Arminius blickte sinnend vor sich hin. „Manchmal könnte ich schier verzweifeln. Ich bin ratlos. Sind denn meine Vorstellungen von einem geeinten Germanien so falsch? Warum verstehen die Stammesfürsten nicht, dass wir nur in einem vereinten Reich gegen Rom bestehen, dass wir nur so unsere Identität erhalten können? Dass wir nicht zwei Herren dienen können? Ich habe es doch erlebt, wie es ist, mit zwei Seelen in einer Brust zu leben. Einen Treueeid geschworen zu haben und zu erkennen, dass man einen Dämon zum Bundesgenossen hat und für diesen gegen das eigene Volk die Waffen führen muss."

Er stand auf und schenkte sich selbst nochmals nach. „Ich weiß, dass du mir vorwirfst, dass ich eine interne militärische Revolte ausgelöst habe, aber keinen Volksaufstand gegen Rom. Du weißt aber inzwischen, dass es gar kein germanisches Volk gibt und es daher unmöglich ist, ein germanisches Volk als Ganzes zu mobilisieren. Die Stämme sind sich unter einander noch nicht einmal einig. Einige unterstützen Rom, viele stehen inzwischen auf meiner Seite, andere hängen Marbod an. Wir leben verstreut im ganzen Land. Wenn man Truppen ausheben will für einen Krieg, so ist das eine langwierige, aufwändige Angelegenheit. Erst seit wir zusammen arbeiten, werden gut ausgebildete Krieger in den Kampf geschickt. In dieser Form kannte man es in Germanien bisher nicht. In Pannonien lernte ich, wie rückständig die Kriegsführung hier war. Und doch war mir klar, dass wir gegen die Römer kämpfen mussten, wollten wir irgendwann wieder unsere eigenen Herren sein. Der Zeitpunkt war günstig. Die meisten Legionen noch in Pannonien gebunden und kein großer Feldherr für Germanien zuständig. Wenn du sagst, dass ich einen Truppenaufstand und keinen Volksaufstand angeführt habe, so stimmt das nicht ganz. Wie hätte ich damals die kampfeswilligen germanischen Krieger aufrütteln und an meiner Seite sammeln können, wenn nicht mit der Versicherung, dass meine Auxiliareinheiten auf ihrer Seite mitkämpfen würden? Sie waren doch auch die einzigen, die mir unbedingt gehorchten und meine Anweisungen verstanden." Er war unruhig auf und ab gegangen. Jetzt setzte er sich wieder neben mich. „Ich bin so unendlich müde. Manchmal frage ich mich, ob sich der Kampf überhaupt lohnt. Meine Frau und mein Sohn sind in römischer Hand, weil mein Schwiegervater sie ausgeliefert hat. Er lebt jetzt in Rom im Exil. Mein Bruder steht weiterhin zu seinem Eid und begleitet die Legionen auf Feldzügen gegen sein eigenes Volk. Germanische Stämme kämpfen gegen einander, statt ihre Kräfte gegen Rom zu bündeln. Ich hatte schon so viel erreicht mit der großen Schlacht und nun habe ich den Eindruck, dass ich auf der Stelle trete und nicht mehr weiter komme."

Ich sah ihn an. Wo war das Feuer geblieben, das ihn angetrieben hatte? Tiefe Falten waren in seinem Gesicht eingegraben, das früher immer so jugendlich gewirkt hatte. Die Jahre hatten ihn gezeichnet. „Komm, leg dich auf mein Lager und schlaf. Ich wache noch die ganze Nacht hier. Niemand wird dich stören." Ich half ihm auf, denn er taumelte vor Müdigkeit und von dem Bier.

Vertrauensvoll legte er seinen Arm um meine Schulter: „Sei mein Freund wie du es auch für Marcus bist. Ich habe nicht viele." Ich brachte ihn zu meinem Lager, nahm ihm die Waffen ab und deckte ihn zu. Er schlief sofort ein. Als ich an Marcus' Lager kam, sah ich, dass er wach war. Er hatte unser Gespräch gehört.

„Steh ihm bei", flüsterte er. „Ich kann es im Moment nicht."

„Sorge dich nicht. Wir werden Marbod besiegen." Ich gab ihm zu trinken und blieb bei ihm bis meine Ablösung kam.

Auge in Auge mit dem Feind

Wir kämpften den ganzen Sommer bis in den Herbst hinein gegen die Markomannen. Marcus' Truppen hatten sich problemlos unter meine Führung begeben und kämpften tapfer und zuverlässig. Langsam gewannen wir an Boden. Es war nicht zu übersehen, dass Marbod das römische Militär gut kannte und seine Truppen entsprechend ausgebildet hatte. Wir waren, zumindest bei der Infanterie, noch nicht so weit, wie ich es mir gewünscht hätte. Und doch konnte man auch bei uns die Resultate der Übungen erkennen. Marcus war im Spätsommer wieder so weit genesen, dass er an unseren Strategiegesprächen teilnehmen konnte und seine Männer einwies. Allerdings konnte er noch keine Waffe führen.

Seltsam, die entscheidende Schlacht war nach den vielen Kämpfen plötzlich ganz einfach. Ob die dauernden Schlachten Marbod mürbe gemacht oder seine Krieger keine Lust mehr hatten, das Schwert zu ziehen, ich weiß es nicht. In jedem Fall überlisteten wir ihn mit einer ganz einfachen Umklammerung mit zurückhängender Reiterei an den Flügeln und er war zu Verhandlungen bereit.

Arminius kam mit seinen Truppenführern in mein Zelt, wo Dimitrios gerade einen Schwerthieb an meinem Bein genäht hatte. „Marbod hat mich zu Verhandlungen gebeten“, erklärte er, nachdem er sich von der Harmlosigkeit meiner Wunde überzeugt hatte.

„Wenn es dir recht ist, dann werde ich die Verhandlungen führen. Mir wäre es viel zu gefährlich, wenn du mit ihm zusammentriffst. Ich traue ihm nicht“, schlug ich Arminius vor. Dimitrios hatte meine Wunde verbunden und half mir wieder in die Rüstung.

„Und wenn er dich als Geisel nimmt? Wir können nicht auf dich verzichten. Ich gehe“, warf Marcus ein, der Arminius begleitet hatte.

„Nein, du bist der nächste Mann neben Arminius. Das ist zu kritisch. Lass mich gehen. Was soll er mit mir? Wenn er mich als Geisel nimmt, hat das keine Auswirkungen auf eure Politik. Auf mich muss niemand Rücksicht nehmen. Würde Arminius getötet, so wären alle Pläne erledigt und alle Kämpfe würden vergebens gewesen sein. Also, lasst mich gehen.“ Trotz meiner großen Erfolge, machte ich mir keine Illusionen über den Wert meine Person im politischen Machtkampf in Germanien.

„Marcus, du weißt, dass Cornelius die einzige Alternative ist. Er hat den Ruf, loyal und doch unparteiisch zu sein. Er verspricht nichts, was er nicht halten kann. Außerdem ist er kein Germane. Marbod wird ihn anerkennen." Arminius war aufgestanden und legte mir den Arm um die Schulter. „Du kennst meine Forderung: unbedingte Unterwerfung. Er wird nicht mehr Fürst in seinem Lande sein. Wir werden einen Nachfolger bestimmen." Ich nickte zustimmend, während ich mein Schwert gürtete. „Pass gut auf dich auf. Wir können nicht auf dich verzichten. – Ich kann nicht auf dich verzichten." Die letzten Worte flüsterte er nur, dann beugte er sich zu mir und gab mir den Bruderkuss. Das war noch niemals vorher geschehen. Für jeden der Anwesenden war es ein bedeutungsvoller Moment. Nach acht Jahren unterschwelliger Feindseligkeit, ungeklärtem Misstrauen, gemeinsamen Kampfes überließ ihr Anführer mir erst die Truppen seines Stellvertreters und nahm mich dann als Bruder auf.

„Ich werde vorsichtig sein." Mein Pferd stand schon bereit. Ich nahm meine Standarte, rief die zehn Mann der Leibwache und wir ritten zum Albis.

Auf einer der im Fluss gelagerten Inseln sollten die Verhandlungen stattfinden. Ein Boot brachte uns hinüber. Die Pferde ließen wir am Ufer zurück. Lupus folgte mir dicht auf den Fersen wie ein Schatten. Ich war mir nicht sicher, ob Marbod sich an den Verhaltenskodex bei Verhandlungen halten würde. Arminius hatte ihn zu Recht einmal als falschen Hund bezeichnet. Eben deshalb wollte ich hier sein, um Arminius nicht zu gefährden. Mein Misstrauen schien unbegründet. Marbod zeigte sich zunächst friedlich und verhandlungsbereit. Doch ich hörte den Vorbehalt hinter seinen freundlichen Worten. Er versuchte seine Freiheit und die Macht über sein Volk zu behalten, aber mir war klar, dass dann nie Frieden herrschen würde. Niemals würde er Arminius neben oder gar über sich als Heerkönig akzeptieren. Als ich ihm schließlich die Bedingung seiner persönlichen Unterwerfung nannte, sprang er auf und tobte. Er und seine Männer zogen die Schwerter, doch wir waren ebenso schnell. Plötzlich erschienen weitere markomannische Krieger auf der Insel. Im Kampfgetümmel hatte ich nicht gehört, dass Boote anlegten. So gut wir auch fochten – Marbods Leibwache lag bereits am Boden, er selbst war aus dem Zelt geflohen – der enge Raum machte eine vernünftige Verteidigung gegen die nachströmenden Soldaten unmöglich. „Sofort zurück, bevor sie uns umzingeln!“ rief ich meinen Männern zu. Wir zerschnitten die Zeltwände und stürmten zum Ufer. Ich sah gleich, dass unser Boot weg war. „Los, ins Wasser und zum Ufer rüber schwimmen“, befahl ich. Meine Männer waren inzwischen alles gute Schwimmer. Ich hoffte, dass man den Überfall beobachtet hatte und uns drüben Verstärkung erwartete. Marbods Männer konnten offensichtlich nicht schwimmen und die Boote lagen an der anderen Seite der Insel. So konnten wir, weil wir mit der Strömung trieben, sehr schnell das jenseitige Ufer erreichen. In dem Moment, als ich die Böschung hinaufsteigen wollte, hörte ich noch einen Warnruf, dann traf mich eine Streitaxt am Kopf – den Helm hatte ich bei den Verhandlungen abgesetzt und liegen gelassen – und ich fiel hintüber in den Fluss.

Als ich wieder zu mir kam, befand ich mich gefesselt am Boden eines Bootes. Es waren Markomannen, die das Boot trotz der Strömung noch ruderten. Sie hatten es eilig. So war mein Gespür, dass die Insel sich als Falle erweisen würde, richtig gewesen. Als wir anlegten, wartete Marbod bereits auf uns. Man schleppte mich an Land und warf mich ihm zu Füßen.

„Wer hätte gedacht, dass der Wolf sich fangen lässt. Du hast mir viel Ärger gemacht und mich manchen guten Krieger gekostet. Aber jetzt ist es vorbei mit deiner römischen Arroganz und Überheblichkeit. Wir werden ja sehen, wie dein Freund, der Cheruskerfürst, ohne dich auskommt. Wie schade, dass ich nicht dabei bin, wenn du deinen verdienten Lohn erhältst. Bringt ihn weg und passt auf, dass er euch unterwegs nicht entkommt.“ Ich wurde hochgerissen und zu einem größeren Schiff gebracht, das sofort ablegte, nachdem wir an Bord gegangen waren. Man warf mich in eine Ecke hinter den Ruderbänken und kümmerte sich nicht weiter um mich. Ich hatte starke Kopfschmerzen, doch das Bluten hatte inzwischen aufgehört. Hatte ich anfangs gedacht, Marbod wolle mich als Geisel benutzen, so wurde ich nun eines Besseren belehrt.

Wir fuhren sehr schnell Richtung Flussmündung. Mir war rätselhaft, was das bedeuten sollte. Ich dachte nur daran, dass Lupus mich nicht mehr finden könnte, wenn der Weg nur über Wasser führte. Wilja – würde ich sie nie mehr wiedersehen? – doch noch war ich nicht verloren. Noch lebte ich und meine Leibwache war uns sicherlich bereits auf der Spur. Am zweiten Tag legten wir bei einem kleinen Hafen an und bekamen Pferde. Mir wurden die Hände nach vorn gefesselt und die Beine unter dem Pferd hindurch festgebunden. Zwanzig schwer bewaffnete Markomannen begleiteten mich auf diesem Ritt quer durch das Land. Dreimal am Tag wechselten wir die Pferde. Alle zwei Tage bekam ich neue Begleiter, wohl weil sie sich in der Gegend besser auskannten. Wenn es zu dunkel wurde, um den Weg noch zu erkennen, rasteten wir und ich fiel völlig erschöpft in einen unruhigen Schlaf. Bei Dämmerungsanbruch ging es sofort weiter. Am fünften Tag erreichten wir einen Fluss, dem wir folgten.

Am siebten Tag ritten wir in ein Römerkastell ein, das an der Mündung des Flusses ins Meer lag. Die Wachen ließen uns ohne Verzögerung in das Kastell hinein. Schnell hatte sich eine Gasse staunender Gaffer gebildet, als man mich vom Pferd band. Immer wieder hörte ich meinen Namen raunen: „Das ist Lupus, der Wolf des Arminius. Cornelius Lupus, ein Römer.“ Inzwischen hatten sich uns Legionäre angeschlossen, die die Bewachung übernehmen sollten. Innerhalb des Lagers zogen die Germanen sich zurück bis auf zwei Anführer. Sie und die Legionäre brachten mich in die principia.

Die Halle, in die ich geführt wurde, war hell erleuchtet. Römische Statuen standen in den Nischen. Am Kopfende befand sich ein erhöhter Stuhl wie für einen Caesar. Als ich den Mann sah, der neben diesem Stuhl stand, wurde mir Einiges klarer: Fürst Inguiomer, der Onkel des Arminius! So hatte mich mein Gefühl nicht getrogen, dass er mein Feind war. Jetzt rächte er sich für die Zurücksetzung, die er durch seinen Neffen erfahren hatte. Hämisch grinsend sah er mir entgegen. Dann wurde es unruhig. Waffen wurden präsentiert, ein Mann schritt zu dem Thronstuhl und setzte sich. Es war Germanicus! In Galauniform, so als sei er der Sieger aller Schlachten gewesen! Er, der eigentlich im vergangenen Jahr aus Germanien abberufen worden war, führte sich auf wie der Usurpator persönlich. Ich hatte ihn lange nicht mehr von Angesicht zu Angesicht gesehen. Er war schon immer der Liebling der Truppen und seines Großvaters Augustus gewesen. Mit dessen Tod verlor er seine Favoritenrolle und der neue Kaiser Tiberius hatte nach den harten Rückschlägen, die wir ihm bereiteten, das germanische Abenteuer beendet. Doch noch hatte Rom Verbündete in Germanien und Germanicus sorgte vermutlich für die moralische Unterstützung der zurück gebliebenen Truppen. Ich hatte ihn in den Jahren beobachtet. Er war einerseits ein ausgezeichneter Soldat, ohne Furcht, aber auch ohne Skrupel. Er war leicht erregbar und in solchen Momenten nicht mehr berechenbar. Andererseits sorgte er gut für seine Soldaten und war daher sehr beliebt. Hinzu kam, dass er eine athletische Figur hatte und wie sein Vater sehr gut aussah. Ein charismatischer Anführer.

Im Raum befanden sich anscheinend alle Truppenführer, die zurzeit noch hier im Norden stationiert waren. Wieder hörte ich meinen Namen flüstern und das Klirren von Waffen.

„Cornelius Lupus – endlich habe ich dich gefasst! Während der Schlachten bist du stets einem Schatten gleich an mir vorbeigehuscht. Wie ein Wolf im Dunkeln und ebenso gefährlich. Du bist hier in Germanien schon eine Legende. Der Mann, der die große Schlacht überlebt hat und nun seinen Feinden gute Ratschläge gibt, wie sie seine eigenen Landsleute abschlachten können. Ich hatte nicht zu hoffen gewagt, dich jemals wieder zu sehen.“ Während er sprach, war er aufgestanden und hatte mich umrundet. „Ein Mann, der die große Schlacht überlebt hat – wie konnte das nur möglich sein? Warum haben die Germanen ihn verschont und warum lebt er heute so hoch geehrt bei ihnen?“ Er schien die Frage an die anwesenden Truppenführer zu stellen, während er mich betrachtete. Dann machte er eine Pause und ging zu seinem Stuhl. Er setzte sich und blickte in die Runde. „Nun, meine Herren, was würdet ihr vermuten? Wie kann man nach einer solchen Schlacht überleben?“ Schweigen lag über der Halle. „Könnte es sein“ – seine Stimme klang sarkastisch – „könnte es sein, dass es sich hierbei um einen kleinen Verrat am römischen Staat handelte? Um Beteiligung an einer Verschwörung innerhalb der Armee?“ Es herrschte weiterhin Schweigen und so fragte er mit immer lauter werdender Stimme: „Könnte es sich vielleicht um Hochverrat handeln?“ Nervöses Füßescharren und Uniformklappern war zu hören. „Wir wissen“ – Germanicus sprach mit weittragender, gut geschulter Stimme – „wir wissen, dass du mit einem Germanen namens Marcus Antonius sehr gut befreundet warst und inzwischen Seite an Seite mit ihm germanische Truppen führst. Wir wissen, dass du mit ihm und Arminius in Pannonien warst und dass ihr dort zusammen gekämpft habt. Danach wurden eure Truppen im Gefolge des Varus gemeinsam nach Germanien verlegt. Glaubst du, dass wir so dumm sind, aus diesen Steinchen kein Mosaik legen zu können, das uns die Verräter an Rom und die Schuldigen an der Vernichtung von drei Legionen zeigt?“ Anfänglich leise, dann mit donnernder Stimme hielt er seine Anklage. Sie hatten genau die Rückschlüsse gezogen, die ich schon immer vermutet hatte und die trotzdem falsch waren. „Nun, tribun, hast du nichts zu sagen?“ fragte er ironisch. Erstaunt hörte ich, dass er mich mit meinem früheren militärischen Rang ansprach.

„Doch, ich würde gern sprechen“, entgegnete ich mit fester Stimme. Und so berichtete ich wahrheitsgetreu, was damals geschehen war. Dass meine Befürchtungen und Vermutungen vom praefectus und den anderen Truppenführern in den Wind geschlagen worden waren. Ich erzählte so leidenschaftslos wie möglich, welche Fehler dem Verwaltungsfachmann Varus in der Heeresführung unterlaufen waren, wie er sich von Arminius hatte einwickeln lassen. Ich ließ nichts aus. Alles, was seit acht Jahren in mir gärte, womit ich mich immer noch quälte, berichtete ich. Die Unruhe in der Halle wurde immer größer. Offensichtlich hatte niemand bisher solche Details gehört. Auch Germanicus schien aufzumerken. Unbewegt hörte er mir zu, ohne mich zu unterbrechen. Mein Bericht endete mit meinem eigenen Ausscheiden aus dem Kampf. Es herrschte Stille im Saal. Lange Zeit war dann nur noch Flüstern zu hören. Germanicus sprach ebenfalls leise mit Inguiomer, der intensiv auf ihn einredete. Anscheinend diskutierten sie, ob mein Bericht der Wahrheit entsprechen konnte. Dann plötzlich erhob er sich und verlangte Ruhe.

„Und wie erklärst du dir, tribun Cornelius Flavius, dass du heute hier lebend stehst, während alle anderen Römer tot sind? Und wenn du mir das erklärt hast, benötigen wir auch noch eine Antwort auf die Frage, wie du dazu kommst, germanische Truppen auszubilden, die gegen die römische Armee geführt werden? Ja, dass du von Arminius zu seinem persönlichen Berater bestellt worden bist und alle bisherigen

Männer an seiner Seite ausgestochen hast?“ Diese Fragen hatte ich mir einst auch gestellt, doch inzwischen kannte ich die Antworten darauf.

„Es ist richtig, dass ich mein Leben der Freundschaft mit Marcus Antonius verdanke. Er war es auch, der Arminius dazu brachte, mich weder opfern zu lassen, noch als Sklaven zu verkaufen. Aufgrund meiner Verletzungen konnte ich lange Zeit nicht an Flucht denken. Außerdem befand ich mich mitten in germanischem Gebiet, wo ich mich überhaupt nicht auskannte. Wenn ich überleben wollte, musste ich kooperieren. So begann ich die Truppen auszubilden. Allerdings hatte ich mir ausbedungen, dass ich diese Truppen niemals führen würde. Niemals gegen die römische Armee.“

„Welch ausgesprochen noble Gesinnung!“ rief Germanicus dazwischen, doch ich war noch nicht fertig und erhob meine Stimme, um mir Gehör zu verschaffen.

„In den Jahren, die ich hier in Germanien lebte, musste ich feststellen, dass ich völlig falsche Vorstellungen davon hatte, wie Rom die Zivilisation zu den angeblichen Barbaren bringt. Ich lebte mit falschen Idealen, die Rom mir eingegeben hatte und die mit der Wirklichkeit, mit der sich dieses Rom in Germanien präsentierte, nichts zu tun hatte. Das Rom, für das ich gekämpft hatte, gab es hier in Germanien nicht. Wehrlose Frauen, Kinder, Greise werden gefoltert, vergewaltigt, abgeschlachtet. Männer, die ihr Hab und Gut verteidigen wollten, wurden grausam getötet. Getreide und Ernte wurden restlos konfisziert, sodass die Menschen verhungern mussten. Dörfer wurden sinnlos niedergebrannt und ich fragte mich irgendwann, wofür? Für die Glorie des römischen Imperiums? Für den Ruhm der siegreichen römischen Armee? Oder ist es doch eher zur Bereicherung des jeweiligen praefectus oder legatus der Provinz? Wer profitiert von den Erzeugnissen und Leistungen der Germanen? Sind es wirklich Vorteile, die ihnen die römische Herrschaft bringt? Für die meisten sicherlich nicht. Für sie ist es Erniedrigung und Tod. Und das ist der

Grund, weshalb ich germanische Truppen ausbilde und diese gegen jeden, wohlgemerkt, gegen jeden Feind führe.“ Meine Rede war sehr leidenschaftlich gewesen, nicht so kühl wie ich es gewollte hatte. In mir stieg Galle auf, wenn ich an die Gräuel dachte, die ich gesehen und erlebt hatte.

Und vor mir stand der Verursacher dieser Taten, den das alles nicht interessierte. Arrogant sah er auf mich herab. Er ging gar nicht auf meine Argumente ein. „Sehr edel, sehr nobel, aber das wird dich nicht retten. Du wirst nach Rom gebracht. Anklage auf Hochverrat. Du wirst einen großen Auftritt in der Arena haben, denn deine fehlende Loyalität ließ Varus mit seinen Legionen untergehen. Auch ich habe viel zu viele Männer verloren durch die von dir geführten Truppen. Das wird das Imperium nicht hinnehmen. Ich werde dir schon einen kleinen Vorgeschmack auf das geben, was dich erwartet. Peitscht ihn aus! Fünfundzwanzig Schläge sollten erst einmal genügen. Dann bringt ihn wieder zu mir.“ Er winkte die Legionäre heran, die mich vorhin begleitet hatten. Nach einem kurzen Wortwechsel schloss sich Inguiomer uns an. Eingedenk der militärischen Position, die ich trotz allem immer noch inne hatte, denn Germanicus hatte mich in aller Öffentlichkeit mit meinem Rang bezeichnet, führten sie mich in einen geschlossenen Raum, damit niemand sah, dass ein tribun ausgepeitscht wurde.

„Tribun, du musst die Rüstung ablegen. Außerdem ist es besser die Tunika auszuziehen, weil sie unter den Schlägen zerfetzt.“ Dem Legionär war die Situation deutlich unangenehm.

„Wenn du das sagst, so will ich es tun“, antwortete ich ruhig, obwohl ich sehr aufgewühlt war. „Willst du kontrollieren, ob die Hiebe auch fest genug sind?“ fragte ich Inguiomer, der die Peitsche prüfte.

„Ich will dich jaulen hören wie den räudigen Wolf, dessen Namen du trägst“, entgegnete er. Die Situation war unsäglich. Ein Germane, der einen Römer an Römer auslieferte und sich an seiner Bestrafung ergötzte. Doch ich biss mir auf die Lippen, damit ich nicht noch mehr Zorn auf mich lud. Inguiomer war zuzutrauen, dass er mich totprügeln lassen würde. Den Legionären, die mich hierher gebracht hatten, war nicht ganz wohl in ihrer Haut, doch da sie unter Beobachtung standen, erfüllten sie ihre Pflicht. Sie banden mich zwischen zwei Holzpfosten fest, dann begann ein dritter Mann mit den Peitschenhieben. Zunächst war ich erstaunt über die Schärfe des Schmerzes und das ich ihn ertragen konnte, doch als dann Hieb auf Hieb kam, und die Haut unter den Schlägen zerriss, biss ich mir auf die Lippen bis ich Blut schmeckte. Wie Pfeile schoss der Schmerz in mein Gehirn. Ich konnte nicht mehr denken, erwartete nur noch den nächsten Hieb und hoffte, dass bald alles vorbei sein würde. Inguiomer war inzwischen gegangen, nachdem er sich davon überzeugt hatte, dass der Mann fest genug zuschlug. Die Zeit schien sich endlos zu dehnen, doch irgendwann kam kein weiterer Schlag. Die beiden Legionäre, die mich hierher eskortiert hatten, banden mich los. Ich lehnte mich an das blutige Holz. Nur mit Mühe konnte ich mich auf den Beinen halten.

„Tribun, wirst du laufen können?“

„Ich bin mir nicht ganz sicher“, flüsterte ich und versuchte einen Schritt zu gehen. Es schien mir die Rückenmuskeln zu zerreißen und mir wurde schwindelig vor Schmerz. Die beiden Männer hatten mein Gesicht beobachtet und eilten mir sofort zur Seite. Sie halfen mir die Tunika anzuziehen, die sich sofort voll Blut sog. „Bitte, legt mir den Umhang um. Es muss nicht jeder wissen, was geschehen ist. Es ist für die Moral der Soldaten nicht gut, wenn sie sehen, dass ihre Vorgesetzten einfach ausgepeitscht werden können.“ Vorsichtig legten sie mir den Umhang über die Schultern; einer griff meine Rüstung, dann stützten mich beide und geleiteten mich zurück zur Halle. Mir war elend vor Schmerzen.

An der Eingangstür bat ich sie, mich loszulassen. Ich würde Germanicus nicht den Triumph bieten, mich gebrochen zu sehen. So ging ich langsam, erhobenen Hauptes, mit zusammengebissenen Zähnen, durch die Reihen vor zu seinem Platz. Mir schwindelte. Ein Raunen war zu hören. Inguiomer, der wieder seinen Platz neben Germanicus eingenommen hatte, sah mich erstaunt an. Germanicus ließ mich einige Zeit warten, bevor er zu sprechen begann.

„Ich sehe, die Lektion hat noch nicht gereicht. Eigentlich hatte ich erwartet, dass du zumindest zugeben würdest, dass dein Aufbegehren gegen Rom ein Fehler war. Doch ich werde deinen Hochmut schon noch gebrochen sehen. Sobald das Wetter besser wird, stechen wir in See. Du wirst schneller wieder in Rom sein, als du dir jemals vorgestellt hast. Schade, dass Lucius Nonius Asprenas dich nicht damals schon wegen Insubordination verurteilen ließ. Ich werde seinen Fehler, der für so viele Römer tödlich war, korrigieren. Sei gewiss, du wirst in Rom keinen gnädigen Richter finden."

Während er sprach, hatte ich Germanicus unverwandt angesehen. Und mir wurde klar, dass ich richtig gehandelt hatte, als ich mich gegen Rom stellte. „Sei du gewiss, Germanicus, sollte ich, wie auch immer, überleben, so werden du und Rom noch oft von mir hören. Und sollte ich nicht überleben, wirst du selbst nicht mehr sicher sein in deinem Leben. Und dieses gilt im gleichen Maße für dich, Inguiomer. Es wäre besser, du lässt dich nie wieder bei Arminius' Truppen blicken." Damit drehte ich mich um und ging mit steifen Beinen durch die Reihen zurück zum Ausgang. Der Zorn hielt mich aufrecht. Ich verschwendete keinen Blick an die Reihen, die mir entgegen starrten. Als die Tür sich hinter mir schloss, suchte ich Halt an der Hauswand. Die beiden Legionäre, die auf mich gewartet hatten, kamen zu mir, um mich zu stützen. Dann brachten sie mich in eine Baracke. Sie halfen mir, mich bäuchlings auf ein Feldbett zu legen.

„Können wir noch irgendetwas für dich tun, tribun?" fragte einer der Männer.

„Etwas Wein wäre sehr angenehm“, flüsterte ich unter wütenden Schmerzen „und wenn es erlaubt ist, auch einen Arzt.“

„Ich werde mich darum kümmern. Leb wohl tribun und alles Gute.“

Ich blieb allein und versuchte der Schmerzen Herr zu werden. Schlafen konnte ich nicht. In der Nacht hörte ich Geräusche und Stimmen vor der Tür. Dann wurde Licht herein getragen und ein Mann kam allein zu mir. Ich drehte den Kopf um zu sehen, ob es der Arzt war, doch ich sah nur eine schimmernde Rüstung und schloss die Augen. Dann kniete er neben mir und zwang mich, ihn anzusehen. Es war Germanicus! Er betrachtete mich einige Zeit, bevor er zu sprechen begann: „Cornelius Flavius – dich hier so zu sehen, schmerzt mich sehr. Wie habe ich dich immer bewundert! Du warst das Ideal meiner Jugend. Niemand sah so fantastisch aus in seiner Uniform wie du. Und du warst ein großartiger Soldat. Deine Männer liebten dich abgöttisch und ich hätte mein Leben dafür gegeben, einer von ihnen zu sein. Du könntest längst in die Spitze der römischen Armee aufgestiegen sein, wenn du auf den Jungen geachtet hättest, der dir seine ganze Verehrung entgegen brachte. Doch für dich existierte ich gar nicht.“ Ich glaubte, nicht richtig zu hören. War es wirklich Germanicus, der da zu mir sprach? „Und jetzt liegst du hier vor mir. Hilflos, meinem Willen ausgeliefert. Ein Fingerschnipp von mir und du bist tot. Aber das will ich gar nicht. Ich will dir einen Vorschlag machen und den solltest du dir gut überlegen. Es soll alles vergessen sein, wenn du mir Arminius und seine Truppenführer auslieferst. Dem Kaiser liegt viel daran, das unselige Kapitel Germanien abzuschließen. Erfolgreich abzuschließen.“ Ich wollte antworten, doch er unterbrach mich: „Lass dir Zeit mit der Antwort. Bedenke, was geschehen ist und noch geschehen kann.“ Er nahm den Mantel ab, der über meinem Rücken lag und strich mir sanft über den Nacken.

„Das sieht nicht gut aus und ich würde es sehr bedauern, dir noch mehr Schmerzen bereiten zu müssen. Ich würde es auch deshalb sehr bedauern, weil du in den letzten Jahren ein noch attraktiverer Mann geworden bist. Du gefällst mir. Du hast mir schon immer gefallen. Du bist zum Befehlen geboren und gern wäre ich dir behilflich einen solchen Posten in der römischen Armee einzunehmen. An meiner Seite, wenn ich Caesar bin. Du müsstest nur entsprechendes Entgegenkommen zeigen und zwar nicht nur der römischen Armee gegenüber. Ich würde dir gern ganz persönlich behilflich sein." Während er sprach, hatte er zärtlich meinen Nacken gestreichelt und fuhr mir durch das Haar wie ein Liebhaber. Plötzlich griff er fest zu und riss meinen Kopf hoch. Ich schrie auf vor Schmerz. „Ganz besonders mir gegenüber. Ich denke, wir verstehen uns richtig", flüsterte er, dabei grinste er mich lüstern an, senkte seinen Kopf und küsste mich auf meinen wundgebissenen Mund. Dann strich er mir nochmals mit dem Daumen über die Lippen, bevor er mich losließ. Mir wurde schlecht vor Wut.

„Fass mich nicht an, sonst wirst du es ewig bereuen!" keuchte ich.

„Das wird vielmehr dir passieren, wenn du es dir nicht noch anders überlegst. Schlaf gut und träum was Schönes. Ich komme wieder!" Das Licht verschwand und die Tür schlug zu. Ich war wie vor den Kopf geschlagen. Der große Feldherr, der Mann, dessen militärische Fähigkeiten ihm einen Triumphzug beschert hatten, behandelte mich wie einen Lustknaben. Ich ekelte mich bei dem Gedanken und fühlte mich beschmutzt von seinen Worten, seinem Kuss. Wieder zerbrach eine Illusion – zersplitterte das Bild von Roms Herrlichkeit mehr und mehr.

Irgendwann war ich trotz der Schmerzen eingeschlafen, denn ich erwachte, weil jemand meinen Rücken vorsichtig mit Wasser abwusch. Ich roch Kamille. In der Dunkelheit brannte nur ein kleines Licht. Ich versuchte mich aufzurichten, brach aber stöhnend wieder zusammen.

„Tribun, bleib liegen. Die Wunden bluten sonst wieder“, hört ich.

„Wer bist du?“ fragte ich leise.

„Du wirst dich nicht an mich erinnern. Ich war gerade erst mit der Grundausbildung fertig, als du nach Pannonien gingst. Als ich nach Germanien versetzt wurde, erfuhr ich, dass du in der großen Schlacht verschollen warst. Ich glaubte nicht an deinen Tod. Und ich habe mich nicht getäuscht. Ein Mann wie du stirbt nicht einfach in einem Hinterhalt. Alle haben mir erzählt, dass du immer gerecht zu ihnen warst und dich um deine Männer gekümmert hast. Deshalb kann ich nicht glauben, was man dir vorwirft. Du bist nicht illoyal. Wenn du das Imperium anklagst, so bist du ein gerechter Kläger. Darum bin ich auch hier, um dir zu helfen, wenn ich kann.“ Er hatte immer noch sehr leise gesprochen. „Germanicus hat nicht erlaubt, dir einen Arzt zu schicken. Deine Kopfwunde verheilt, doch du wirst eine große Narbe an der Stirn behalten. Ich habe wenige Möglichkeiten, aber ich werde alles tun, damit es dir gut geht. Ich habe draußen gestanden, als der Feldherr dich besucht hat. Sei ohne Sorge, ich werde dich beschützen.“ Er bearbeitete meinen Rücken weiterhin mit Kamillenwasser, um das verkrustete Blut abzulösen. Die Tunika klebte in den Wunden. Es schien ewig zu dauern, bis er den Stoff zerschnitten und aus den wieder blutenden Wunden entfernt hatte. Dann kniete er neben meinem Kopf, hob ihn vorsichtig an. „Du darfst nicht selbst versuchen ihn zu heben, das würde zu sehr schmerzen. Ich mache das für dich.“ Er gab mir einen Strohhalm, damit ich einen unangenehm schmeckenden Wein trinken konnte. „Ich habe ein Rauschmittel hinein getan, damit du schlafen kannst. Wahrscheinlich bist du tagsüber nicht bei Bewusstsein. Dann kann Germanicus dir aber auch nichts tun. Ich komme morgen am Abend wieder zu dir. Bei Tageslicht geht es nicht.“

„Wie heißt du?“ fragte ich schon ganz schläfrig.
„Rufus Sulpicius“, flüsterte er, ehe er hinaus schlich.

Rufus kam jede Nacht und pflegte mich. Bereits am Tag nach der Auspeitschung bekam ich Fieber. Trotz Rufus' Bemühungen hielt das Fieber mich mehrere Tage in seinen Klauen. Ob es nun von den Wunden kam oder eher der in mir wühlende Zorn und die Verzweiflung über meine Lage waren, weiß ich nicht. Ich phantasierte; erlebte längst vergangene Schlachten wieder; fand und verlor Wilja; wurde von Germanicus gedemütigt und tötete ihn; daraufhin starb ich in Rom in der Arena. Jedes Mal, wenn ich für kurze Momente erwachte, tastete ich, ob ich noch auf meinem Lager lag oder schon auf dem Weg nach Rom war. Doch noch hatte Germanicus die Abreise nicht befohlen. Ich rechnete damit, dass er irgendwann noch einmal bei mir auftauchen würde. Die Vorstellung war ekelerregend, denn ich würde mich in meiner momentanen Lage nicht gegen ihn wehren können. Außerdem hätte jeder Versuch des Widerstandes meinen sofortigen Tod zur Folge. Mir war klar, es gab kein Entrinnen. Ich war völlig unfähig, mir selbst zu helfen und meine Freunde wussten nicht, wo ich war. Mir wurde bewusst, dass ich Wilja nie mehr wiedersehen würde. Ebenso das Haus, das ich gebaut, meine Männer, die ich über die Jahre ausgebildet hatte; Marcus, den Freund, den ich nach tiefem Kummer wieder neu gewonnen hatte. Alles würde vorbei sein. Cornelius Flavius würde in Rom hingerichtet werden, weil er die Wahrheit kannte und sie beim Namen nannte. Die Ehre der römischen Armee war unantastbar. Es musste schlimm um Rom stehen, wenn die Wahrheit eines tribuns so gefährlich war.

Aber er würde auch hingerichtet werden, weil er nicht bereit war, sich als Lustknabe missbrauchen zu lassen. Wie hatte ich immer so blind sein können und nie erkannt, wie verdorben die Welt war. Die Welt, für die ich so lange gekämpft hatte. Ein Staat, dessen Errungenschaften ich einst zu den Barbaren hinaustragen wollte und der mich jetzt für die Wahrheit, die hochzuhalten er mich gelehrt hatte, sterben lassen würde. Ein Staat geführt von Männern, die von jedermann für ihre militärischen Taten bewundert wurden und von denen mancher nur menschlicher Abschaum war. Ich schauderte und das Fieber ließ mir die Sinne schwinden.

Rufus musste immer wieder bei mir gewesen sein, auch wenn ich ihn nicht bewusst wahr nahm, denn mit der Zeit ging es mir besser und ich reagiert wieder auf meine Umgebung.

„Gibt es keine Wachen vor der Baracke?“ fragte ich ihn eines Nachts, als ich nach langer Zeit endlich fieberfrei war.

„Nein, aber es patrouillieren immer Doppelwachen durch die Straßen und auf der Mauer. Nun schlaf, ich kann die nächsten Nächte nicht kommen, weil ich selbst Wache habe. Ich habe Germanicus gesagt, dass sich deine Wunden entzündet haben und du in schweren Fieberträumen liegst.“

„Ich verdanke dir vermutlich mein Leben und meine Ehre“, sagte ich und drückte seine Hand.

„Die Götter waren gnädig“, antwortete er und verschwand.

Zwei Nächte blieb ich allein, dann, gegen Morgen, schrak ich hoch. Eine feuchte Nase berührte meine Hand: „Lupus! Wo kommst du denn her? Leise, du musst leise sein. Niemand darf dich hören. Hast du mich endlich gefunden. Bist du allein?“ Ich beruhigte den freudig erregten Wolf und kraulte ihn am Hals. Dabei ertastete ich ein Band, das dort gewöhnlich nicht saß. Ich befühlte es und hatte ein kleines Amulett in der Hand. Arminius – es war sein Amulett – also waren die Freunde nicht weit! Das war meine Rettung! Ich versuchte mich trotz der Schmerzen aufzusetzen. Die gerade erst verkrusteten Wunden rissen und Blut rann mir den Rücken herunter. Der Umhang, den Rufus mir umgelegt hatte, sog sie auf. Ich fiel zurück auf mein Lager. Lupus setzte sich neben mich und leckte die Tränen, die mir vor Erleichterung und Schmerzen flossen, von meinem Gesicht. „Lauf zurück zu den Freunden. Sei vorsichtig.“ Wie ein Schatten schlich der Wolf wieder aus dem Haus. Ich lauschte, hörte aber keine Geräusche draußen. Mein Versuch aufzustehen scheiterte erneut. Ich ließ mich von dem Lager gleiten, hob mich langsam auf Knie und Hände und kroch zu einem Holzpfeiler in der Mitte der Baracke. Dort hangelte ich mich mühsam hoch. Schweiß rann mir die Kopfhaut herunter, bis ich endlich stand. Meine Muskeln zitterten. Ich hatte das Gefühl, meine Arme nie wieder hochheben zu können, so spannte sich die zerstörte Haut über dem Rücken. Die Vorstellung, einen Sperr zu schleudern oder ein Schwert zu benutzen, war irreal. Das Amulett, das ich mir hatte umbinden wollen, steckte ich in meinen Gürtel und hoffte, dass es nicht herausfallen würde. Ich schlurfte vorsichtig zu meinem Lager zurück, ließ mich dort auf die Knie fallen und legte mich bäuchlings nieder. Von der kleinen Übung war ich so erschöpft, dass ich sofort wieder einschlief.

Mit neuer Hoffnung im Herzen erwachte ich. In dieser Nacht kam Rufus endlich wieder, um mir zu helfen. Voll Schrecken sah er das frische Blut in dem Umhang. Er musste ihn erneut einweichen, bevor er den angetrockneten Stoff von den Wunden lösen konnte. Danach versorgte er die aufgesprungenen Stellen mit einer neuen Tinktur. Als er mir Wein anbot, sagte er leise: „Ich sah gestern Nacht einen Wolf im Lager. Er kam aus dieser Baracke. Was kann ich für dich tun?“ Ich antwortete nicht sofort. „Tribun, du kannst mir vertrauen. Ich will dich nicht nach Rom transportieren und dort in der Arena sehen. Der Tod wäre dir gewiss. Sag mir, wie ich dir helfen kann.“

„Gib mir jetzt eine kleine Schreibtafel. Dann achte auf den Wolf und komm zu mir, wenn du ihn wieder siehst. Ich denke, wir müssen uns beeilen. Germanicus wird sich nicht mehr lange hier aufhalten, wenn er erfährt, dass ich transportfähig bin. Wir müssen sehr schnell weg. Und nun berichte mir, wo diese Baracke steht, wie die Umgebung aussieht, Entfernung zur Mauer, Wälder, Wasserläufe. Berichte genau.“ Leise beschrieb er den Lageplan. Die Baracke war die letzte in einer Reihe in der Nähe der porta decumana. Hinter dieser gab es nur einen schmalen Weg, der zunächst über eine baumlose Ebene zu einem dichten Eichenwald führte.

„Wir können die Ebene nur überqueren, wenn wir Neumond haben oder bei einem Unwetter. Ansonsten ist sie leicht einsehbar und man erkennt jede Gestalt, die sich dort bewegt.“

„Wir? Du willst mich begleiten?“ fragte ich erstaunt.

„Tribun, wie wolltest du in deinem Zustand fliehen, wenn ich dir nicht helfen würde? Deine Freunde werden nicht hier herein kommen können, um dich aus der Höhle des Löwen zu holen. Es wäre ihr Tod. Sie können nur darauf warten, dass wir ihnen entgegen kommen.“

„Du weißt nicht, auf was du dich da einlässt“, warnte ich ihn.

„Doch tribun, denn ich glaube deinen Worten und habe genug gesehen, um zu wissen, dass dieses hier auf Dauer nicht mehr mein Leben sein kann.“ Voller Vertrauen sah er mich an.

„Wir werden später nochmals darüber reden. Jetzt hör mir zu. Wenn Lupus nächstes Mal kommt, werde ich ihm eine Nachricht umbinden. Wir warten dann gemeinsam auf die Antwort. Es ist besser, du weißt nicht mehr von meinem Plan als unbedingt notwendig ist. Würdest du befragt werden, könntest du ihn nicht ausplaudern.“ Er wollte aufbegehren, doch ich wischte seinen Einspruch weg. „Du kennst die Methoden, mit denen Delinquenten gesprächig gemacht werden. Was du nicht weißt, kann dir nicht schaden.“ Ergeben ließ er den Kopf hängen und hörte mir weiter zu. „Wenn wir die Antwort haben, werde ich dir weitere Instruktionen geben. Wie ist der Mond zurzeit?“

„In zwei Tagen haben wir Neumond und es sieht so aus, als würde es Sturm geben. Die Flut wird dann sehr hoch steigen. Wir können also nicht über den Fluss."

„Du wirst uns Pferde besorgen müssen. Ich kann nicht weit gehen."

„Und wie willst du auf ein Pferd steigen?" Er sah mich entsetzt an.

„Du legst mich quer über den Sattel, wenn es nicht anders geht", grinste ich trotz der ernsten Lage. Inzwischen hatte ich mich von dem Lager herunter auf die Knie gelassen und stand mit Hilfe von Rufus auf. „Du siehst, ich habe geübt." In diesem Moment erschien Lupus. Wie ein Schatten glitt er herein und knurrte, als er den Fremden bei mir stehen sah. Rufus schreckte zurück und zog den Dolch. „Pst, er ist ein Freund, Lupus. Komm her. Er wird uns helfen." Lupus war noch misstrauisch, aber dann überwog die Wiedersehensfreude und er kam zu mir.

„Es ist tatsächlich ein Wolf. Ich habe mich immer gefragte, woher dein Name Lupus kommt. Es ist unglaublich", meinte Rufus und hielt ihm die Hand hin, damit er sie beschnuppern konnte. Misstrauisch näherte sich das Tier dem Mann.

„Lass sehen, ob du wieder eine Nachricht hast." Tatsächlich trug er eine Kapsel mit einem Stück hellem Holz drin. Hierauf gemalt war das Zeichen meiner Standarte mit einer zwei, also waren von meiner ala zwei turmae hier unter der Führung von Arminius. Sechzig gut ausgebildete Reiter waren schon ein Wort. Damit ließ sich planen. Der einfachste Weg wäre ein Angriff auf den vorgelagerten Hafen sobald der Sturm einsetzte. Dieser würde für die übrige Verwirrung sorgen. Ein kleines Feuer in der Ecke zwischen porta praetoria und porta principalis dextra, während wir durch das hintere Tor entwichen. Wenn wir dort von dem Trupp Reiter, der das Feuer gelegt und das Lager umritten hatte, aufgenommen werden könnten, würde nicht auffallen, dass wir überhaupt aus dem Lager heraus waren. Ich skizzierte meine Gedanken kurz und band Lupus die Wachstafel um. Dann schickte ich ihn wieder los und bat Rufus, ebenfalls zu gehen. „Ich habe meinen Freunden mitgeteilt, dass sie den Wolf erst dann wieder schicken, wenn sie sich auf den Weg machen, um unseren Plan auszuführen. Achte also auf den Wolf und komm wieder, wenn der Sturm beginnt. Danach müssen Pferde an der porta decumana bereitstehen. Sollte etwas Unvorhergesehenes geschehen, komm sofort. Dann müssen wir schnell neu planen. Und denk daran, mir eine Uniform mitzubringen und meine Waffen.“ Rufus verabschiedete sich und ließ mich mit meinen Gedanken zurück.

Ich zwang mich nun, trotz der Schmerzen aufzustehen und meine Arme zu bewegen. Wie nicht anders zu erwarten, sprang der Schorf wieder auf, doch darauf konnte ich keine Rücksicht nehmen. Immer wieder versuchte ich auf den Stuhl zu steigen. Ich musste irgendwie auf das Pferd kommen. Nun haben unsere Pferde nicht ein so gewaltiges Stockmaß wie beispielsweise die Friesen von den westlichen Stämmen, aber es war eine Höhe, auf die ich noch nicht wieder springen konnte. Stets lauschte ich nach draußen, damit niemand mich bei meinem Tun überraschte.

Am Abend war ich völlig erschöpft und schaffte es mit Mühe noch auf mein Lager. Als ich schwer atmend dort lag, hörte ich draußen ein fremdes Geräusch. Es dauerte bis ich begriff, dass es der Wind war. Der von mir erwartete Sturm. In dieser Nacht schlief ich sehr ruhig und machte am nächsten Tag keine Übungen, um ausgeruht zu sein, wenn wir in dieser Nacht starten würden. Wie erwartet erschien in der Dämmerung Lupus.

Wenig später kam auch Rufus. „Tribun, ich habe dir einen Trank mitgebracht, damit du weniger Schmerzen hast. Nimm ihn, bevor wir aufbrechen. Er braucht einige Zeit um zu wirken, aber sei vorsichtig, er ist sehr stark. Hier hast du deine Uniform, einen Helm und ein sagum. Außerdem habe ich deine Waffen mitgebracht. Wie werden wir nun vorgehen?“

„Kurz vor Mitternacht wird der Sturm am stärksten toben. Dann greift eine Gruppe meiner Männer den Hafen an. Sie werden Feuer legen. Eine zweite Gruppe wird in der Ecke zwischen porta praetoria und porta principalis dextra ebenfalls ein Feuer entfachen. Das ist unser Zeichen. Sollte sich dir jemand in den Weg stellen, musst du ihn beseitigen. Ich treffe dich außerhalb der porta decumana mit den Pferden. Nun geh, damit dich niemand vermisst. Mögen die Götter uns beschützen." Inzwischen hatten wir mir die Rüstung angelegt. Ich war schweißgebadet und fragte mich, wie ich die Flucht bewältigen sollte. Obwohl ich versuchte, mir nichts anmerken zu lassen, sah man mir die Erschöpfung wohl an. Rufus betrachtete mich einen Augenblick, dann nahm er meine Hand, küsste sie und legte sie an seine Stirn. Diese Geste der Unterwerfung verwirrte mich völlig. Noch nie war ich von einem Freigeborenen in einer solchen Weise geehrt worden. Dann verließ er mich ohne ein weiteres Wort.

Von nun an ging ich unruhig durch die Baracke und lauschte dem Anschwellen des Sturmes. Lupus lag neben der Eingangstür, bereit, jedem, der sich unbefugt hereinwagen würden, an die Kehle zu springen. Plötzlich hörte ich Trompeten – Angriffsalarm – der Hafen. Pferde – rennende Truppen – Rufe – Richtung Haupttor – danach nur das Heulen des Sturmes – etwas später erneut Trompeten – Feueralarm – das war mein Zeichen. Lupus sprang auf, ich versicherte mich, dass niemand in der Nähe war, orientierte mich kurz und lief dann durch den strömenden Regen, immer dicht an den Baracken entlang zum hinteren Tor.

„Heda, wo willst du hin? Wer bist du?" Ein Posten hatte mich entdeckt.

„Ich habe etwas vergessen. Halt mich nicht auf!" rief ich zurück und verschwand im Schatten einer Baracke, eher er mich nochmals anrufen konnte. Dann sah ich das Tor. Ich zögerte einen Moment – keine Wachen zu sehen – ich lief über die Straße und zwängte mich durch die nur schmal geöffnete Tür.

„Hier“, hörte ich eine Stimme rufen und blickte in die Richtung. Drei Schatten, denen Lupus angriffsbereit entgegen glitt, bis er Rufus roch.

„Tribun, ich helfe dir beim Aufsteigen. Schnell, oben laufen Wachen!“ Er hielt seine Hände bereit, um mich auf den Pferderücken zu schwingen. Ich weiß nicht mehr, wie ich auf das Pferd gelangte. Es kostete mich irrsinnige Überwindung, trotz des Betäubungstrunkes.

Sobald ich oben saß, rief ich den Wolf: „Lupus, du musst uns den Weg zeigen. Lauf los!“ Wie ein Pfeil, der von der Sehne fliegt, rannte der Wolf über das freie Feld. Wir trieben unsere Pferde an und jagten hinterher. In diesem Moment hörten wir hinter uns Alarmschreie und Pfeile flogen an uns vorbei.

„Tribun, sie haben deine Flucht entdeckt. Sie verfolgen uns! Reite weiter, ich decke dich!“ Rufus zügelte sein Pferd und wollte sich umwenden.

„Nein, bleib bei mir. Meine Männer werden gleich von hinten kommen und den Verfolgern in den Rücken fallen. Reite einfach weiter.“ Es war, wie ich sagte. Die kleine Gruppe, die am Fort Feuer gelegt hatte, sicherte unsere Flucht und schaltete die Verfolger aus. Noch bevor wir die weite Ebene überquert hatten, waren meine Männer bei uns und nahmen uns in ihre Mitte. Arminius hatte sie selbst geführt.

Als wir den Wald und das provisorische Lager mit seinen wenigen Bewachern erreichten, waren die Angreifer des Hafens noch nicht wieder da. Die Männer begrüßten mich jubelnd.

„Hört her, ich möchte ungern hier warten. Es ist besprochen, dass die anderen uns folgen werden, wenn ihr Auftrag erledigt ist.“ Arminius war besorgt wegen weiterer Verfolger. „Ist bei dir alles in Ordnung? Kannst du weiter?“ Es war sehr dunkel und so konnte er mich nicht deutlich sehen.

„Wir machen es so, wie du es geplant hast“, entgegnete ich ohne zu zögern, obwohl ich mich nach dem scharfen Ritt am Ende meiner Kräfte fühlte.

„Bitte, tribun, nimm nochmals von dem Trunk, dann wirst du es sicherlich schaffen." Rufus war an meine Seite gekommen und reichte mir die Feldflasche. Ich trank einige Schlucke von der scheußlichen Medizin.

„Geht es dir nicht gut? Sollen wir rasten?" fragte Arminius besorgt.

„Es ist nichts Wichtiges. Wir sprechen später drüber. Nun lasst uns weiterreiten", beschwichtigte ich ihn und gebot Rufus Schweigen. Arminius setzte sich an die Spitze und führte uns durch das Dickicht. Nach sicherlich zwei Stunden scharfen Rittes durch Sturm, Regen und Gewitter kamen wir wieder an den Fluss.

„Weiter unten können wir mit einer Fähre übersetzen, danach ist es nicht mehr weit. Wirst du das schaffen?"

„Frag nicht so viel, sondern reite", erwiderte ich und biss die Zähne zusammen. Wenn wir noch länger dort standen, würde ich vom Pferd fallen. Das Rauschmittel setzte zwar die Schmerzwahrnehmung herunter, aber es beeinträchtigte auch mein Reaktionsvermögen sehr stark. Ich fühlte mich wie betrunken und zitterte vor Kälte. Das Unwetter hatte inzwischen nachgelassen. Der Regen konnte nicht durch unsere Umhänge dringen, aber es war sehr kalt geworden. Es schien unendlich lange zu dauern, bis wir die Fähre erreichten. Ich blieb trotz des starken Schwankens auf meinem Pferd sitzen, weil ich vermutlich nicht wieder in den Sattel kommen würde, wäre ich jetzt abgestiegen. Rufus erkannte das sofort, führte das Tier auf die Fähre und hielt es fest, während wir übersetzten. Auf der anderen Seite angelangt, dauerte es tatsächlich nicht mehr lange, bis wir auf einer Waldlichtung, geschützt durch hohe Bäume, das Lager fanden.

„Wir sind da." Arminius sprang von seinem Pferd und kam zu mir. „Du kannst absteigen." Statt einer Antwort rutschte ich ohne Halt vom Pferd und landete in den Armen eines völlig verblüfften Arminius und eines entsetzt herbeilaufenden Rufus. Sie versuchten mich auf die Beine zu stellen, doch die trugen mich nicht. Wie ein Wäschebündel sackte ich in mich zusammen. „Wir müssen ihn tragen“, hörte ich Arminius rufen, während er von hinten unter meine Arme griff und mich hochziehen wollte. Ich stieß einen Schmerzensschrei aus und entglitt ihm.

„Sei vorsichtig! Sein Rücken – wir müssen eine Trage haben, damit wir ihn auf den Bauch legen können, sonst können wir ihn nicht transportieren. Seine Wunden sind noch zu frisch. Noch vor wenigen Tagen hatte er hohes Fieber und ich weiß nicht, ob ihm die Flucht so gut bekommen ist.“ Rufus hatte eine Decke besorgt und eine provisorische Trage gebunden. Er legte diese neben mir auf den Boden „Tribun, versuch auf die Knie zu kommen und leg dich auf die Trage.“

„Was für Wunden?“ fragte Arminius verwirrt. „Ich wusste nicht, dass du bei den Kämpfen derart verletzt worden bist.“

„Es waren weniger die Kämpfe. Du wirst es gleich sehen, wenn wir ihn in ein Zelt getragen haben“, beantwortete Rufus seine Frage. Währenddessen hatte ich mich mühsam auf die Trage gelegt. Zwei meiner Männer trugen mich unter einen Verschlag aus Zeltbahnen.

„Licht, wir brauchen Licht“, rief Arminius.

„Und wir brauchen einen Arzt“, sagte Rufus, der geholfen hatte, mich aufzurichten und nun versuchte, mich aus der Rüstung zu schälen. Ich stöhnte, als er mir das Kettenhemd über den Kopf zog und anschließend das Ledergewand abschnallte.

„Beim Odin! Was ist das? Alles voller Blut!“ Die Tunika klebte fest. Ich fühlte, wie sie aufgeschnitten wurde.

„Die Wunden sind alle wieder aufgeplatzt. Die enge Uniform hat den frischen Wundschorf abgescheuert.“ Rufus löste den klebenden Stoff vorsichtig von der Haut.

„Bei allen Göttern! Man hat ihn ausgepeitscht! Der Rücken ist eine einzige große Wunde! Wofür?“ Arminius’ Stimme war schrill vor Entsetzen.

„Germanicus“, flüsterte ich, dann schwanden mir die Sinne von dem Rauschmittel. Als ich wieder erwachte, fühlte sich mein Rücken kühl an. Jemand hatte feuchte Tücher darauf gelegt. Ich hörte Stimmengemurmel und hob den Kopf, um zu sehen, wer dort am Feuer saß. Es waren Arminius und Rufus mit einem mir fremden Germanen. Rufus hatte ihnen vermutlich alles berichtet. Ein Wolfskopf erschien an meinem Lager. Lupus leckte mir die Hand und schaute mich fragend an. „Gut dich wieder zu haben, mein Freund“, flüsterte ich und kraulte sein Kinn. Die Männer hatten mich gehört und kamen herüber. Arminius hockte sich neben Lupus.

„Cornelius, wir werden weiter müssen. Einige Männer sind unterwegs und besorgen einen Wagen. Ein weiterer Ritt wäre für dich zu gefährlich. Der Arzt meint, dass es für die Rückenmuskeln nicht gut wäre, wenn du sie noch einmal so stark beanspruchen würdest. Der Transport auf dem Wasser würde zu lange dauern, weil die Strömung hier recht stark ist. Außerdem ist es immer noch sehr stürmisch. Wir wollen unbedingt weiter, damit du in Sicherheit bist. Wir wissen nicht, wie schnell Germanicus versuchen wird, uns zu folgen. Ich kann mir nicht denken, dass er sich eine solche Beute entgehen lassen wird.“

„Wir machen alles, was du für richtig befindest. Ich werde es schon schaffen. Ohne euch wäre ich jetzt wohl auf dem Weg nach Rom. Danke, dass ihr so schnell gekommen seid.“

„Deine Männer waren nicht zu halten, als sie sahen, wie Marbod mit dir verfuhr. Besonders Marcus wollte dir sofort folgen, aber Wilja hat es ihm strickt untersagt. Marbod hatte uns nach der Geiselnahme sofort in neue Gefechte verwickelt, sodass wir nicht so schnell wegkamen, wie wir wollten. Später war es zunächst schwierig, die Fährte wieder aufzunehmen, aber Dank Lupus ist es uns dann doch gelungen.“ Er klopfte dem Wolf liebevoll auf die Flanke. Dieser sah ihn kurz an und jaulte, als hätte er verstanden, worum es ging.

„Wo ist Wilja?“ fragte ich leise und die Sehnsucht zerrte in mir.

„Wir sind auf dem Weg zu ihr. Ich habe ihr bereits einen Boten geschickt. Sicherlich wird sie uns entgegen kommen.“ Beruhigt schloss ich die Augen. Das Rauschmittel, das Rufus in seinen Trunk gemischt hatte, wirkte immer noch nach.

„Mein Freund, dass ich dich jemals so sehen würde – ich wollte, ich könnte zurück reiten und Germanicus umbringen. So viele Jahre hast du dein Leben für das Imperium aufs Spiel gesetzt und nun das.“ Arminius war außer sich.

„Du vergisst, dass man mich des Hochverrates anklagen will“, erwiderte ich mit schwerer Zunge. „Ich habe einfach nur einen Vorgeschmack auf die Strafe erhalten, die mich in Rom erwartet hätte.“

„Rufus berichtete, Germanicus hat dich nicht deines Ranges entkleidet? Er hat dich in deiner Position als tribun auspeitschen lassen? Dann muss es schlecht stehen um die Stimmung in der Armee, wenn er ein solches Exempel statuiert. Normalerweise hätte er dich erst degradiert.“ Ich ließ Arminius reden. Mein Gehirn konnte ihm nicht mehr folgen. Offensichtlich hatte Rufus nicht berichtet, welche Rolle der germanische Fürst Inguiomer bei diesem Schaustück gespielt hatte. Zumindest hatte er Arminius nichts von dessen Anwesenheit erzählt. Das würde ich mir für später aufbewahren. Jetzt war die Aufregung erst einmal groß genug. Irgendwann schlief ich ein und erwachte, als ich schon in einem Wagen lag, der über die schlechten germanischen Wege rumpelte. Immer noch wehte ein rauer Wind. Zumindest hatte der Regen nachgelassen. Ich versuchte, mich aufzusetzen, doch mir war so schwindelig, dass ich wieder aufs Lager fiel.

„Liebster, was haben sie mit dir gemacht?“ Liebevolle Hände streichelten mein Gesicht und die Stimme, die mein Herz erwärmte, drang durch den Drogennebel zu mir. Ich blickte in erschrockene grüne Augen und hob den Kopf. Wilja küsste mich und wie ein Ertrinkender versuchte ich, sie an mich zu ziehen. Sie ließ es einen Augenblick geschehen, dann löste sie sich von mir. „Sei vorsichtig. Dein Rücken sieht furchtbar aus, aber gemeinsam mit Dimitrios werde ich das schon wieder hinbekommen." Sie entzog mir ihre Hand und begann geschäftig ihre Taschen auszupacken.

„Was ist mit Marbod?" Erstmals dachte ich wieder an unseren Feind.

„Geschlagen und verjagt. Unsere Truppen haben ihn nach Böhmen zurück gedrängt. Marcus hat die Führung übernommen, als Arminius dir folgte. Auch wenn er noch nicht wieder selbst kämpfen kann, so kann er doch befehlen. Mehr konnte er leider nicht erreichen. Böhmen ist eine Festung und uneinnehmbar. Auch Arminius hätte nicht mehr tun können. Marcus geht es übrigens soweit ganz gut, wenn du das jetzt fragen wolltest." Wilja wusste um die Sorgen, die ich mir wegen der schweren Verletzungen meines Freundes machte. Als sie mich verbunden hatte, beugte sie sich über mich, um mich zum Abschied zu küssen. Ich hielt sie fest.

„Lass mich heute Nacht nicht allein, meine Liebste. Bleib bei mir. Weißt du, ich hatte erstmals in meinem Leben Angst", flüsterte ich.

„Oh Cornelius, es wäre nicht gut für dich", erwiderte sie, doch ich merkte, dass auch ihre Stimme voller Sehnsucht war. „Du musst vernünftig sein." Mit ihren zarten Fingern fuhr sie die Narbe an meiner Stirn nach.

„Bitte, bleib bei mir. Ich fürchtete schon, dich verloren zu haben", beschwor ich sie, griff ihre Hand und küsste ihre Finger. Sie entzog mir die Hand, dachte einen Moment nach und begann in der Hütte zu räumen. Innerhalb kürzester Zeit hatte sie ein Lager vorbereitet, auf das ich mich herunter gleiten lassen konnte. Sie sorgte dafür, dass ich bequem auf der Seite lag und kuschelte sich an mich. Endlich fühlte ich wieder ihren weichen Körper neben mir. Ich zog sie an mich und vergrub meinen Kopf in ihrer Halsbeuge. Erschöpft von der Flucht und der Medizin schlief ich ein. Irgendwann in der Nacht erwachte ich durch eine Bewegung. Wilja – ich hatte sie nicht verloren. Sie reagierte sofort auf meine Berührung, so als hätte sie schon auf mich gewartet. „Bleib auf der Seite liegen, Liebster", raunte sie mir zu und zog ihr Hemd aus. Endlich spürte ich wieder meine Frau und wusste, dass ich überleben würde. Die Vereinigung war sanft und nur kurz, doch sie gab mir den Mut und die Selbstachtung zurück, die ich im Lager des Germanicus verloren hatte.

Kaltblütige Rache

Es dauerte einige Monate bis ich wieder mit meinen Männern arbeiten konnte. Und auch dann schmerzten die Narben auf dem Rücken, obwohl Dimitrios sein Möglichstes tat, um mir zu helfen. Rufus blieb als mein persönlicher Adjutant bei mir. Ich hatte ihn verpflichtet, über die Vorkommnisse mit Germanicus Stillschweigen zu bewahren. Marcus wohnte weiterhin bei mir und auch Arminius kam oft vorbei und wir sprachen abends über die Neuorganisation des Landes nach dem Ende des Krieges. Marcus ging es besonders um die Heeresreform, die wir in den vergangenen Jahren bereits eingeleitet hatten. Arminius hatte mehr die Zivilbevölkerung im Blick.

Unberührt blieb die Frage der Regierungsform. Die Germanen lebten in einer Stammesstruktur, die von einem Häuptling oder Fürsten angeführt wurde, der jedoch keine absolute Macht hatte. Marbod hatte recht erfolgreich gezeigt, wie auch größere Verbände von einem Mann regiert werden konnten. Doch das galt nicht für alle Stämme. Auch waren manche Fürsten sehr wankelmütig in ihrer Bündnispolitik. Auf sie war kein Verlass und es war unklar, wie man sie dauerhaft würde binden können.

Über Fürst Inguiomer war bisher noch kein Wort wieder gefallen. Ich hatte Arminius immer noch nichts von meiner Begegnung im Lager des Germanicus erzählt. Was sein Onkel nach der Niederlage der Markomannen unternommen hatte, war mir nicht bekannt. So traf es mich ziemlich unvorbereitet, als ich bei dem ersten Heerführertreffen, an dem ich nach der Geiselnahme wieder teilnahm, auf ihn traf. Doch auch er schien nicht mit mir gerechnet zu haben. Vielleicht hatte er das Lager des Germanicus bereits verlassen, bevor ich fliehen konnte. Er rechnete wohl damit, dass ich inzwischen zumindest in Rom, wenn nicht sogar tot war. Er wurde kreidebleich und die Kinnlade fiel ihm leicht herunter, als ich mit Lupus an meiner Seite den Raum betrat. Ich hatte mir schon lange überlegt, was ich tun würde, sollte er irgendwann wieder einmal vor mir stehen. Meine Überlegungen schwankten zwischen ignorieren und töten. Ich hatte alles durchdacht und es dann doch verworfen.

Nun war der Moment gekommen. Ich stand wie angewurzelt in der Tür ob seiner Frechheit, wieder hier im Kreise der Stammesfürsten zu erscheinen. Inguiomer sah mich und erhob sich wie in Trance. Seine Hand zuckte zum Schwert. Die Gespräche um uns herum verstummten und auch Arminius schaute erstaunt von einem zum anderen. Ohne den Blick von meinem Feind zu lassen, schritt ich durch die Halle bis zu ihm hin. Dann holte ich aus und schlug ihm mit voller Wucht ins Gesicht, so dass er zu Boden ging. Ein Aufschrei ging durch die Männer. „Du verfluchter römischer Hund! Das wirst du mir büßen!“ Er wischte sich das Blut vom Mund und ließ sich von seinen Anhängern aufhelfen.

„Gern! Jetzt und hier!“ Ich wandte mich an Arminius und seine Männer. „Jeder von euch hat immer gedacht, das Marbod mich an Germanicus ausgeliefert hat. Das stimmt nicht. Er war nur das Werkzeug, mich zu fangen. Ausgeliefert hat mich Fürst Inguiomer! Er stand neben Germanicus, als ich vorgeführt wurde und hatte ihm vorher bereits jede Einzelheit über meine Arbeit hier berichtet. Germanicus war ausgesprochen gut informiert. Danach hat dieser Verräter sich persönlich davon überzeugt, dass ich auch richtig ausgepeitscht wurde. Ich wusste ja, dass er mein Feind ist, aber ich hatte keine Ahnung, dass er auch dir und deinen Verbündeten gegenüber so falsch sein würde, wieder hier zu erscheinen. Vielleicht als römischer Spitzel! Hat Germanicus dich geschickt, damit du wieder ausplaudern kannst, was hier geschieht?“ Bewusst provozierte ich eine Auseinandersetzung. Zu Arminius gewandt sagte ich: „Du verstehst, dass ich jetzt keine Rücksicht mehr auf seine Position nehmen kann. Wenn du es wünscht, werden wir den Kampf draußen austragen. Ich würde es aber lieber hier unter aller Augen machen, damit ich Genugtuung erlangen kann.“

„Deine Genugtuung wird auch die meine sein. Denn der Verrat an dir war auch der Verrat an mir und meinen Verbündeten. Ich lasse dir freie Hand.“ Arminius war aufgestanden und hatte sein Schwert gezogen. „Egal, wie der Kampf ausgehen wird, die Anhänger des Verlierers werden keine Vergeltung üben, sondern den Fall als erledigt betrachten. Es wird keine Blutrache geben. Hat jemand Einwände, dann rede er jetzt oder schweige für immer.“ Es erhob sich kein Widerspruch. Man zog die Bänke auseinander und richtete den Kampfplatz. „Du bist der Beleidigte, Cornelius. Du kannst die Waffen wählen.“

„Ich bin zwar der Beleidigte, aber ich lasse einem alten Mann gern den Vortritt.“ Bewusst wollte ich Inguiomer reizen und das gelang mir auch.

„Wenn dieser Römer überhaupt kämpfen kann, dann soll er nicht reden, sondern sein Schwert ziehen.“ Er schäumte vor Wut. Das war mir nur Recht. Ich ging kalten Blutes in diesen Kampf. Um weiteren Schaden von mir und meinen Leuten abzuwenden, musste ich diesen Mann besiegen. Aber auch, um endlich von diesem Albdruck aus dem Lager des Germanicus befreit zu werden. Mir war klar, dass es ein Kampf ohne Regeln sein würde, aber ich war vorbereitet. Meine immer noch fehlende Beweglichkeit musste ich durch kluges Taktieren ausgleichen. Arminius reichte mir seinen Schild. Es war der unserer Kavallerie, das heißt, er war klein und handlich und ich konnte gut damit umgehen. Mein Schwert war dem des Germanen ebenbürtig. Ich hatte noch einen Dolch dabei, Inguiomer dagegen eine Streitaxt. Marcus gab mir seinen Helm, da ich meinen nicht mitgenommen hatte. So waren wir fast gleich gerüstet.

Seine Wut trieb meinen Gegner voran. Er ließ mir keine Zeit zu überlegen, wie ich beginnen sollte. Er stürzte sich auf mich und rammte mich mit dem Schild. Inguiomer war größer als ich und viel massiger, sodass ich schon sehr fest stehen musste, um nicht umgerannt zu werden. Meine Ausbildung bei der römischen Infanterie kam mir nun zugute. So duckte ich mich etwas hinter meinem Schild, den ich schräg hielt, konnte seinen Schild nach oben wegdrücken, stieß mit dem Schwert vor und brachte ihm gleich die erste Verletzung an seinem linken Arm bei. Mir war klar, dass ich zu einem schnellen Ergebnis kommen musste, weil ich einen langen Kampf gegen einen so kräftigen Mann noch nicht wieder durchhalten konnte. Daher ließ ich ihn die Attacken laufen, während ich aus der Abwehr heraus zustieß. Für sein Alter war er noch sehr behändig, doch ich durfte nicht nachlassen. Erneut machte er den Versuch, mich umzulaufen und wieder konnte ich ihn verletzen, doch dieses Mal drückte ich seinen Schild nicht nach oben, sondern zur rechten Seite weg und entblößte somit seinen Schwertarm. Es gelang mir, ihm sein Schwert aus der Hand zu schlagen. Wütend schreiend sprang er zurück und zog seine Streitaxt. Eine äußerst gefährliche Waffe in den Händen eines erfahrenen Mannes. Mit wuchtigen Hieben drang er auf mich ein. Mit Mühe konnte ich meinen Schild halten und ging dabei fast in die Knie. Ich musste zurückweichen, wollte ich nicht zusammenbrechen. Bevor er mich ans Ende der Halle gedrängt hatte, sprang ich bei seinem Ansturm plötzlich zur Seite weg. Sein Schwung riss ihn an mir vorbei und ich schlug ihm meinen Schild mit voller Wucht in den Rücken, sodass er zu Boden ging. Dabei ließ er seinen Schild los, den ich sofort wegtrat. Die Krieger um uns herum waren von ihren Plätzen gesprungen und feuerten ihren Kämpfer an. Arminius' Leibwache hatte sich mit gezogenen Schwertern zwischen ihnen verteilt, um Übergriffe zu vermeiden. Wutentbrannt kam Inguiomer wieder hoch. Ich hatte meinen Schild zur Seite geworfen und den Dolch gezogen. Der Kampf musste ein Ende finden, denn meine Kräfte ließen nach. Blindlings stürzte mein Gegner mit erhobener Streitaxt auf mich los. Seinen Arm fing ich mit dem Schwert ab, unterlief ihn und jagte ihm meinen Dolch ins Herz. Seine fallende Axt traf mich zwar noch, doch das Kettenhemd schützte mich vor einer schweren Verletzung. Er hingegen trug nur eine wollene Tunika, die meinem Dolch keinen Widerstand bot. Er lag schon in meinen Armen, da stieß ich noch einmal zu, fühlte, wie sein Herz aufhörte zu schlagen und ließ ihn dann fallen. Schwer atmend sah ich auf ihn nieder. Meine Schmach und der Tod meiner vielen Männer waren gerächt. Ich drehte mich um und verließ, ohne mit irgendeinem der Krieger einen Blick zu wechseln, die Halle.

Am Fluss legte ich meine Rüstung ab und säuberte mich und meine Waffen. Um die Wunde band ich mein Halstuch. Ich war nicht stolz auf meine Tat, aber ich wusste, dass sie getan werden musste. Nur so konnte ich meinen Frieden finden und wir alle endlich vernünftig arbeiten ohne den dauernden Widerhaken im Fleisch. Und doch war mir seltsam zu Mute. Ich konnte mich nicht erinnern, jemals einen Menschen getötet zu haben, den ich kannte. Bisher waren es nur fremde, unbekannte Gesichter gewesen. Jetzt hatte ich jemanden getötet, der mir etwas angetan hatte und der für den Tot vieler anderer, die durch mein Leben gegangen waren, verantwortlich gewesen war. Hatte ich mich verändert, weil ich plötzlich über solche Dinge nachdachte? Dann wurde mir klar, was den Unterschied ausmachte zwischen meinem früheren Leben und dem jetzigen. Ich kämpfte für Dinge, die mich ganz persönlich angingen. Nicht für einen anonymen Staat, einen fernen Kaiser, sondern für mein Leben, für die Menschen, die mir etwas bedeuteten, für mein Zuhause. Erst jetzt verstand ich die Völker, gegen die ich einst im Namen des römischen Imperiums angetreten war. Sie hatten für sich, für ihre Heimat, ihren ganz persönlichen Kosmos gekämpft. Wir waren als Usurpatoren gekommen und hatten ihnen all das, was ihnen wichtig und heilig war im Leben, genommen. Wir hatten ihnen aufoktroyiert, wovon wir glaubten, dass es richtig und wichtig war. Wie müssen sie uns gehasst haben! Für uns waren sie nur eine anonyme Masse. Wir hingegen waren ihre ganz persönlichen Feinde gewesen. Mir grauste bei dem Gedanken. Ich dankte den Göttern, dass sie mich aus diesem Todeskommando herausgeholt hatten. Doch was würde nun für mich kommen? Wie würde mein Leben weiter gehen? Ich war 37 Jahre alt und noch voller Kraft. Arminius hatte sich nie zu meiner Zukunft geäußert. Sah er mich also nur als Heerführer seiner Kavallerieeinheiten oder würde er mich auch politisch einsetzen? Wo gab es eine Zukunft für mich? Alle Länder, in denen Rom regierte, waren für mich verschlossen. Ich wandte meinen Blick also gen Osten. Würde es dort einen Platz für mich geben? Wie lange wäre ich noch kräftig genug, um zu kämpfen? Was käme danach? Lange saß ich am Fluss und ließ meine Gedanken schweifen. Doch ich erkannte, dass ich alles auf mich zukommen lassen musste. Es lag in den Händen der Götter. Jetzt legte ich meine Waffen an, nahm meine Rüstung und ging zurück ins Lager zu der Hütte, in der ich wohnte. Als ich eintrat, wartete schon Marcus mit Dimitrios auf mich. Letzterer stürzte auf mich zu: „Geht es dir gut, Herr oder bist du verletzt?“

„Es ist nicht schlimm. Nur ein Kratzer." Doch Dimitrios beruhigte sich nicht, bis er die Wunde untersucht und versorgt hatte. Ich setzte mich zu Marcus und sah ihn fragend an.

„Arminius hat das Treffen abgebrochen. Inguiomer wird noch heute Abend bestattet werden. Ohne viel Prunk, aber würdevoll. Immerhin war er ein Fürst der Cherusker. Sein Sohn, ein treuer Gefolgsmann von Arminius, wird seine Nachfolge antreten. Morgen wird die Zusammenkunft dann fortgesetzt und Arminius rechnet fest mit deiner Anwesenheit."

„Ich werde da sein, wenn er mich braucht." Die Antwort schien selbstverständlich zu sein. Gerade so, als wäre ich ein ganz neuer Mensch geworden. Ich würde mich den neuen Herausforderungen stellen.

Eröffnungen

Es wurden Jahre schwerer Kämpfe, mancher Niederlage und manchen Erfolges. Zunächst wandten wir uns den Nachbarstämmen, den Ubiern, Ansivariern, Chauken und Friesen zu. Diese hatten oftmals eine sehr wankende Bündnispolitik betrieben. Stets schlossen sie sich den Römern an, wenn sie sich von diesen Vorteile erwarteten. Aber sie fielen ihren Verbündeten auch gern einmal in den Rücken, sobald es sich als vorteilhaft heraus stellte. Arminius sah nur den Weg der Unterwerfung dieser Stämme, um sie dirigieren zu können. Bündnisse schienen ihm wenig erfolgversprechend zu sein. Der führende Mann bei den kriegerischen Auseinandersetzungen war Marcus. Zwar blieb Arminius die einende Kraft zwischen den verbündeten Stämmen, doch Marcus war sein Schwert. Ich stand ihm mit der Kavallerie zur Seite und unterstützte mit meinen Guerillaeinheiten die Stoßtruppunternehmen. Doch ich verbrachte inzwischen auch viel Zeit mit

Arminius und beriet ihn bei der Planung einer Verwaltung für das von ihm angestrebte vereinigte Germanien.

Immer noch scheuten wir uns vor der Frage der Regierungsform. Strebte Arminius eine Republik an oder sah er sich an der Spitze eines Königtums wie Marbod es einst verwirklicht hatte? Unzweifelhaft hatte er die militärischen Fähigkeiten, das Charisma und die notwendige Kaltblütigkeit, um eine solche Position einzunehmen. Dennoch hatte ich meine Zweifel an der Durchführbarkeit. Würden die Fürsten sich unter einem Mann aus ihren Reihen beugen? Konnte diese Unterordnung nur mit Worten, ohne Waffen erreicht werden? Würde Arminius die gleichen Fehler begehen, die schon das Ende der römischen Herrschaft herbei geführt hatten?

Doch wir verzettelten uns nicht in Diskussionen, wir lieferten handfeste Arbeit. Wir hielten die Römerstraßen in Stand, errichteten Ausbildungslager für die Truppen und reaktivierten den Handel. Die Menschen sahen, dass wir nicht nur Kriege führten, sondern auch ihren Lebensstandard verbesserten.

„Es ist nicht so, dass ich grundsätzlich gegen Römer eingestellt bin. Ich habe von ihnen gelernt. Besonders imponiert haben mir immer die Leistungen, die den Kämpfen voraus gingen. Die Logistik, der Wegebau, die Planung der Feldzüge. Die dort gewonnenen Erfahrungen und Errungenschaften waren anschließend immer sehr wichtig für die zivile Nutzung und für den Komfort der Bevölkerung. Das will ich hier auch voran treiben. Ich will das Leben hier angenehmer machen. Natürlich hätten wir das auch unter der Herrschaft der Römer haben können, doch ich war nicht bereit, dafür die Knute des römischen Militärs und die römischen Gesetze und Steuern zu akzeptieren. Sie ließen uns keinen Raum für die eigene Entwicklung und ignorierten unsere Gesetze und Bräuche. Es muss ein Miteinander geben, in das beide

Seiten sich einbringen, aber nicht eine Seite sich vollständig aufgeben muss. Das ist mein Ziel.“ Arminius und ich saßen am Abend der Sommersonnenwende an den Externsteinen. Jedes Jahr kam ich mit Wilja hierher und nahm an den Mysterienhandlungen teil. In diesem Jahr hatten Arminius und Marcus uns begleitet. Wir hatten in den letzten Jahren viel Zeit mit einander verbracht. Ich hatte Arminius besser kennen gelernt und manches Urteil, das ich zunächst über ihn gefällt hatte, revidieren müssen.

„Die Cherusker haben lange gegen die Römer gekämpft. Drusus konnte uns nicht unterwerfen. Erst als Tiberius nach Drusus' Tod, der ihm übrigens von einer germanischen Seherin geweissagt worden war, die Feldzüge fortsetzte, konnten wir im Jahre 4 nach der Zeitenwende besiegt werden. Mein Vater war so klug, sich zu unterwerfen und so zum Verbündeten, nicht zum Besiegten zu werden. Unsere Fürsten erhielten darauf hin das römische Bürgerrecht. Wir wurden verpflichtet, Truppenkontingente zu stellen. So kam ich an der Spitze unserer eigenen Krieger zur römischen Armee.“

„Aber, da warst du doch bereits mindestens 20 Jahre alt und hattest sicher schon seit vielen Jahren gegen die römische Armee gekämpft! Ich dachte immer, du wärest schon als Kind nach Rom gekommen!“ erstaunt stellte ich diese Rechnung auf.

„Nein, dem ist nicht so. Mein Bruder, der viel jünger ist als ich, wurde nach Rom geschickt und erhielt dort seine Ausbildung. Vielleicht haben ihn diese Jahre so sehr geprägt, dass er zu dem wurde, was er heute ist. Ich bin mit vierzehn an der Seite meines Vaters in meinen ersten Kampf gezogen. Zum Zeitpunkt der Unterwerfung hatte ich bereits sieben Jahre Krieg gegen Rom und gegen benachbarte Stämme hinter mir. Ich war kein unbeschriebenes Blatt mehr.“ Arminius sah mich an und ließ mir Zeit, diese Information zu verdauen. Mir wurde nun manches klarer, was ich bisher nicht verstanden hatte. Immer, wenn behauptet wurde, Arminius sei bereits als Kind nach Rom gekommen und dort erzogen worden, hatte ich mir nicht erklären können, wie ein Kind, das über so viele Jahre einem fremden Kultureinfluss ausgesetzt war, eine solche Vaterlandsliebe entwickeln konnte, dass es als Erwachsener einen Aufstand gegen das Land organisierte, das ihn erzogen hatte. Ja, mehr noch, wie es möglich war, dass ein relativ unbekannter junger Mann, der die Jahre seiner Jugend im Ausland verbracht hatte, innerhalb kürzester Zeit so viele Stämme mobilisieren konnte, um gegen die römische Armee zu ziehen. Jetzt hatte ich zumindest eine Erklärung für diese Fragen. Doch ich erfuhr noch mehr. Arminius hatte auf Grund seiner gesellschaftlichen Position und seiner Kampferfahrung sofort einen relativ hohen Posten in der Auxiliarreiterei erhalten und konnte seine Kriegserfahrung vervollkommnen. Er stellte in dieser Zeit seine Vorbehalte gegen Rom zurück und nutzte die Gunst der Stunde, sich mit römischer Strategie und Kampfkunst auseinander zu setzen. Seine Intelligenz und sein waches Gespür in Krisensituationen führten zwangsläufig zu seinen erstaunlichen Erfolgen, die er in Pannonien erringen konnte. Seine Soldaten, die größtenteils aus seinem eigenen Stamm kamen, folgten ihm bedingungslos, indem sie in ihm den geborenen Führer und zukünftigen Fürsten anerkannten.

„Dass man mir als Fürstensohn das römische Bürgerrecht verlieh und mich nach den militärischen Erfolgen in Pannonien in den Ritterstand erhob, machte es mir leichter, als ich mit meinen Truppen nach Germanien zurück versetzt wurde. Dort bot ich mich sofort als Vermittler zwischen dem Statthalter und den Stämmen an. Solange mein Vater noch lebte, musste ich unseren Stamm nicht führen. Er starb erst im Jahr nach der großen Schlacht. Natürlich habe ich bei meiner Rückkehr sofort die verbündeten Stämme um mich gesammelt. Hierbei haben mir die römischen Auszeichnungen sehr geholfen. Sie zeigten, dass ich ein erfolgreicher Heerführer war und hohe Anerkennung in Rom genoss. Du weißt, dass Marbod ebenfalls für Rom gekämpft hatte und in der Gunst des Augustus stand. Nachdem er Tiberius einen Frieden unter gleichen Bedingungen abringen konnte, damit er während des Aufstandes in Pannonien Ruhe hielt, hatte er zunächst die bessere Ausgangsposition, um Heerkönig der germanischen Stämme zu werden. Wollte ich diese Position übernehmen, so musste ich einen militärischen Erfolg aufweisen. Ich konnte nicht mehr länger warten." Arminius hatte sich bequem an einen Baumstamm gelehnt und blickte in das flackernde Feuer. Lupus lag an meiner Seite und schlief.

„Dann hattest du zwei Jahre Zeit, die Schlacht zu planen."

„Ja, allerdings lief das nicht ganz reibungslos. Die römerfreundlichen Fürsten, allen voran Segestes, machten mir das Leben schwer. Sie wollten nicht verstehen, was es bedeutete, eine römische Provinz zu sein. Mochten die Römer anfangs auch freundlich sein, später würden sie mit harter Hand regieren. Diese ständigen Gespräche kosteten viel Zeit und Kraft. Außerdem habe ich Segestes und Inguiomer mit ihren Männern nie wirklich auf meine Seite bringen können. Und nach der Schlacht, als ich mich in Thusnelda verliebt hatte und sie entführte, gab es noch mehr Schwierigkeiten. Du siehst, die Sache war es nicht wert, besonders wenn ich bedenke, dass meine Frau mit meinem unbekannten Sohn heute in Rom lebt. Ich hätte mir viel Ärger erspart, wenn ich nicht gemeint hätte, nach den Erfolgen als Krieger müsse ich nun unbedingt auch noch einen großen Erfolg als Mann haben, indem ich die Frau aus den Klauen ihres Vaters entführte." Er warf ein Holzstück ins Feuer, das knisternd aufflackerte. Lupus hob den Kopf und witterte.

„Sssst, es ist nichts", beruhigte ich ihn und kraulte seinen Kopf. „Du kannst es nicht rückgängig machen. Und ob es dir wirklich mehr gebracht hätte, wenn Segestes auf deiner Seite gekämpft hätte, wage ich zu bezweifeln. Du siehst doch, wie groß die Probleme mit deinem Onkel waren. Letztlich haben die römerfreundlichen Stammesfürsten dir immer die meisten Schwierigkeiten gemacht. Die Traditionalisten hingegen sind offen für deine Vorschläge und sie erkennen die Vorteile, die deine Führung ihnen bringen wird." Wir schwiegen einige Zeit und hörten auf die Geräusche der Leibwachen, die etwas abseits ihr Nachtlager aufgeschlagen hatten und nun die Pferde versorgten.

„Aber wir sprachen gerade über die zwei Jahre, die dir für die Vorbereitung der Schlacht blieben." Ich kraulte den Wolf, der sich über meine Beine gelegt hatte und versuchte, es mir bequem zu machen.

„Ich musste zunächst klären, welche Stämme mich unterstützen würden. Bei den Cheruskern gab es Zögerer wie meinen Onkel Inguiomer. Wir Cherusker galten als ausgesprochen römerfreundlich, weil wir nach der Unterwerfung sofort mit der militärischen Führung kooperiert hatten. Er sah also meine Umsturzpläne von Anfang an als Verrat an. Die Brukterer waren sofort auf meiner Seite. Sie hatten schon viele blutige Zusammenstöße mit den Römern gehabt. Anschließend stießen die Marsen und die Chatten zu uns. Beides Stämme, die an Rhenus, Lupia und Moenus leben und somit unmittelbar in der römischen Einmarschlinie siedeln. Fast jeder Feldzug, den Rom plante, ging durch ihre Stammesgebiete und so hatten sie die negativen Seiten dieser Herrschaft am deutlichsten gespürt. Mit einigen Heerführern hatte ich vereinbart, bei Kontrollbesuchen, die ich für Varus machte, militärische Schulungen durchzuführen. Alles unter den Augen der Römer, jedoch, ohne dass sie eine Ahnung hatten, was wir dort taten. Viele dieser Männer gehören noch heute zu meine Gefolgsleuten."

„Doch warum war es nicht möglich, die Fürsten nach der Schlacht von der Einführung einer neuen Strategie zu überzeugen? Sie hatten doch gesehen, wie erfolgreich du taktieren konntest." Ich hatte bisher nie verstanden, warum die Fürsten sich so vehement gegen die Neuerungen in der Armee wehrten.

„Frag mich nicht warum. Vielleicht einfach nur, um mir zu widersprechen und ihre eigene Position zu behaupten. Aber du darfst auch nicht vergessen, dass wir kein stehendes Heer haben, das man über Jahre ausbilden kann. Das wäre gar nicht zu finanzieren.“

Ich unterbrach ihn: „Aber wir sind doch ausgesprochen erfolgreich mit unseren kleinen Einheiten. Das könnte man bei jedem Stamm einführen und umsetzen.“

„Damit würden wir dann aber in den Herrschaftsbereich des einzelnen Fürsten eindringen und das ist inakzeptabel. Ich habe sie zumindest bisher nicht davon überzeugen können, dass es keine politische Einflussnahme ist, die ich will, sondern eine rein militärische.“ Arminius fuhr sich mit der Hand durch das Gesicht. Er sah sehr müde aus. „Gib mir noch einen Becher Wein.“ Ich schenkte ihm und mir ein. Wir tranken und schwiegen lange, bis er wieder zu sprechen begann: „Doch du wolltest noch mehr über die damalige Zeit wissen. Mir wurde ziemlich schnell klar, dass ich mit den hier vorhandenen Truppen allein nicht gegen römische Legionen antreten konnte. Unabhängig davon, gegen wie viele Legionen wir kämpfen würden. Ich musste also gut ausgebildete Soldaten haben, um erfolgreich zu sein. Und da gab es nur meine eigenen Männer. Es bedurfte keiner großen Überredungskunst, um sie dazu zu bringen, an der Seite ihrer eigenen Stämme gegen Rom zu kämpfen. Was bedeutete ihnen das römische Bürgerrecht gegen die Möglichkeit, in einem freien Germanien zu leben. Hinzu kam, dass sie erlebten, wie man mit unseren Landsleuten umging. Wie rigoros Varus das römische Recht einführte und umsetzte.“

„Und wie war das mit Varus? Wie konntest du ihn überreden dir zu trauen? Immerhin war er ein sehr erfahrener Mann, sonst hätte der Kaiser ihn niemals hierher geschickt.“ Dieses war ein Punkt, den ich bis heute nicht verstanden hatte. Varus hatte vielfältige politische und militärische Erfahrungen in der Vergangenheit gesammelt. Er war ein Mann mit diplomatischem Geschick, ein erfahrener Verwaltungsfachmann und durchsetzungsfähiger Militär. Wie konnte dieser Mann sich so in die Falle locken lassen?

„Ich hatte anfangs auch meine Zweifel, ob es mir gelingen würde, doch dann lernte ich ihn näher kennen und damit auch seine Schwächen. Er hatte einerseits die tatsächliche Situation in Germanien falsch eingeschätzt. Er meinte, mit der Unterwerfung der Stämme sei das Land bereits eine römische Provinz, in der er nun den inneren Ausbau und die Neuorganisation durchzuführen hatte. Dabei hatte er aber völlig die Struktur der Stämme übersehen. Wir sind uns untereinander nicht immer Freund und selbst innerhalb der Stämme stehen Familien nicht immer für die gleiche Politik ein. Andererseits wollte er seine Laufbahn erfolgreich abrunden, indem er in Germanien das schuf, was seinen Vorgängern nicht gelungen war, nämlich die vollständig befriedete und neu organisierte Provinz, die ihre reichen Erträge an den Kaiser abführte. Also letztlich falscher Ehrgeiz, der aber bei einem Mann seiner Vita und seines Alters verständlich war. Er war Ende fünfzig und in Anbetracht seiner gesellschaftlichen Position, der Ehe mit der Nichte des Augustus, sicherlich nicht mehr daran interessiert, noch lange dem Militär dienen zu müssen. Hinzu kam, dass wir Cherusker sehr vertrauenswürdig zu sein schienen. Ich hatte gute Dienste für das Imperium geleistet und stand ihm nun als römischer Bürger und Ritter mit meinem Rat zur Seite. So wurde aus einem kleinen Fehler ein großer."

„Aber hat er sich nicht auch sehr brutal gegen die Bevölkerung verhalten?" fragte ich und dachte dabei an Wilja.

„Sein Vorgehen gegen die Zivilbevölkerung war nicht gröber als in anderen Ländern auch. Nur haben die Germanen eine ganz andere Mentalität als viele andere Völker, vielleicht mit Ausnahme der Kelten. Dafür fehlte ihm das Feingefühl oder er war vielleicht auch zu bequem, sich damit zu beschäftigen. Auch seine Feldherrenqualitäten sind nicht zu tadeln. Du sagtest irgendwann, er habe grob fahrlässig gehandelt, als er während des Marsches keine Meldereiter und Kundschafter ausschickte. Das ist nicht richtig. Du wirst dich erinnern, dass er meine Auxiliartruppen für diesen Dienst ausgewählt hatte, weil wir uns in Germanien so viel besser auskannten. Außerdem hattest du dich der Insubordination verdächtig gemacht und wurdest deshalb nicht mehr für diesen Dienst eingeteilt. Überhaupt warst du nie lange genug bei den abendlichen Essen dabei, um beurteilen zu können, was auf dem Marsch geschah. Du warst völlig auf den bevorstehenden Angriff fixiert und niemand nahm dich ernst. Das war mein großes Glück. Du warst der gefährlichste Mann im Lager. Aber du warst nicht aus senatorischem Adel. Da konntest du von dem Senator Publius Quinctilius Varus nicht erwarten, dass er auf dich hörte." Es klang sehr plausibel, was Arminius berichtete. Und doch blieben Fragen offen.

„Arminius, ich will die ganze Geschichte hören. Ein Mann wie Varus hört nicht auf einen germanischen Fürsten und seinen Sohn, selbst wenn der Sohn römischer Bürger ist. Ein Schafsfell macht aus einem Wolf kein Schaf. Also erzähl. Die Nacht ist noch jung und es wird noch einige Stunden dauern, bis Wilja wiederkommt."

„Hätte Varus auf dich gehört, würde er heute noch leben", lachte Arminius über meine Hartnäckigkeit. „Du vergisst bei all deinen Überlegungen eines: ich war immer noch ritterlicher praefectus der germanischen Reiterei und das reichte für einen Römer, um mein graues Fell weiß zu färben. Und erinnere dich, er war ehrgeizig! Ehrgeiz macht blind! Das hast du auch bei Germanicus gesehen. Varus wollte ebenso bedeutend sein wie Tiberius oder Drusus, nur stammte er nicht aus der kaiserlichen Familie. Deshalb musste er sich auf militärischem oder politischem Felde behaupten. Das war sein Ende."

Ich dachte einige Zeit über seine Worte nach und musste ihm Recht geben. Der Ehrgeiz des Varus war nicht nur für ihn tödlich gewesen. „Doch wie ist es dir gelungen, alle Stammesführer in relativ kurzer Zeit heimlich auf einen Termin einzuschwören?“

„Ich habe die Stammesführer nicht überzeugen müssen. Wilja hatte mich auf einen anderen, viel wirkungsvolleren Weg hingewiesen: ich musste mir die Zustimmung unserer Priesterschaft sichern und das gelang mir sofort. Die Priester hatten das Leben der Germanen und der Römer jenseits des Rheines schon lange beobachtet und wussten, welch große Umwälzungen die Romanisierung uns bringen würde. Die Menschen würden viel zu schnell aus ihrem gewohnten Leben heraus gerissen und mit einem Denken und Handeln konfrontiert werden, das ihnen und ihrer Mentalität völlig fremd war. Die alten Götter und ihre Gesetze würden vergessen und ein Pseudoglaube an eine unübersehbare, sittenlose Götterwelt eingeführt werden. Götter, die ihre eigenen Gesetze missachten und die Menschen zu Wollust und ungezügeltem Leben verführen. Die Menschen hier sind noch nicht so weit, dass sie mit solchen verlockenden Angeboten vorsichtig und kritisch umzugehen verstehen. Die Stammesverbände, die Familienbande, also das, worauf unsere Gemeinschaft fußt, was sie zusammen hält, würde in kürzester Zeit zerstört werden. Und weil die Priester dieses erkannt hatten, unterstützen sie mich sofort, als ich ihnen meinen Plan eröffnete. Sie riefen zum Thing an der Teutoburg und jeder Fürst musste dem Ruf folgen. Das ist heilige Pflicht. Alle, die zu einem Thing erscheinen, müssen über die dort besprochenen Dinge schweigen. Ein Verrat führt unmittelbar zum Tod.“ Wir schwiegen einen Moment, in dem ich Holz nachlegte, um das Feuer am Brennen zu halten.

„Du meinst also, die Behauptung des Segestes, er habe Varus vor deinem Verrat gewarnt, stimmt gar nicht?“ warf ich ein.

„Richtig. Segestes hat niemals vor der Schlacht zu Varus gesprochen. Abgesehen davon haben er und sein Sohn sich sehr lebhaft und erfolgreich an der Schlacht beteiligt. Er hat die Behauptung von der Warnung am Abend vor der Schlacht nur in die Welt gesetzt, um sich nach der Entführung Thusneldas bei den Römern Liebkind zu machen, damit sie ihn aus meinem Belagerungsring heraus holten. Sonst hätte er gegen mich kämpfen müssen und ich versichere dir, dass er nicht gewonnen hätte." Arminius saß einige Zeit, ohne zu sprechen. Vielleicht dachte er an seine Frau und seinen Sohn, die in der Fremde lebten. Dann sprach er weiter: „Nachdem die Priester während des Thing nochmals zu gemeinsamem Handeln aufgerufen hatten, übergaben sie mir das Wort. Mein Plan schien manchem zunächst zu fantastisch zu sein, doch dann zeigte ich auf, wie real unsere Chance war, die Römer zu schlagen. Hierbei hob ich natürlich besonders meine Auxiliartruppen hervor, die ich in den Kampf führen würde. Ich zeigte den Truppenführern anhand der Schlacht von Arbalo, die mein Vater geschlagen hatte, wo die Fehler in unserer strategischen Führung bestanden hatten, die zum Verlust der Auseinandersetzung geführt hatten. Dann erläuterte ich ihnen, wie ich diese Fehler zu vermeiden gedachte."

„Gut, die Stammesführer folgten dir, aber wie habt ihr die ganzen Truppen zusammen gebracht, die notwendig waren, um drei Legionen zu schlagen? Das hätten die römischen Beobachter doch bemerken müssen." Dieser Punkt hatte mir schon immer zu denken gegeben, wenn ich die Truppenbewegungen der vergangenen Jahre und ihre logistischen Voraussetzungen bedachte.

„Die römische Besatzung hatte uns in den vorherigen Jahren stets Gelegenheit gegeben, unsere heiligen Feste zu feiern. Sie wussten, dass die Stammeskrieger zu den Heiligen Stätten pilgerten und mehrere Tage dort lagerten. Jeder germanische Krieger, der diesem Heiligtum angehörte, würde in voller Bewaffnung kommen. Die Tagundnachtgleiche stand bevor. Wilja hatte mich seit der Wintersonnenwende immer wieder darauf hingewiesen, dass in den Sternen zu lesen war, dieser Tag sei der von den Göttern bestimmte für die Schlacht. Außerdem boten sich die Externsteine als Sammelort für die germanischen Krieger an, denn sie liegen in der Nähe des Marschweges, den Varus einschlagen wollte. Darauf spekulierte ich."

„Ich verstehe aber nicht, wie es euch gelungen ist, einem gewöhnlichen germanischen Krieger klar zu machen, dass die römische Zivilisation nicht gut für ihn sein würde. Die Ideale, die du mir genannt hast, sind für einen Soldaten nicht begreiflich." Mir erschienen die Erklärungen, die Arminius mir gab, sehr hoch gegriffen zu sein.

„Dem gewöhnlichen Krieger wurde das nicht erzählt. Ihm berichteten die Priester lediglich, dass bewaffnete römische Truppen während des höchsten Festtages in die heiligen Bezirke eindringen würden. Das war ein Neidingswerk, eine Gotteslästerung, die umgehend bestraft werden musste. Dazu wurde jeder germanische Krieger aufgerufen und er handelte blindlings."

Ich dachte einen Augenblick nach und erinnerte mich an die Schlacht gegen Germanicus, als die Priester ebenfalls zum Kampf aufriefen. „Gut, das verstehe ich jetzt, aber wie bist du strategisch vorgegangen? Du weißt, dass ich schon am zweiten Tag der Schlacht ausgeschieden bin und keine Ahnung habe, was passiert ist." Dieses Mal würde ich nicht eher zu fragen aufhören, bis ich die ganze Wahrheit wusste.

„Nun, es war einfacher, als ich es mir vorgestellt hatte. Auch wenn es da einen tribun gab, der mir in meine Pläne pfuschte und den ich genau beobachten musste. Wäre Marcus nicht dein Freund gewesen, hätte ich dich noch vor der Schlacht töten lassen. So musste ich auf ihn Rücksicht nehmen. Heute bin ich froh, es getan zu haben." Er trank mir zu und lehnte sich an den Baumstamm zurück. „Als ich sicher war, dass Varus den von mir vorgesehenen Weg nehmen würde, setzte ich mich mit dem Hinweis, ich hätte Informationen über Unruhen bei den Brukterern erhalten und wolle die

Lage klären, von den Legionen ab. Da wir in Cheruskerland waren, griffen zunächst Krieger aus unseren Familienverbänden an. Ein Großteil meiner Männer war außerdem noch auf die Wachposten und Kastelle im Land verteilt und musste, nachdem die römischen vexillatio dort ausgeschaltet worden war, erst zum Sammelplatz kommen. Deshalb konnten wir noch keinen großen Angriff durchführen. Er reichte aber, um den Tross, der uns sehr hinderlich war, von den Legionen abzutrennen. Varus schickte eine Zenturie zum Schutz der Frauen und Kinder mit, was völlig überflüssig war, weil wir keinen Krieg gegen Frauen und Kinder führen. Anders als die Römer." Er blickte mich dabei an.

„Auch ich habe das nie getan", erwiderte ich ärgerlich.

„Das habe ich auch nicht behauptet, aber du hast lange an den Idealen festgehalten, die man dir beigebracht hatte. Du hättest mich sogar dafür getötet." Er grinste.

„So wie du mich", entgegnete ich nun auch lächelnd.

„Für uns war die Entscheidung gut. Wieder weniger Legionäre, gegen die wir kämpfen mussten. Wir konnten unsere Angriffe erst verstärken, als die weiter entfernten Stammesgruppen zeitversetzt zu uns stießen. Als Varus am vierten Tag des Marsches, also dem dritten Tag des Kampfes, seine Reiterei losschickte, um Hilfe zu holen, ritten sie meinen Männern, die auf dem Weg zu uns waren, direkt in die Arme. Nicht einer ist am Rhenus angekommen. Am letzten Tag hatten wir die volle Truppenstärke erreicht und Varus mit seinen geschwächten Truppen keine Chance mehr. Er und die meisten seiner Heerführer töteten sich, als sie keinen Ausweg mehr sahen. Mancher Zenturio ergab sich und wurde den Göttern geopfert. Einige wenige Legionäre entkamen, andere wurden in die Sklaverei geführt. Die Römer waren zum Schluss völlig demoralisiert durch die Kampfbedingungen und das Wetter. Als sie dann sahen, dass ihre Kavallerie sie verließ, glaubten sie an Desertion, was aber, wie ich gerade sagte, nicht der Fall war. Der Selbstmord ihrer Truppenführer hat ihre Kampfmoral dann endgültig untergraben. Die Marsen, die Brukterer und die Chatten erhielten als Trophäen je einen Legionsadler; der Römerfreund Segestes und ich teilten uns das silberne Tafelgeschirr des Varus. Das Schlachtfeld wurde zur Plünderung frei gegeben. Nichts ist dort zurück geblieben außer Knochen. Das war die große Schlacht bei den heiligen Stätten der Teutoburg." Wir schwiegen. So wenige Worte, um eine solche Katastrophe zu beschreiben. Jetzt kannte ich die Voraussetzungen für den Untergang von drei Legionen und war schockiert und gleichzeitig fasziniert.

„Und bist du zufrieden? Hast du dein Ziel erreicht?" fragte ich Arminius nach einer Weile.

„Nein, ich habe es noch nicht erreicht und kann deshalb nicht zufrieden sein. Noch immer ist der Horizont der Stammesfürsten zu klein. Sie verstehen nicht die Dimension, in der ich denke. Sehen nicht die Möglichkeit, ein eigenes Imperium als Gegengewicht zu Rom aufzubauen. Sie haben Marbods Reich gesehen, aber nichts verstanden. Allerdings war er auch nicht konsequent. Er glaubte, Rom sei sein Verbündeter und würde ihn gegen mich unterstützen. Doch das haben die Römer nicht getan. Indem er sich bei meinem Kampf gegen Rom nicht für eine Seite entschieden hatte, geriet er ins Abseits. So war er weder eine Gefahr für Rom, noch war er ein Verbündeter. Er hatte seine Chance in jeder Beziehung vertan. Doch ich habe daraus nochmals gelernt. Wenn wir es jetzt nicht schaffen, uns zu einen, werden auch wir bald keine Gefahr mehr sein. Nachdem der äußere Feind besiegt wurde, werden wir uns wieder dem inneren Feind zuwenden müssen. Hoffen wir nur, dass der Verstand und die Vernunft in diesen Kämpfen siegen wird."

Neue Kämpfe

Doch Arminius behielt Recht mit seiner Befürchtung, dass die Bündnisse zerbrechen würden, wenn die äußere Bedrohung nicht mehr da war. Bei vielen Stämmen waren neue Fürsten an die Spitze getreten, die sich durch Arminius in ihrer Macht beeinträchtigt fühlten. Sein Charisma und seine militärischen Erfolge waren eher ein Hindernis, denn der Zusammenführung der Stämme förderlich. Besonders Adgandestrius, ein neuer Fürst bei den bisher mit uns befreundeten Chatten, brachte viel Unruhe in die Bündnispolitik. Er war zu jung, als dass er die Kämpfe seines Stammes um die Zeitenwende bewusst mit erlebt hätte und war in der letzten Zeit intensiv von den Römern umworben worden. Er hatte einige Jahre jenseits des Rhenus verbracht und war vermutlich von dem dort herrschenden Luxus sehr beeindruckt. Wie auch immer die Versprechungen ausgesehen haben mögen, die man ihm gemacht hatte, sie reichten, um ihn gegen Arminius einzunehmen und mit seinen Truppen völlig überraschend in das Land der Cherusker einzufallen. Die Siedlungen wurden niedergebrannt, die Männer getötet, Frauen und Kinder entführt. Ein schwer verletzter junger Krieger brachte die Schreckensbotschaft. Er war zu Tode erschöpft, als er nach viertägigem Gewaltritt bei Arminius eintraf und seine Nachricht hervor stammelte. Wilja nahm ihn sofort in ihre Obhut, versorgte seine Wunden und tat ihr Möglichstes, ihn am Leben zu erhalten. Sein Pferd überlebte den Ritt nicht.

Arminius sandte sofort Botschafter aus, die Krieger der verbündeten Stämme zu sammeln. Leuchtfeuer entlang der Flüsse informierten die weiter entfernt lebenden Germanen. So traf ich schon nach zwei Tagen mit meinen Männern bei Arminius ein. Uns blieb nicht viel Zeit, denn bald schon wurde das Nahen des chattischen Heeres gemeldet. Marcus und ich ritten ihm als Unterhändler entgegen, doch Adgandestrius verweigerte jedes Gespräch. Unverrichteter Dinge mussten wir zurück reiten, doch die Chatten wussten zumindest, dass wir gewarnt waren und sie nicht ohne Kampf wieder ziehen lassen würden.

Mit einem gewaltigen Sprung überwanden wir das Hindernis, das die Chatten in aller Eile errichtet hatten. Ich landete in einer Kriegermenge, die entsetzt auseinander stob. Mit Lanzenstößen machte ich mir Platz und schlug die Schneise für die nachfolgenden Reiter und Fußsoldaten. Hinter mir hörte ich Ulf laut schreien. Als ich mich umdrehte sah ich den Pfeil kommen, doch ich konnte nicht ausweichen. Dann sah ich Lupus springen. Mit Wucht bohrte der Pfeil sich in den Körper des Wolfes, der sich bei dem Aufprall überschlug. Er war tot, noch bevor ich ihn erreichen konnte. Er hatte den Pfeil aufgefangen, der mir gegolten hatte und dem ich vermutlich nicht hätte entgehen können. Ich sprang vom Pferd und erledigte den Feind, der sich auf mich stürzte. Nun war auch meine Leibwache heran gekommen und schirmte mich ab. In diesem kurzen Moment der Kampfpause hob ich den leblosen Körper meines Freundes auf und brachte uns in Sicherheit. Vorsichtig, als würde er noch leben, legte ich ihn unter einen Busch, bevor ich wieder zurück in den Kampf musste. Für ihn konnte ich nichts mehr tun, aber meine Männer brauchten mich.

Nachdem es zwischenzeitlich sehr eng geworden war, gelang es uns, die Chatten zurück zu drängen und wieder unsere gewohnte Angriffstaktik einzusetzen. Gerade wollten wir uns neu formieren, als ich laute Rufe hörte. „Schnell, ihr müsst kommen! Sie haben das Lager gestürmt!“ Rufus trieb sein Pferd in einem wahnsinnigen Galopp heran. Sofort ließ ich einer ala Zeichen geben, riss mein Pferd herum und folgte ihm Richtung Lager. Als wir dort ankamen, standen wir vor einem Bild des Grauens. Zelte brannten, überall lagen Tote und Verletzte. Pferde rannten wild vor Angst zwischen den Zelten herum.

„Sucht die Verletzten und bringt sie an einen geschützten Platz! Widukind, nimm dir ein paar Männer und fang die Pferde ein, damit sie niemanden tottreten. Ulf, deine turma soll versuchen die Feuer zu löschen. Beeilt euch, vielleicht gibt es noch Überlebende in den Zelten. Wo ist das Lazarett? Fangt dort an. Beeilt euch!“ Ich rief Befehle und sprang anschließend vom Pferd, das ich dem nächst besten Soldaten übergab. Dann suchte ich selbst das Lazarett, in dem ich Wilja vermutete. Ich hörte noch schwache Schreie aus dem brennenden Zelt.

„Wir müssen versuchen die Zeltplanen wegzureißen. Nehmt eure Speere dazu, damit die brennenden Planen nicht runterfallen auf die Verwundeten.“ Ich packte selbst zu, obwohl die Hitze schier unerträglich war. Es gelang uns auch, die brennenden Planen zu entfernen, doch darunter sah es furchtbar aus. Vielleicht zwei oder drei Verwundete lebten noch, doch sie hatten schwere Verbrennungen. Alle anderen waren tot.

Ich irrte zwischen ihnen herum. Dann sah ich sie. Sie lag über einem Verwundeten, einen Speer im Rücken. Das blonde Haar schwarz verschmort. Nur an den Metallgefäßen, die sie als Heilerin immer an ihrem Gürtel trug, erkannte ich sie. Als ich den Speer entfernte und sie in meine Arme zog sah ich, dass der Verletzte, auf den sie gestürzt war, noch lebte. Es war Sonnwin, ein Junge, dessen Großvater Fürst der Chatten war. Er war als einer der Ersten verwundet und von mir ins Lazarett gebracht worden. Ihn, dessen Volk dieses alles verursacht hatte, rettete ihr Tod. Ich rief Hilfe heran, damit man sich um den Verletzten kümmern konnte. Dann trug ich meine Geliebte hinweg von den Menschen in den Wald. Dort bettete ich sie vorsichtig auf Moos. Ihr Gesicht war völlig unversehrt. Kein Schatten, kein Schmerz lagen in den Zügen. Ich nahm meinen Helm ab und kniete mich neben sie. Schritte näherten sich. Eine Hand legte sich auf meine Schulter und Marcus hockte sich neben mich.

„O Götter und ich hatte so gehofft, dass sie es noch schaffen würde.“

„Sie hätte die Verwundeten nie allein gelassen“, antwortete ich. „Wenn du hier bei ihr bleibst, dann werde ich jetzt Lupus holen“, bat ich meinen Freund mit rauer Stimme.

„Er auch?“ Erschrocken griff Marcus meinen Arm.

„Ja, er auch.“ Ich ging zurück ins Lager, nahm mir ein Pferd und ritt mit meiner Leibwache fort, um meinen vierbeinigen Freund zu holen. Er sollte Wilja begleiten auf ihrem Weg zu den Göttern. Als ich zurück kam, waren auch die restlichen Truppen eingetroffen und halfen bei den Aufräumarbeiten. Arminius stand bei Marcus und sprach mit ihm. Ich stieg vom Pferd und nahm den Wolf, um ihn neben Wilja zu legen.

„Es tut mir so leid. Ich kann dir gar nicht sagen, wie sehr.“ Arminius war zu mir gekommen und legte mir den Arm um die Schulter.

„Ich würde jetzt gern mit ihnen allein sein“, stieß ich mühsam hervor. Es schien, als sollte ich keine Worte mehr finden angesichts meines Verlustes und meines Kummers.

„Wann möchtest du sie bestatten?“ Auch wenn die Frage sich grob anhörte, so wusste ich doch, dass Marcus im Recht war, denn noch waren wir im Krieg und es war jederzeit mit einem Angriff zu rechnen.

„Ich werde das irgendwann heute Nacht tun, aber ich wäre gern allein dabei.“ Die Trauer schnürte mir die Kehle zu. „Morgen bin ich wieder bei euch, doch jetzt lasst mich bitte allein.“ Die beiden Männer gingen und ich kniete mich neben die Toten. Die Tränen rannen mir über das Gesicht. Sie brachten keine Erleichterung. Verzweiflung stieg in mir auf. Ich streichelte Wilja's Mund, der mir nie mehr lachen würde; die Augen, die mich nie wieder ansehen würden. Diese wunderbaren zarten Hände, die mich liebkost hatten – alles vorbei. Als ich ihre Hand losließ, die ich an meine Lippen gezogen hatte, fiel sie auf den neben ihr liegenden Wolf, als wolle sie ihn streicheln. Auch er, der mich zurück geführt hatte ins Leben, der immer an meiner Seite gewesen war, hatte mich verlassen beim Versuch, mein Leben zu retten. Die Tränen rannen unaufhaltsam. Irgendwann fühlte ich mich völlig leer und ausgebrannt. Ich kniete immer noch neben den beiden Toten und konnte nicht denken, mich nicht bewegen. Mein ganzes Sein schien einzig ausgerichtet auf die Wahrnehmung des Todes, der hier vor mir lag. Irgendwann stand ich auf und ging ins Lager, um mir eine Schaufel und eine Fackel zu besorgen. Dann begann ich eine Kuhle auszuheben und suchte dünnes Holz und Reisig um es darin aufzuschichten. Ich legte Wilja und Lupus darauf und deckte sie mit Reisig zu. Zum Schluss streute ich Blumen und Kräuter auf den Hügel. Dann setzte ich mich zu ihnen und wartete, bis es dunkel geworden war. Es schien unendlich lange zu dauern und doch war die Zeit zu kurz, um wirklich Abschied zu nehmen. Ich schrak hoch, als in meiner Nähe Laub raschelte. Nachdem ich mich vergewissert hatte, dass keine Gefahr drohte, zündete ich das Holz an. Verzweiflung ergriff mich, als ich die Flammen hochlodern sah und sie Wilja's Kleid ergriffen. Es war alles so sinnlos. Die Flammen fesselten meine Blicke. Es gab nichts mehr auf der Welt als dieses Flammenmeer, in dem ein Teil meines Lebens verschwand. Als das Feuer niedergebrannt war, schüttete ich die Erde, die ich zuvor ausgehoben hatte, wieder in die Grube. Ich sorgte dafür, dass man nicht sah, dass hier ein Grab war, damit keiner auf den Gedanken kam, nach Grabbeigaben zu suchen. Danach ging ich zurück ins Lager. Ich löste einen der Wachposten ab, denn schlafen konnte ich ohnehin nicht mehr in dieser Nacht.

Mein Blick glitt über das flache Land vor mir bis zur nächsten Hügelkette. Irgendwo dort hinten war das Lager der Chatten. Die Geschenke und Versprechungen der Römer waren ihrem Fürsten mehr wert als die Freiheit, die sein Stamm an der Seite der Cherusker im Jahre 9 erkämpft hatte.

Vielleicht konnte er auch einfach nicht verwinden, dass Arminius ihm überlegen war und im Falle einer zentralen Herrschaft sicherlich an deren Spitze stehen würde. Durch einen Überläufer hatten wir erfahren, dass dieser Fürst den Römern angeboten hatte, Arminius zu vergiften. Doch Gifttod war nicht im Sinne des Kaisers. Rom errang seine Macht lieber mit Waffengewalt, besonders wenn es sich um einen Mann handelte, der dem Imperium eine so schmähliche Niederlage beigebracht und so viele Gefechte geliefert hatte, dass Rom seine Expansionspläne für Germanien begraben musste. Dieser Mann musste wenn, dann durch Waffen fallen. Doch der Verrat des Chattenfürsten hatte uns hierher geführt und das Leben, das ich mir in Germanien neu aufgebaut hatte, in seinen Grundfesten erschüttert. Ich hörte Schritte, die vom Lager kamen. Arminius stand neben mir.

„Wirst du mich jetzt auch verlassen?“ fragte er mit gepresster Stimme.

„Nein, das wäre nicht in ihrem Sinne. Sie hat mich zu dir geführt und ihr ganzes Leben in den Dienst deiner Pläne gestellt. Also werde ich das Werk weiterführen müssen, auch wenn sie nicht mehr da ist.“

Arminius seufzte tief: „Ich danke dir, mein Freund. Ich war mir nicht sicher, ob du noch bereit sein würdest, an meiner Seite zu bleiben.“

„Das Eine hat nichts mit dem Anderen zu tun. Deine Ziele, die auch ich befürworte, sind geblieben. Wir werden versuchen, sie gemeinsam zu erreichen.“ Lange standen wir schweigend neben einander, bevor er zurück ins Lager ging und ich allein darauf wartete, dass der erste Morgen ohne meine Geliebte und meinen vierbeinigen Freund heraufzog.

Am nächsten Tag schickten die Chatten einen Unterhändler, um einen Waffenstillstand auszuhandeln. Er verlangte, dass wir Sonnwin herausgeben sollten, doch ihn wollte Arminius als Unterpfand für die Einhaltung des Friedensvertrages behalten. Nach langen Gesprächen waren die Anführer der Chatten endlich damit einverstanden und wir brachen sofort unser Lager ab und zogen uns weit nach Norden zurück, um dort das neue Hauptquartier zu errichten. Hier wollte ich zukünftig leben. Zu den Langobarden würde ich nicht mehr zurück kehren. Ich bot Dimitrios an, mein Haus dort zu übernehmen. Für mich waren zu viele Erinnerungen daran verknüpft, als dass ich noch einmal dort wohnen wollte. Doch Dimitrios lehnte es ab, mich allein zu lassen.

„Herr, du wirst mich jetzt mehr denn je brauchen. Die Aufgabe, der ihr alle euch gestellt habt, verlangt viel Kraft. Ich werde dir den Rücken stärken. Solltest du mich irgendwann einmal nicht mehr benötigen, dann werde ich gern gehen. Jetzt noch nicht.“

In Arminius' Hauptquartier bewohnte ich das Haus eines gefallenen Kriegers. Seine Sklaven und Unfreien blieben bei mir. Das Ausbildungslager der Reiterei übergab ich Widukind. Die Infanterie wurde von einem Vertrauensmann aus Marcus' Leibwache übernommen. Ich wollte zukünftig nur noch die erfahrenen Männer in Strategie unterrichten. Arminius schickte mir Sonnwin, damit er in meinem Haushalt gesund werden würde und ich mich um seine Ausbildung kümmern konnte. Er war ein aufgeweckter, freundlicher Bursche, der sich ohne Schwierigkeiten in seine Geiselhaft einfand. Dimitrios nahm ihn zunächst in seine Obhut. Später begann ich mit seiner Ausbildung. Zwar hatte er bei dieser Schlacht schon mitgekämpft, aber er war noch viel zu jung und ohne Erfahrung. Nach und nach bildete sich wieder eine Gruppe junger Männer um uns, die von mir Geschichten über vergangene Zeiten und über die Schlachten, die ich geschlagen hatte, hören wollten.

Anfangs wehrte ich mich dagegen. Ich wollte nicht wieder damit anfangen. Zu sehr schmerzte die Erinnerung. So suchte ich die Einsamkeit, um meines Kummers Herr zu werden.

Aber eines Tages, als ich wieder allein am Fluss saß, kam Arminius zu mir.

„Cornelius, ich verstehe deinen Schmerz. Auch ich habe ihn erlitten, doch du darfst dich nicht weiterhin dem Leben verschließen. Du bist bei mir geblieben, weil wir eine große Aufgabe zu erfüllen haben. Sollen denn die Jahre des Kampfes vergebens gewesen sein?“ Ich blickte ihn an und schüttelte dann den Kopf.

„Natürlich nicht“, antwortete ich leise.

„Nimm dich der jungen Männer an. Bei dieser neuen Generation sehe ich die Chance, nicht nur militärische Veränderungen durchzuführen. Ich hoffe auch, sie auf meine politischen Gedanken einschwören zu können. Wenn sie nicht mehr in Familienverbänden, sondern stammesübergreifend kämpfen, werden sie irgendwann keine Cherusker, Marser oder Chatten mehr sein, sondern Germanen. Und das ist unser Ziel.“ Ich hörte ihm zu und sagte mir, dass er Recht hatte und ich ihn mehr denn je unterstützen musste.

„Ich bin weiterhin dein Mann. Ich brauchte nur etwas Zeit“, versicherte ich ihm. Er reichte mir die Hand, zog mich hoch und gemeinsam gingen wir zurück ins Lager, wo Dimitrios mich bereits erwartete. Er half mir mit meiner Rüstung, gürtete mein Schwert und ich ging, die Jugendlichen zusammen zu rufen und ihnen eine erste Lektion im Gebrauch ihrer Waffen zu geben.

Arminius versuchte nach der Schlacht gegen die Chatten mit den Fürsten aller verbündeten Stämme bei einem Thing über ein geeintes Germanien zu sprechen. Nicht alle kamen und die, die da waren, teilten sich in zwei Gruppen. Die einen waren offen für die Gedanken, die Arminius einbrachte, die andern nicht. Sie hatten Angst um ihre Privilegien. „Dann hätten wir uns auch gleich Rom beugen können“, war stets ihr Argument. Immer wieder versuchte Arminius ihnen klar zu machen, was es bedeutet hätte, sich Rom anzuschließen.

Er beschwor die Zeit unter Tiberius und Varus herauf. Er wies auf Länder wie Gallien hin, doch nicht alle ließen sich von diesen Argumenten überzeugen. Sie warfen ihm vor, dass er die Absicht habe, sich als Herrscher über sie zu erheben und wie der Kaiser in Rom regieren zu wollen. Vergeblich versuchte er ihnen zu erklären, dass dieses nicht sein Plan sei, dass es aber notwendig sei, sich gemeinsam zu organisieren, um gegen Gefahren von außen gewappnet zu sein und nicht immer wieder in Stammesfehden unter einander zu verfallen. Obwohl die Priester sich eindeutig auf seine Seite stellten, konnte Arminius keinen Beschluss herbeiführen. Doch mancher freie Mann folgte ihm bedingungslos und voller Feuer. Zumeist Männer, die bei mir im Lager ausgebildet worden waren und bereits mit Kriegern anderer Stämme zusammen gekämpft hatten. Immerhin arbeitete ich schon mehr als zehn Jahre im Dienste des Cheruskers. Sie hatten Schlachten unter meiner oder Marcus' Führung geschlagen. Es schien, als könne Arminius eine zunächst kleine, aber doch fähige Gruppe um sich scharen, die mit einer entsprechenden Ausbildung in Organisation und Verwaltung, ein neues Germanien würde gründen können. Aber es würde noch ein langer, steiniger Weg sein. Immer wieder brachen Streitigkeiten auch innerhalb der Stämme aus, die manchmal mit Waffengewalt, manchmal mit Gerichtsversammlungen gelöst werden mussten.

Zumeist arbeiteten wir sippen- und stammesübergreifend, um so für Verständnis untereinander zu werben und Konflikte von Anfang an zu vermeiden. Doch damit war es nicht getan. Wollten wir ein stehendes Heer etablieren, so musste dieses organisiert werden. Wir mussten eine Verwaltung aus dem Boden stampfen. Wir suchten Männer, die des Lesens und Schreibens kundig waren. Die bereits mit Verwaltungsaufgaben betraut gewesen waren. Dimitrios wies uns darauf hin, dass viele Sklaven in römischen Diensten solche Stellungen besetzt hielten. So reiste ich mit ihm und Marcus in die Gebiete jenseits des Rhenus und des Moenus, um dort solche Männer zu finden und ihren Besitzern abzukaufen. Das Einzige, was wir ihnen bieten konnten, war die Freiheit. Natürlich mussten wir ihnen Häuser zur Verfügung stellen und Geld zahlen, doch das war leichter zu bewältigen als selbst Fachleute auszubilden.

Die Reisen waren nicht ganz ungefährlich, weil immer die Gefahr bestand, dass Marcus oder ich erkannt werden würden, doch darauf mussten wir uns einlassen. Wir kleideten uns in römischer Manier und schickten stets Dimitrios vor, die Lage zu erkunden. Danach traten wir als Käufer auf. Die Reise über den Rhenus war für mich wie die Rückkehr in meine Vergangenheit. In Städten herum zu gehen, in denen römischer Lebensstil kultiviert wurde, hätte Freude in mir auslösen müssen. Doch mir schien alles so künstlich, so aufgesetzt zu sein. Die Germanen, die dort lebten, waren wie Statisten in einem Schauspiel. Mit ihrer Kultur, ihrer Geschichte, wie ich sie kennen gelernt hatte, hatte dieses Leben nichts zu tun. Es war eine Sache, sich mit den Eroberern zu arrangieren, eine andere, sich so anzupassen, dass man seine eigene Identität verlor. Immer mehr verstand ich, was Arminius angetrieben hatte, die große Schlacht herbei zu führen und die vielen Jahre der Kämpfe danach durchzustehen. Er hatte gesehen, wie Germanen ihre Götter und ihr freies Leben hingaben für eine Toga und einen Lorbeerkranz.

Im Herbst des Jahres 21

Wie ging es mir selbst? Ich legte mir keine Rechenschaft darüber ab. Ich vertiefte mich in meine Arbeit. Ich hatte Freunde, eine große Aufgabe und wenig Zeit nachzudenken. Wenn mich das Elend überkam, ritt ich oft zu den Externsteinen und blieb eine oder mehrere Nächte dort. Bestieg die Steine, ließ Tränen freien Lauf, die niemand sonst sehen sollte und kehrte danach ruhiger wieder ins Leben zurück.

Eines Morgens, als ich von den Steinen herunter stieg, hörte ich ein Rascheln im Gebüsch. Ich zog das Schwert und machte mich auf die Suche nach dem Verursacher. Schnell war er gestellt und zeigte sich bereits sehr kampflustig. Es war ein kleiner Wolf, der mich anknurrte. Ich musste lachen über seinen Mut, steckte mein Schwert ein und griff ihn fest im Genick. „Na du, was glaubst du eigentlich, wer du bist?“ fragte ich ihn immer noch lachend, dabei kraulte ich ihn hinter den Ohren, was Lupus immer so geliebt hatte. Er hörte auf zu knurren und hielt ganz still. So nahm ich ihn mit zu meinem Lager, wo ich ihm etwas zu fressen gab. Danach rollte er sich wie selbstverständlich auf meinem Schoß zusammen und schlief ein. Als ich am nächsten Morgen aufbrechen wollte, sprang er so lange um mich herum, bis ich ihn auf den Sattel legte und mitnahm. Er verließ mich weder auf der Reise noch nachher im Lager. Ich nannte ihn amicus, Freund. Er war ein reinrassiger Wolf und daher viel schwerer zu zähmen als Lupus und doch zeigte er sich nach und nach ebenso zutraulich und klug wie mein Wolfsmischling. Fremden gegenüber behielt er jedoch seine feindliche Haltung. Nur Dimitrios, Marcus und Arminius akzeptierte er nach langem Zureden. Jedem anderen ging er, wenn ich nicht sofort einschritt, an die Kehle. Er wurde, ebenso wie Lupus zuvor, mein Schatten. Nur dass er in manchen Nächten zu seinen Verwandten lief und mit dem Rudel heulte. Er machte mir wieder Mut, nicht nur dem Augenblick zu leben, sondern mir vielleicht auch Gedanken über meine Zukunft zu machen.

„Lupus, nimmst du mich mit auf deinem Ritt?“ Arminius hielt sein Pferd neben mir, als ich gerade das Lager verlassen wollte.

„Gerne, aber ich will nur das Pferd bewegen“, antwortete ich. Doch als wir am Visurgis ankamen, veranstalteten wir zunächst ein Wettrennen, das Arminius knapp gewann, dann ließen wir die Tiere ruhen und setzten uns an den Fluss. „Du bist so bedrückt. Was ist los?“ fragte ich meinen Freund.

Er sah mich nachdenklich an. „Glaubst auch du, dass ich ein Königtum errichten will, wie Marbod es einst tat?“

Ich zuckte mit den Schultern: „Was du tief in deinem Herzen willst, weiß ich nicht. Ich sehe nur, dass du deine Verbündeten in absehbarer Zeit sicherlich nicht so einen wirst, dass ein Königreich überhaupt denkbar wäre“, antwortete ich nach kurzem Nachdenken.

Arminius schwieg einen Moment, dann sagte er: „Ich habe mit den Priestern gesprochen. Sie sind bereit, mich zu unterstützen, wenn ich mich zum Heerkönig ausrufen lasse.“

„Ein Heerkönig ist noch kein Königtum. Genau wie in Rom kann eine Republik dahinter stehen. Aber glaubst du wirklich, dass die germanischen Stämme eine Republik bilden könnten?“ Ich gab mich diesbezüglich keiner Illusion hin.

„Aber ich muss doch etwas tun, wenn meine Arbeit nicht vergebens gewesen sein soll“, rief Arminius und raufte sich die Haare.

„Du musst den Menschen mehr Zeit lassen“, entgegnete ich. „Wir bauen zunächst das Heer auf und manche Veränderung ergibt sich ganz natürlich daraus. Wir müssen von den Stämmen Abgaben fordern für die Krieger, die wir für sie ausbilden. Ein Mann, der nicht zum Wehrdienst gehen will, muss dafür zahlen. So hat man in Rom auch begonnen. Nur, du darfst nichts überstürzen. Dass du, wenn es zum Krieg kommt, die Führung übernimmst, ist eine Sache. Die Fürsten politisch auszuschalten, eine andere.“ Ich kannte die Gedanken von Arminius sehr genau. Waren sie doch auch mir schon oft durch den Kopf gegangen. Der Unterschied war nur, dass ich als Römer einen anderen Einblick in die Entwicklung und die politische Situation eines Staates hatte. Arminius konnte davon nichts wissen. „Der römische Staat ist über Jahrhunderte gewachsen und hat Zeiten schlimmster Selbstzerstörung erlebt. Das, was du heute siehst, ist erst nach schweren Geburtswehen entstanden. Wie lange hat Augustus gekämpft, bis er Alleinherrscher war. Es ist nicht so einfach, einen Staat oder ein Königtum zu gründen."

Doch Arminius war noch nicht zufrieden mit meinen Ausführungen. „Aber, ich sehe alles, was wir erkämpft haben, unter meinen Händen zerbröseln. Das kann doch nicht sein!"

„Ich habe dir gerade schon gesagt, dass du zu ungeduldig bist. Du darfst die Menschen nicht überrennen. Sie sind es, auf die du deinen Staat bauen willst. Du musst ihnen Zeit lassen." Eindringlich sprach ich mit ihm.

Er sprang auf und lief am Fluss hin und her. „Wie lange soll das dauern? Wie lange muss ich warten?"

„Vielleicht ein Leben lang. Kann sein, dass es uns nicht vergönnt ist, die Verwirklichung unserer Pläne noch zu erleben." Ich war ebenfalls aufgestanden und hielt ihn fest. „Du musst sehr vorsichtig sein, mit wem du über deine Pläne sprichst. Selbst den Gedanken, Heerkönig zu werden, solltest du niemandem gegenüber äußern. Man würde dich missverstehen. Und dann wären wir tatsächlich am Ende unserer Träume angekommen."

Arminius sah mich an mit einem Blick, aus dem pure Verzweiflung sprach: „Ich werde also nichts hinterlassen, wenn ich zu den Göttern gehen werde. Es wird weder ein Kind geben, dass mir nachfolgt, noch ein Staat, dem ich zum Leben verholfen habe. Mein Leben war verfehlt, die vielen Toten vergebens." Er ließ den Kopf sinken.

„Mein Freund, du bist einfach nur müde, deshalb bist du so mutlos. Lass uns die Pferde nochmals antreiben. Danach schwimmen wir und trinken einen Becher Bier. Du wirst sehen, es wird alles wieder ins Lot kommen." Aufmunternd schlug ich ihm auf die Schulter. Zwar schwang er sich wieder auf sein Pferd, aber es war zu sehen, dass die trüben Gedanken ihn nicht los ließen. Nach dem Ritt und dem Schwimmen schien er gelöster zu sein, doch ich wusste, dass seine Sorgen ihn auch in dieser Nacht wieder einholen würden.

„Herr, ich glaube es ist besser, du gehst zu Fürst Arminius. Nimm dein Schwert mit.“ Dimitrios hielt mir bereits das Schwertgehänge entgegen. „Es gibt Ärger bei ihm.“ Rasch griff ich die Waffe und lief durch das Dorf. Einige Männer meiner Leibwache schlossen sich mir an, ohne dass ich ein Wort sagen musste. Noch bevor ich das Haus betreten konnte, hörte ich die erregten Stimmen. Arminius stritt mit mehreren Männern.

„Wenn wir uns noch nicht einmal in unserer eigenen Familie einig sind, wie sollen wir dann mit unseren Verbündeten Frieden halten? Wollt ihr das, was wir durch jahrelange Kämpfe gegen die Römer gewonnen haben, vernichten?“ Wütend hieb Arminius mit der Faust auf den Tisch als ich das Haus betrat.

„Was will der Römer hier?“ rief ein Mann, den ich bisher nur selten hier gesehen hatte, der aber ein Vetter von Arminius war.

„Der Römer ist der Ausbilder unserer Kavallerie und hat uns schon viele Male den Sieg gerettet, wenn du das vergessen haben solltest.“

„Schick ihn weg! Dieses geht ihn nichts an!“ ereiferte sich ein Mann, der mit der Tante von Arminius verheiratet war.

„Er bleibt. Wenn er auch kein Blutsverwandter ist, so ist er doch ein Seelenverwandter. Er kennt meine Gedanken, meine Pläne. Fragt ihn, wenn ihr mir nicht traut.“ Arminius hatte mich zu sich heran gezogen.

„Worum geht es?“ fragte ich ihn und steckte mein Schwert weg.

„Meine Familie beschwert sich, weil ich das alleinige Kommando über die Truppen führen möchte. Sie werfen mir vor, dass ich die Alleinherrschaft anstrebe.“ Nun waren wir also wieder dort, wo wir angefangen hatten: politischer Streit in der Familie. Sie hatten nichts dazu gelernt.

„Wen soll Arminius eurer Meinung nach denn allein beherrschen? Gibt es einen Stamm der Germanen, der regiert werden muss? Oder sollte ich lieber niedriger greifen und fragen, ob es überhaupt einen Stamm der Cherusker gibt?“ Fragend blickte ich in die Runde. Niemand antwortet. So fuhr ich fort: „Oder ist es nicht so, dass es hier nur viele kleine Fürsten gibt, die sich lieber gegenseitig an die Kehle gehen, als dass sie sich zu einem großen starken Stammesverbund zusammenfügen?“ Ich sah jetzt einen nach dem anderen an und zog die Augenbraue hoch. Bewusst hatte ich mit ironischer Stimme gesprochen. Sie begannen durcheinander zu reden, doch ich gebot ihnen Stille, indem ich an mein Schwert griff und es leicht aus der Scheide zog. Dann sprach ich mit lauter Stimme weiter: „Was würdet ihr denn verlieren, wenn ihr euch zusammenschließen würdet unter einem Heerführer? Eure Freiheit? Wohl kaum. Vielmehr könntet ihr Erfolg ernten. Siege feiern. Genau so, wie Arminius es euch bei den Schlachten gegen Varus und Marbod gezeigt hat. Ihr alle gemeinsam könntet die Führungsspitze eines vereinten Germaniens werden. Aber nur, wenn ihr zusammen haltet. Gemeinsam seid ihr stark, einzeln werdet ihr verlieren.“ Wieder brach ein allgemeines Stimmengewirr aus. Ich bezweifelt, dass meine Worte tatsächlich bei ihnen ankamen.

„Also will er doch die Herrschaft!“ schrie einer der Männer und andere stimmten ihm zu.

Ich verschaffte mir Ruhe: „Was er will, ist, eure Truppen und die der Verbündeten zu führen. Er will euch zeigen, wie ihr erfolgreich kämpfen könnt. Und da müsst ihr euch unterordnen. Anders funktioniert es nicht.“ Erneut schrien die Männer wild durcheinander.

Ich fasst Arminius am Arm: „Komm, lass uns gehen. Sie hören jetzt ohnehin nicht mehr zu.“ Gemeinsam verließen wir das Haus und ich nahm ihn mit zu mir. „Wie ist es zu der Auseinandersetzung gekommen?“

„Beim Thing haben die Priester nochmals auf Einigung und meine Einsetzung als Heerkönig gedrungen. Sie erkennen sehr deutlich die Gefahr der Selbstzerfleischung gerade bei uns Cheruskern. Wie du gesehen hast, ist noch nicht einmal meine Familie von meinem Plan überzeugt.“ Wir hatten uns inzwischen ins Haus gesetzt und Dimitrios bediente uns. Aufmerksam hörte er uns zu.

„Fürst, es gibt in meiner Heimat einen Spruch, der da heißt: zu viel Hunde sind des Hasen Tod. Pass auf, dass du nicht zwischen ihre Zähne gerätst. Deine Verwandten scheinen mehr an sich zu denken als an das Gemeinwohl.“ Erstaunt blickte Arminius auf als Dimitrios sich in das Gespräch einmischte. „Als Sklave lernt man die Menschen kennen. Uns gegenüber zeigen sie ihr wahres Gesicht. Wenn wir überleben wollen, müssen wir lernen, aus diesen Gesichtern zu lesen. In denen deiner Verwandten lese ich nichts Gutes. Du willst ihnen Privilegien nehmen, ohne die sie glauben, nicht existieren zu können. Die Vorstellung, sich unterzuordnen, ist diesen Menschen nicht nur zuwider, es könnte sie zu unbedachten Handlungen verführen.“

Aufmerksam hatte Arminius zugehört: „Auch wenn ich es nicht wahr haben will, so muss ich dir zustimmen. Ich werde deinen Rat befolgen und mich wieder mit meiner Leibwache umgeben. Eigentlich dachte ich, ich hätte meinen erbittertsten Feind besiegt und nun taucht er in vielfacher Gestalt wieder hier auf. Danke für Deinen Rat.“ Er trank ihm mit einem gezwungenen Lächeln zu.

In den kommenden Wochen kam Arminius oft zu mir und im Verlauf des Abends drehten sich unsere Gespräche immer nur um die Frage, wie es uns gelingen konnte, die Stammesfürsten der Cherusker zu einen. „Wir haben auch früher schon viel Uneinigkeit im Stamm gehabt. Als ich noch ein Kind war, sind Zweige unserer Familie sogar ins römische Exil gegangen, weil wir sonst keine Ruhe hier gehabt hätten.

Ich verstehe diese Menschen nicht mehr. Vielleicht habe ich sie nie verstanden."

„Aber, sei mir nicht böse, wenn ich es sage, bist du nicht letztlich auch wie sie? Beharrst du nicht auch auf deinem Standpunkt, weil du meinst, es sei der richtige?" Auch wenn ich ihm natürlich grundsätzlich zustimmte, musste ich das als Außenstehender einfach einmal feststellen. „Der gesamte Stamm scheint sehr starrköpfig zu sein. Aber beruhige dich, ich bin davon überzeugt, dass dein Ziel richtig ist und ich werde mein Möglichstes tun, dich zu unterstützen." Ich lachte ihn an und rang ihm ein Grinsen ab. Nur tief in meinem Innersten sah ich besorgt in die Zukunft.

Das war also das Ende. Das Ende jahrelanger Bemühungen – lebensgefährlicher Kämpfe – strategischer Pläne – schwerer Verwundungen. Das Ende von Triumphen und Niederlagen, von Freundschaften und Feindschaften. Alles vergebens. Blut und Schweiß für nichts vergossen. Ich fühlte mich völlig leer – ausgebrannt – gefühllos. Marcus, der mir die Nachricht von Arminius' Tod gebracht hatte, ließ sich neben mir im Gras nieder. Lange Zeit saßen wir so, ohne zu sprechen. Gab es eine Zukunft? „Wie soll es weiter gehen?" Es fiel mir schwer, diese Worte zu formen. „Wer soll die Führung übernehmen?"

„Ich werde es nicht sein. Ich habe nicht sein Format", antwortete Marcus nach einer weiteren Weile des Schweigens.

„Dann werde ich ebenfalls nicht hier sein", versicherte ich ihm. Ich stand auf und griff mechanisch nach meinem Schwert. Wozu sollte ich es jetzt noch tragen? Gab es noch ein Ziel in meinem Leben? Eine Aufgabe, für die zu kämpfen sich lohnen würde? Mit Arminius' Tod starben alle Pläne, für die ich es gezogen hatte. Es würde kein geeintes Germanien geben, das einen Herrschaftsanspruch gegenüber Rom und anderen Feinden aufbauen und verteidigen konnte. Keinen charismatischen Führer, der die vielen unterschiedlichen Stämme zusammenführen konnte auf ein großes Ziel hin. Wieder würde alles in Stammeskämpfen und Streit um Nichtigkeiten enden. Doch noch galt es ein letztes Mal zu handeln.

„Wir sollten unsere Truppen zusammen rufen und mit ihnen dafür sorgen, dass die Bestattung in aller Pracht erfolgt. Ich werde verlangen, dass man ihn heute noch verbrennt. Niemand soll Zugriff auf seinen Körper haben und diesen missbrauchen können. Ich traue seinen Feinden alles zu. Notfalls werde ich das mit Waffengewalt durchsetzen."

Marcus sah mich zunächst erstaunt an, dann nickte er verstehend: „Wir machen es so, wie du es für richtig hältst."

Ich rief meine Leibwache und gemeinsam mit Marcus' Männern machten wir uns auf den Weg zu Arminius' Leiche. Die Frauen der Familie waren bereits dabei, den Leichnam herzurichten. Er trug seine Rüstung, seine Waffen. Ich befahl vier meiner Leibwächter in dem Haus, in dem er gestorben war, zu bleiben und dafür zu sorgen, dass niemand sich an ihm zu schaffen machen konnte. Mit den anderen ging ich zu Arminius' Haus, in dem sich seine Verwandtschaft versammelt hatte. Die Frauen wichen mit einem Aufschrei in den Hintergrund des Raumes zurück, die Männer griffen zu ihren Schwertern. „Lasst es. Er ist tot und ich habe nicht die Absicht seinen Tod zu rächen. Das wird er schon selbst tun. Ich werde nur dafür Sorge tragen, dass er heute Nacht mit allen Ehren, die ihm als Fürsten der Cherusker und überragenden Heerführer zustehen, verbrannt wird. Die Asche werde ich mitnehmen und an einem unbekannten Ort verstreuen. Seine Waffen und sein ganzer Besitz werden vernichtet. Niemand soll seine Totenruhe stören oder sich mit seinem Besitz brüsten können. Möchte jemand etwas dazu sagen?" Ich blickte herausfordernd in die Runde. Unwillkürlich hatte ich die Hand an mein Schwert gelegt und es gelockert. Allen war anzusehen, dass sie sich nicht wohl fühlten in ihrer Haut. War ihnen jetzt schon klar, welche Folgen ihre Tat haben würde?

„Gut, wenn niemand einen Einwand hat, dann werdet ihr alle jetzt das Haus verlassen. Marcus, deine Leibwache wird das Haus bewachen, damit niemand hinein kommt. Die Männer werden euch notfalls mit Waffengewalt daran hindern, irgendetwas aus diesem Haus zu entfernen. Wir sehen uns bei Dämmerungseinbruch am Dorfrand wieder. Ihr könnt in der Zwischenzeit den Holzstoß richten lassen." Ich drehte mich um und verließ, ungeachtet des nun ausbrechenden Tumultes, geschützt durch meine Leibwache, das Haus. Auf der Straße hatten sich bereits etliche Menschen versammelt, darunter viele Soldaten aus Arminius' Einheiten. Sie stürmten mit Fragen auf uns ein.

Marcus ergriff das Wort: „Wir können hier jetzt nicht sprechen. Nur soviel: Fürst Arminius ist tot. Kommt heute bei Dämmerungseinbruch zum Dorfrand, wo die Totenfeier stattfinden wird. Die Soldaten bitte ich, mit mir in ihr Lager zurück zu kehren. Alle anderen gehen nach Hause." Während Marcus die Männer sammelte, ging ich zu dem Haus, das ich in den letzten Monaten bewohnt hatte.

Dimitrios wartete auf mich. „Herr, ist es wahr? Ich kann es nicht glauben!" Aufgeregt hatte er mich am Arm gefasst.

„Doch, es ist wahr. Wir werden packen. Heute Nacht, nach der Bestattung, werden wir sofort das Dorf verlassen und nie wiederkommen. Es wäre besser, auch du packtest deine Sachen. Ich glaube nicht, dass es gut für dich wäre, hier zu bleiben."

Erschrocken sah er mich an. Als er sah, dass es mir bitterernst war, fragte er: „Sie haben ihn umgebracht, nicht wahr?"

„Ja, und deshalb können wir nicht bleiben."

„Ich verstehe, Herr. Ich werde bereit sein." Das war eine der Eigenschaften, die ich so sehr an meinem Freund und Diener Dimitrios schätzte. Er stellte nie überflüssige Fragen, sondern tat, was notwendig war. Ich war wie in Trance, als ich die gewohnten Griffe tat, um meine Rüstung anzuziehen.

Mein Verstand weigerte sich beharrlich, die Tatsache zu akzeptieren. Auch stieg in mir wieder das Gefühl des großen Verlustes auf, den ich bereits einmal erlitten hatte. Nunmehr war jede Bindung, die ich an dieses Land gehabt hatte, gerissen. Nichts hielt mich mehr. Das, was meinem Leben wieder einen Sinn gegeben hatte, war nicht mehr da. Die Verpflichtungen, die ich meinen Männern gegenüber gefühlt hatte, lösten sich in Nichts auf. Ich würde sie nicht unter einem anderen Fürsten in die Schlacht führen. Die Luft, die ich jetzt hier noch atmen müsste, wäre vergiftet. Ich hatte kein Vertrauen mehr in die Menschen, die mich umgaben.

Ohne, dass wir es ihnen hätten sagen müssen, waren alle Soldaten in Uniform und voller Bewaffnung gekommen. Die beiden Pferde des Arminius hatte man ebenfalls geschmückt und mitgebracht. Ich konnte mich nicht erinnern, jemals eine so große Menschenmenge so ruhig erlebt zu haben. Aus allen umliegenden Dörfern waren sie gekommen. Nur die Pferde waren hin und wieder zu hören. Rings um die Bestattungsstätte hatte ich Arminius Leibwache aufgestellt, damit niemand mehr an den Toten heran kam. Besonders seine Verwandten nicht. Marcus und ich verständigten uns mit Blicken, dann richtete ich das Wort an die Menge: „Fürst Arminius ist tot. Nicht gefallen in der Schlacht, wie es einem großen Heerführer zugestanden hätte, auch nicht bei einem Zweikampf, sondern hinterlistig gemordet.“ Ein Raunen ging durch die Menge, doch ich unterband den Lärm. „Es ist nicht meine Aufgabe ihn zu rächen, auch Marcus Antonius wird dieses nicht tun. Sein Tod wird durch das, was euch allen in der Zukunft geschehen wird, gerächt werden. Irgendwann werdet ihr alle wissen, was ihr an ihm verloren habt. Auch wenn jetzt einige triumphieren werden. Es wird nur ein kurzer Triumpf sein. Jeder frage sich, wie viel Schuld er an diesem Tod trägt und an dem, was geschehen wird. Die, die ihn gut gekannt und verehrt haben, bitte ich, nicht zu vergessen, was er und seine Gefolgsleute versucht haben euch beizubringen. Vielleicht werdet ihr es in der Zukunft gebrauchen können. Ihm wurde vorgeworfen, er habe wie ein König regieren wollen. Das haben ihm die vorgeworfen, die selbst gern Könige gewesen wären, aber nicht den Geist dazu hatten. Wenn er schon nicht wie ein König gelebt hat, dann soll er jetzt wie ein solcher bestattet werden.“ Ich stieg vom Pferd, ließ mir eine Fackel geben und ging zu dem Holzstoß, auf den der Leichnam gebettet worden war.

„Halt, das ist nicht deine Aufgabe. Sie gebührt mir!“ Irgendjemand aus Arminius’ Verwandtschaft wollte sich vordrängeln, doch die Leibwache hielt ihn zurück.

„Warum? Du hättest besser auf ihn aufpassen sollen, als er noch lebte oder auf deine Verwandten, damit sie keinen Fehler begehen. Jetzt habt ihr jedes Recht auf ihn verwirkt.“ In mir stieg Zorn auf und ich musste mich sehr beherrschen, nicht deutlicher zu werden. Ich zündete den Holzstoß an und setzte mich wieder auf mein Pferd. Wir würden hier warten, bis alles verbrannt war. Dann war es unsere Aufgabe, alle Spuren zu vernichten, die auf sein Leben hingewiesen hatten. Die Waffen würde ich mitnehmen und zu einem unbekannten Schmied bringen, um sie einschmelzen zu lassen. Ebenso die Reste seiner Uniform. Die Asche wollte ich in den Visurgis streuen, die Urne zerschlagen. Sein Haus würde ich ebenfalls abbrennen lassen. Alles, was von ihm bleiben sollte, waren seine Taten, über die man noch nach Generationen sprechen würde. Und genau so geschah es.

Marcus und ich wandten uns – nachdem wir alles getan hatten, was wir glaubten tun zu können – gen Osten. Der Wolf und Dimitrios begleiteten uns. Bei jeder Siedlung, in der wir Halt machten, berichteten wir von dem, was geschehen war. Bald wusste das ganze Land von der üblen Tat der Familie des Arminius. Die Bündnisse zerbrachen. Jetzt hätte Rom leichtes Spiel gehabt, doch das Imperium hatte sich ebenfalls nach Osten gewandt und überließ die Germanen ihrem Schicksal. Die Cherusker haben nie wieder die Bedeutung erlangen können, die sie unter Arminius erreicht hatten.

Hier endet die Geschichte, die ich erzählen wollte. Die Erinnerung an die Menschen, mit denen ich in Germanien gelebt hatte, blieb stets wach in mir und es gibt Momente, in denen sehe ich sie so leibhaftig vor mir, dass ich weine, wenn ich erkennen muss, dass ich geträumt habe. Die Götter gaben mir ein langes, ereignisreiches Leben und doch ist die Zeit nach der großen Schlacht bis zum Tod des Arminius die wertvollste gewesen. In dieser Zeit wurden meine Sinne geweckt und geschärft für ein neues Leben, wie ich es mir vorher nie hätte vorstellen können. Doch dieses Leben, das ich dann in der Fremde und später auch wieder in Germanien führte, steht auf einem anderen Blatt. Vielleicht wird irgendwann einmal davon berichtet werden.

Andere werden das Erz mit weicherem Atem beseelen,
Sei's – und lebendiger Züge Gestalt abringen dem Marmor,
Besser zu reden verstehn vor Gericht, mit dem Zirkel
die Bahnen
Zeichnen des kreisenden Runds und das Nahn
der Gestirne verkünden;
Dein sei, Römer, das Amt, als Herrscher
die Völker zu zügeln,
Dies ist die Kunst, die dir ziemt, die Gesetze
des Friedens zu schreiben,
Dem, der gehorcht, zu verzeihn,
Hoffärtige niederzukämpfen!"

excudent alii spirantia mollius aera
– credo equidem –, vivos ducent de marmore vultus,
orabunt causas melius, caelique meatus
describent radio et surgentia sidera dicent:
tu regere imperio populos, Romane, memento
– hae tibi erunt artes –, pacique imponere morem,
parcere subiectis et debellare superbos.

Vergil „Aeneis"

Begleitende Literatur:

Willm Brepohl: Neue Überlegungen zur Varusschlacht
Willm Brepohl: Arminius gegen Germanicus
Walter Böckmann: Als die römischen Adler sanken
Rolf Bökemeier: Römer an Lippe und Weser
Hans Delbrück: Geschichte der Kriegskunst
Marcus Junkelmann: Die Legionen des Augustus und Die Reiter Roms
Hermann Kesting: Der Befreier Arminius
Arnulf Krause: Die Geschichte der Germanen
Martin Kuckenburg: Kultstätten und Opferplätze in Deutschland
Wilhelm Leise: Wo Arminius die Römer schlug
Velleius Paterculus: Historia Romana
Heinz Ritter-Schaumburg: Der Cherusker
Christian Schoppe: Varusschlacht
Graham Sumner: Die römische Armee
Publius Cornelius Tacitus: Germania und Die Annalen
Dieter Timpe: Arminius-Studien und Römisch-germanische Begegnung in der späten Republik und frühen Kaiserzeit
Rainer Wiegels: Die Varusschlacht

Hinweise in eigener Sache

Um dem Leser eine Vorstellung von der Zeitschiene, auf der der Roman spielt, zu geben, habe ich mich an eine aktuelle Zeitbezeichnung: vor oder nach der Zeitenwende, gehalten. Sie stimmt nicht mit der Zeitrechnung im Jahre 9 überein, die zu übernehmen mir zu umständlich erschien.

Wenige Ortsnamen aus der Römerzeit sind überliefert. Ich habe daher darauf verzichtet, Orte näher zu bezeichnen. Es bleibt dem Leser überlassen, aus den Beschreibungen mit Hilfe der Karten und den heutigen Ortsnamen den jeweiligen Ort zu lokalisieren. Die Externsteine habe ich der Einfachheit halber wieder so benannt.

Desweiteren habe ich mich gehütet im Zusammenhang mit der Schlacht genaue Ortsbezeichnungen zu verwenden. Möge jeder aus den Erläuterungen und dem archäologischen und logistischen Wissen von heute seine eigene Theorie basteln. Gern will ich diese mit ihm diskutieren, aber „so lange wir den Marschbefehl des Varus nicht gefunden haben, werden wir zu keinem endgültigen Ergebnis kommen." (So beendet mein Mann immer scherzhaft die heißen Gespräche über die Schlacht.)

Die an den Externsteinen genannten mystischen Handlungen werden zur Sommer- und Wintersonnenwende durchgeführt worden sein, wie die Ausrichtung des „Sonnenloches" vermuten lässt. Leider passte keiner der Termine in den zeitlichen Ablauf der Geschichte, so dass ich Cornelius zu einem falschen Zeitpunkt eine Sonnenwende erleben lasse.

Um dem Roman das richtige Kolorit zu geben, habe ich vielfach lateinische Bezeichnungen für das Leben in der römischen Armee benutzt. Lupus war Römer und dachte in Latein. Gelegentlich fehlte mir ein Begriff oder er schien „zu viel" zu sein. Ich hoffe, es ist mir gelungen, einen Eindruck vom immer noch lateinischen Denken des Lupus zu geben.

Lateinische Begriffe und historische Personen im Überblick

ala/alae
Reitereinheit der Auxiliartruppen. Eine ala besteht aus ca. 500 Reitern, die in 16 turmae zu jeweils 32 Mann eingeteilt sind. Sie wurden kommandiert von einem praefectus, der vom Kaiser ernannt wurde

armillae
Armreifen, die Legionären als besondere Auszeichnung zuerkannt wurden

auxiliar
Hilfstruppen, die aus verbündeten Völkern oder Angehörigen der Provinzen rekrutiert waren

bracae
Lange Hose d. Legionäre, bei d. Kavallerie zumeist aus Leder

caligae
Militärsandalen der Mannschaften und unteren Dienstgrade

gladius
Kurzschwert, das an der rechten Seite getragen wird

hasta/hastae
Lanze

hetäre
Begriff für Frauen, die im Altertum für Geld Geschlechtsverkehr gewährten. Im Gegensatz zu Dirnen galten die Hetären als gebildet und waren sozial anerkannt.

immunes
Mitarbeiter im Stabsdienst oder in der zivilen Verwaltung, Handwerker, Ärzte, Priester etc.

kline
Eine Art Couch, auf der die Römer beim Essen lagen

legatus
1. legatus augusti pro praetore: verwaltete im Auftrag des Kaisers eine römische Provinz (Statthalter) und hatte das Kommando über die dort stationierten Truppen
2. legatus legionis: befehligte eine Legion

Legion
Eine Legion bestand aus ca. 5.500 Mann gegliedert in die
1. Kohorte (810 Mann)
2. bis 10. Kohorte (4.320) Mann
Je Kohorte drei Manipel mit je zwei Zenturien (à 80 Mann)
Dazu Kavallerie (120 Mann)
Gegliedert in vier Turmae à 30 Mann
Adjutanten und Offiziere (250 Mann)
Zusätzlich:
Auxiliartruppen (ca. 5.000 Mann)
aufgeteilt in zehn Kohorten (Infanterie) geführt von Präfekten oder Tribunen
Sowie alae zu 16-24 turmae geführt von Decurionen, die dem Rang eines Zenturio entsprachen und gemischte Einheiten, den cohors equitata
Die Mannstärke einer Legion inklusive Hilfstruppen und Tross belief sich auf ca. 11.000 Mann

Marsch agmen impeditum
Marsch nicht gefechtsbereit

Militärische Hierarchie
Führung einer Legion: Stab aus elf Offizieren
1. Kommando: legat aus dem Senatorenstand: Statthalter der Provinz oder bei mehreren Legionen: legatus legionis
2. Stellvertreter: tribunus laticlavius (Senatorenstand)
3. bei befestigten Lagern folgte: praefectus castrorum (höchster Dienstgrad eines Nichtadeligen)
4. fünf tribuni angusticlavii (aus dem Ritterstand)
5. Primus pilus (höchster Zenturio)
6. je zwei primi principi, primi hastati
7. centurio
8. optio

pilum/pila
Schwerer Wurfspieß der Infanterie mit langer dünner Eisenspitze

praefectus
Wurde vom Kaiser mit der Wahrnehmung einer bestimmten Aufgabe in Militär oder Verwaltung betraut. Sie entstammten in der Regel dem Senatoren- oder dem Ritterstand.

praefectus castrorum
Lagerkommandant, dritthöchster Offizier der Legion. Stieg in der Regel aus der Laufbahn der centurionen auf, d.h. auch nichtadelige Militärs konnten diesen Posten besetzen.

pugio
Dolch

römische Meile
Eine römische Meile entspricht 1,47 bis 1,49 km
Die Marschleistung einer Legion beläuft sich auf 10-15 römische Meilen, also ca. 15-20 km/Tag (Ausnahme: bei Eilmärschen waren bis 30 km mgl.)

sagum
Schweres viereckiges Wolltuch, das über der rechten Schulter geschlossen wurde, so dass eine Öffnung für den Schwertarm blieb.

scutum
Schild

signifer
Feldzeichenträger; stand rangmäßig über dem optio, jedoch ohne Befehlsgewalt

signum
Feldzeichen; genossen göttliche Verehrung und wurden besonders geschützt. Der Verlust galt als Schmach.

spatha
Langschwert

thing
Versammlung der Stammen- oder Sippenoberhäupter unter freiem Himmel. Der Thing diente der politischen Beratung ebenso wie Gerichtsverhandlungen und auch kultischen Zwecken.

turma/turmae
Untereinheit einer ala mit 32 Reitern
Sie wurden kommandiert von einem decurio

ursurpator/ursurpation
Anmaßung eines Besitzes, einer Befugnis, besonders aber der öffentlichen Gewalt, gewaltsame Verdrängung eines legitimen Herrschers, Unterdrückung der Selbstständigkeit eines Staates

Venuswurf
Beim römischen Würfelspiel mit vier Knöchelchen oder Steinchen, die nur auf vier Seiten Zahlen hatten - 1, 3, 4, 6 -, galt als bester Wurf vier verschiedene Zahlen.

vexillatio
Abkommandierung z.B. zur Besetzung von Kastellen oder Wachtürmen; oftmals gemischte Truppen aus Besetzern und Einheimischen

Albis
Elbe; jenseits der Elbe lebte der Stammesverbund der Markomannen

Aliso
Bedeutendes römisches Kastell, das am weitesten östlich an der Lippe gelegen haben soll. Konnte bisher noch nicht genau lokalisiert werden. Soll am Zusammenfluss der Lippe und des Flusses Elison liegen. Es wird vermutet, dass es sich um das heutige Schloss Neuhaus handelt.

Allmende
Wiesen und Felder im Gemeindebesitz, die von allen Stammesangehörigen genutzt werden dürfen

Amisia
Ems: Quellgebiet in der Nähe des Teutoburger Waldes; mündet in die Nordsee

Arbalo
Bisher nicht lokalisierter Ort vermutlich im Eggegebirge, wo Drusus mit seinen Legionen nur knapp der Vernichtung durch germanische Stämme entkam

atrium
In römischer Zeit rechteckiger Innenraum in der Mitte des Hauses, von dem aus die umliegenden Räume zugänglich waren. Hier wurden die Hausgötter verehrt. Es diente als Aufenthaltsraum für die Familie. Licht erhielt das Atrium über eine Öffnung im Dach.

Campagna Roma
Hügelige Umgebung Roms zwischen dem tyrrhenischen Meer und dem Apennin. Hier wurde intensive Landwirtschaft betrieben. Der dortige Lacus Sabatinus (heute Lago di Bracciano) liegt ca. 60 km von Rom entfernt.

insula
Römisches Mietshaus in der Antike

Lupia
Lippe: Fluss, mündet bei Xanten in den Rhein; Quellgebiet in der Nähe des Teutoburger Waldes in Bad Lippspringe

mare nostrum
Römische Bezeichnung des Mittelmeeres

Marsillia
Marseille, frz. Hafenstadt am Mittelmeer

Moenus
Main

Moesia
Römische Provinz: Das Gebiet des heutigen Rumänien, Bulgarien, Serbien

Mogontiacum
Mainz; römisches Kastell

Oceanus germanicus
Nordsee

Pannonien und Dalmatien
Römische Provinzen: Das Gebiet des ehemaligen Jugoslawiens, Ungarn

peristyl
In der antiken Architektur ein rechteckiger Hof, der auf allen Seiten von durchgehenden Säulenhallen, den sog. Kolonnaden, umgeben ist.

pontes longi
Holzbohlenweg in einem sumpfigen Gelände. Der hier genannte, bis heute nicht lokalisierte Weg, wurde von Lucius Domitius Ahenobarbus angelegt.

porta praetoria
Haupttor eines Legionslagers

porta decumana
Hintertor

porta principalis dextra
Rechtes Tor der via principalis

porta principalis sinistra
Linkes Tor der via principalis

via principalis
Rechtwinklige Hauptstraße zur via pretoria, verbindet rechts und linkes Tor

via praetoria
Hauptstraße verbindet Haupt- und Hintertor

Principia
Stabsgebäude in einem römischen Legionslager an der Kreuzung der Hauptstraßen

Rhenus
Rhein; linksrheinisch in Römischer Hand

Vetera
Linksrheinisches römisches Standlager in der Nähe des heutigen Xanten; gegründet vermutlich bereits 12 v. Chr. von Drusus; bestand bis zum Bataveraufstand 70 n. Chr.

Visurgis
Weser: Siedlungsgebiet der Cherusker; entsteht durch den Zusammenfluss von Werra und Fulda bei Hannoversch Münden; in der Antike bis zum Mittelalter bis Hameln beschiffbar, dort sperrten Felsbrocken die Weiterfahrt, danach weiter beschiffbar bis in die Zuflüsse Werra und Fulda.

Arminius
Germanischer Fürstensohn aus dem Stamm der Cherusker. Geb. vermutlich 17 v. Chr. Nach der Unterwerfung der Cherusker 4. n. Chr. erhält er das römische Bürgerrecht und führt cheruskische Kavallerieeinheiten. Im pannonischen Krieg zeichnet er sich besonders aus und wird in den Ritterstand erhoben. Danach führt er vermutlich als Präfekt seine eigenen Truppen. Ab 7 n. Chr. wird er mit diesen Truppen in Germanien vermutet, wo er nach 9 n. Chr. die Führung seines Stammes übernimmt. Seine Vertrauensposition beim Legaten Varus nutzt er, um diesen 9 n. Chr. in eine Falle zu locken und mit drei Legionen auszulöschen. In den Jahren 15 und 16 n. Chr. führt er mehrere Schlachten gegen Germanicus. Er kann keinen großen Sieg mehr erringen, wird aber auch nicht geschlagen. Es gelingt ihm nicht, die germanischen Stämme als Gegengewicht zum römischen Imperium

zu einen. Um 21 n. Chr. wird er von seiner eigenen Familie vergiftet.

Augustus
63 v.Chr.-14 n.Chr. erster römischer Kaiser; unter seiner Herrschaft erlangte das römische Imperium eine bis dahin nie gekannte Ausdehnung; die sog. Varusschlacht beendete die territorialen Bestrebungen in Germanien

Caecina Aulus Severus
Caecina kommandierte die niederrheinischen Legionen I Germanica und XX Valeria Victrix aus Colonia, sowie V Alaudae und XXI Rapax aus Vetera. Im Jahre 7 n. Chr. entging er mit fünf Legionen nur knapp einer Niederlage in Moesien und musste Kritik an seinen militärischen Qualitäten hinnehmen. In der Schlacht bei den „Langen Brücken" (pontes longi) entging er mit seinen Legionen nur knapp der Vernichtung durch Arminius. Für die Rettung der Truppen erhielt er die Triumphalinsignien.

Drusus
38 v. Chr.-9 v. Chr. Adoptivsohn des Augustus; erfolgreicher Feldherr in Germanien; kann bei Arbalo knapp der Vernichtung durch germanische Truppen entkommen; gründet Aliso und lässt den Drususaltar errichten; stirbt nach der Prophezeiung einer germanischen Seherin

Flavus
(der Blonde) Jüngerer Bruder des Arminius, der in römischen Diensten bleibt und sich nicht dem germanischen Aufstand anschließt. Sein Sohn Italikus wird zum Fürsten der Cherusker berufen, scheitert aber.

Germanicus
15 v. Chr.-19 n. Chr. Sohn des Drusus; nach Bewährung in Pannonien, kämpft er ab 13 n. Chr. in Germanien; die Rachefeldzüge der Jahre 15 und 16 n. Chr. zeichnen sich durch Rücksichtslosigkeit und Härte aus. Er kann zwei der Legionsadler der sog. Varusschlacht zurückerringen, jedoch keine weitere Erfolge verzeichnen; wurde vermutlich 19 n. Chr. vergiftet

Inguiomer
Fürst der Cherusker, Onkel des Arminius. Römerfreundlich, zeichnete sich durch wechselnde Bündnispartner aus. Kämpfte 17 n. Chr. mit Marbod gegen Arminius

Lucius Domitius Ahenobarbus (Bronzebart)
L. Ahenobarbus drang im Jahre 1 v. Chr. von Augsburg aus in das Gebiet jenseits der Elbe bis zur Havel vor. Er war Befehlshaber des Heeres in Germanien von 4 v. Chr. bis 1 n. Chr. L. Ahenobarbus war der Großvater Kaiser Neros.

Lucius Nonius Asprenas
Neffe des Varus dessen Legionen in Mogontiacum (Mainz) überwinterten; nach der Varusschlacht sicherte er die Rheinkastelle in der Nähe der Lippe gegen germanische Übergriffe

Marbod
30 v. Chr.-37 n. Chr. Herrscher des germanischen Volkes der Markomannen, die vor den Römern vom Main nach Böhmen auswanderten. Dort gründete er ein Königreich. Der für 6 n.Chr. gegen ihn geplante Großangriff musste wegen der Kämpfe in Pannonien und Dalmatien abgebrochen werden. Marbod ist der Gegenspieler von Arminius im Kampf um die Position des Heerkönigs. Er geht nach 17 n.Chr. nach Ravenna ins Exil.

Publius Quinctilius Varus
Erfolgreicher, aber tragisch endender römischer Politiker 47/46 v. Chr.-9 n. Chr. Zeichnete sich besonders in Syrien und Judäa aus. Varus darf als erfahrener Militär und Verwaltungsfachmann gelten, der seine menschlichen Schwächen hatte. War von 7 n. Chr. bis 9 n. Chr. Legat der Provinz Germanien. Wurde mit drei Legionen in der sog. Varusschlacht durch germanische Stämme unter der Führung von Arminius vernichtet.

Segestes
Germanischer Fürst, Schwiegervater des Arminius, der der romfreundlichen Partei angehörte. Er lieferte seine Tochter Thusnelda, die Frau des Arminius, an Germanicus aus und geht anschließend ins römische Exil.

Silius Gaius Aulus Caecina Largus
Silius war eng mit Germanicus befreundet. Im Jahr 13 wurde Silius ordentlicher Konsul. Danach wurde er im Jahr 14 zum Oberbefehlshaber des obergermanischen Heeres ernannt und erhielt aufgrund seiner dort errungenen Erfolge im Jahr 15 die Triumphalinsignien. Er kommandierte die Legionen II Augusta, XIII und XIIII Gemina und XVI Gallica in Mogontiacum.

Thusnelda
Tochter des Segestes und Frau des Arminius. In römischer Geiselhaft bringt sie ihren Sohn Thumelicus zur Welt. Danach verliert sich ihre Spur in Ravenna.

Tiberius
42 v.Chr.-37 n.Chr. bedeutender römischer Feldherr unter Augustus in Germanien und im sog. pannonischen Krieg; Adoptivsohn des Augustus, Bruder des Drusus; zweiter römischer Kaiser.

RÖMERLAGER UND GERMANISCH

ohne kleinere Marschlager

Lippe Lager
1 Hünxe
2 Dorsten
3 Datteln
4 Oberaden
5 Dolberg/Hamm
6 Lippborg
7 Cappel
8 Aliso ?/Paderborn
Haltern
Anreppen

Ems Lager
9 Warendorf
10 Wiedenbrück

Rhein Schiene
Nimwegen
Xanten
Moers
Neuss

TÄMME VOM RHEIN BIS ZUR WESER

Weser Lager
11 Barkhausen
12 Hameln
13 Lügde
14 Höxter / Godelheim
15 Lippoldsberg
16 Hedemünden

Egge/Börde
17 Kempen
18 Büren
19 Böddeken

Logistische Eckwerte einer römischen Legion

(erarbeitet von Wolfram Gebhardt)

Tageskonsum eines Legionärs

- 1,3 bis 2 kg Lebensmittel und 4-6 Liter Trinkwasser

Tageskonsum einer Legion

- 30.000 Liter Wasser
- 15 bis 30 t Lebensmittel, davon 7,5 t Getreide
- drei Legionen benötigten allein ohne Viehfutter und die übrigen Nahrungsmittel mindestens ca. 22 Tonnen Getreide pro Tag.
- Verpflegung konnte außer der für drei Tage berechneten „Eisernen Ration“, die der Legionär in seinem persönlichen Gepäck mit sich trug, nur für einige Tage im Tross mitgeführt werden, um diesen nicht übermäßig lang werden zu lassen. (siehe unten)
- Entsorgung: 40 bis 60 t Abfall

Ausrüstung und Versorgung einer Legion pro Jahr:

1. Zelte:	900
2. Ziegen:	68.800
3. Kälber:	27.000
4. Olivenöl:	1425 Amphoren, oder 37.050 Liter, entspricht der Ernte von 14.400 Ölbäumen (Quelle: Museum Xanten)

Transport

Landweg

- *Legionär:*
  Waffen und Rüstung 15 kg
  Eiserne Ration für 3 Tage 4,5 kg
  Gerät und Werkzeug bis zu 12 kg wobei diese n.w. von Maultieren transportiert wurden, die wiederum einen Führer benötigten.
  Zusammen zwischen 22 und 27 kg für einen Tagesmarsch von 25 bis 28 km und eine Wochendistanz bis zu 200 km. Bei schwülem Wetter weniger. Bei Belastung bis 31 kg wird die Tagesdistanz kleiner und mangels Erholung die Wochendistanz erheblich kleiner.
- Packpferd trägt etwa 100 kg (2 Zentner), pro Zeltgemeinschaft (8 Mann Gruppe, Contubernium) sind das 40 kg für das Zelt, 45 kg Gerät und 15 kg Verpflegung. Bei gleicher Marschstrecke wie die Legionäre. Eine Woche Verpflegung für eine Gruppe erfordert ein weiteres Packpferd ohne Berücksichtigung des Futterbedarfes der beiden Lasttiere.
- Eine römische Legion ohne Auxilarien würde für Gepäck 550 Packpferde und für eine Woche Verpflegung weitere 550 Tiere benötigen.
- Zweiergespann mit Ochsen oder Pferden, Nutzlast 400 bis 500 kg bei guten Strassen
- Aktionsradius etwa 100 bis 125 km ausgehend vom letzten Magazinplatz, entspricht 5-6 Tagesmärschen und zurück. Grenze durch Futterverbrauch bestimmt mit 12 kg Getreide pro Gespann und Tag, also 120 bis 144 kg Getreide, das sind ca. 25% der Nutzlast.
- Trosslänge (Verwundbarkeit) allein für den Transport dieses täglichen Getreidebedarfs bei einer jeweiligen Nutzlast von 400-500 kg ca. 50 Wagen mit einer Kolonnenlänge

von mind. 600 m erforderlich waren. Dazu kamen Gepäckfuhrwerke und laufendes Lebendvieh, sowie ziviler Tross, insgesamt ungefähr 1000 m Trosslänge.

Wasserweg

- Der Vormarsch musste unbedingt in der Nähe eines schiffbaren Wasserlaufes erfolgen. Nur auf dem Wasserwege war es möglich, die großen Mengen an Nachschub heranzuführen und in den in bestimmten Abständen angelegten Magazinen zu lagern.
- Es gab zwei Größen von Transportschiffen. Die großen römischen Flachkähne ohne Kiel mit Doppelruder trugen bis zu 45 Tonnen und wurden im Unterlauf der Flüsse bei geringer Strömung gefahren. Die kleineren Schiffe mit spitzem Bug und Stern trugen Lasten bis 2 Tonnen und wurden im Oberlauf der Flüsse und bei stärkerer Strömung von Uferstrassen aus getreidelt.

Depots

- Entlang der wichtigsten Marsch und Transportwege (Lippe und Weser) wurde eine Kette von Depots als Stapelplatz oder Magazin mit Kastell im Abstand je drei Tagesmarsch-Strecken angelegt (war mit Notverpflegung zu schaffen). Dazwischen lagen Feldlager, das sind leicht befestigte Zeltplätze in Tagesmarschdistanz.
- Die vorgeschobene Hauptversorgungsbasis wurde dem Stand der Kolonialisierung/Provinzialisierung nachgeführt, z.B. von Oberaden nach Aliso/Anreppen.
- Die Versorgungsreichweite der Hauptdepots betrug maximal 100 Tage für eine Legion, entsprechend groß waren die Lagerhallen für bis zu 3000 t Getreide angelegt (Beispiel Anreppen).

Verpflegungsbeschaffung

- Frische Lebensmittel wurden möglichst dem besetzten Land entnommen, entweder als Tribut oder auf dem Markt gekauft.
- Olivenöl, Wein, Essig, Obst und Getreide wurden aus Italien nachgeführt.
- In der Nähe von Lagern und Kastellen wurden römische Gutshöfe/Villen gegründet. Kastelle für die Reiterei boten entsprechende Weidegründe und saubere Wasserläufe.

Rüstung

- Jeder Legionär musste seine persönliche Ausrüstung selbst beschaffen.
- Es gab aber finanzielle Beihilfen/Kredite, die vom Sold einbehalten wurden.
- Groß- und Pioniergerät sowie Zelte wurde von Rom gestellt. Verbrauchsmaterial wurde dem Land entnommen (z.B. Baumaterial).
- Transportfahrzeuge wie Schiffe und Fuhrwerke wurden im Land hergestellt.
- Pferde wurden von Gestüten aus Gallien zugeführt.
  Ansonsten galt der Grundsatz, dass Truppe sich selber hilft. Dazu dienten genügend Handwerker in den Legionen und Auxiliareinheiten.

Truppenbetreuung

- Bei den Truppenlagern richteten die Legionäre sich Thermalbäder ein, die meist außerhalb der Befriedung lagen.
- Größere Garnisonen bauten sich Amphitheater, ebenfalls außerhalb der Lager.
- Die Militärseelsorge war eine vornehme Pflicht der Vorgesetzten, die mit ihren Einheiten eigene Altäre bauten, nicht

nur im Lager sondern auch an Werkplätzen wie Steinbrüchen und Großbaustellen.
- In der Freizeit beschäftigten sich die Legionäre mit Brett- und Würfelspielen.

Sanitätswesen

- Jede Kohorte hatte zwei Ärzte, die einfache Verletzungen behandelten. Größere chirurgische Eingriffe waren selten.
- Totenbestattung fand auf Friedhöfen außerhalb der Lager an den Zugangsstraßen statt.
- Gefallene im Felde wurden feuerbestattet und in Sammelgräbern beigesetzt.

Wehrsold

- Der Grundsold für den einfachen Legionär betrug 10 Asse pro Tag, entsprechend 2,50 €.
- Vom Sold wurden die Kosten für Verpflegung und für die Ratenzahlungen der Ausrüstung einbehalten.
- Die Unteroffiziere erhielten den 1½-fachen bis 2-fachen Satz.
- Die Offiziere erhielten je nach Rang den 4-fachen bis 20-fachen Satz.
- Die Tribunen aus dem Konsul- oder Ritterstand (also die Generalsebene) hatten besondere Vereinbarungen mit dem Kaiser, sofern sie nicht direkt an dem Ertrag der Kolonie beteiligt waren.
- Auxiliartruppen erhielten den halben Sold.

Nachgedanken

„Und was ist nun?“ Diese Frage stellte Ekkehard Höver, den ich für die Lesung an den Externsteinen gewinnen wollte, nachdem er das Buch erstmals gelesen hatte. „Wie: was ist nun? Ich verstehe nicht…“ War meine Antwort. „Sie können uns doch nicht so stehen lassen! Es muss doch weitergehen!“ Und dann berichtete er mir, welche Möglichkeiten er sehen würde, die Geschichte des Cornelius Lupus weiter zu erzählen. Ich war völlig konsterniert. Nie hatte ich über diese Möglichkeit nachgedacht.

Als dann von anderen Seiten ebenfalls die Frage nach einer Fortsetzung der Geschichte kam, machte ich mich erstmals mit dem Gedanken vertraut, das weitere Leben des Cornelius Lupus aufzuzeichnen.

Für mich war Cornelius zunächst nur ein Mann innerhalb einer Geschichte. Nicht er sollte im Mittelpunkt stehen, sondern die Geschichte als solche. Doch er ist ein sehr starrköpfiger Mann, der weiß, was er will und diesen Weg auch geht. Plötzlich dominierte er die Erzählung. Und so scheint es inzwischen nicht mehr ganz unvorstellbar zu sein, auch seine weitere Geschichte zu erzählen.

Doch wo soll ich seine Zukunft ansiedeln? Er kann nicht innerhalb des römischen Reiches leben – und wo war Rom nicht, zu Beginn der Zeitenwende und in den Jahrzehnten danach? Wo gibt es eine historische Begebenheit, in die Cornelius eingewoben werden kann? Wie gestaltet sich sein zukünftiges Leben? Zurzeit sind viele Fragen offen und ich recherchiere in alle möglichen Richtungen. Noch hat sich mir nicht der Weg gezeigt, den unser Mann gehen wird. Es gibt Vermutungen, aber noch keine Beweise. Doch ich bin inzwischen sicher, dass Cornelius Lupus uns wieder begegnen wird.

Vielleicht wird irgendwann auch der Wunsch eines meiner ersten Leser erfüllt, der ganz begeistert ausrief, das Buch müsse unbedingt verfilmt werden! Es muss ja nicht Hollywood sein…